KB093297

2018 제63회

現代文學賞 수상소설집

안규철, 「두 개의 빈 의자」, 드로잉

| 현대문학상 기념조각 |

안규철

책은 양면적인 요소들이 중첩되어 있는 물건이다.
책에는 왼쪽과 오른쪽 페이지가 있고, 보이는 앞면과 보이지 않는 뒷면이 있다.
안과 밖이 있고, 시작과 끝이 있다. 흰 종이와 검은 잉크가 있고,
드러난 것과 숨겨진 것이 있으며, 저자와 독자가 있다.
서로 상반되면서 동시에 상호 의존적인 이런 요소들은 책이 닫혀 있을 때는 드러나지 않는다.
책은 상자와 같아서, 책장이 펼쳐지기 전에 그것은 무뚝뚝한 한 덩이 종이 뭉치에 불과하다.
책을 열면 이렇게 하나였던 것이 둘이 된다. 왼쪽과 오른쪽이, 안과 밖이, 저자와 독자가 거기서 생겨난다.
그리고 그 둘 사이에서, 낯선 한 세계의 지평선이 떠오른다.
마술사의 손바닥에서 피어나는 꽃처럼, 작은 책갈피 속에서 세계 하나가 온전한 윤곽을 드러낸다.
문학작품 앞에서 늘 그것이 경이롭다.

제63회 現代文學賞 수상소설집

김성중

상 속 외

현대문학

역대 수상작가 최근작

심사평

예심

본심

수상소감

수상작

상 속

김성중

수상작가 자선작

어리석은 물고기

김성중

상속

1975년 서울 출생.
명지대 문예창작과 졸업.
2008년 〈중앙신인문학상〉으로 등단. 소설집 『개그맨』 『국경시장』.

상속

광화문 앞에는 오후의 햇살이 환하게 내리쬐고 있다.

진영은 강의가 늦게 끝나 20분 후에 도착할 거라고 했다. 괜찮다는 답신을 보내고 자세를 느긋하게 고쳐 앉았다. 유리창 너머의 도시는 매끈하고 산뜻했으며 너무 젊다. 이 밝은 빛 속에서 나만 주름이고 얼룩인 듯 보여 마음이 편치 않다. 괜찮다고는 했지만 진영이 어서 도착해주었으면 싶다.

귀국하고 여러 달이 지났지만 서울에 올라와 만난 것은 이번이 처음이다. 진영은 내가 수술을 받았다는 것과 환갑이 넘었다는 사실을 알고 있다. 그럼에도 눈이 마주치자 놀라는 기색을 감추지 못했다.

"세상에, 기주 언니가 백발이 됐네. 처음 만날 때는 노란 머리더니."

그랬다. 진영이 스물다섯, 내가 마흔아홉일 때 우리는 노란색과 파란색 머리를 가지고 있었다. 억눌려온 숨통이 트이자 나는 우울증과 공황장애 약을 버리고 귀를 뚫었다. 머리를 염색하고 찢어진 청바지와 요란한 후드티 같은 것들도 사서 입었다. 마흔아홉은 내 평생 가장 재밌는 나이였다. 책은 좋아하지만 글 한 줄 써본 적 없는 주제에 문학 아카데미에 등록한 것도 그런 선택 중 하나다.

수강생 중에서 내 나이가 가장 많았고 그다음이 진영이었다. 진영은 대학원을 중단하고 방황하고 있었다. 숫기 없이 소심한 얼굴에 머리카락만 새파랗게 염색한 진영은 촌스러웠고 중년에 장신구를 주렁주렁 단 노란 머리의 나는 꼴불견이었을 것이다. 진영은 항상 내가 나이보다 젊어 보인다고 말한다. 깡마른 체구에 활활 타는 적개심 때문에 젊게 보인다는 것이다. 칭찬인지 조소인지 애매하지만 둘 다 아닐 것이다. 진영이나 나나 눈치 없이 정확하게 말하는 축이었다.

나는 덤덤하게 췌장암이 재발했다는 소식을 알렸다. 커피를 쭉 들이켜며.

"6개월에서 1년이라고요? 그런데 이러고 있어도 돼요? 언니, 커피는 왜 마셔요!"

진영은 소파에서 튕겨 나오듯 얼굴을 들이밀고 화를 냈다.

"이 마당에 안 될 게 뭐 있겠어. 그보다 왜 그렇게 소리를 질러."

"치료는 어떻게 하기로 했어요? 누가 언니를 돌봐주고요?"

한참 설명한 후에 추궁에서 벗어날 수 있었다. 재발한 부위가 좋지 않아 항암을 포기하고 시골에서 지낼 거라고 하자 진영은 입술을 달싹이다 그만두었다. 수술 후 내가 얼마나 힘들어했는지 기억하는 모양이다.

이혼한 지 꽤 지났지만 이 애는 여전히 불안정해 보였다. 이혼은 잘한 결정이었다. 잘못된 것은 그 앞에 한 결정이다.

내 사촌 중에는 군대에서 문제를 일으키고 영창에 다녀온 이가 있다. 특전사 출신에 사격이며 훈련이며 뭐든 빼어나게 우수했다고 한다. 그런 그가 왜 상관을 때리고 감옥에 갔는지 지금도 알지 못한다. 남자들이 무용담처럼 군생활의 추억을 늘어놓는 자리에서 그는 단 한 번도 군대를 입에 올린 적이 없다. 정말로 지독한 일을 겪으면 그에 대해 입을 다물게 되는 법이다.

마찬가지로 진영 또한 자신의 결혼생활에 대해 함구했다. 시시콜콜 일상을 털어놓던 아이가 입도 떼기 싫을 만큼 끔찍했구나, 짐작할 뿐이다.

"글은 써지고?"

여전히, 라고 말하더니 진영은 풀이 죽는다.

"이렇게까지 힘든데 고통이 글자로 변하지 않아서 화가 나요."

진영은 여전히 책 속 문장처럼 말하는 버릇이 있다. 이태 전 술에 취한 그녀가 국제전화를 걸어왔다. 엉엉 울면서 뭐라고 말은 하는데 알아들을 수가 없었다. 비행기로 아홉 시간 떨어진 나라에서, 일하던 식당 아이스박스 뒤에서, 앞치마를 맨 채 동동거릴 뿐 해줄 수 있는 것은 아무것도 없었다.

"불행한 건 괜찮아요. 고통스러운 인간은 자기를 방어하기 위해서라도 생각에 매달리는 법이니까. 저는 언제나 불행을 숭상하는 마음이 있었어요. 어릴 때는 불행이 모자란 것 같아 불행했을 정도로."

"그만큼 네가 평탄하게 살아왔다는 소리지."

"막상 내 처지가 되고 보니 그런 개소리는 집어치우게 되더라고요."

나는 진영의 거칠어진 말결에 놀랐다. 그 날카로운 말들은 입고 있는 옷이나 살구색 립스틱을 바른 단정한 입술에도 어울리지 않았다.

오래된 대화법에 따라 진영이 떠들고 내가 듣기 시작했다. 요즘의 문제는 생각과 감정을 구분할 수 없다는 것이라고 했다. 분노는 분노로 된 생각일 때가 많았고, 생각을 파고들다 보면 화가 치밀거나 눈물이 흘러나와 중단된다고 했다. 이렇게 정신없이 상태가 변하는 통에 그럴싸한 표현 하나 걸려들지 않고, 그저 주어진 일만 묵묵히 하는 나날이라는 것이다.

진영은 불행을 극복하기보다 거기에서 뭔가를 얻어내려고 애쓰고 있었다. 빌어먹게도 작가인 것이다. 작가로 변해버린 것이다. 이 애는 여전히 자신에게 몰두하는 일에서 벗어날 수 없었다.

"언니한테 문자를 받았을 때도 지하철에서 울고 있었어요. 좋아하는 음악을 들으며 책을 읽는데 발밑이 축축한 느낌이 들더라고요. 곧 울겠구나 싶었는데, 그 사람 많은 시청역에서 눈물이 터졌어요. 아, 지겨워요 정말."

"의논할 게 있어."

나는 진영의 치렁치렁한 말들을 적당히 자르고 용건을 꺼냈다.

"선생님이 남긴 책 말인데, 그걸 너한테 보내면 어떨까 싶다."

죽음을 선고받고 나니 의외로 마음이 차분했다. 췌장암 수술을 받았을 때부터 이 순간을 염두에 뒀기 때문일까. 내 평생 나쁜 예감은 대체로 들어맞았다. 그 점에서 카산드라의 쓸쓸한 만족감을 알 것 같다. '그래, 이거구나.' 중병에 이어 죽음. 맞히기도 쉬운 예언이다.

별다른 재산도 일가붙이도 없는 인생이니 정리할 것도 많지 않을 것이었다. 그러다 문득 책들에 생각이 미쳤다.

'내가 죽으면 이 책들은 어떻게 하지?'

선생님의 유품은 6단짜리 책장 두 개를 채울 정도지만 그간 사 모은 책들까지 더하면 적지 않은 양이다. 평생 의지해온 책들을 끼고 죽었다간 자칫 폐지로 버려지거나 헌책방으로 흘러들 우려가 있다.

"도서관으로 보내기에는 너무 낡았고 또 여기저기 갈라놓고 싶지도 않아서……."

진영에게서 아무 대답이 없자 나는 주섬주섬 그녀를 만나러 오게 된 경위를 늘어놓았다.

사실 가장 먼저 떠오른 사람은 독서모임을 함께하는 멤버들이었다. 하지만 그들은 나와 비슷한 연배로 역시 노인들이다. 그러다 보니 '책을 좋아할뿐더러 가장 나이 차이가 많이 나는 지인'에게 보내는 것이 합당하다는 생각이 들었다.

"네가 내 나이에 죽는다 쳐도 한 20년은 더 읽지 않겠어?"

"자꾸 죽는다 죽는다, 소리 좀 하지 말아요. 노인네처럼."

진영은 내 입에서 죽음이라는 말이 나오는 게 불편한 기색이다. 화를 내는 형식으로 나를 아끼는 모습은 여전하다.

"집에 남는 공간이 좀 있어? 세어보니 대충 5백 권쯤 돼. 이건 실리적인 문제야."

"심리적인 문제이기도 하고요. 선생님에 이어 언니까지……. 내가 그 책들을 보면 어떨 것 같아요?"

"나도 그 책들이랑 헤어지는 게 쉽지가 않아. 그래서 마지막으로 한 번 더 눈뒤짐하고 보내려고 해. 한 권씩 한 권씩 작별하려고. 내 말은, 한꺼번에 보내지 않고 서너 권씩 보낸다는 소리야. 죽기 전 계획으로 참신하지 않아?"

"언니도 참, 끝까지 괴짜 노릇이군요!"

진영은 짜증을 내면서도 웃고 있다. 계속 툴툴거렸지만 결국 내가 내미는 종이에 주소를 적어주었다.

"방학하면 내려갈게요. 그때까지 건강하셔야 해요."

밖으로 나오면서 진영은 내게 팔짱을 꼈다. 버스정류장까지 데려다줄 때까지 그 애는 내내 팔짱을 풀지 않는다.

*

기주 언니에게서 책이 오지 않은 지 일주일이 지났다.

전에도 이런 일이 없던 것은 아니다. 보름간 연락이 없더니 도스토옙스키 전집이 한꺼번에 들이닥친 적도 있다. 지금도 두꺼운 책과 작별하느라 공백이 길어진 거겠지, 라고 생각하면서도 불안하게 서성인다. 두려웠다. 유서처럼 배달되는 이 책들이 어느 날 그쳐버릴까봐.

가장 먼저 도착한 책은 『이반 일리치의 죽음』이었다. 음산한 유머 같기도 하고, 언니 입장에서는 얼른 치워버리고 싶은 책일 수도 있겠다 싶었다. 일부러 비워둔 책장에는 어느새 두 줄 정도의 책이 들어찼다.

죽은 자와 죽어가는 자의 권위에 힘입어 낡은 책들은 찬란했다. 박물관의 고대 항아리처럼. 유리관 너머의 관람객들이 하나씩 죽고 그들의 후손이 보러 올 때까지도 깨지지 않을 견고한 유물. 시간이 아무리 흘러가도 『백경』이나 『적과 흑』 『백년의 고독』 같은 작품이 사라질 리 없으리라.

『안나 카레니나』를 펼쳐 들고 유쾌한 속물 스테판의 고뇌를 보고 있으니 머릿속이 희미하게 밝아진다. 줄 친 부분이 나타나기를 기다리며 천천히 책장을 넘겼다. 소설이 멈춘 이래 지금이 가장 마음 편한 상태인 것 같다.

"어떤 책을 한창 재미있게 읽고 있는 도중에 나도 모르게 중얼거렸어. **'여기서는 안전해.'** 그러니까 왈칵 좋은 거야. '안전'이라는 말이 너무 정확해서. 바깥이 어떻게 돌아가든 책을 펼치고 문을 닫으면 보호받는 느낌이 들었어."

나에게 좋지 않은 일이 일어났을 때 언니는 이렇게 말해준 적이 있다.

나는 반에 하나씩 있는 전형적인 문학소녀였다. 청소년 때부터 글을 썼고 문예창작과로 진학했다. 반면 기주 언니는 고등학교도 검정고시로 마쳤고 10대 후반부터 줄곧 여러 일을 해왔다. 그런 사람이 손에 잡히는 대로 책을 읽어치운다는 것이 신기했다.

사실 책과는 상관없이 언니에게는 기품이 있었다. 자기 생계를 스스로 해결해온 사람 특유의, 자부심과 찌든 느낌이 동시에 나는 기품.

기주 언니의 남편은 자신의 실패와 대면하는 대신 아내에게 폭언을 일삼는 사람이었다. '흔한 스토리지.' 손은 대지 않았지만 언제나 조소와 비아냥, 욕설을 퍼부어댔다. 약하고 비열한, 약하니까 비열해진 인간이었다. 마침내 딸이 떠나고 남편이 죽은 다음에야 기주 언니는 자유로운 몸이 됐다. 을지로에서 천 원짜리 노가리를 네 개짼가 다섯 개째 시켜 먹으며 들은 얘기다.

"왜 헤어지지 않았어요?" 이런 질문이 목구멍까지 밀려왔지만 다행히도 우리는 윌리엄 트레버를 읽고 있었다. 얼마나 많은 인간들이 부조리를 껴안고 사는지, 쓸쓸하고 고통스러운 삶에 붙들린 채 살아가는지 보아왔으니 말이다. 주말마다 머나먼 무도회장까지 자전거를 타고 가는 노처녀 브리다는? 진부한 삶을 끝내고 젊은 연인을 만나지만 결국 실패하는 노면은? 우리가 트레버에게서 배운 것은 기주 언니가 남편과 헤어지지 못한 그 이유, 인간은 원치 않는 모순에 붙들린 채 살아간다는 것이다. 그들에게는 언니의 기품과 비슷한 온기가 배어 있다.

언니는 비관주의자다. 왜 아니겠는가. 하지만 언니처럼 투철한 비관주의자들은, 뭐든 의심하고 불운부터 확인하는 자들에게는 어떤 믿음이 있다. '잘 안 될 거야'라는 낙담에 이어 '거봐, 내 말이 맞지?'라는 의기양양함이다. 그런데 그 믿음에서 비롯된 묘한 낙관주의랄까, 그런 것이 줏대를 세워준다. 비관으로 둘러싸인 한 점의 낙관 덕분에 흔들림이 없는 것이다. 그런 사람에게는 나처럼 불안정한 사람이 들러붙기 마련이다.

뜻밖에 등단을 하고 한 편씩 마감을 할 때마다 내 엄살은 심해졌는데 차마 누구에게도 보일 수 없는 수준이었다. 전화로 응석을 부리면 언니는 속 시원하게 야단쳐주고 다음 날 내 자취방으로 반찬 몇 가지를 보냈다. 첫 책이 나오기 전까지 언니에게 혼나면서 얻어먹고, 그 힘으로 한 편씩 퇴고를 했던 것 같다.

언니가 미국에서 돌아오면 해주고 싶은 것이 많았는데, 자기 연민에 게을러진 나는 이번에도 또 받기만 하는 처지가 되고 말 것 같다.

*

나는 병이 주는 기척을 주의 깊게 살피며 하루하루를 보낸다.

많은 사람을 간병해왔지만 환자로서 나 자신을 돌보는 것은 신경 쓸 것이 더 많았다. 시간 맞춰 약을 먹고 텃밭에서 기른 채소를 갈아 마신다. 질서를 순환하는 것은 잘해낼 자신이 있다. 하지만 모든 것이 무르

익은 그다음은? 솔직히 잘 그려지지 않는다.

매일 아침 작별할 책을 고르고, 하루나 이틀에 걸쳐 천천히 읽거나 건너뛰고, 다 읽은 책은 탁자 한쪽에 따로 두었다. '이번 생에서는 이 책과 마지막'이라는 생각 때문에 처음에는 굉장히 느리게 읽었지만 그러다가 대부분의 책들을 건드리지 못할 것 같아 되는대로 읽고 있다.

다 읽은 책을 포장해 시내의 우체국에 다녀올 때마다 뭔가를 처리하는 느낌이 들어 뿌듯하다. 사무적인, 일을 하는, 살아 있는 느낌 말이다. 우체국이라는 공공장소에 '볼일'이 있는 것도, 서류봉투에 주소를 적어 넣는 것도, 창구에 접수를 하는 것도 모두 즐거운 의식이 되었다. 우체국이 아니라면 딱히 시내에 외출할 구실이 없기도 했다.

책들의 빈자리가 드러날 때마다 인생이 정리되는 실감이 든다. 서운하기도 했지만 그만큼 채워질 진영의 책장을 상상했다. 이렇게 있으면 죽음은 다음번 이사하는 장소 정도로 여겨진다. 조금씩 짐을 빼고 가벼운 상태가 되어 먼 길 떠날 차비를 하는 것이다.

무릎에서 책이 떨어지는 바람에 눈을 떴다. 의자에 앉은 채로 잠깐 잠이 든 모양이다. 방금 전까지 강의실에서 수업을 받고 있었는데 눈 떠보니 블라인드가 덜컹거리고 있었다. 꿈이 너무 선명해서 오히려 눈앞의 집이 낯설었다. 나는 꿈이 끊어진 자리부터 복원하기 시작했다.

리모델링이 끝나지 않은 건물 2층은 입구부터 어수선했다.

엘리베이터 한쪽에 쌓여 있던 목재와 기자재, 배선을 드러낸 천장, 페인트칠을 하지 않은 복도를 지나 반만 유리로 된 문을 열고 들어가면 우리 선생님이 "꼭 야학 같지 않아요?"라고 말한 작은 강의실이 나온다.

강의 첫날, 시간이 다 되어가는데 수강생은 다섯 명뿐이었다. 자기들도 학생 수가 이렇게 적을 줄 몰랐다는 표정으로 드문드문 떨어져 앉는 것을 보니 아무래도 잘못 온 것 같았다. 사실 이 강의를 고른 이유는 하나다. 당장 들어갈 수 있고 마감이 되지 않은 강좌는 이것뿐이었으니까. 정시가 되자 자그마한 체구의 한 사람이 더 들어왔다. 연단에 설 때까지 나는 그 사람이 강사일 거라고는 꿈에도 생각하지 못했다. 청바지 차림에 앳된 20대의 얼굴을 한 강사는 메고 온 배낭에서 책을 꺼냈다.

내 옆에 앉은 사람이 슬쩍 책을 펼쳐 책날개 속 저자 사진과 눈앞의 강사를 맞춰보고 있었다. '유명한 작가는 아닌가 보네.' 속으로 그렇게 생각했다. 나중에 그 책은 작가의 이른 죽음으로 완전히 다른 위상을 갖게 된다.

선생은 체구가 작았다. 창백한 이마에 눈과 입이 작았다. 손동작이 굉장히 많았는데, 말이 장황해질수록 두 손은 지휘를 하듯 허공을 저었다.

연단에 선 선생님은 전학생이 자기소개를 하는 것처럼 어색하게 인사를 했다. 안녕하세요, 반갑습니다. 여러분 중에는 글 쓰는 선생님을 여러 번 겪은 분들도 있겠지만, 저는 난생처음으로 강의란 걸 해봅니다. 우선 제가 준비한 프린트물을 나눠드리겠습니다. 여기까지 말하는 데도 숨이 찬 기색이었다. 여차하면 환불을 해야겠구나 생각하며 인쇄물을 받았다.

슈테판 츠바이크의 『감정의 혼란』 중 일부를 복사한 것이었다. 인물의 열정적인 연설의 몇 군데에는 밑줄이 쳐져 있었다.

"그 황홀의 유일한 순간, 그것은 모든 국민생활에 있어서 영원으로 향하기 위해 온 힘을 집중시켜 급작스럽게 터져 나오는 순간이었습니다. 그 시대, 돌연 이 지구가 넓어지고, 신대륙이 발견되고, 옛 대륙의 가장 낡은 세력, 즉 법왕의 세력이 바야흐로 허물어져가는 시대입니다.

하룻밤 사이에 그 이야기를 하는 사람들, 즉 시인들이 50명이고 100명이고 생겨났습니다. 그들의 작품 속에서는 아직도 열렬한 피의 굶주림이 있는 것입니다. 어떤 것이고 표현되는 것이 허용되었습니다. 근친상간, 살인, 폭행, 범죄, 일체의 인간적인 한계 없는 소동 들이 격렬한 난물을 뿜냈습니다. 그것은 50년이나 계속되었습니다. 그것은 하나의 대출혈이었고 사정이었으며 단 한 번만 가능한 광증이지만, 전 세계를 동물의 발톱으로 찢어놓은 것이었습니다."

"그 힘의 난무 속에는 하나하나의 목소리라든가 한 사람의 인물이 느껴지지 않았습니다. 서로가 상대방을 열광시키고 서로 배우고 서로 훔치고 서로 상대방을 이기려고 싸웠지만, 결국 모든 것은 단 한 번의 잔치 속에 정신적인 투사였을 뿐이요, 쇠사슬 풀린 노예가 그 시대의 정신에 의해 채찍질을 받고 뛰어간 것에 지나지 않았습니다."

"모두가 시민답지 않은 존재였으며 깡패, 뚜쟁이, 어릿광대, 사기꾼이었지만 동시에 시인이었습니다. 시인, 시인, 모두가 시인이었지요. 셰익스피어는 그들의 중심이었으며 '시대 그 자체와 시대의 육체'를 나타내는 것에 지나지 않았습니다."

"젊은 사람들을 진실로 젊게 만드는 셰익스피어, 우선 감격하고, 그 다음에 공부하는 것입니다. 우선 그 사람, 그 최고의 사람, 극한의 그 사람, 셰익스피어를 연구하시오. 그리하여 전 세계의 가장 빛나는 정수를 규명하시오."

선생은 '우선 감격하고, 그다음에 공부한다'는 대목은 힘을 주어 두 번 읽었다. 스마트폰으로 검색해봤더니 절판 도서였다. 절판이라는 위엄이 더해져 반드시 책을 손에 넣어야겠다고 결심했다.

"소설을 어떻게 쓰는 건지는 저도 잘 모릅니다. 여기에 서 있지만 저는 작가라고 할 수 없습니다. '작가가 되어가는 중'이라고 말하는 게 정확한 표현일 겁니다. 요즘 들어 그런 생각이 듭니다. 재능은 일종의 스피드가 아닌가 하는. 대표작까지 도착하는 속도가 좀 더 빠른 사람이 있고 상대적으로 더딘 사람도 있겠지요. 중요한 건 속도가 아니라 작품이죠. 저는 비교적 빨리 등단해 책을 냈고 소설로는 먹고살 수 없기 때문에 이 자리에 섰습니다. 그러나 정직하게 말하자면 창작을 하는 한 여러분과 제가 크게 다른 입장은 아닙니다. 따라서 제가 뭘 가르칠 수는 없을 겁니다. 소설은 일종의 번역입니다. 나의 인식이 더해진 세계에 대한 번역. 그런 인식은 차가운 지성으로 이루어지는 것이 아니에요. 완전히 압도당하고 사로잡혀 포로가 되는, 그런 경험이 필요해요. 우리에게 격렬함이 필요해요. 플롯이니 문장이니 하는 건 집어치우고 이것부터 시작하자고요. 한 번이라도 이 뜨거움에 데는 게 목표입니다. 그럴 수 있으면 좋겠군요. 그래야 저 스스로 사기꾼처럼 여겨지지 않을 테니까요."

나는 그녀를 '구경'하고 있었다. 작가 구경. 어쩌면 그게 아카데미에 등록한 가장 큰 이유인지도 모른다. 작가라는 사람이 어떻게 생겼고 어떤 방식으로 말을 하는지 구경하고 싶은 마음에 돈을 내고 아카데미에 등록한 것이다. 그러니까 일종의 토템 같은 것이다. 이미 그 세계에 속한 자와 접촉함으로써 문학의 가장자리라도 만져보고 싶은.

선생은 초반의 긴장에서 완전히 벗어나 있었다. 부담스러울 만큼 감정을 드러낸 채 생각에 몰두해 있었는데, 우리라는 청중의 귀를 이용해 자기의 생각을 진전시키기 위한 것이 아닌가 싶었다.

마흔아홉까지 나에게 그런 순간은 단 한 번도 없었다. 츠바이크와 그의 주인공, 그걸 읽는 선생님의 감정까지 한꺼번에 통과하는 것 같았다. 몇 백 년 전의 세계가 가볍게 시간을 넘어 눈앞에 펼쳐지자 아찔한 기분이 들었다. 나는 물을 빨아들이는 탈지면처럼 강사의 말을 흡수했다.

다섯 명의 수강생 중에서 세 명은 선생님의 강의를 1년 내내 들었다. 나와 진영, 회사원인 정훈 씨가 그랬다. 진영도 그랬지만 정훈 씨도 글을 참 잘 썼다. 일이 바빠 자주 빠지면서도 매번 등록을 했는데, '야근'이 제목인 자기 소설 합평 시간에 정작 야근을 하느라 결석한 비운의 주인공이기도 했다. 나에 비해 두 사람은 확실히 소설이라는 꼴을 갖춘 작품을 내놓았다.

방학이 되자 수강생은 더 많아졌다. 이제 막 회사를 그만둔 사람, 시나리오를 쓰던 사람, 화가, 학원 강사, 음반회사 직원, 군대를 전역했거나 입대를 앞둔 남학생들, 대학생, 대학원생, 대학 조교 등등.

마침내 정원을 꽉 채웠을 때, 가게를 오픈하고 손님으로 가득 찬 식당을 처음 보는 주인처럼 내가 다 뿌듯한 마음이 들었다.

*

유난히 지각생이 많은 수요일 2교시다. 더러 늦는 학생도 있었지만 오늘처럼 많기는 처음이다. 자잘한 문제점도 발견된다. 양면 인쇄를 맡겼는데 조교가 앞면만 프린트를 해놓았다. 시작부터 좋지 않던 수업에 난 집중력을 잃고 학생들의 주의는 점점 흩어져버린다.

이런 수업을 마치면 '졌다'는 생각이 든다. 무엇에 졌는지는 모르지만 아무튼 패배감이 드는 것이다. 작가로서 회전하지 않는 동안 강의라고 싱싱할 수 있을까. 나는 지치고 냉소적이고 불꽃을 잃어가는 중이었다. '겁먹은 영혼의 작가, 이것은 자격상실을 의미합니다.' 미하일 조센코의 말이 떠올랐다.

집으로 돌아와 샤워를 하고 카페로 간다. 할 일이 쌓여 있지만 우선 빈둥거린다. 집에서도 빈둥거리지만 카페에 나와 빈둥거리는 것이야말로 진짜로 게으름을 부리는 것처럼 여겨진다. 낭비의 호사스러움이 느껴진다는 뜻이다.

두어 시간 웹서핑을 하고 난 다음에야 학생들의 습작을 꺼낸다. 더미, 이것은 **꿈의 더미**들이다. 몇 페이지를 들추기도 전에 과녁이 정확지 않아 빗나간 화살들이 발밑에 수북하게 쌓인다. 그럼에도 빛나는 구석들은 하나씩 품고 있다. 명랑하게 반짝이거나, 상황에 딱 들어맞는 대사가 나온다거나, 플롯 자체는 진부하지만 감각이 좋다거나……. 이런 식으로 조그마한 장점들은 지니고 있는 것이다.

선생님에게 배운 대로 나는 그 장점을 꺼내 확대할 것이다. '합평작이 후졌다고 내 수업까지 후질 순 없잖아요.' 선생님은 오만할 만큼 솔직하게 털어놓은 적이 있다. 기주 언니와 재회한 후부터 자꾸만 그 시절의 기억이 떠오른다. 학생들의 습작을 읽다 보니 언니의 마지막 소설도 스멀스멀 생각이 난다.

폭력적인 연인에게 질질 끌려다니는 여자가 우연히 두 아이를 데리고 있는 세련된 차림의 여자와 마주친다. 아이의 작은 실수로 말미암아 그들은 10분 정도 대화를 나누게 된다. 소설은 이 부드러운 세계가 얼마나 파괴적인 힘을 가졌는지에 초점을 맞추고 있다. 폭력과 고함이 없고 마찰이 없는 부드러운 삶. 주인공은 자신의 어머니를 떠올리며 '가난한 부드러움'과 '부유한 부드러움'이 있다고 생각한다. 가난한 부드러움은 정말 귀한 것이고 그녀도 잘 아는 것이다. 그러나 부유한 부드러움은 그녀로서는 짐작할 수 없는, 일종의 신비함이다. 편견과 과시가 없고 냉정한 예의 바름으로 거리를 벌려놓는 것도 아닌, 그저 부드럽기만 한 기운이 주인공에게 파괴적인 힘을 행사한다.

접촉만으로 그녀는 불현듯 깨달아버렸다. 일상이 거칠거나 조야하지 않다는 것. 폭력과 긴장이 밴 형태가 아닐 수 있다는 당연한 사실을 인지한 것이다. 그 바탕 위에서 본격적인 사건이 벌어진다.

기주 언니는 변변찮고 나약한 사람들이 결국 무너지는 순간을 잘 썼다. 돈과 일은 중요하게 다뤄진다. 무슨 일을 해서 얼마나 받았는지 시시콜콜 적어놓는 바람에 초창기에는 그 점을 늘 지적받았다. 하지만 마지막 소설에서는 그간 고수해온 윤리—가난한 사람이 더 우월하다는 식의—에서 완전히 탈피해 있었다. 특히 끝 장면이 좋았다. 현실에서 검은 건반 하나 정도 올라간 이미지가 소설 전체의 고도를 단번에 상승시켰다.

"박기주 씨는 무슨 일을 하시죠?"

수업이 끝나고 우연히 지하철역까지 같이 걷게 된 선생님이 불쑥 물어봤다. 지금껏 선생님은 나이와 직업을 무시하고 강의를 했기 때문에 좀 의외였다. 언니가 턱을 약간 치켜세우고 답했다.

"반찬가게 나가는데요. 재래시장은 아니고 동네 마트요."

"몇 시에 끝나요?"

"저녁반과 교대하면 다섯 시쯤 되죠. 그래서 평일 저녁 강의에 올 수 있는 거고요."

선생님은 진지한 표정으로 고개를 끄덕였다.

"그러면 하루에 대여섯 시간은 쓸 수 있는 거네요."

언니의 기분은 상한 것 같았지만 선생님은 덤덤했다. 나는 표정 관리를 하느라 애쓰고 있었다. 대학원까지 줄곧 학교에만 적을 둔 나에게 기주 언니는 '삶' 혹은 '인생'이라는 제목의 두꺼운 책 같은 사람이었다. 맵고 짠 장아찌나 눅눅해진 호박전, 멸치볶음과 콩자반과 포기김치, 그리고 '마트'라는 무대와 드센 상인들이 단번에 떠올랐고 그 배경 속에 기주 언니를 세워보니 과연 잘 어울렸다.

언니는 디킨즈풍 작가군을 연상케 했다. 바닥에서 삶을 관찰하고 거리에서 언어를 주워오는, 증언하고 싶은 경험 때문에 글쓰기를 시작하게 되는 작가들 말이다.

"기주 씨는 이번 작품으로 완전히 이륙했어요. 내가 할 일은 활주로 끝에 서서 높이 나는 비행기를 향해 손을 흔들어주는 것뿐이에요. 열심히 쓰셨으면 좋겠습니다. 언젠가 나올 박기주 씨의 책에 첫 번째 독자가 되어줄게요."

언니의 얼굴에는 방어적인 적개심이 가득했다. 뜻밖의 인정을 받았지만 쉽게 인정하지 않겠다는 듯 묘한 태도였다(하지만 겉모습만 이랬지 속으로는 심장이 터질 뻔했다고 나중에 털어놓았다. '선생님이 읽어주시는 한 죽을 때까지 쓸 거야.' 이런 맹세를 덧붙여 말이다). 나는 부러워서 죽을 지경이었다. 매끄러운 내 소설이 더 낫다고 생각했는데 언니는 내가 들어보지 못한 인정을 받고 있지 않은가.

지금 생각하면 기묘한 조합이다. 자기 나이의 절반 정도 되는 선생의 칭찬을 받아 얼굴이 벌게진 중년 여자, 그 여자를 두뇌 없는 천재 취급하며 진지하게 헌신할 것을 종용하는 어린 선생.

그때 선생은 20대 중반이었다. 강의를 해보니 이런 식으로 학생에게 희망을 주는 것은 대단히 위험한 일이다. 넬모레면 쉰 살이 될 기주 언니에게 어쩌면 주제넘고 배려 없는 짓이 아니었을까.

생각이 산불처럼 번지자 나는 아예 일거리를 한쪽으로 밀쳐두고 턱을 괸다. 선생님이나 기주 언니 같은 사람들에게 재능은 왜 있는 것일까?

선생님은 주목받는 유망주였지만 첫 책을 낸 지 2년도 되지 않아 세상을 떠났다. 가슴에 품은 수많은 이야기들은 밖으로 나갈 기회를 못 찾은 새들처럼 선생님과 함께 영원히 봉인되어버렸다. 기주 언니의 재능은 분명했지만 나이도 환경도 받쳐주지 않았다. 선생님이 돌아가신 이듬해 가출한 딸이 돌아와 보상을 요구했고, 밑 빠진 독에 물을 붓는 날들이 시작됐으니까. 이륙하는 데 성공한 언니의 비행기는 마침표를 찍지 못한 채 영원히 허공에서 맴돌고 있다.

참으로 잔인하고 신비로운 일이 아닌가. 아무리 참담한 슬럼가에도 글을 쓰고 음악을 만드는 아이들이 태어난다. 인구가 많으면 그중 몇 퍼센트에게는 반드시 예술적 재능이 발현된다. 재능이 삶을 낫게 만들어주지도 않고, 삶 쪽에서는 재능을 펼칠 기회를 주지도 않으면서 퍼부어주는 것이다. 이런 재능은 대체 왜 존재하는 것일까?

작가들은 문운文運이라는 말을 자주 쓴다. 기주 언니와 선생님을 떠올리면 작가가 글을 쓸 때 적당한 상태를 누리는 것 자체가 문운이다. 범선의 뒤에서 불어오는 바람처럼 돛을 팽팽하게 만들고 다음 소설로 나아갈 수 있게 도와주는 바람.

그런 의미에서 나처럼 문운이 좋은 사람도 없는 것 같다. 내가 있는 온실은 춥거나 덥지도, 습하지도 않다. 나는 가난하거나 아프지도 않고 이제는 이 가벼움을 묵직하게 가라앉혀줄 불행마저 겪었다.

그런데도 왜 멈춰버린 것일까.

*

이번 주 내내 밑줄이 쳐진 문장을 노트에 옮겨 적으면서 보냈다. 밑줄에 그치지 않고 괄호로 묶어놓은 부분에 특히 눈길이 갔다.

'지성의 혼란에 멍들지 않는 순수 의지' '이따금 폭발하는 기계' '물을 주면 자라기 마련이다' '해바라기의 노란 애도'라는 대목은 문장 중간 부분에 괄호로 묶여 있다. 저자의 열렬한 목소리 아래 선생님의 음성이 희미하게 들려오는 듯하다.

'기억의 감광판에 어떤 이미지가 찍히는가의 여부는 거기에 필요한 조명에 달려 있다'라는 문장 옆에는 포스트잇이 붙어 있다. 연필로 쓴 메모가 뭉개져서 판독이 불분명하지만 '벤야민 카페'라는 곳에서 이 책을 만나 누구누구와 함께 읽었다는 내용 같다. 영수증도 하나 나왔다. 던킨도너츠 영수증 뒤에 누군가의 이메일과 전화번호가 적혀 있다. 나는 따로 모아두는 상자에 영수증과 포스트잇을 담았다.

나의 감광판에는 수업 후 자주 가던 호프집의 네온 간판, 네 종류의 스낵이 담긴 기본안주 접시, 술과 몽상을 나눠 마시던 여름밤의 술자리가 찍혀 있을 것이다.

선생님이 준비해온 다양한 텍스트도 좋았지만 비판과 아이디어가

섞이는 합평 시간은 더욱 흥미로웠다. 비유하자면 이렇다. 선생님이 원 한가운데에 모닥불을 피워놓으면 수강생들이 각자의 나뭇가지를 집어넣어 불을 크게 살리는 식이었다. 누군가 무심결에 찔러 넣은 나뭇가지가 불길을 크게 키웠고, 때로 젖은 장작을 집어넣은 이도 있어 유머 섞인 야유를 받기도 했다. 모닥불이 커져갈수록 무거운 혀들이 풀려나갔다. 진지한 말들의 무대 위를 구경하는 것이 좋았고, 그 속에 뛰어드는 순간도 좋았다.

별 볼 일 없는 습작생들이지만 우리는 좋은 시절을 보내고 있었다. 소설을 쓸 수 있고, 어쩌면 좀 더 잘 쓸 수 있을지도 모른다며 기대할 때, "여기서 이 점을 보완하고……" "이 이야기는 이것에 대한 이야기로 발전할 수 있을 것 같은데……"와 같은 말들을 주고받을 때, 희망에 절망의 물감을 더 많이 섞어 캄캄한 백지 위를 걸어갈 때, 이 시간은 명백히 좋은 시절이다. 곧 지나갈 좋은 시절.

선생님은 8주짜리 강의에서 만난 사람들의 관계를 '시절 인연'이라고 불렀다. 두 달 후 영원히 보지 못할 사람도 있지만 그럼에도 귀하지 않은 것은 아니었다.

사람들이 들고나면서 매 강좌마다 봄은 봄대로, 여름은 여름대로 강의실 분위기가 매번 달라지는 것도 신기했다. 어느 때에는 의기소침한 사람들이 차분하게 절망을 나누고, 어느 때에는 활달한 사람들이 너도나도 말을 못해 안달일 때가 있다. 가장 좋은 점은 그곳에는 생활의 냄새가 배어 있지 않다는 것이었다.

언제부터 내가 뒤풀이에 끼었는지는 기억이 나지 않는다. 처음에는 수업이 끝나자마자 칼같이 빠져나왔는데 어느덧 술자리 말석에 앉아 사람들의 이야기를 듣고 있었다. 그처럼 맛있는 맥주도, 그처럼 맛있는 치킨도 내 평생 다시없었다. 생각보다 다들 내 나이에 신경 쓰지 않았기 때문에 두려움을 무릎 위에 내려놓을 수 있었다.

다음번 '이사'의 순간에 이 기억이 생생한 꿈처럼 찾아오기를 나는 바란다. 무슨 글을 썼는지도 희미해진 지금 내가 가져가고 싶은 단 한 권의 책은 그 여름뿐이다.

*

"언니, 나 시원한 거."

"냉장고 열어봐. 오미자랑 식혜 있는데 먹고 싶은 거 먹어."

방학이 되자마자 나는 큰언니네 집에 놀러오는 막냇동생처럼 기주 언니네 집으로 내려왔다. 겉으로는 에어컨이 고장 나서 집에 못 붙어 있겠다고 했지만 조바심을 감추기 위해 둘러댄 말이었다. 전화를 할 때마다 언니의 목소리에서 힘이 빠지고 있었다. 지금 이 순간에도 언니의 몸속에는 종양이 자라나고 있을 것이다.

따지고 보면 우리가 좋은 시절이라고 회상하는 그때에도 종양은 우리와 함께였다. 선생님의 몸속에서 우리가 읽고 듣고 쓰고 꿈꾸고 떠드는 모든 것을 지켜보았으리라. 선생님의 병은 '교모세포종'이라고 하는, 나로서는 처음 들어보는 악성 뇌종양이었다. 잘라내는 것밖에 치료 방법이 없다는데, 그것이 뇌 부위다. 완전히 제거하면 운동신경이나 언어중추를 건드릴 수 있어 어느 정도 놔두고 수술하는 방법밖에 없다. 당연히 재발률이 높다.

언니는 첫 번째 병문안 이후 자주 병원에 들렀다. 언니는 갑자기 닥친 사고가 만성적인 고통으로 들러붙는 상황에 대해 잘 알고 있었다.

또 스무 가지쯤 거쳐간 직업 중에는 간병인 노릇도 있다. 선생님에게 가족이라고는 아버지밖에 없는데, 외동딸의 치료비를 대기 위해 동분 서주하던 터라 언니의 도움을 거절하지 않았다.

딱 한 번 선생님이 입원해 있는 병원에 간 적이 있다. 선생님은 검사 실로 이동해 침대가 비어 있는 상태였다. 좀 어떠냐는 질문에 언니는 촘촘하게 쓴 다이어리를 내밀었다.

'산책할 때 다리에 힘이 빠져 걷지 못함'

'오후에 혼수상태. 저녁에 죽 한 그릇 먹음'

'잠들지 못하고 끊임없이 말을 하지만 알아들을 수가 없음. 진정제 처방'

'깨어남'

'섬망, 음식 거부'

'산소호흡'

그 글자 속에 들어 있는 선생님은 도저히 상상이 되지 않았다.

한참 후에 돌아온 선생님은 예상보다 더 참혹한 모습이었다. 민머 리에 말은 어눌했고 어린아이와 노인을 합쳐놓은 것 같은 형상이었다. 그 앙상한 폐허에서 선생님을 추출해내기란 쉽지 않았다. 그것은 꼭 죽음 자체를 바라보는 일 같았다. 진영이 왔어요, 라고 언니가 말하자 선생님은 힘없이 고개를 끄덕이더니 지친 듯 침대에 누웠다.

기주 언니는 선생님의 옷을 바로잡아주고 수면양말을 새로 신긴 다 음 이불을 덮어주었다. 그들은 이상한 2인조였다. 어린 스승과 나이 많 은 제자에서 이제는 엄마와 딸처럼 역할이 바뀌어 있었다. 언니는 피 곤해 보였지만 자기만족적인 미소를 짓고 있다. 교실 안에서 올려다보 기만 하던 선생님을 지금은 자기 품 안에서 돌보고 있는 형국이다. 사라진 딸의 자리에 죽어가는 선생님이 대신 들어 있는 모습이랄까. 두 사람의 모습은 다정하지만 기괴했고, 서글프지만 아름답기도 했다.

선의임이 분명한 언니의 헌신에 나는 이상한 주해를 달고 있었다. 언젠가 이들에 대한 글을 쓰게 되리라는 예감이 들었고 부지불식간에 과도한 의미 부여를 하고 있는 것이다. 이런 순간에 나는 진저리가 쳐진다. 살아 있는 인간을 종이로 불러올 생각을 하는 자가 갖게 되는 수치심. 내 펜은 이렇게나 무거운데 말이다.

"다 먹었으면 이리 와줄래?"

건넌방에서 부르는 목소리에 상념에서 깨어났다. 책장의 책들이 바닥으로 끌려 나와 스무 권씩 노끈으로 묶여 있다. 작은 단을 이루는 책들로 방 안이 빼곡하다.

"어차피 다 읽지는 못할 것 같아. 선생님 책은 따로 챙겨놨고, 내 책 중에서 네가 가진 책이랑 겹치는 건 두고 가. 너 있을 때 싹 정리해둬야겠다."

"급할 거 없잖아. 천천히 읽고 주면 되지."

"다음 달부터 요양병원 들어가기로 했어. 통증이 심해지면 호스피스 병동으로 옮길 거고…… 이제 준비해야지."

언니는 병원 가기 전에 나랑 며칠 지내게 되어 참 좋았다고 덧붙였다. 발밑이 축축한 기분이 든다. 눈물이 시작될 전조. 나는 얼른 고개를 숙이고 맨 위에 있는 책을 펼쳐보는 척했다. 언니도 내 기분을 헤아렸는지 천천히 살펴보라며 방을 나갔다.

책들 사이에 주저앉아 한참을 울었다. 당사자는 의연한데 내가 우는 건 용서할 수 없는 일이다. 눈물을 막기 위한 활자가 필요했기 때문에 선생님의 유품 중에 하나를 뽑아 들었다. 다자이 오사무의 『사양』이었다.

글줄을 읽어 나가다가 연필로 줄 친 흔적을 발견했다. 조금 더 읽다 보니 연한 노란색 색연필로 친 줄이 보였다. 연필은 선생님, 노란 색연필은 기주 언니가 친 부분일 것이다. 되도록 눈에 띄지 않으려고 가장 연한 색깔을 골랐을 것이 뻔했다.

연필과 색연필이 겹쳐진 첫 번째 문장을 소리 내어 읽어보았다.

'행복은 비애의 강바닥에 가라앉아 희미하게 빛나는 사금 같은 것이 아닐까.'

두 사람의 화음이 들려오는 듯했다.

기주 언니네 집에서 자는 마지막 밤에 나는 꿈을 꾸었다.

꿈속에서 기차를 타고 어디론가 가고 있었다. 창밖은 인도나 티베트 고원 같은 허허벌판이다. 밤에서 새벽으로 향하는 시간, 장거리 기차 여행에 지친 승객들은 깊은 잠에 빠져 있다. 내 손에는 펜과 학생들의 습작이 들려 있다. 꿈속에조차 일거리를 가지고 들어간 모양이다.

기차가 덜컹이는 진동에 맞춰 사람들의 머리가 조금씩 움직이는 것을 멍하니 바라보며 생각에 잠겼다. 모든 사람이 잠들어 있는 가운데 홀로 깨어 있으면 예기치 않은 집중을 얻게 되는 법이다.

승객들의 잠이 만들어낸 고요 속에서 밤은 점점 엷어지고 있었다. 그때 지평선 너머로 희미한 무언가가 나타났다. 일렬로 줄을 지은 사람들이었다. 손에는 크고 작은 항아리를 들고 있다. '오줌 항아리야.' 누군가 그렇게 말했다. '별수 있나. 장거리 여행이니까.' 기차는 정차하고 잠들었던 사람들은 비틀거리면서 일어나 항아리를 든 사람들에게 걸어간다. 걸어서, 그냥 사라진다.

청회색 베일이 내려오고 정신을 차려보니 기차 안에는 나 혼자뿐이다. 꿈속이지만 꿈이라는 것을 인식한다. 이런 순간은 모호하다. 꿈에서 깨어나기 시작한 것인지, 꿈에서 꿈을 지어내는 것인지 알 수 없으니 말이다. 여하튼 나는 의식과 무의식의 중간쯤에 기주 언니가 뒤척이는 소리를 들었다. 그러다 다시 기차 좌석 깊숙이 몸을 파묻었다.

창밖으로 아침이 시작되고 있었다. 다시, 지평선 너머로 어떤 형상이 모습을 드러낸다. 항아리, 이번에도 항아리다. 오벨리스크만큼이나 거대한 항아리도 있고 내 무릎께에 올 만큼 작은 항아리도 있다. 크고 작고 얇고 뚱뚱한 수없이 다양한 항아리들이 줄지어 서 있다. 사람은 아무도 보이지 않았다.

태양 빛이 항아리의 표면에 닿자 이상한 일이 벌어진다. 빛이 날카로운 투석처럼 항아리들을 깨뜨리기 시작한 것이다. 빛이 솟구쳐 올라올 때마다 항아리들은 비명 소리를 내며 부서져 내렸다. 깨지고, 깨지고, 깨져 나간다. 기차가 멈출 때까지 남아 있는 항아리는 거의 없을 지경이었다.

문이 열리고 유일한 승객인 내가 내린다.

태양은 이제 하늘 정중앙에 박혀 있다. 나는 누런 흙을 밟으며 항아리들의 잔해에 다가갔다. 깨지지 않은 첫 번째 항아리에 다가가 손으로 쓸어본 순간 갑자기 모든 것이 자명해진다. 이것은 도스토옙스키다. 이것은 톨스토이다. 이것은 발자크, 나보코프, 플로베르이며 카프카이자 마르케스다. 이것은 선생님의 유품이다. 선생님과 기주 언니가 그어놓은 밑줄이 항아리에 새겨져 빛이 닿을 때마다 문양처럼 반짝이지 않는가. 가장 최근에 독자가 된 사람이 죽고 난 다음에도 사라지지 않을 항아리들이다.

나는 손차양으로 빛을 가리며 항아리 사이를 터벅터벅 걸어 다녔다. 자세히 살펴보았을 때 빛은 비단 항아리에서만 나오는 것이 아니었다.

발밑에 채는 무수한 파편들, 사금파리의 연약한 미광, 빛은 거기에서도 나왔다. 일찍 죽은 천재가 쓰지 못한 다음 책, 세월을 통과하지 못한 세태소설, 잔업에 지친 회사원이 마침표를 찍지 못한 '야근'이라는 제목의 소설과 대학생 습작품 속 뜻밖에 좋은 두 문장, 요컨대 성공을 거두지 못한 모든 소설의 잔해가 거기 있었다. 모래보다 작고 반딧불보다 약한 빛의 입자가 대지 위에 빛무리를 이루었다. 그 빛을 반사하며 깨지지 않는 항아리는 더욱 단단해지고 있었다. 나는 파편 하나를 주워 거기 적힌 단어를 읽었다. 그러자 빈집에 울리는 초인종 소리처럼 쓸쓸하면서도 다정한 기분이 들었다.

'에메랄드를 혀 밑에 넣으면 진실만 말하게 된대.'

보석 밀수꾼 이야기를 쓰던 누군가가 나에게 이런 말을 한 적이 있다. 내가 이 보석을 삼키면 저 무거운 펜을 일으켜 세울 수 있을까. 이야기들이 다시 돌아와줄까.

종이를 찾기 위해 나는 꿈의 밖으로 걸어 나갔다. ■

어리석은 물고기

불붙은 대지, 흐느껴 우는 작은 짐승. 만灣이 다가올수록 너의 울음이 진해진다. 이 거대한 고치에 들어오기 전의 너를 무어라 불러야 할까. 유년, 혹은 전생? 유선형의 몸속에서 다리를 쭉 뻗는다. 염분 높은 바다에 털들은 언제 녹아버렸을까. 뾰족한 주둥이와 날카로운 이빨, 가늘고 짧은 꼬리까지 떠오르자 몸속 어딘가에 웅크리고 있던 쥐사슴이 고개를 들면서 배 아래쪽이 살살 간지럽다.

절벽은 익숙하다. 어깨가 내려앉고 허리가 굽었지만 조수는 이상하리만큼 변화가 없다. 이 늙은 땅은 오래전 풍경을 기억하고 있을까? 키가 큰 양치식물과 화로에 졸인 듯이 후텁지근한 공기 속을 날아다니던 커다란 곤충들, 그 속에서 발굽을 모래에 묻은 채 파도를 바라보던 작은 쥐사슴을.

너는 운다. 대체로 운다. 네가 살아남을 때마다 반드시 누군가가 죽었다. 혈육의 죽음이 벌어다준 시간으로 생명을 구하기 위해 힘껏 달아나곤 했다. 그러나 아무리 빨리 뛰어도 살육의 바깥 고리로는 나갈 수 없었다. 부모 없이 성년을 통과했으면 다부진 야생동물이 되어야 할 터인데, 너는 그러지 못했다.

첫배의 자식들을 천적에게 모두 잃었을 때, 동족의 젊은 엄마들은 이렇게 위로했다.

—번식의 바람이 다시 불 거야. 그러면 새 아기들이 돌아올 거고.

너는 그 말을 이해하지 못한 채로 두 번째 출산을 맞았다. 이번에는 뒤틀린 땅이 자식들을 삼켰다. 대지가 가볍게 경련을 했고 하필 그 악의가 너의 둥지에 닿았다. 바위에 파묻힌 자식들이 세상 빛을 본 지 두 달도 되지 않은 때였다.

세 번째에도, 네 번째에도, 너는 계속 희망을 품고 출산하지만 한 마리의 자식도 품에 안지 못한다. 작고 약한 새끼 쥐사슴은 어디서나 좋은 먹잇감이지만, 거듭되는 출산에도 불구하고 자식 중 한 마리도 건사하지 못한 어미는 드문 일이다. 절망을 모르던 시절의 너는 그저 무기력하다. 너는 먹지 않고 움직이지 않는다. 그렇게 여러 날을 보낸다.

무리 중 가장 늙은 어미들이 다가와 그래도 먹어야 한다고, 먹고 움직이고 다시 살아야 한다고 설득했을 때 어처구니가 없었다. 그 이유를 묻자 늙은 어미의 몸처럼 빈약한 답이 돌아왔다.

—너는 여기 속해 있으니까. 땅에 속한 야생동물이니까.

그 땅이 너에게 한 일은 지독한 것뿐이다. 너는 땅에 속해 있는 일에 염증이 난다고, 맹목적으로 살아갈 이유를 모르겠다고 대꾸한다. 그러자 늙은 어미 중 하나가 이렇게 말한다.

—죽음은 자연의 일부란다. 우리의 불행은 전체의 '조화' 속에 들어

있는 것에 불과해. 나도 여러 번 새끼를 잃어보았지. 하지만 살아가다 보면 이것이 전부 일시적인 상태라는 것을 깨닫게 될 거야. 자연의 순리는 위대하고 아무도 그 질서에서 벗어날 수가 없단다.

그 어미는 작고 약한 몸으로 살아가는 한계를 받아들이라는 말을 하러 온 것이다. 그러다 보니 '조화'나 '순리' 같은 거대한 논리를 동원하게 되었다. 그 말이 얼마나 잔인한지 깨닫지 못한 채. 듣기만 하던 너는 절규한다.

─나는 조화를 증오해요! 이 고통은 오직 내 것이고, 이건 절대로 자연스러운 일이 아니에요. 전체니 순리니 하는 것들에 내 고통을 절대로 내어줄 수 없어요. 빌어먹을 자연의 질서 따위에 흡수되지 않을 거라고요!

아무도 너를 위로할 수 없다. 위로할 수 없는 너는 불편한 존재다. 너는 무리에서 점점 고립된다.

하지만 어미들이 불러일으킨 적대감 때문에, 다시 먹기 시작한다. 죽어서 '조화' 속에 흡수되지 않기 위해 닥치는 대로 먹는다. 입안에 무언가를 밀어 넣지 않는 순간에는 마음의 압력을 견딜 수 없다. 꽃도 먹고, 잎도 먹고, 열매와 나무껍질도 먹고, 죽은 짐승의 반쯤 썩어가는 살점도 먹어치운다. 지방은 점점 길고 두꺼워지는 슬픔의 외투 같았다.

지진으로 인한 산불이 시작된 그날도 마찬가지였다.

땅이 흔들리고 화염이 치솟을 때 너는 기쁨으로 전율했다. 유해한 기운이 쥐사슴 무리 전체를 감싸고 있었다. 불행이 모두에게 적중할 것이다. 동족의 공포가 너에게는 환희로 다가온다. 너는 만의 절벽 위에 서서 달아나는 쥐사슴 무리를 향해 실컷 비웃어주고 싶었다.

―이것이야말로 '조화'로군! 지금도 그렇게 떠들어댈 수 있나 보자.

너는 달아나지 않는다. 살기 위해 발버둥 치는 것은 생각만 해도 지겨웠다. 얼마나 지겨운가 헤아려보니 육지에 발을 딛고 살아온 모든 날들에 염증이 일었다. 왜 너만 별개인 마음을 품고 살아야 하는가? 결국 너는 아무 데로도 가지 않는다. 절벽 위에서 한바탕 울고 죽음을 맞이할 생각이었다.

산에서 시작된 불꽃이 능선을 타고 내려와 발치의 땅을 핥아대기 시작한다. 매캐한 냄새와 함께 짧은 털이 그슬린다. 너는 잠깐 물러서다가 허공으로 한 발 내딛는다. 태양 빛이 쨍! 소리를 내며 두 갈래로 갈라지자 빛이 움푹하게 패인 곳을 향해 작은 짐승이 뛰어든다. 뭍의 짐승인 네가 물에 들어간 최초의 순간.

불꽃이 푸른 물결로 바뀌었다. 소음을 일거에 삼켜버린 수압이 너를 짓누른다. 입과 코에 들어오는 짜디짠 물을 들이켜며 첨벙거려보지만 이내 힘이 빠진다. 너는 저항을 포기한다. 조금씩 가라앉으면서 평화로운 죽음과 하나가 될 것이다. 물살이 느린 춤을 추는 곳으로 쥐사슴 한 마리가 떠내려간다.

그런데 기이한 일이 벌어진다. 얌전하게 죽음을 기다리자, 죽음에게서 기대한 바로 그 평화가 도래한 것이다. 바다에서 너는 중요한 사실을 깨달았다. 물속처럼 울기 좋은 곳이 없다는 것이다. 비통한 너의 울음이 대양을 진동시키며 죽은 자들을 일깨운다. 물결을 타고 너는 자식들의 목소리를 한꺼번에 듣는다. 막혀 있던 모든 눈물을 바다에서 풀어낸다.

수면 위로 너를 밀어낸 것은 부력이 아니었다. 죽은 자식들이 너의 몸을 삶으로, 물 밖으로 떠밀었다. 눈물을 그친 너는 천천히 숨을 내쉬었다.

　네가 빠진 바다는 얕은 그릇이나 다름없었고 파도가 몇 번 발을 굴러 해변으로 너를 되돌려놓았다.

　너는 숲으로 돌아가지 않는다. 산불이 꺼지고 생태계가 조율될 만큼 시간이 흘렀지만 여전히 해변에 남아 있다. 종일 바다만 바라보며 발굽에 모래를 묻히고 있다.

　너는 우는 것이 좋다. 형태를 잃고 부서지는 것이 좋다. 파도가 모양을 바꾸며 다시 만들어져 되돌아오는 것이 좋다. 그것은 혼란스러운 너의 영혼을 닮았다. 만의 절벽에 서서 수많은 물방울의 날들을 돌이켜 보니 바다가 왜 크고 푸른지 알 것 같았다. 바다는 슬픈 짐승의 눈물이 한데 모여 깊어진 것이다. 슬픈 짐승의 눈물은 사라지지 않는다. 마르지도 않는다. 지구에 이토록 푸른 물이 넘실대는 이유는 죽어간 모든 짐승의 눈물이 더해졌기 때문일 것이다.

　절망이 뽑혀나간 자리에는 이상한 희망이 자라났다. 그 희망이 너를 조각한다. 너의 마음뿐 아니라 작은 육신조차도.

　다시, 네가 보인다. 헤엄치기를 연습하는 쥐사슴. 물과 뭍을 오가는 외톨이. 땅 위에서 살던 포유류가 얼마나 어처구니없는 꿈을 꾸었는지, 그 꿈이 너를 얼마나 몰아붙였는지, 희망이 너를 어떤 괴물로 만들었는지 한번 들여다보자.

　바다에서 나오자마자 너는 배 속을 뒤집기라도 할 것처럼 격렬하게 토한다. 거품이 이는 토사물에는 모래와 해초 들이 섞여 있다. 염분 높은 물을 들이켠 탓에 조갈증이 심하다. 바다에 잠깐 들어갔다 나온 것만으로도 완전히 탈진한다. 그럼에도 세찬 물굽이처럼 전율이 네 몸속을 휘젓고 있다.

나아질 줄 몰랐던 수영 실력은 조금씩 향상되고 있다. 앞다리를 노처럼 넓적하게 펴서 물살을 휘젓는 것 좀 봐. 작은 물고기를 사냥하는 솜씨도 제법인걸. 그래. 이제 아무도 뭐라 하지 않지. 혼자 돌아다녀도, 물고기와 해초를 먹어도, 이따금 바닷물을 일부러 마셔보아도 그 누구도 너를 간섭하지 않는다.

새로운 적들이 쫓아오지만 두렵지 않다. 위기의 순간마다 앞발을 이용해 바다에 빨려 들어갔다가 파도를 이용해 되돌아오는 방법을 터득했으니까. 관대한 바다는 너를 숨겨준다.

네 몸은 육지에 살도록 설계되어 있지만 네 마음은 바다와 더 맞는다. 너의 비애와 외로움. 고립된 채 질리도록 슬픔에 잠겨 있기에 적당한 곳은 이 푸른 세계뿐이다. 매일 아침 바다에 발굽을 적시며 다짐한다. 저곳으로 떠나 다시는 땅을 밟지 않을 거라고.

무심하고 자기만족적인 파도가 발굽을 감싸고 더 깊은 곳으로 가자고 속삭이는 순간이 너는 미치게 좋다. 굴 껍질에 베이고 해파리에 쏘이면서도 끈질기게 바다에 대한 동경을 포기하지 않는다. 익사의 위기를 넘기고 만신창이가 되면서 이렇게 생각한다.

—하늘을 나는 새들에게도 이런 순간이 있었을 거야.

너는 새처럼 두 앞다리를 휘저어본다. 물고기가 아니라 새들에게서 헤엄치는 방법을 배우려 하다니 참으로 어리석다. 그러나 이 시기의 너는 세상의 모든 생명체에게서 '기관'을 상상하고 있었다. 물속에서 살기 위해 너에게 필요한 육체와 그것을 획득할 방법. 만물은 오직 힌트로만 보인다.

실패 끝에 찾아낸 방법은 꼬리를 이용하는 것이다. 수달이 가장 좋은 본보기를 보여주었다. 물속에서 몸놀림에 맞춰 꼬리를 움직이는 것은 까다롭고 섬세한 일이다. 하지만 막상 꼬리를 조작할 수 있게 되자 몸이 일정한 방향성을 갖는다. 물살이 처음으로 몸을 부드럽게 받아들인 순간 하늘의 맛을 알게 된 새처럼 해방감이 밀려온다.

바닷속에서 눈을 뜨기 위해 수없이 연습한다. 눈을 뜨는 일은 중요하다. 그렇지 않으면 물고기들의 신비로운 질서를 망가뜨리기 때문이다. 너는 몇 번이나 맞은편에서 오는 물고기들과 부딪쳤는지 모른다.

몸에서 네 개나 뻗어나간 다리가 수치스럽다. 우아하게 파도를 가르거나 잘라내는 적절한 지느러미가 없으니 그저 힘으로 물살을 헤칠 수밖에 없다. 너는 얕은 물에서 첨벙거리는 네 몸을 항상 의식한다. 그리고 냄새도. 비린내 대신 더러운 육지동물의 냄새가 풍길까봐 걱정이 된다.

물고기들은 떼 지어 다닐 때조차 '간격'을 유지하고 있으며 이 간격이야말로 그들의 우아한 자유를 말해준다. 그들은 불쾌하거나 기묘한 풍경을 보아도 눈을 깜박이거나 소리 내어 짖지 않는다. 그것이야말로 네가 바란 질서다.

물속에서 지내는 시간이 길어지면서 너의 몸은 조금씩 바뀌고 있다. 사는 곳과 주식이 바뀌면서 몸도 따라 변한다. 육질을 찢을 필요가 없으니 날카로운 이빨이 물러지고, 기온이 일정한 곳에서 살아가니 털이 자라날 필요가 없다. 물살을 만나는 이마와 아래턱에는 지방이 쌓여 두툼하고 부드러워졌다. 무엇보다 몸이 커지면서 길쭉해지고 있었다. 그 사실을 깨닫자 보호색을 갖춰 입은 카멜레온처럼 의기양양한 마음이 들었다.

너는 한계를 인정하면서도 물에서 자유롭게 움직이는 상상을 멈출 수 없고, 상상 속에서 만든 몸을 갖기 위해 끝없이 노력하고 있다. 그러나 완전히 갈아입지 못한 육체는 벗다 만 셔츠처럼 항상 몸에 걸려 있었다. 거추장스러운 뒷다리는 시무룩한 짜증을 내며 열심히 노를 젓는 앞다리의 물살을 방해한다. 양쪽 귀, 냄새를 맡을 필요가 없어진 코, 아가미가 될 수 없는 폐. 이런 기관들은 바다에 들어오면서 반란을 일으킨다. 네 몸은 일종의 전쟁터이다. 바다와 육지가 각자의 영역을 빼앗기고 뺏는다. 모양이 정해지지 않은 육체를 지닌 너의 투쟁 또한 끈질기다.

바다는 너를 받아들이면서 동시에 너의 몸을 조각하기 시작한다. 쓸모없는 기관을 몸 안으로 불러들이고 걸리적거리는 뒷다리를 짧게 줄인다. 너에게는 물살을 가를 수 있는 좀 더 긴 지느러미가 필요할 뿐이다.

시간이 갈수록 두 눈 사이가 멀어지고 콧구멍은 이마 쪽으로 올라간다. 입과 이마는 길어지고, 몸은 유선형으로 매끈해지고 있다. 귀는 살 안으로 묻혔고 길어진 꼬리는 둘로 갈라져 헤엄치기 용이하도록 돕는다. 형체도 없는 물방울들이 끊임없이 너의 몸을 잡아당기고 누르면서 주물럭거린 결과다.

너의 변화도 전체의 '조화' 속에 수렴되는 것일까? 그러나 자연의 속셈에는 이해할 수 없는 구석이 많다. 어느 부분은 쓸데없이 발달했고 반드시 필요한 기관들은 제대로 대체되지 않았다. 포유류로 태어난 네가 어류가 되어가는 과정에서 때때로 너는 원망한다. 쓸모없는 귀를, 물을 완전히 막지 못하는 콧구멍을, 돌아나지 않는 지느러미를, 무엇보다 수치스러운 뒷다리를, 물고기도 짐승도 아닌 이 불완전한 기형

상태를.

너는 아주 느리게 태어나는 중이다. 시간이라는 양수 속에서 헤엄치며 내가 되기 위해 자라나고 있다. 그러느라 바다 밖 세상이 얼마나 변했는지 눈치채지 못한다. 희망이 밀랍처럼 너를 봉해 세월로부터 분리해버렸다. 어느 순간부터 뭍 위의 풍경이 바뀌어가고 있었다. 네가 속했던 세상은 이제 사라져버렸다. 종족이 사라진 후에도 슬픔을 간직한 존재가 더 길게 이어진다는 것은 참으로 기이한 일이다.

오직 바다에서 살고 싶다는 마음만이 기나긴 지느러미처럼 자라고 있었다.

마지막까지 남은 문제는 불완전한 호흡이었다. 아무리 애를 써도 아가미를 가질 수는 없기 때문이다.

숨을 참는 연습을 거듭하며 깊은 잠은 포기했다. 적어도 한 시간에 한 번씩은 수면 위로 올라가야 한다. 절반쯤 잠든 상태에서 콧구멍으로 들이마신 물을 뿜어낸 다음 숨을 몰아쉬는 방법이 가능해졌다. 어쨌든 해내고 있다. 네발짐승의 호흡을 바꿀 수는 없지만, 적응 상태에는 그럭저럭 도달한 것이다.

슬픔의 터널을 거의 다 통과했으니 남은 것은 뭍과의 이별뿐이다.

육지에 올라온 것은 순전히 작별을 위해서다. 이제는 지느러미가 된 발을 질질 끌고 올라온 너는 바위에 비스듬히 기댄다. 수압이 사라진 대기는 지나치게 가벼워서 안정감이 없다. 그러나 이 그리운 공기. 신선한 꽃 냄새. 오랜만에 보는 숲 그늘과 햇볕이 반짝이는 나뭇잎은 눈부셨다. 대지는 떠나는 너를 위해 찬란한 모습으로 단장한 것 같았다. 마주친 모든 풍경에 인사를 한 너는 육지를 등지고 바다로 향했다.

첫 파도에 몸을 적셨다. 두 번째 파도는 조금 더 컸다. 일부러 헤엄을 치지 않고 물살에 몸을 싣는다. 마침내 거대한 파도. 네 몸을 영원히 바다로 데려가줄 파도가 도착했다. 너는 유선형의 먹물색 그림자가 되어 바닷속으로 사라진다. 파도의 찬란한 호위를 받으며 **너는, 내가 된다.**

육지와의 사슬이 완전히 끊어지는 바로 그 순간에 다가오는 존재가 있었다.

그는 두 지느러미로 땅을 짚고 기우뚱하게 걸어오는 중이었다. 나는 똑똑히 보았다. 그것은 팔이 달린 물고기, 지느러미를 다리처럼 쓰고 있는 물고기였다. 지느러미 끝이 너덜너덜한 것으로 보아 이 상태에 도달하기까지 얼마나 분투했는지 알 수 있었다. 그가 무슨 소망을 품었는지, 그래서 무슨 짓을 했는지 한눈에 꿰뚫어 볼 수 있었다. 나 자신에게도 벌어진 일이었으니까.

─나는 뭍으로 나아가려 해.

기괴한 걸음걸이로 다가온 물고기가 이렇게 말했다.

복잡한 교감이 우리 사이를 오간다. 걷는 고래와 팔이 달린 물고기. 우리는 정반대의 방향에서 출발해 서로를 지나갔지만 동일한 욕망을 지녔다. 우리는 살던 곳을 등지고 스스로 고향을 개척해낸 존재들이었다. 희망과 절망이 공존하는 불완전한 육체를 지닌 채.

저 기형 물고기는 내가 사라지기를 바랐던 팔다리를 갖고 싶어서 지느러미를 땅 위에 세우고 있다. 나는 파도에 가위춤을 내는 그의 가슴 지느러미를 못내 소망하는데 말이다. 다리와 귀와 허파를 줄 테니 나에게 지느러미와 비늘과 아가미를 주지 않을래? 짐짓 이런 말을 꺼내고 싶었지만 얼른 외면했다. 전혀 다르게 생긴 거울 속의 나와 마주 보는 느낌이 섬찟했기 때문이었다.

그는 추하고 애처롭다. 아마 나도 그럴 것이다.

기억이 무분별한 파도처럼 덮쳐온다.

기억은 때때로 예언 같아서, 나는 미래를 과거처럼 들여다본다. 나는 해체될 것이다. 무거운 뼈들에 눌려 죽어갈 것이다. 남아 있는 견고한 뼈들이 모래 속으로 가라앉고, 운이 좋으면 발굴될지도 모른다. 내 뼈를 캐낸 풋내기 학자의 환호성이 벌써부터 들리는 듯하다. 미래에 대한 상상이 이렇듯 구체적인 것은 연구소에 있을 때 너무 많은 이야기를 들어온 탓이다.

테비슨 박사는 내게 혀 마사지를 해줄 때마다 고대 고래들의 이름을 알려주었다. 최초의 고래 파키케투스는 내가 헤엄을 배우던 시절과 유사한 점이 많다. 털이 달린 육체로 육지와 해변을 오가며 물고기를 잡아먹었으니 말이다. 아직까지 손과 발의 화석이 발견되지 않은 쿠트키케투스도 걷는 고래라고 했다.

나는 이 시절을 기억한다. 다른 인생이 가능하다고 믿었고 하루하루 환희에 차 있던 시기였다. 바실로사우루스에 이르러서야 물과 뭍을 오가는 이중생활이 끝이 난다. 에오세 바다 최상위 포식자가 내 조상이라고 박사는 말했다. 그는 기나긴 내 인생을 '진화'라고 불렀다. 내가 '슬픔'이나 '고통'으로 부르고 싶은 시간을 말이다.

내가 언제부터 고래가 되었을까. 다른 물고기들처럼 바다에서 살아갈 수 있는 것만으로도 행복한 날들이 있었다. 그러나 '육체 갈아입기'라는 목적에 성공한 다음부터 나는 이상한 욕망으로 들끓었다.

저 속을 알 수 없는 바다가 나에게 야심을 불어넣은 탓이다. 쥐사슴의 손을 잡아 이끈 파도가 점점 더 깊은 곳으로 데려가더니 물고기와 새우를 무수히 밀어 넣었다. 슬픔을 잊으려고 닥치는 대로 먹던 시절처럼 나는 입에 들어온 모든 것을 먹어치웠다. 몸을 바꿔 나가는 과정에 중독된 나는 멈출 수가 없었다. 나는 계속해서 자라났다.

나는 점점 나를 초과한다. 나는 거대하고, 거대한 크기는 권력을 의미한다. 내가 나타나는 순간에는 물결조차 긴장하는 것이 느껴진다. 뭍에서는 가장 취약한 피식자였던 내가 바다에서는 최상위 포식자가 된 것이다. 가소로운 물고기들 사이를 가르는 나는 하나의 대륙이었다.

다섯 바다를 드나들며 수많은 적들을 만나왔다. 적들의 존재가 육지보다 무서웠던 까닭은 예측할 수 없는 모습으로 공격을 가하기 때문이었다. 심해어의 눈이 다섯 개나 될 이유가 무엇인가? 그 괴물은 촉수처럼 길게 뻗어 있는 소화관을 내 몸에 붙인 채 수십 킬로미터나 헤엄쳐 갔다. 간신히 뿌리쳤더니 옆구리에서 빨판 모양으로 살점이 떨어져나갔다. 이상한 독에 쏘여 사경을 헤매던 순간도 잊을 수 없다. 육지에 살 때 뱀에 물려본 적이 있으나 며칠간 불편했을 뿐이다. 그런데 바다뱀인지 뱀장어인지 알 수 없는 야광 발사체에 물린 다음에는 한동안 몸의 반쪽이 마비되어 생명이 위험했다. 해류가 일으킨 소용돌이에 휩쓸려 먼바다로 축출되기도 했고 떨어지는 빙하에 등을 맞은 적도 있다. 그럴수록 내 몸은 두꺼운 지방으로 견고한 성채를 쌓아갔다.

때때로 거대해진 내가 어리둥절할 때도 있다. 코끼리의 몇 십 배 크기인 내가, 점점 더 높은 물기둥을 쏘아 올리는 내가, 3미터 이상의 새끼 고래를 낳는 내가 터무니없게 여겨진다. 나 자신을 무대에 올려놓고 이런저런 배역을 시켜보았으나 지나치게 역할을 잘해서 닮고 닮은 느낌을 줄 뿐, 진짜 역할을 알 수 없는 배우 같았다.

포경선이 등장하면서 나의 전성기는 끝이 났다.

공기공 아래에서 등의 중간까지 몇 번이나 포경선의 작살이 꽂혔다. 부러진 작살은 등에 파묻힌 채로 다시 지방에 덮였다. 선원들은 보물 혹은 원수처럼 나를 바라보았고 부지런히 작살을 날렸다.

선원들은 보물을 찾은 해적처럼 거들먹거리며 배당금에 대해 떠들었다. 고래기름으로 산업 엔진을 돌리고 밤을 밝히던 세상이었다. 고래기름으로 기계를 돌리다니, 팔이 달린 물고기만큼이나 어색한 일이다. 하지만 새로운 세계가 태어나는 시기에는 모양이 정해지지 않은 기관들이 넘쳐나기 마련이다.

테비슨 박사는 나의 '기관'에 대해 항상 이렇게 말했다.

—섭식과 식습관이 바뀌니 몸이 서서히 변화하는 건 당연해. 그런데 정말 궁금한 건 이거야. 왜 바다에 들어갔을까? 쥐사슴에 가까운 작은 동물이 제 발로 바다로 들어가 덩치 큰 고래가 되었다니 참으로 이상하지 않아? 최초의 쥐사슴은 대체 왜 물에 들어갔을까? 먹이 때문에? 적을 피해서? 사실 내가 가장 많이 받는 질문이기도 해.

내가 인간이었다면 조용히 웃어주었을 것이다. 나의 기원은 슬픔이라는 것, **고래로서의 기원은 쥐사슴으로서의 절망이라는 것**, 끈덕지게 남아 있는 희망이 내 육체를 조이고 늘리고 두 눈을 잡아당기고 몸을 길쭉하게 만들고 이빨을 다 뽑고 뒷다리와 귀를 제물로 가져가버렸다는 사실을 박사는 짐작이나 할 수 있을까.

인간들은 『인어공주』라는 동화에 익숙하다. 그럼에도 인어공주가 사람의 몸을 반쯤 지워낸 물고기였다는 사실을 알아차리지 못한다. 빌어먹을 사랑 때문에 숨겨진 지느러미발을 다시 꺼내는 순간 인어공주가 치른 대가는 어떠했던가. 그 동화에서 정확한 사실이라고는 물방울이 된 인어공주의 모습을 환희에 가득 차게 그려낸 것뿐이다. 거대한 슬픔과 하나가 되는 것보다 더 찬란한 것은 없다.

─너는 중요한 돌연변이야.

테비슨 박사는 흔적만 남아 있는 내 뒷다리를 가리키며 이렇게 말했다. 이것은 '증거'라고. 나를 발견함으로써 진화의 잃어버린 고리를 완성했다고. 창조론자를 엿 먹일 한 방이 여기 있다고 말이다. 오랫동안 뒤쫓아온 범인을 잡아 수갑을 채운 경찰처럼 박사는 만족스러운 미소였다.

원 없이 연구비를 써보기도 전에 박사는 죽었다. 그의 유언 때문에 나는 자유의 몸이 되었다. 수족관은 따뜻하고 안온했으나 나는 이미 정형 행동에 중독되어 있었다. 그 감옥을 나올 때만큼 벅찬 순간이라고는 파도에 처음 뛰어든 날밖에 없었다.

등대는 짧은 막대처럼 예측할 수 없는 내 앞길을 비추어주었다.

긴 생명을 마무리하기에 더없이 좋은 밤이다.

그럼에도 밤바다에서 달을 바라보고 있으면 이 생이 영원할 것 같은 착각이 든다.

고래라는 포장지에 싸인 나는 무엇이었을까. 돌연변이 괴물인가, 신이 스위치 내리는 것을 잊어버린 생명인가. 고래라는 종의 기억 저장소 같은 것은 아닐까. 이렇듯 밀도가 높은 바다를 돌아다니다 보면 별의별 생각이 든다. 앞으로 나아갔던 만큼 뒤로 멀어지는 파도들이 어딘가에 죄다 얼어붙어 있을 것만 같다. 물결 하나하나에 나를 갈라버릴 칼날을 숨겨놓은 채.

며칠 전부터 그 칼날이 작동했기 때문에 이렇듯 해변으로 떠밀려온 것이다.

나는 늙은 고래다. 그건 부정할 수 없다. 언제부터 늙었는지는 잘 모르겠다. 늙은 나를 알아차린 순간만이 존재할 뿐이다.

어느 날 암초에 부딪쳤는데, 예전 같으면 금방 파악했을 어처구니없는 실수였다. 피부에도 병이 생겼다. 내 피부의 두께를 생각하면 일어날 수 없는 일이 일어난 셈이다. 무엇보다 전처럼 오래 바다 깊이 머물 수가 없었다. 수면은 위험한데도 자꾸 올라와야 하는 것이다. 숨이 차서, 숨이 차서 견딜 수 없기 때문이다.

잠은 거의 자지 않는다. 잠자는 것을 잊어버린 병에 걸린 것 같다. 습관처럼 입을 벌려보지만 좋아하는 먹이들, 새우나 물고기 들은 어디로 사라졌는지 헛물만 들이켠다. 텅 빈 내장에는 빈방처럼 먼지가 쌓이고 유령들의 울음이 메아리친다. 지금껏 내가 먹고 뱉어낸 많은 물고기들의 유령.

밤의 끝자락에서 나는 그 소리를 들었다.

우주의 주파수 같은, 소리라기보다 진동에 가까운 형태로 내 주위에 울리고 있었다. 거기에 이끌려 홀린 듯 방향을 잡았다. 첫 번째 파도, 그다음 파도, 마침내 나를 뭍으로 데려갈 세 번째 파도에 실린 다음에서야 내가 죽음이라는 배에 승선했음을 깨달았다.

해변 모래에 배가 닿았을 때, 두 번 다시 빠져나갈 수 없음을 직감했다.

숨은 쉴 수 있었다. 그러나 바다에 적응해버린 내 몸은 너무나 무거웠다. 뭍에서 사는 방법을 잊어버린 나는 부력 없는 세계를 지배하는 위대한 중력을, 그 엄정함을, 바다 밖에서는 아무것도 떠오를 수 없으며 무거운 육체야말로 가장 빨리 처벌받는다는 사실을 깨달았다.

─조수가 차면 희망이 있다. 물이 부풀기를 기다리자.

어리석게도 이런 가설을 세우는 동안에 너의 울음이 또렷하게 들려온 것이다. 첫배의 자식을 잃고 우는 어미의 울음. 잊고 있던 소리가 지나간 기억을 두들겨 깨워놓았다. 그리고 이 밤, 밝은 달이 파도를 온순하게 길들이는 밤에 이르자 쥐사슴에서 다섯 바다를 누비는 고래가 되기까지의 기나긴 시간이 빠르게 되감겨지는 것이다.

전에도 내 죽음을 상상해본 적이 있다. 내가 그린 최후는 이러했다. 분수공에서 큰 물줄기를 한번 내뿜고 마지막 숨을 쉰 다음 내려갈 수 있는 가장 깊은 심해로 내려가 수평으로 몸을 누인다. 그러고는 다른 물고기들에게 몸을 깨끗이 내어주며 평화롭게 잠을 청한다.

하지만 속을 알 수 없는 바다는 마지막 순간에 나를 뱉어버렸다. 버려진 쓰레기처럼 해변으로 떠밀어버렸다. 바다는 죽어가는 나를 절대로 품어줄 생각이 없었다.

아침 해가 떠오르자 수분이 증발하면서 피부가 마르기 시작한다. 물속에 살면서 내 뼈들은 점점 무거워졌다. 오래전에 바다는 이렇게 속삭였다.

─아래쪽이 무거워야 몸이 뒤집히지 않고 균형을 잡을 수 있어.

그래서 뼈비대증에 걸리고 만 것이다. 너무 많은 짐을 실은 배가 아래쪽에 무거운 추를 넣는 것처럼. 물 밖으로 나온 지금 그 뼈들이 내 장기를 누르고 있다. 나는 스스로에게 질식당하는 중이다.

태양의 고도가 올라가면서 점점 뜨거워진다. 화상과 동시에 체온이 상승하는 것이 느껴진다. 내가 숨을 쉴 때마다 악취가 난다. 썩기 시작한 내장에서 나는 냄새다. 유일한 위안이라고는 이제 모든 것이 끝나간다는 사실뿐이다.

잔인한 태양이 내 등을 다 태웠을 무렵부터 수축이 시작됐다.

피부가 쪼그라든다고 생각한 다음에도 계속 줄어들기를 멈추지 않았다. 의식이 파도처럼 밀려왔다가 나가버린다. 그러면 이 모든 것이 환영이란 말인가?

수축이 시작되면서 배 밑에 깔려 있는 죽은 생물들이 보였다. 나는 죽어가면서도 더 작은 생명을 죽이고 있었던 모양이다. 그러나 이게 중요한 것이 아니다. 내 수축은 일정한 모양을 이루고 있었다.

이를테면 사라진 뒷다리가 우스꽝스러울 만큼 작게 몸 뒤쪽에 달라붙었다.

두 갈래의 꼬리가 합쳐지고 끝이 가늘어졌다.

이마는 좁아지고 입은 작아졌다. 그제야 단숨에 사실을 알아차렸다. 나는 지금 포유류의 몸으로 돌아가고 있는 것이다. 이것이 오래전 어미들이 말한 '조화'였다.

털이 돋아났다. **그러나 죽음은 더 빨리 자라날 것이다.**

묻혀 있던 귓바퀴가 밖으로 나오면서 새들의 노래가 들려온다. 다만 눈은 보이지 않는다. 보이지 않는 눈으로 모든 것을 내려다보고 있다. 지느러미가 앞발이 되어 사라지는 것을, 그 자리에 둘로 갈라진 발굽이 나오는 것을.

수직으로 내리쬐는 태양빛을 받으며 나는 첫 헤엄을 치던 순간만큼이나 조심스레 몸을 일으켜 세웠다. 몇 번 남지 않은 숨결로 모든 의심을 부수고 마지막 육체를 입는다. 고래의 그림자를 밟고 선 채 죽음을 향해 걸어갈 시간이었다.

작은 쥐사슴이 숲을 향해 한 발 내딛는다. ■

수상후보작

모르는 영역
권여선

마 켓
기준영

낯빛 검스룩한 조선 시인
김연수

골든 에이지
김희선

세실, 주희
박민정

흩어지는 구름
조해진

울음소리
최윤

권여선

모르는 영역

1965년 경북 안동 출생. 서울대 국문과 및 동대학원 졸업.
1996년 『푸르른 틈새』를 발표하며 등단.
소설집 『처녀치마』 『분홍 리본의 시절』 『내 정원의 붉은 열매』 『비자나무숲』 『안녕 주정뱅이』.
장편소설 『레가토』 『토우의 집』.
〈이상문학상〉 〈한국일보문학상〉 〈동리문학상〉 수상.

모르는 영역

다영은 여주에 있다고 했다.

여주라면 명덕이 공을 친 클럽에서 고속도로로 10분 남짓 걸리는 곳이었다. 그는 새벽에 시작한 라운딩을 마치고 일행과 늦은 점심을 먹고 곧바로 집에 돌아가 쉴 생각이었지만 밥을 먹다 누군가가 가져온 보드카를 몇 잔 마시게 됐고 또 누군가에게 이상한 혐오가 일어 혼자 클럽하우스를 빠져나왔다. 근처 카페 주차장에 차를 세우고 야외 테라스에 앉아 얼음을 채운 콜라를 마시며 술이 깨기를 기다리다 아무 이유 없이 다영에게 전화를 걸었다.

"여주엔 왜?"

다영은 말이 없었다. 우리가 서로 그런 걸 일일이 묻고 답해야 하는 사이인가 회의하는 침묵 같았는데 설사 그렇다 해도 할 수 없었다. 다영은 짧게 한숨을 쉬더니, 도자비엔날레 때문입니다, 했다. 도자……

비엔날레……? 그가 담배 연기를 빨아들이는 사이, 지금 촬영 중이라 서요, 하는 말과 함께 전화가 끊겼다. 그는 뚝 끊긴 전화보다 때문입니다, 하는 정중한 말투가 더 신경이 쓰여 담배를 피우다 말고, 녀석 하고는, 혼잣말을 했다.

담배 연기는 하늘로 올라갔고 연푸른 하늘을 배경으로 초승달 모양의 낮달이 크림 빛깔로 떠 있었다. 낮달의 바깥 호는 얇고 선명한 데 비해 안의 호는 세상에서 가장 부드러운 톱니무늬로 하늘빛에 묽게 섞여 들고 있었다. 운동 후의 식사, 낮술의 취기, 봄날의 나른함이 겹쳐 그는 선잠에 빠지면서도 이게 어쩐지 저 은은한 낮달 때문이지 싶었고, 이게 죄다 저 뜯긴 솜 같은 낮달 때문입니다…… 낮달 때문입니다…… 하다 잠이 들었다.

깨어났을 때는 한 시간쯤 지나 있었다. 그는 얼음이 녹은 밍밍한 콜라를 마시고 하늘을 보았는데 낮달의 위치가 생각보다 서쪽으로 많이 기울어 있었다. 낮달을 오래 보고 있자니 최면에 걸린 듯했고 문득 자신의 페인팅에서도 색과 기운을 조금씩 뺄 필요가 있다는 생각이 들었다. 더는 세지지 말자 그런 생각. 조금 연해도 된다고, 묽어도 된다고, 빛나지 않아도, 선연하지 않아도, 쨍하지 않아도, 지워질 듯 아슬해도 괜찮다고, 겨우 간신해도……. 그런 생각 끝에 그는 마치 그 생각의 자연스러운 결론이기라도 한 듯 여주에 가기로 마음먹었다. 가서 도자비엔날레도 보고 다영의 얼굴도 보고 저녁이나 같이 먹고 와도 괜찮겠다고.

차에 시동을 걸고 출발하기 전에 전화를 걸었다. 한참 만에 전화를 받은 다영은 대번에 부정적인 반응을 보이며 촬영이 언제 끝날지도 모르고 시간 맞추기도 힘든데 괜히 오지 마시라 했다.

"어차피 도자비엔날레도 볼 겸, 간 김에 젊은 사람들 고생하는데 고기 한번 사주고 싶어서 그러지."

다영이 놀란 듯, 우리 팀 다 사주시려고요, 네 명인데요, 했다.

"당연하지."

아, 네, 하고 다영이 말을 멈춘 동안 그는 딸이 감동에 잠긴 줄 알았다. 그런데요…… 그렇게 하는 게 괜히 멋있어 보일 거 같고 그러셔서 그러신 거죠? 그가 어이가 없어, 넌 왜 그렇게 애가, 하는데 다영은 그의 말을 듣지도 않고 그럼요, 하더니 자기들이 묵는 농가 펜션에서 식당도 하니까 거기서 먹자고, 여섯 시로 예약하겠다고, 주소 입력하라고 자기 말만 다르르 쏟아냈다. 그는 입도 뻥긋 못하고 서둘러 다영이 불러주는 펜션 주소를 내비에 입력했다.

농가 펜션 주차장 한복판에 크고 흰 개가 로드킬당한 것처럼 다리를 쭉 뻗고 옆으로 길게 누워 있었다. 죽은 것 같지는 않고 햇볕에 데워진 시멘트 바닥이 따뜻해 땅과의 접촉면을 최대한 넓히고 누워 자는 것 같았다. 명덕은 개를 피해 차를 세우고 농가를 개축한 펜션을 둘러보았다. 식당이 있는 오른편에 길쭉한 흙마당이 있고 파라솔이 하나 펼쳐져 있었다. 그는 파라솔 아래 앉아 담배를 피웠다. 그새 구름이 끼어 낮달은 보이지 않았고 허공에 꽃씨만 분분 날렸다. 테이블 위에 놓인 재떨이의 뚜껑이 조금 열려 있어 그는 그 틈으로 꽃씨가 들어갈까봐 마음이 초조했다.

흙마당 아래로 완만하게 경사진 밭에서 반백의 남자 둘이 일을 하고 있었다. 저리 늙어 보여도 자기 또래거나 아래일 거라고 그는 생각했다. 두 남자는 주차장에 세워둔 트럭에서 연둣빛 비료 포대를 어깨에 지고 날라 밭이랑에 적당한 간격으로 늘어놓더니 한 남자가 포대를 커터 칼로 그어 따면 다른 남자가 포대 끝을 잡고 비료를 털어 밭에 쏟아부었다. 밭이 부채꼴로 생긴 데다 누런 흙 위에 커피 빛깔 비료가 소복소복 쌓이니 이제 비만 오면 흡사 거대한 깔때기에 드립 커피를 내리는 모양이 되겠다고 그는 생각했고 그러자 갑자기 진한 커피 생각이 간절했다. 비료 포대를 다 딴 남자가 빈 포대를 착착 접어 하나의 포대 안에 집어넣었고 그렇게 불룩해진 빈 포대는 트럭 짐칸에 던져두고 삽 두 자루를 가져와 두 남자가 한 자루씩 쥐고 소복이 쌓인 비료를 한 삽씩 떠 밭에 고루 뿌렸다. 이제 밭은 초콜릿 알갱이가 점점이 박힌 캐러멜 색깔로 변해갔는데 진한 커피를 마시고 입가심으로 먹으면 딱 좋을 성싶었다.

주차장 쪽에서 흰 개가 그를 향해 사분사분 뛰어왔다. 바닥에 쭉 뻗어 자던 개는 아니고 그보다 훨씬 작은 개였는데 아직 어린 티를 벗지 못해 낮잠에서 깬 듯 어리둥절한 표정이었다. 그를 향해 다가오던 개는 그가 의자에서 일어나자 혼비백산하여 도망쳤다. 누가 보면 해코지라도 한 줄 알겠다 싶어 그는, 내가 뭘 어쨌다고, 변명하듯 중얼거리고 재떨이 뚜껑을 열어 담배를 끄고 뚜껑을 꼭 덮었다. 도자비엔날레도 둘러보고 근처에서 진한 커피도 한잔 사먹을 겸 그는 다시 주차장을 향해 갔다.

주중이라 도자 행사장은 썰렁했다. 중앙에 있는 원형 판매장 외에 대부분의 야외 천막은 닫혀 있었다. 둘러보는 사람도 거의 없어 바람이 불면 원형 판매장 가장자리에 매달린 소박한 도자기 풍경들만 찰랑거렸다. 도대체 다영의 팀은 여기 와서 뭘 찍고 간 걸까. 마음이 상한 그는 바로 코앞에 있는 신륵사에 들를 계획도 접고 카페를 찾아 무작정 걷기 시작했고 5분쯤 뒤 멀리 낯익은 커피 전문점의 로고가 보이자 곧 진한 커피를 마실 생각에 혀뿌리가 뻐근해졌다.

그는 도로로 향한 창가 자리에 앉아 커피를 마셨다. 정류장이 바로 코앞이라 깨끗이 닦인 유리 너머로 도착하는 버스와 타고 내리는 승객들이 손에 잡힐 듯 가깝게 보여 커피를 마시다 버스가 도착하면 곧장 뛰어나가 타도 될 정도였다. 그의 옆자리에는 머리를 푸릇푸릇하게 물들인 청년이 노트북에 악보를 띄워놓고 작업 중이었는데 손을 내젓기도 하고 고개를 전후좌우로 흔들기도 하고 몸을 부르르 떨기도 했다. 창밖으로는 짧게 깎은 머리에 교복을 입은 덩치 큰 남자 고등학생이 정류장 근처를 어정버정 돌아다니며 한 손을 앞으로 쭉 뻗었다 넣었다 하며 혼자 열심히 떠들고 있었다. 언뜻 보면 정신질환을 앓는 듯 보였지만 귀에 이어폰을 꽂은 걸로 보아 누군가와 통화를 하고 있는 것 같았다. 그래도 그의 눈에 제정신으로 보이지 않기는 마찬가지였고 저런 젊은이들이 점점 늘어간다고 그는 우울하게 생각했다. 귀에 이어폰을 꽂고 몸을 움찔거리거나 한 손에 폰을 움켜쥐고 떠들어대는 사람들, 그들은 심지어 커피를 주문할 때마저 하던 일을 그만두려 하지 않았는데, 조금 전 계산대에서 그의 앞에 선 젊은 아가씨 또한, 그니까 오빠 내가 맨날 그랬잖아, 아 톨 사이즈로요, 내 말이 맞아 안 맞아, 응, 왜 대답을 안 해 오빠, 하고 쉴 새 없이 통화하는 바람에 그가 주문하는 소리가 묻혀 그는 직원에게 두 번이나 큰 소리로 에스프레소! 에스프레소! 외쳐야 했다.

커피를 다 마시고 나오려는데 갑자기 세찬 비가 퍼붓기 시작했다. 차는 신륵사 주차장에 있고 우산은 차 안에 있었다. 오래 내릴 비는 아닌 것 같아 그는 조금 기다려보기로 했다. 잠시 후 빗줄기가 가늘어졌는지 투명한 우산을 쓴 소녀 둘이 우산을 젖혀보고 뭐라고 종알거리더니 다시 썼다. 길 건너편에 군복을 입은 청년 둘과 사복 입은 청년 하나가 둘러서서 얘기를 나누고 있었는데 우산을 쓴 사람은 사복 입은 청년 혼자뿐이었다. 군모를 뒤로 젖혀 쓴 청년이 웃으며 발을 떨었고 잠시 뒤 군복 둘은 왼쪽 길로 가고 우산을 쓴 청년은 안쪽 길로 들어갔다. 그 자리가 텅 비고서야 그는 그들이 서 있던 곳이 길모퉁이였다는 걸 깨달았고 길모퉁이가 저런 헤어짐에 알맞은 장소라는 것도 깨달았다.

식당 출입문 왼쪽에 신발장이 있는 걸로 보아 신을 먼저 벗고 문을 열고 들어가야 하는 것 같았지만 명덕은 신을 벗지 않고 문만 열어 안을 들여다보았다. 담근 술이 든 유리병들이 벽을 빼곡하게 채우고 있는 마루 한편에 다영과 그 일행 셋이 미리 와 앉아 있었다. 남자 둘 여자 하나로 다영과 비슷한 또래로 보였는데, 그의 눈엔 무언가 골똘한 생각에 잠긴 듯 고개를 옆으로 기울이고 손을 이마에 대고 있는 다영의 모습만이 오려낸 듯 선명하게 도드라져 보였다. 쓸려 올라간 앞머리가 오두막 처마처럼 비스듬히 떠 있었다. 다영은 잠시 이마를 문지르다 어느 순간 스르르 오른뺨을 타고 흘러내리듯 손을 내렸는데 순간 그는 저 애는 저런 것도 닮아버렸구나 싶어 가슴이 쿵 내려앉았다. 다영이 그를 알아보고 자리에서 일어났다.

"아빠 왔어?"

예상 못한 무람없는 인사에 그는 당황하여 어어 소리만 내뱉다 일행이 덩달아 일어서려는 걸 보고 손을 저어 만류했다.

"일어날 거 없어요, 일어날 거 없어. 요 앞에서 담배 좀 피우려고."

다영이 뭐라고 하기도 전에 일행 중에서 산뜻한 젊은 여자의 목소리가 들려왔다.

"금방 고기 나온다니까 빨리 오세요, 아버님!"

마당 한쪽에서 펜션의 주인으로 보이는 남자가 흰 개를 나무라고 있었다. 시무룩하게 야단을 맞고 있는 개는 아까 명덕을 향해 뛰어오다 공연히 기겁을 하여 도망친 작은 개였다. 남자가 뭐라 뭐라 추궁하는 소리가 들렸지만 뭐라고 하는지 알아들을 수 없었다. 남자가 두리번거리며 마당을 한 바퀴 돌더니 명덕을 향해 다가왔다.

"선생님, 안녕하십니까? 어서 오십시오. 그런데 혹시 여기 어디서 빨간 신발 한 짝 못 보셨습니까?"

그는 못 봤다고 대답했다.

"이놈의 개가 빨간 신발 한 짝을 물고 가서 어디다 놔뒀는지 못 찾겠네요."

"개가 신을 물어갔습니까?"

"네. 빨간 신발을 한 짝만. 큰일 났네 이거."

잠깐 뿌린 세찬 비로 흙마당은 젖어 있었다. 비료를 뿌린 부채꼴 모양의 밭도 짙은 갈색으로 축축이 젖어 있었는데, 그럴 리는 없지만 그에겐 왠지 그 빛이 김이 오르는 뜨거운 갈색으로 생각되었다. 어디에 숨겼건 신은 엉망이 되었을 터였다.

"신발이 한 짝밖에 없으면 그걸 어쩝니까?"

남자가 끌탕을 했다. 그의 생각에도 한 짝만 남은 신은 아무 쓸모가 없겠다. 남자가 무척 아끼던 신인가 보다 싶었다.

"비싼 건 아니어도 그래도……."

남자가 중얼거리다 말고 그의 눈치를 살폈고 그는 딱히 할 말이 없어 잠자코 고개를 끄덕였다. 비싼 건 아니어도 무척 아끼던 신이면…….

"물어드려야겠지요?"

"네?"

"못 찾으면 물어드리긴 해야겠지만 참 그걸 한 짝만 물어갔다고 한 짝만 물어드릴 수도 없고."

그는 갑자기 흥미를 느끼고 물었다.

"사장님 게 아니고 손님 걸 물어간 겁니까, 개가?"

"그럼요. 손님 신발을 물어갔으니까 지금 큰일 났다는 거지요."

그의 입에서 아이고 소리가 절로 나왔다.

"난감하시겠습니다."

"이거 참 보통 난감한 게 아닙니다. 저놈의 개가 어디다 물어놨는지 말을 안 하니, 아니, 못 하니……."

그는 웃음을 참느라 고개를 숙였다.

"찾아보시다 정 안 되면 손님께 잘 말씀드려보세요."

그가 담배를 끄고 들어가려는데 남자가 눈을 빛내며 따라왔다.

"그러니까요, 선생님이 먼저 말씀 좀 해주시면 안 되겠습니까?"

"제가요?"

"선생님 일행분이시니까."

"우리 쪽 신입니까?"

"지금 손님이 누가 있습니까? 선생님 일행뿐인데요. 여기 좀 보십시오."

남자가 출입문 옆에 놓인 신발장을 가리켰다.

"여기 다들 두 짝씩인데 이 빨간 신발만 한 짝밖에 없지 않습니까?"

"그러네요."

그와 남자가 신발장을 위아래로 내리훑고 치훑었지만 과연 빨간 운동화는 한 짝뿐이었고 다행히 낡았고 비싸 보이지는 않았다.

"그러니까 선생님이 이게 누구 신발인지 먼저 물어보셔 가지고 말씀 좀 잘해주시면 고맙겠습니다. 제가 열심히는 찾아보겠습니다만 만에 하나 못 찾으면……."

그는 알았다고 했다. 일단 남자 운동화이니 다영의 것은 아니었다. 그는 개가 물어가지 못하도록 신발장 높은 칸에 신을 벗어 얹어놓고 식당 출입문을 열었다. 다영의 일행은 누구의 신 한 짝이 없어진 줄도 모르고 열심히 삶은 돼지고기를 먹고 있었다. 호리호리한 체형에 얼굴이 해사한 남자 스태프가 그를 보고 몸을 들썩거리며, 아버님 고기 나왔습니다, 여기 다영 씨 앞에 앉으십시오, 했고 다른 남자 스태프는 너부죽한 얼굴에 거만하게 다리를 뻗은 채 고기를 잔뜩 문 불룩한 얼굴로 그를 올려다볼 뿐이었는데 영락없는 두꺼비 상이었다. 그는 두꺼비와 호리호리 사이에 끼어 앉았다. 가까이에서 보니 맞은편 벽을 가득 채운 술병의 위용이 자못 대단해 그는 저게 다 무슨 술인지 나중에 주인 남자에게 물어보리라 생각했다.

"반갑습니다, 아버님."

다영의 옆에 앉은 여자 스태프가 싹싹하게 인사를 했다. 얼굴은 목소리만큼 어리지 않아 다영보다 두서너 살은 들어 보였다.

"나도 반가워요. 그런데 누구 여기 빨간 운동화 신고 온 사람 있어요?"

"저…… 전데요."

고기 때문에 발음이 뭉개진 두꺼비 청년이 말했다.

"그래요? 그쪽 신 한 짝을 개가 물어갔다는데."

"네?"

"그래서 신이 한 짝밖에 없답니다."

두꺼비가 작은 눈을 크게 뜨는가 싶더니 어후후훅 우는 듯한 소리를 내며 웃기 시작했고, 이내 다들 웃어댔는데 특히 여자 스태프는 손으로 식탁을 방정맞게 두드리며, 어머, 개가 물어갔대, 개불쌍해, 개억울해, 하며 깔깔거렸다. 다영이 웃다 말고 그를 나무라듯 지그시 보았지만 그는 무슨 영문인지 알 수 없었고 졸지에 늙은 어릿광대가 된 기분이었다.

삶은 돼지고기가 남았다. 두꺼비가 밤에 맥주 마시면서 먹게 포장해 가면 좋겠다고 하자 다영이 재빨리 일어나 식당 여자에게 비닐봉지를 몇 장 얻어와 고기와 쌈 고추 마늘 새우젓 등을 야무지게 담았다. 여자 스태프는 전화를 받는다고 나간 후였고, 호리호리도 잘 먹었습니다 꾸벅 인사를 하고 나갔다. 두꺼비가 몸을 뒤틀며 힘겹게 자리에서 일어나 벽에 세워둔 ㅏ 자 모양의 지지대를 짚고 절뚝거리며 나갔다. 그러니까 두꺼비는 애초부터 빨간 운동화를 한 짝만 신고 왔고 다른 발엔 발목을 보호하는 장화처럼 생긴 깁스용 신발을 신었는데 깁스용 신발이 크고 높아 신발장에 들어가지 않자 한쪽 옆에, 그것도 하필 쓰레기통 뒤에 잘 보이지 않게 세워두었던 것이다. 주인 남자는 그것도 모르고 애먼 개만 나무랐던 것이고 그도 덩달아 그런 줄로만 알았다. 두꺼비가 다리에 장애가 있는 줄 그가 어찌 알았겠는가. 누명을 쓴 개도 억울하겠지만 그도 공연히 억울했다.

그가 카드를 내밀자 식당 여자가, 현금 없으세요, 물었고 없다고 하자, 우리는 현금이 좋은데, 하며 마지못해 카드를 받았다. 고기를 챙긴 다영이 여자에게 얼마 나왔느냐고 묻자 9만 5천 원이라고 했다.

"9만 5천 원?" 묻는 다영의 목소리가 높았다. "7만 5천 원 아니고요?"

"아니 무슨…… 9만 5천 원인데."

"왜요? 만 5천 원씩 다섯 명이면 딱 7만 5천 원인데요?"

"다섯 명 아니고 여섯 명이라고 했잖아?"

"우리가요? 우리 다섯 명이잖아요?"

"그러니까 오기는 다섯 명" 하다 여자는 명덕을 힐끔 보더니 "다섯 분이 오셨는데, 전화로는 여섯 명이라고 했으니까 그렇게 알고 준비했지."

"누가요? 제가요?"

"아가씬지 누군지는 모르겠고 전화 건 사람이 그랬거든 분명히. 여섯 명이라고."

"전화 건 사람 저거든요? 저는 분명히 다섯 명이라고 했는데요. 거기 5천 원은 또 왜 붙이세요?"

여자가 밥값은 별도라고 했다.

"와, 나 진짜!"

다영의 눈빛이 심상찮게 변해가는 게 그는 불안했다.

"좋아요! 밥값은 낼 테니까 다섯 명분 8만 원만 받으세요."

"그게 무슨 소리야? 고기 값이 얼마나 들었는데? 우리 아저씨가 고기만 5만 원어치를 끊어 왔다고. 그러니까 이렇게 남아서들, 이렇게 싸가잖아, 응?"

다영이 들고 있던 고기 봉지를 식탁에 탁 내려놓았다.

"그럼 이거 안 싸가면 되잖아요?"

"그건 아니지. 삶아논 거를, 그렇게는 안 되지."

"왜 안 돼요?"

이러다간 한도 끝도 없겠다 싶어 그가 끼어들었다.

"사장님, 그냥 계산해주십시오."

"왜 그냥 계산해요? 우리가 잘못한 것도 없는데 왜 바가지를 써요?"

"아니, 바가지라니, 고기가 그게 얼마친데 바가지래?"

다영이 또 뭐라고 달려들기 전에 그는 짐짓 엄한 얼굴로 말했다.

"다영아, 그만하고 나가 있어. 아빠가 알아서 계산하고 나갈 테니까."

다영은 그와 여자를 번갈아보다 몸을 돌려 식당을 나갔다. 그는 서명을 하고 다영이 놓고 간 고기 봉지를 들고 나오면서 혹시 여자가 밥값 5천 원이라도 빼주지 않았나 영수증을 확인했지만 에누리 없이 9만 5천 원이었다.

두꺼비와 여자 스태프는 파라솔 아래 앉아 있고 다영과 호리호리는 개 두 마리와 놀고 있었다. 그가 파라솔 쪽으로 가자 두꺼비가 자리에서 일어났다. 같이 피우자고 하자 두꺼비는 막 다 피웠다며 그에게 라이터를 켜 들이댔다. 그가 담배에 불을 붙이자 여자 스태프가 의자를 앉기 좋게 끌어다놓았다.

"아버님, 여기 앉으세요. 다영 씨한테서 말씀 많이 들었어요."

무슨 얘기를 들었다는 건지 궁금했지만 그는 그래요, 하고 말았다.

"말 놓으세요. 편하게 이름도 부르시고요."

그가 눈을 끔뻑거리며 뭐라고 얼버무리려는데 여자 스태프가 깔깔 웃었다.

"우리 이름 다 까먹으셨죠? 다영 씨 말로는 그렇게 이름을 못 외우신다고. 딱 한 번만 더 가르쳐드릴게요. 여기 개가 신 물어갈 뻔한 친구가 김동수 피디, 저기 늘씬한 친구가 유선태, 저는 홍선영이에요. 아셨죠?"

그는 기억할 자신이 없었지만 알았다고 했다.

"제 이름이 선영이잖아요? 선태하고는 선영 선태 남매가 되고요, 다영 씨하고는 선영 다영 자매가 돼요. 완전 양다리 이름! 제 이름만 외우면 세 명 이름은 공짜로 먹고 들어가는 거거든요."

공짜로 먹고 들어가기는커녕 오히려 혼동만 가중되는 느낌이었지만 그는 기계적으로 선영 선태, 선영 다영, 그리고 뜻 없이 두꺼비 피디, 라고 속으로 되뇌었다.

"담배 좀 그만 피워."

언제 왔는지 다영이 그의 손가락에서 담배를 뽑아 재떨이에 눌러 끄는 바람에 그는 놀라 기절할 뻔했다.

"어머, 저기 달! 벌써 달이 떴네."

홍이 손을 뻗어 아직은 훤한 저녁 하늘을 가리켰다. 과연 거기에 그가 낮에 본 초승달이 한결 밝고 또렷한 빛을 내뿜으며 떠 있었다. 시선을 내리니 서서히 땅거미가 지는 마당가에서 호리호리한 청년이 허리를 굽혀 개들을 쓰다듬고 있었는데 흰 셔츠를 입은 여윈 등이 초승달을 닮았다고 그는 생각했다.

다들 어딘가로 흩어지고 파라솔 아래엔 그들 부녀만 남았다. 그는 담배를 피우고 싶었지만 눈치가 보여 참았다. 하늘을 보고 있던 다영이 뜬금없이, 용두산 공원 기억나세요, 물었다.

"부산 말이냐?"

"거기서 찍은 사진 있잖아요."

그가 어렴풋이 기억하기로 그들 부부가 부산에 살던 시절, 너덧 살 난 다영을 번갈아 업고 안고 걸리고 하여 용두산 공원에 갔던 아주 더운 날이 있었다. 사진을 찍었는지는 기억나지 않았다.

"거기 하늘에 뭐가 희미하게 찍혔는데 엄마가 유에프오라고 했어요. 그거 낮달 맞죠?"

"모르지 그건."

그의 대답에 다영은 조금 놀란 듯했다.

"어쨌든 유에프오는 아닐 거잖아요?"

"아니야. 그건 우리가 모르는 영역이다."

다영이 아아 신음을 뱉었다.

"이럴 땐 엄마가 이해가 돼."

"그게 무슨 말이냐?"

"그냥 이해가 된다고. 왜 아빠 같은 사람을 만났는지."

"그러지 말았어야 한다는 거냐?"

그가 소심하게 물었다.

"모르죠 그건. 우리가 모르는 영역이죠 그건. 유에프오보다 더."

다영이 자리에서 일어나며, 벌써 가실 건 아니죠, 물었다.

"글쎄다."

그는 이대로 가야 할지 다영과 더 시간을 보내야 할지 알 수 없었다.

"제가 뭐 잠깐 찍고 올 동안 산책 좀 하실래요?"

"아직도 일이 안 끝났니?"

"일은 끝났는데요, 짬나면 각자 뭐든 찍으러 다니거든요. 저도 깜깜해지기 전에 돌아다녀보려고요. 여기서 저수지 있는 데까지 별로 안먼데 한번 다녀오세요."

"저수지는 봐서 뭐하게?"

"그냥······." 다영은 입을 삐죽 내밀더니, "아빠는 뭘 잘 보시니까 어떤가 보시라고요. 어제 가서 몇 장 찍어봤는데 이상하게 좋더라고요. 카메라로 찍는 거하고 그림은 다르겠지만 그래도 비슷한 데도 좀 있을 거니까."

그럴까 하고 일어선 그는 손을 들어 딸의 어깨를 살짝 쓰다듬었다. 그런 충동적인 동작에 스스로도 놀란 데다 다영도 흠칫하는 기색이어서 그는 얼른 손을 내렸다.

"내가 이런 걸······ 잘 못해서······."

다영은 그의 말을 못 들었는지 참, 하고 손뼉을 치더니 얼마 냈어요, 물었다.

"몰라도 된다."

"양심이 있으면 밥값이라도 빼줬겠죠?"

"알 거 없어."

"뭐야? 다 받은 거야?"

그는 긍정도 부인도 하지 않았다.

"다 받았구나!"

"여섯 명인 줄 알았다잖니? 사람이 살다 보면 실수할 수도 있는 거지."

"이게 실수인지 고의인지 아빠가 어떻게 알아? 한번 이렇게 했는데 먹히면 앞으로 또 이렇게 해도 되는 줄 안다고. 난 사람들 그런 게 싫다고."

"이 사람들 상습적으로 바가지 씌우고 그럴 사람들 아니야. 또 한 번인데 어때? 한 번은 그냥 넘어가."

"한 번이니까 괜찮다……." 다영이 팔짱을 꼈다. "한 번이니까 괜찮다, 그냥 넘어가자…… 아버지는 그렇게 생각하시는 거네요? 그렇게 넘어가면 마음이 좋으세요? 한 번은, 한 번은…… 해도 됩니까?"

명덕은 급속도로 굳어가는 다영의 얼굴이 낯설었다.

"왜 해도 됩니까, 한 번은?"

다영은 느닷없이 꺅 소리를 지르더니 흙마당을 가로질러 뛰어갔다. 어디서 나타났는지 큰 개가 따라 뛰었고 덩달아 작은 개도 따라 뛰었다. 흰 개들을 데리고 순식간에 사라지는 딸의 뒷모습을 보면서 그는 도무지 얼떨떨했다. 계산이 안 맞으면 기분이 안 좋을 수야 있지만 그래도 그렇지 이만한 일에 저 애는 왜 저토록이나 화가 나서 꽝꽝 얼고 절절 끓고 하는가, 저런 건 참 안 닮았구나 싶었다. 전처는 감정의 오르내림이 거의 없는 사람이었다. 아니, 감정은 어땠는지 몰라도 표현은 언제나 온건했다. 화가 치밀거나 용납할 수 없는 일이 생기면 잠자코 손으로 이마를 꾹 짚는 버릇이 있었는데 이마를 짚고 천천히 문지르던 손을 스르르 늘어뜨리기까지 그는 얼마나 가슴을 졸였던가. 그는 늘 실수하고 전처는 번번이 용서하던, 용두산보다 더 오래전의 일이었다. 그러고 보니 그가 기억도 못하는 용두산 사진이 어쩌면 그들 부부와 다영이 마지막으로 함께 찍은 사진이었는지 모르겠다는 생각이 얼핏 들었다.

이대로 차를 몰고 가버릴까 하다 명덕은 마음을 바꾸었다. 지금 가면 다영과 언제 다시 보게 될지 몰랐고 또 젊은 사람들에게 꼴도 우스워질 터였고 무엇보다 그의 손에 삶은 돼지고기 봉지가 들려 있었다. 그는 펜션 남자에게 저수지 가는 길을 물었다. 일단 도로를 따라서 10분 넘게 쭉 가시면요……. 들은 대로 걷다 보니 과연 왼쪽에 좁은 흙길이 나타났고 밟기 좋을 정도로 폭신하게 젖은 흙길을 돌아 들어가니 제법 큰 저수지가 나왔다.

　　저수지 너머 겹겹이 펼쳐진 산들 위로 해가 지고 있었다. 골짜기의 깊은 곳부터 어둠이 깃들기 시작했다. 그는 가장자리부터 어두워지는 저수지 물과 그 위에 비친 산 그림자가 짙어지다 물감처럼 풀리는 모양을 오래 지켜보았다. 어디선가 새가 날아와 나뭇가지에 내려앉았다. 날갯짓의 급격한 감속, 날개를 접고 사뿐히 가지에 착지하는 모습, 가지의 흔들림과 정지……. 그런 정물적인 상태가 얼마나 지속되었을까, 새는 돌연 가지를 박차고 날아갔고 그 바람에 연한 잎을 소복하게 매단 나뭇가지는 다시 흔들리다 멈추었다. 멍하니 서서 새가 몰고 온 작은 파문과 고요의 회복을 지켜보던 그는 지금 무언가 자신의 내부에서 엄청난 것이 살짝 벌어졌다 다물렸다는 걸 깨달았다. 그는 새가 날아와 앉는 순간부터 나뭇가지가 느꼈을 흥분과 불길한 예감을 고스란히 맛보았다. 새여, 너의 작은 고리 같은 두 발이 나를 움켜잡는 착지로 이만큼 흔들렸으니 네가 나를 놓고 떠나는 순간 나는 또 그만큼 흔들려야 하리. 그 찰나의 감정이 비현실적일 정도로 생생해 그는 거의 고통스러울 지경이었다. 한참 만에 주위를 돌아보니 그저 저수지였다. 그게 무엇인지 알 수 없지만 그에게 왔던 것은 이미 사라져버렸고 다시 반복되지 않을 것이고 영영 지울 수도 없으리라고 그는 침울하게 생각했다. 단 한 번이라니…… 단 한 번이었다니…… 다영도 이곳에서 이런 무섭도록 강렬한 한 번을 경험한 것일까. 그래서 그에게 은밀하게 보물이 묻힌 곳을 알려주듯 이곳으로의 산책을 권유했던 것일까. 순간 다영의 굳은 얼굴이 떠올랐고, 그게 그러니까…… 한 번은…… 한 번은 해도 됩니까 묻던 다영의 말이 식당 여자가 아니라 자신을 향한 것이었을지 모른다는 생각이 들었다. 왜 해도 됩니까, 한 번은? 그는 숨이 막힐 듯한 통증을 느끼고 자갈 위에 주저앉았다. 과연 그렇다.

텅 빈 들판에 노파 혼자 남아 밭일을 하고 있었다. 노파는 호미를 들고 이랑의 흙을 찍어 작년에 심었던 것의 죽은 뿌리를 파내 흰 플라스틱 통에 넣고 있었다. 이랑의 흙에는 아무 표시가 없었지만 일정한 간격으로 심겼기에 노파가 툭툭 찍으면 영락없이 흙덩이를 매단 뿌리뭉치가 뽑혀 나왔다. 동그랗게 팬 자리에 새로운 씨앗이나 모종을 심을 것이다. 툭툭 찍어 뿌리를 뽑아 통에 넣고 옆으로 한 걸음 옮겨 툭툭 찍어 뿌리를 뽑아 통에 넣는 노파의 동작은 굼뜨면서도 능란해 기이한 리듬감을 주었다. 노파는 플라스틱 통이 죽은 뿌리로 가득 차면 밭의 가장자리 둑에 가져가 쏟았다. 일 자체는 간단해 보였지만 선 채 허리를 굽히고 하는 일이라 오래 하다 보면 멀쩡한 허리도 노파의 각도로 굽을 수밖에 없을 것 같았다. 노파의 굽은 등은 호리호리한 청년의 등과 달리 굴 껍데기처럼 울퉁불퉁해 보였다. 저 노파는 저녁도 먹지 않고 여태껏 일을 하는가.

그가 담배를 꺼내 물고 주머니를 뒤적거리는데 누군가 아버님, 하고 불러 돌아보니 절뚝절뚝 다가오는 실루엣이 두꺼비 청년이었다. 두꺼비는 그게 자신의 임무이기라도 한 듯 묵묵히 라이터를 켜 불을 들이

댔고, 그가 같이 피우자고 하자 이번에도 저기서 막 피웠다며 뒤편을
가리켰다. 두꺼비가 가리킨 곳에는 은박 돗자리가 깔려 있고 그 위에
거무스레한 촬영 장비가 놓여 있었다.

"저기 앉으시겠습니까?"

"난 괜찮아요. 그쪽이야말로 다리도 불편한데 앉아요."

"아닙니다, 아버님. 그리고 말씀 놓으세요. 저는 김동숩니다. 그냥
동수야, 편하게 부르세요."

"글쎄 그게……."

"그렇게 부르셔야 외워집니다. 외우셔야 부를 수 있는 게 아니고."

"그런가." 그는 웃었다. "그런데 동수 자네는…… 이런 말 물어봐도
되는지 모르겠는데 다리는 어쩌다가……?"

"얼마 전에 발목이 아파서 병원에 가봤더니 인대가 끊어졌대요."

"원래 아픈 건 아니었고?"

"원래 아픈 건 아니었고요. 언제 끊어졌는지 모르겠는데 끊어졌다네
요. 수술하기 전까지는 이러고 다녀야 한답니다."

"수술하면 낫긴 한다나?"

"네, 수술하면 낫는대요. 이번 촬영 끝나면 수술 일정 잡으려고요."

그거 다행이라고 말하면서 그는 좀 서운했다. 동수가 선천적으로 다
리에 장애가 있는 것도 아닌데 왜 다영은 개가 신 물어간 얘기에 웃다
말고 나무라듯 눈치를 주었는가 말이다.

"근데 동수 자네, 이건 어떻게 생각하나?"

"뭐가요, 아버님?"

"저 할머니가 저녁을 드셨을 거 같은가, 아닌가?"

"아직 안 드셨을걸요. 보통 저녁 드시고는 다시 나와서 일 안 하시거

든요. 다 씻고 저녁 드시니까요."

"그렇겠지? 그럼 이걸 저 할머니께 드리는 거는 어떻게 생각하나? 고기에 야채하고 장하고 다 있는데."

그가 고기 봉지를 들어 보였다.

"아, 그건 좀 그런데요."

"그건 좀 그런가?"

"요즘 시골 사람들, 독극물 그런 거에 예민하거든요."

"독극물?" 그는 예상치 못한 말에 웃음을 터뜨렸다. "하긴 생판 모르는 사람이 주는 고기를 개도 아니고……."

순간 그는 말이 잘못 나간 걸 깨닫고 입을 다물었다. 동수가 웃음을 참느라 큭 소리를 냈는데 이번에도 어째 흑 우는 소리처럼 들렸다.

"그런데 아버님, 이 고기가, 아버님이 사셨으니 아버님 소유이긴 하지만, 제가 양보를 못하겠습니다."

"이거 미안하네, 내 임의로 처분하려고 해서."

"이제 할머니 가시려나 봐요. 손 씻으시는 거 보니 이제 저녁 드시러 가시는 것 같네요."

"그거 잘됐네."

"이제 저희도 갈까요?"

"그러세."

동수가 돗자리로 돌아가 장비를 챙겼다.

"내가 잠깐 그거 들고 있을까?"

"그럼 이 숄더리그 좀 잠깐만 들어주실래요?"

동수가 건네준 카메라가 얹힌 숄더리그는 목마나 강아지 로봇 비슷하게 생겼다. 동수가 돗자리를 접어 가방에 넣고 그에게서 숄더리그를 받아 상의를 입듯 뒤집어썼다. 그는 동수의 절룩이는 걸음에 맞춰 천천히 펜션으로 향했다.

"동수 자네가 피디라니까 말인데 도자비엔날레에 가선 대관절 뭘 찍고 왔나?"

"와, 아버님! 이름은 못 외우시면서 제가 피디라는 건 한 번 듣고 외우셨네요."

"피디는…… 고유명사하고 다르게 의미가 들어가 있으니까."

그건 그러네요, 하더니 동수는 그들이 영동선을 쭉 따라가는 볼거리 기행 다큐를 찍고 있는데 평창올림픽 기간에 특집으로 방영될 예정이라고, 그들도 오늘 도자비엔날레에 갔다 허탕 쳤다면서, 주말에 한 번 더 가볼 예정이라고, 다음 행선지는 원주, 횡성 순이 될 거라고 오근자근 설명을 해주었다. 그는 다영이 하는 일이 궁금해 에둘러 물었다.

"자네는 피디고, 그럼 다른 사람들 업무는 어떻게 되나?"

"다큐라는 게 그래요, 아버님. 누가 피디고 카메라고 작가고 섭외고 명목상 정해는 놓는데 그거에 별로 구애받지를 않아요. 같이 모여서 구성 잡고 넷이 같이 움직일 때도 있고 둘씩 조를 짜서 나갈 때도 있고 각자 흩어져서 찍을 때도 있고, 나중에 돌아와서 같이 편집하고, 주로 공동 작업이니까요."

"그렇군." 그리고 그는 어쩔까 하다 물어보았다. "그런데 자네는 왜 재떨이 뚜껑을 조금 열어놓나?"

"네? 제가요?"

"파라솔에 있는 재떨이 뚜껑을 좀 열어놓는 것 같던데."

"아, 그게 제가 그러기는 한 것 같은데, 왜 그랬는지는 잘 모르겠네요. 냄새 빠지라고 그랬나?"

그는 뭐 야외 재떨이니 그럴 수도 있겠다 싶었다. 실내 재떨이라면 절대 용서할 수 없는 일이지만.

"그런데 아버님, 급한 일 없으시면 오늘 하룻밤 묵고 가시지요."

"아니 왜?"

"가서 저희가 한두 시간 편집 작업 좀 해야 하는데요, 그동안 아버님은 다영 씨랑 데이트 하시고, 일 끝나면 밤에 저희랑 술 한잔 같이 하셨으면 해서요. 차 가져오셨잖아요, 아버님?"

"차 가져왔지."

"그러니까 주무시고 가세요. 내일 아침에 해장도 하시고요. 여기 해장국 잘하는 데 있어요. 이번엔 저희가 대접할게요."

"다영이가 그러자고 할지 모르겠네."

"와! 우리 다영 씨, 그렇게 안 봤는데 아버님이 우우 해서 키우셨나 봐요. 부녀간에 그렇게 격의 없기가 쉽지 않은데 부럽습니다, 아버님."

뭐 꼭 그렇지는 않다고 하려다 그는 입을 다물었다. 아버님, 아버님, 소리를 듣고 있자니 동수가 아들 같기도 하고 사위 같기도 했다. 떡두꺼비 같은 아들, 그런 말이 왜 생겼는지 알 것 같기도 했다. 그에게 아들이 있었다면, 이런 생각은 한 번도 해본 적이 없는데 만약 그랬다면, 아들은 그를 이해했을까. 한 번이니까 괜찮다, 그렇게 이해해줬을까.

다영은 그가 펜션에서 묵고 가는 데 대해 아무 의견도 내지 않았다. 다만 그가 묵을 방에 들어와 여기저기 둘러보더니 그럼 편히 쉬고 계시라고 했다. 그가 이거 가져가라며 거추장스러운 고기 봉지를 내주자 다영은 잠시 봉지를 들고 서 있다 말없이 가버렸다. 동수가 뭐라고 얘기를 했을 텐데 굳이 편집 일인지 뭔지를 하러 가는 걸 보면 그와 단둘이 있는 게 싫은 것이다. 설사 그렇다 해도 할 수 없었다.

그는 한참 동안 창가에 서서 말벌을 지켜보고 있었다. 크고 사납게 생긴 말벌은 유리창 틀을 맴돌며 어떻게든 방으로 들어올 길을 찾고 있는 듯했다. 밝은 도회의 밤과 달리 칠흑처럼 캄캄했다. 그는 말벌이 들어올까봐 창문도 못 열고 담배를 피웠다. 좁은 방 안을 서성거리다 침대 옆에 쭈그리고 앉았다. 몸을 틀어 팔을 침대 매트리스 위에 얹고 그 위에 고개를 파묻는 순간 그는 이런 시간을 도저히 견딜 수 없다고 생각했다. 이런 시간이 무엇인지 특정할 수 없었지만 견딜 수 없다는 느낌만은 분명했고, 아무 일도 없는데 눈물이 날 것 같은 슬픔과 피로를 느꼈다. 그는 자신이 무엇에 화가 났는지 알 수 없었다. 아니, 다영 때문이었다. 저녁에도 그렇게 그에게 모진 소리만 내뱉고 가버리더니 이젠 아주 음악조차 들을 수 없고 방충망도 허술하고 욕실에 거미줄까지 쳐진 낯선 방에 그를 내팽개쳐 두고 가면서 어떻게 편히 쉬고 계시라 뻔뻔스레 말할 수 있는가. 그렇게 아비는 뒷전이고 쓸데없이 남만 챙기다 결국 제대로 된 대접도 못 받고 평생 궂은일이나 도맡아 하다 죽고 말겠지. 제 어미처럼. 그는 부아가 치밀어 휴대전화를 찾아 문자를 찍었다.

'자야겠다 깨우지 마라.'

그는 자신이 찍은 문자 내용을 물끄러미 보다 전송을 눌렀다. 곧 매정한 답장이 왔다.

'네 그럼 주무세요.'

그는 휴대전화 소리를 죽이고 불을 끄고 침대에 누웠다. 모든 게 거추장스러웠다. 매트리스를 누르는 자기 몸의 무게도, 감은 채 파르르 떨리는 양 눈꺼풀도, 뇌의 틀을 맴도는 말벌 같은 생각들도. 요즘 그는 종종 힘이 들었고 시도 때도 없이 눈물이 났다. 생은 그를 여기까지 데려와놓고 그가 이제 어떻게든 살아보려니까 힘을 설설 빼며, 이제 그만, 그만 살 준비를 해, 그러는 것 같았다. 희망이 없어, 그는 흐느끼듯 중얼거렸다. 차라리 단칼에 끊어내고 싶다, 증발하고 싶다, 사라지고 싶다, 지금, 이 순간, 이대로……

　실신하듯 그는 잠깐 잠이 들었고 꿈속에서 어디 자꾸 어두운 길로 가고 있었다. 멀리서 누군가 복잡한 기구를 들고 그를 향해 천천히 다가왔다. 그는 그게 카메라라고 확신했다. 나를 찍는 거냐고 묻자 상대방은 고개를 저어 부인하는 몸짓을 하면서도 여전히 그를 찍는 자세로 뚜벅뚜벅 다가왔다. 그는 혈관이 터지도록 주먹을 꼭 쥐었다. 적당한 거리에 들어오기만 하면 저걸 한주먹에 박살내고 말리라 다짐했지만 검은 목마는 더 이상 다가오지도 멀어지지도 않았다. 그는 주먹을 쥔 채 덜덜 떨며 서 있었는데, 어느 순간 덜덜 떨리는 주먹만 남고 그는 온데간데없이 사라졌다. 아니, 그 자신이 검은 목마의 렌즈가 되어 있었다. 그는 렌즈가 되어 어두운 허공에서 경련하는 자신의 주먹을 미동 없이 내려다보고 있었다.

　짧은 잠에서 깨어난 후 그는 거의 자지 못했고 새벽에 깜빡 잠이 들었다 깨어보니 창문을 통해 환한 햇빛이 사정없이 쏟아져 들어오고 있었다. 커튼조차 없는 방이었다니. 그는 한참 동안 시린 눈을 뜰 수 없었다. 그래도 밤은 지나갔다.

　"안녕히 주무셨어요, 아버님?"

　명덕이 식당 마루에서 주인 남자에게 유리병에 담긴 술에 대한 장황한 설명을 듣고 나오는데, 마당에서 호리호리한 청년이 여자 스태프와 얘기를 나누다 꾸벅 인사를 했다. 고개를 돌린 여자 스태프도 그에게 고개를 까딱해 보이더니 청년에게 부러 큰 소리로 말했다.

"선태야, 오늘 아침엔 조증이 캉캉 샘솟지 않니? 어제 고기를 푸지게 먹어서 그런가?"

그러면서 그를 슬쩍 보았는데 순간 그는 봐주고 있다고 생각했다. 저 양다리 아가씨가 이 늙은이를 봐주고 있어. 그렇다고 기분이 나쁜 건 아니었다. 그는 파라솔 의자에 앉아 담배를 피워 물며, 저 청년이 선태라면 양다리 이름은 선……영이로군 생각했고, 어려운 퍼즐을 깨끗이 맞춘 듯한 만족감을 느꼈다.

완연히 따뜻한 봄날 아침이었다. 공기 중에 구린 퇴비 냄새와 다디단 꽃향기가 섞여 있었다. 매화는 다 피어 꽃잎을 떨구고, 어제만 해도 봉오리를 매단 채였던 개나리와 목련이 만개했고, 벚나무도 희끄무레하니 꽃망울을 벌기 시작했다. 하룻밤 사이에 그냥…… 와장창이네, 하고 그는 중얼거렸다. 단단하던 꽃망울이 순식간에 터지는 모양이 허공의 유리를 깨뜨리는 형국이기도 하니 영 틀린 말은 아니지 싶었지만, 개화와 와장창이 어울리지 않는다는 건 그도 인정할 수밖에 없었다. 밤새 한꺼번에 폭발하듯 피어난 봄꽃들을 무어라고 해야 좋을지 잠시 말을 고르다 그만두었다. 유학을 마치고 돌아와 말을 찾지 못해 답답해하던 젊은 시절이 떠올랐다.

"조금 있으면 냉이도 캘 수 있겠는데."

마당가를 둘러보던 선영이 말했다.

"언제요?"

등 뒤에서 들려온 다영의 목소리에 그는 얼른 담배를 껐다. 그가 열기 전에 재떨이 뚜껑은 꼭 덮여 있었는데, 어제 그가 덮어둔 그대로인지 그 후에 동수가 피우고 덮어둔 것인지 알 수 없었다.

"일주일이나 열흘쯤?"

"우리 그때 여기 없잖아요?"

"냉이가 뭐 여기만 있나? 이동하면서 캐면 되지. 시기만 맞추면 돼. 꽃이 피면 못 먹으니까 꽃 피기 전에 캐는 게 중요해."

"캐서 뭐 하게요?"

"엄마한테 택배로 부쳐주려고. 우리 엄마 그런 거 되게 좋아하거든. 예전에 쑥도 캐서 보내줬더니 그렇게 좋아하더라고."

그는 다영의 얼굴을 볼 수 없어 답답하면서도 한편으로 안도감이 들었다. 엄마에게 쑥이며 냉이를 캐서 보내주는 딸의 마음 같은 걸 그는 짐작조차 할 수 없었지만, 다영은 어떨지…… 부러울까. 못 가져서 몸서리치게 부러울까. 그러니까 전처가 죽은 지…… 거의 8년이 다 되어가는데도 다영은 여전히…….

"여기 참새가 죽었다!"

그가 돌아보니 식당 신발장 옆에 동수가 고개를 숙이고 있고 다영이 쪼그리고 앉아 있었다. 어디어디, 하며 선영과 선태가 달려갔고 그도 자리에서 일어나 그쪽으로 갔다.

"몸체가 온전하고 통통한 걸로 봐서 식당 유리에 머리를 부딪쳐 죽었나 보군."

그의 말에 동수가, 그럼 사인은 뇌진탕이네요, 했다. 다들 낄낄 웃는데 다영이 깜짝 놀라 외쳤다.

"이거 여기 놔두면 안 돼요, 선배! 아롱이 다롱이 보면 난리 나."

동수가 얼른 손을 내밀어 죽은 참새 꽁지를 붙잡아 들어올렸다.

"저 주세요, 형."

선태가 손을 내밀었다.

"개들이 못 찾게 멀리 갖다 묻어야 돼."

"네, 형."

동수가 참새 꽁지를 건네자 선태가 건네받았다. 마치 개울가에서 잡은 작은 물고기 꼬리를 잡아 건네주는 소년들 같다고 그는 생각했다.

주차장으로 배웅 나온 다영이 그럼 가세요, 했고 그는 알았다 들어가라, 했다. 차 문을 여는데 다영이 뭐라고 했다.

"뭐?"

다영은 곧바로 대답하지 않았다.

"왜?"

"뭐든 그렇게 맘대로 하신다고요. 다들 해장국 드시고 가라고 붙잡는데 굳이 그냥 가실 건 뭐예요?"

"술도 안 먹었는데 무슨 해장국이냐?"

"그러니까 술도, 어젯밤에 김 선배한테 술 먹자고 약속해놓고 오지도 않고, 맨날 자기 혼자 이랬다저랬다 하니까."

자기 혼자 이랬다저랬다라니, 어떻게 아비에게 저런 얄잡는 표현을 하는지 그는 어이가 없어 차 문을 도로 쾅 닫고 돌아섰다.

"그러는 너는, 다른 사람한텐 그렇게 싹싹하면서 나한테는 왜 그리 박하냐? 개가 신 한 짝 물어갔을 때, 아니 물어간 줄 알았을 때도 그렇고……."

다영이 짧게 웃었지만 그는 웃지 않았다.

"여기 주인 사장도 그 신 한 짝 찾아다닌 거 보면 동수 다리 저는 거 모르던데 처음 온 내가 뭘 안다고?"

"어, 김 선배 이름도 아시네?"

"그럼! 동수! 선영! 선태! 다 안다, 내가. 동수 그 친구 수술만 하면 낫는다는데 나만 아주 뭘 모르는 사람처럼 이상하게 노려보고……."

"그건 김 선배 때문이 아니라 아빠가 잘 알지도 못하면서 다롱이한테 누명을 씌우니까."

"다롱이가 작은 개냐?"

"네."

"그게 다롱이……. 아니, 다롱이 누명을 내가 씌웠냐?"

"알았어요."

"알긴 네가 뭘 아니? 어제 술 약속도 안 지켰다고 뭐라 하는데, 밥값 많이 냈다고 그렇게 화를 내고 가버리고, 내 방에 들렀다가도 그렇게 쌩 가버리고, 가서는 연락도 없고, 그런데 내가 뭘 어떻게 하냐? 날 싫어해서 피하는가 싶어 안 간 건데 넌 왜 자꾸 나만 가지고……."

순간 그는 묘한 기시감을 느끼고 말을 멈췄다. 어제 점심을 먹고 반주를 하다 윤 화백이 그에게, 진짜 남 교수는 왜 자꾸 나만 가지고 그래요, 하고 징징거렸을 때 자신이 느꼈던 지독한 염증이 절절히 떠올랐다. 기운이 쭉 빠지면서 그는 여주엔 도대체 왜 왔는지, 저녁만 사주고 뜨지 않고 뭘 더 찾아먹겠다고 하룻밤까지 묵고 아직껏 미적거리는지 후회가 되었다.

"그게 아니라요."

"됐다, 가봐라."

그는 도발하듯 주머니에서 담뱃갑을 꺼냈고 다영이 뭐라고 한마디만 하면 있는 대로 퍼부어줄 생각이었다.

"옛날에 엄마가……."

그는 울컥 감정이 복받쳤다.

"넌, 지금, 여기서…… 네 엄마 얘길, 왜 꺼내는 거냐?"

"엄마가 아빠가 먹다 남긴 건 절대 다시 안 먹는대서요."

"그게 뭘?"

"안주가 고기밖에 없으니까, 밤에 제가 버스 타고 나가서 과일이랑 치즈 사 왔다고요."

"뭘 어쨌다고?"

생각과 달리 말이 퉁명스럽게 나왔다.

"여기서 버스 타고 나가서 뭐 사 오려면 얼마나 오래 걸리는지 알아요? 버스에서 내려서 걸어오는데 아빠 잔다고 문자 딱 오고 진짜."

"그러게 아빠 차 있는데 왜 버스로 가? 위험하게?"

그는 버럭 소리를 질렀다. 둘은 잠시 말없이 서 있었다. 그는 만지작 거리던 담뱃갑을 주머니에 집어넣었다.

"그래도 나는 가련다."

"가세요. 건강하시고요."

"다영이 너도, 촬영 일정도 긴데, 에너지를 비축하고 파이팅 해라!"

그는 손을 내밀어 딸에게 악수를 청하려다 그만두었다. 다영이 픽 웃었다.

"왜 웃어?"

"그냥 비축 그런 말도 웃기고…… 아빠 만나서 그거 하나는 좋았어요."

"뭐? 고기?"

다영은 들은 척도 않고 식당 쪽 마당을 가리켰다.

"어제 저기서 아빠가 잘 못한다고 말한 거, 그거 좋았다고."

그는 단박에 알아듣고 기분이 좋아졌다.

"그러는 너는, 너도 스킨십 잘 못하면서 뭐가 좋았다고 그래?"

"네? 스킨십 말고 아빠가 내가 이런 거 잘 못한다 그런 거."

"그러니까 친밀하게, 그런 걸 내가 잘 못한다."

"아, 답답해. 그게 아니라, 아빠가, 무엇무엇을, 잘 못한다, 그렇게 인정하는 말, 태도 말이에요."

"아, 그거……."

순간 그는 눈앞이 자욱해지면서 다영의 모습이 흐릿하게 멀어지는 걸 느꼈다. 고개를 들어 하늘을 보았다. 연유 빛으로 부예진 허공에 동글동글한 그물무늬가 아른거렸다. 비문증 때문이겠지만 그는 요즘 유독 눈이 갑갑하고 흐려져 백내장이나 녹내장이 아닌지 의심하고 있었다.

"근데 아빠 물귀신이에요? 왜 맨날, 그러는 너는, 그래?" 하고 툴툴대던 다영이 걱정스레 묻는 소리가 들려왔다. "아빠, 왜요?"

"음…… 내가 요즘 당최 눈이……."

눈에 탁한 눈물이 고여 그는 눈을 깜빡거렸다.

"눈이 잘 안 보여요? 그럼 저기, 달 뜬 거 보여 안 보여? 되게 예쁜 달인데."

"달? 낮달이 또 떴어?"

아무것도 보이지 않았고 아무것도 잡을 수 없었다.

"안 보인다, 다영아."

그는 조금 무서워졌다.

"안 보여, 아빠? 병원에선 뭐래요?"

"응, 이제 가봐야……."

"아버지! 제정신이세요?" 다영의 목소리가 높아졌다. "왜 제때제때 병원을 왜 안 가세요? 어린애세요? 혼자 못 가세요? 안 보여도 음악은 하고 글은 써도 눈멀면 아예 사진 못 찍고 그림 못 그리는 거 모르십니까? 내 참, 기가 막혀서! 생각이 있는 거야 없는⋯⋯."

다영이 타탁타탁 뛰어가는 소리가 들렸다.

명덕은 심봉사가 된 기분으로 더듬더듬 차 문을 열고 차에 타서 글로브박스를 열어 휴지를 꺼내 눈물을 닦았다. 한참 동안 눈을 감았다 뜨기를 반복했다. 뭉글뭉글 뭉개져 보이던 세상이 차츰 제 모습을 되찾았다. 다영이 돌아올까 싶어 차 문을 열어놓고 담배도 피우지 않고 기다렸지만 다영은 오지 않았다. 간다면 간다고 말을 해야지 저 애는 대체 왜 저렇게 제멋대로 생겨먹었는지.

그는 차 문을 닫고 시동을 걸었다. 출발하려다 차창 너머로 초승달을 보았다. 어제보다 살이 더 오른 걸로 보아 바야흐로 차는 중인 것 같았다. 그러고 보니 어제부터 오늘까지 그는 누군가의 인생을 일별하듯 아침, 오후, 저녁의 낮달을 모두 보았다. 왜 아침달 낮달 저녁달이 아니고 모두 낮달인가 생각하다, 해 뜨고 뜬 달은 죄다 낮달인 게지, 생각했다. 해는 늘 낮달만 만나고, 그러니 해 입장에서 밤에 뜨는 달은 영영 모르는 거지, 그런 생각을 하며 그는 농가 펜션의 주차장을 빠져나왔다. ▪

기준영

마 켓

©신나라

1972년 서울 출생. 한국예술종합학교 영상원 영화과 전문사 졸업.
2009년『문학동네』등단. 소설집『연애소설』『이상한 정열』. 장편소설『와일드 펀치』.
〈젊은작가상〉 수상.

마 켓

담당의사는 시연에게 아이가 자연유산됐으며, 다른 이상 소견은 없으니 충분히 휴식을 취하라고 했다. 임신 7주 만의 일이었다. 그녀는 진료실 밖으로 나와 남편 지섭과 친언니 유경에게 전화를 걸어 이 소식을 전했다.

병원 문을 나서자 따스한 햇살이 얼굴로 쏟아졌다. 햇빛은 눈부시고 바람은 선선한 봄날 오후였다. 그녀는 가방에서 카디건을 꺼내 원피스 위에 걸치고는 대로변을 따라 좀 걷다가 빈 택시에 올랐다. 운전기사는 젊은 남자였는데, 국악방송의 애청자인가 보았다. 라디오에서 구슬픈 해금산조가 흘러나오는 중이었다.

"끌까요? 싫어하는 손님도 있어서."

운전기사가 룸미러를 흘끔거리며 뒷좌석에 앉은 시연에게 물었다.

"괜찮아요."

그녀는 목적지를 말하고는 창밖으로 고개를 돌렸다. 차가 출발했다. 해금 연주가 나지막이 잦아들며 잠깐의 정적이 찾아왔다가, 디제이의 짧은 멘트와 함께 다음 곡인 가야금산조로 이어졌다. 그녀는 국악을 배경으로 창밖에 흘러가는 도시 풍경들을 약간 초현실적인 느낌으로 바라보았다. 그리고 택시가 두 차례 커브를 돌아 집 앞에 다다랐을 때쯤 지섭과 부부의 연을 정리하자고 마음먹었다.

"안녕하세요?"

시연이 택시에서 내리자마자 이웃집 여자가 인사를 하며 다가와 섰다. 시연은 순간 고개를 폭 떨어뜨렸다가는 웃음을 지으면서 도로 들었다.

"네."

"어디 다녀오세요?"

여자가 명랑한 톤으로 물었다.

"병원에요."

"어디가 안 좋아요?"

"몸살이 났어요."

"날이 좋죠? 안 아프면 같이 좀 걷자고 할 텐데요."

"어디를요?"

"제 친구가 요 앞 사거리에 조그만 카페를 차렸어요. 개업 선물하려고 화분 하나 사러 가요."

"저도 꽃하고 차, 다 필요해요. 잘 다녀오시고 다음에 어딘지 저한테도 알려주세요."

시연의 말에 이웃집 여자는 대답 대신 함빡 웃고는 뒤돌아섰다. 검정색 트레이닝복에 머리칼을 하나로 묶어 정수리 쪽에 틀어 올린 모습이 매끈하고 날렵해 보였다. 시연은 그 여자와 석 달 전 한날한시에 이 아파트의 아래위층으로 이사를 왔다. 시연은 4층, 이웃집 여자는 8층이었다. 시연은 번번이 먼저 안부를 물어오는 여자의 사교적인 모습에 아직 자연스러워지지 못했다.

시연은 집으로 들어서자마자 창문을 열어 환기를 시켜놓고 청소기로 집 안을 간단히 청소한 뒤 세안을 했다. 그리고 그간 태교를 위해 사들였던 그림책 네 권을 소파 위에 늘어놓고서 해가 질 때까지 그걸 읽었다. 그중 한 권은 처음부터 끝까지 차분히 읽은 뒤에 무작위로 아무 페이지나 펼쳐 읽기를 다섯 번 반복해 같은 이야기의 일부들을 다섯 장의 낱장으로 새로이 접했다. 의성어와 의태어를 다양하게 활용한 이야기로 전체 흐름은 초록색 구두를 신은 소녀와 검정색 모자를 쓴 소년이 친구를 찾아 언덕을 두 개 넘었다가 돌아오는 작은 모험에 관한 것이었다. 씩씩대며, 호호 불며, 조롱조롱 매달려, 두 귀를 활랑 젖혀, 콜록콜록 기침하며, 새근새근, 반짝 눈을 뜨고는, 간질간질, 후들후들, 복슬복슬, 오물거리며, 똑똑 두드리고는, 팔짝 뛰다 뒹굴며, 같은 단어들을 따라가다 보니 이야기 속의 밤이 깊어 모자와 구두, 소년과 소녀가 모두 잠이 들 시간을 맞았다. 그녀는 마지막 책장을 덮으며 "평안하길" 하고 소리 내어 기원하고는 베란다에서 종이상자를 찾아 가지고 와 그 안에다 그림책들을 정리해 넣었다. 그리고 그 그림책들과 같은 용도로 함께 사들였던 자연의 소리 음반과 뜨개질 세트도 그 안으로 옮겨두었다.

그날 저녁 지섭이 평소보다 일찍 귀가했다. 여덟 시를 조금 넘긴 시각이었다. 시연은 현관문 앞에서 그를 힘주어 꼭 안았다. 지섭은 시연에게 안긴 채로 그녀의 등을 토닥이며 물었다.

"오늘 힘들었지?"

시연은 포옹을 풀고 그를 바라보았다.

"씻고 밥 먹어."

부부는 오른손으로 서로의 왼팔을 한 번 쓰윽 쓸어내리고는 흩어졌다. 시연은 주방 쪽으로, 지섭은 안방으로. 지섭은 샤워 후에 갈아입을 속옷가지를 챙겨 갖고 화장실로 들어갔고, 시연은 저녁 식탁을 차려놓고 소파로 가 앉았다. 지섭과 시연은 비누를 따로 썼는데, 그 때문에 둘이 함께 샤워를 하면 두 가지 냄새가 욕실에 섞이곤 했다. 지섭이 즐겨 쓰는 것은 풀 냄새가 나는 제품들이었고, 시연이 좋아하는 것은 코코넛, 혹은 바닐라 냄새가 나는 것들이었다. 지섭은 그 저녁에 시연을 위해 시연의 비누로 씻고 나왔다. 코코넛 냄새를 풍기며 식탁 쪽으로 가 앉는 지섭을 바라보며 시연이 미소를 지었다.

"왜 거기 있어?"

지섭이 시연에게 손짓을 하자, 시연은 고개를 가로젓고는 잠시 말없이 그와 눈을 맞췄다. 지섭은 가끔 그렇게 예기치 않은 때에 시연이 자기를 지그시 바라보는 경우가 있다는 걸 되새기며, 그때마다 그녀가 자기를 원하고 있다고 생각하곤 했던 습관대로 자신 역시 그녀를 원한다는 메시지를 눈빛으로 보내려 했다. 그래서 시연이 "천천히 먹고 들어와" 하고 말하고는 자리에서 일어서서 방으로 들어가버리자, 서둘러 따라 들어가야 할 것인지 아니면 그녀의 말대로 천천히 움직여야 할지를 짧게 생각했다. 그는 '천천히'를 택했다. 밥그릇과 국그릇을 깨끗이 비운 뒤 설거지를 했고, 젖은 식기들을 건조기에 넣어 물기를 제거한 뒤에 칫솔질을 하고 방 안으로 들어섰다.

시연은 파자마 차림으로 침대에 누워서 그를 올려다보았다. 배 부분만 이불로 덮었고, 두 팔은 기지개를 켜는 사람처럼 위로 뻗은 채였다. 지섭은 내달에 미국으로 출장을 가게 됐다는 말을 먼저 꺼낼 필요가 있을까 생각하며 그녀 옆에 누워 그녀를 안았다.

"할 말이 있어."

지섭이 시연의 가슴 위에 손을 얹고 말했다.

"내가 먼저 할게."

시연이 그를 향해 모로 누우면서 두 손으로 그의 얼굴을 덮었다. 양손으로 덮개나 가면을 만들어 씌우는 것처럼. 그의 콧김이 그녀의 검지와 엄지 사이로 새어 나왔다. 그녀가 말했다.

"우리 이혼해도 가끔은 볼 수 있겠지."

"뭐?"

지섭은 이런 말을 처음 들은 건 아니었다. 시연은 결혼 전과 후에 한 번씩 헤어지자는 이야기를 꺼낸 적 있었다. 그는 자기가 아는 여자들은 대개 어느 정도는 변덕스러운 데가 있으며 자신은 비교적 포용력이 있는 사람이라고 여겼기에 시연의 말 자체를 크게 문제 삼지는 않았다. 흘려들은 척했고, 스스로 침착하게 그 순간을 잘 넘겼다고 생각해왔다. 그러나 이번엔 경우가 달랐다. 낮에 하혈을 하고 혼자 병원에 가서 유산 사실을 알게 된 사람의 심신에 대해서는 좀 더 주의를 기울일 필요가 있을지도 몰랐다. 그는 시연의 손을 제 얼굴에서 떼어내고는 그녀의 눈을 들여다보았다. 시연이 말을 이었다.

"테이블하고 서랍장은 내가 가져가고, 자기한테 필요한 건 자기가 챙기고, 나머지는, 나머지는 마켓을 열고……."

지섭은 제 귀를 의심하며 당황했지만, 평정심을 되찾고자 했다. 그는 일단 시간을 두고 좀 생각해보자고 얼버무리고는 조심스레 덧붙였다.

"오늘은 아무 생각 마. 스스로를 괴롭히겠다는 심산이 아니라면 말이야. 지금 우리가 붙잡고 이야기해야 할 사실은 하나뿐이야. 우린 지난 2년 동안 잘 지내왔고, 앞으로도 그럴 거야."

시연은 이번에는 양손으로 제 얼굴을 덮고서 대답했다.

"결혼 전 2년보다 한집에서 같이 보낸 지난 석 달이 난 더 좋고 의미 있었어. 이젠 혼자이고 싶어."

지섭은 그 대목에서 돌아누웠다. 시연은 그의 등을 향해 얼굴을 가리고 누운 채로 제가 한 말과 그의 반응을 차례차례 다시 반추해보다가 얼마 후 그가 코를 고는 소리를 들었다. 그리고 자기도 천천히 돌아누웠다.

그로부터 보름간 전과 비슷한 일상이 이어졌다. 시연은 이 기간 동안 이혼 이야기를 한 번 더 꺼냈다. 겉으로 보기에 아무것도 달라진 것이 없는 날들이었기에, 지섭은 그 말을 둘이서 함께 영화를 보자거나 저녁을 먹자는 이야기와 바꾸어도 무방할 것처럼 간주했다. 그는 휴일 오전에 침대에 드러누운 채 시연이 화장대 앞에서 화장을 하는 모습을 바라보며 타이르듯 말했다.

"혼란스러웠을 거야. 지난 몇 달간 변화가 많았잖아."

그는 임신 3개월 내 유산이 드물지 않으며 대개 염색체 문제이지 누구의 잘못 때문도 아니니 부부가 죄책감을 떠안거나 갈등을 빚을 만한 일은 아니라면서, 의사에게 전해 들은 바 그대로를 제 말인 것처럼 읊었다. 시연이 거울을 통해 그를 바라보자 그는 고개를 주억거리며 말을 이었다.

"아이는 금세 또 가질 수 있어. 자기가 괜찮아지면."

시연은 고개를 가로저었다.

"아니, 내가 잘못 생각했던 거 같아."

지섭은 그 말의 속뜻을 당장에 세세히 파고들고 싶지는 않았다. 생산적인 대화로 이어질 것 같지 않아서였다. 그에게는 시연이 컨디션을 회복하지 못한 나머지 주변의 상황이나 사람, 심지어 사물과의 사이에서도 긴장을 일으키며 에너지를 소모하는 것으로 보였다. 그는 새로운 문제에 직면할 때는 언제나 자신이 훨씬 냉정하고 유능하게 대처한다는 걸 시연이 충분히 알아둘 필요가 있을 거라고 판단했다. 또 때론 시간이 해결해주는 일들도 있기 마련이므로, 출장 기간 열흘이 전환의 계기가 되리라고 내다봤다. 그래서 출장을 떠나기 이틀 전에는 일부러 힘주어 목소리를 높였다.

"나도 안타깝고 아파. 나도 속으로 피를 흘려!"

순간 시연은 추위를 타는 사람처럼 몸을 떨었다.

"제발 과장하지 마."

"내가 과장을 한다고? 네가 아니고?"

지섭은 자칫 화를 낼 뻔했으나 그쯤에서 자제했다. 아내가 미안한 마음을 가지고 남편을 기다리게 되기에 적당한 정도, 그 선을 넘어서는 건 애초의 의도에서 벗어나는 일이었다. 그는 출장을 다녀온 뒤 연차를 써서 시연과 함께 여행을 다녀오면 좋으리란 생각에 지인을 통해 한 여행사의 담당자를 소개받았다. 그쪽에 괜찮은 관광지들을 코스에 넣어 A안과 B안 두 가지로 스케줄을 짜달라고 요청해두면서, 자기가 서울에 없는 동안 아내에게 직접 전화를 해서 아내의 의견도 묻고 반영했으면 좋겠다는 당부도 해뒀다. 실패할 수 없는 이벤트를 기획했다고 자족하고 있던 차라, 그는 출장을 가는 날 평소와 다름없는 태도로

문밖으로 나섰다. 아침에 나갔다가 저녁에 곧 돌아올 사람처럼. 그리고 샌프란시스코 공항에 도착해서는 어머니에게 전화를 걸었다.

"엄마?"

그는 시연이 임신을 했다고 말했다. 민감한 사람이라 2주 차에 그 사실을 알게 되어 바로 알린다고.

"나 없는 동안 엄마가 한번 들여다봐줘요."

그는 가까운 미래를 예측하고 미리 몇 걸음 마중이라도 나가는 사람처럼, 혹은 자기 바람을 기정사실로 선언하려는 차원에서 그렇게 말했다. 그걸로 두 여자에게 동시에 화해를 청했다고 여기면서. 결혼을 반대했다는 데 대한 응징을 하듯 한동안 연락을 끊고 지냈던 아들의 전화에 어머니는 마음이 약해질 것이었고, 시연은 이제 남편의 의중에 대해 숙고하는 게 현재로선 필요하고 또 자연스러운 일이라는 내적 타협을 볼 것이었다. 그는 그렇게 믿으며, 그 믿음을 의심하거나 회의하지 않으려는 노력의 일환으로, 시연에게 연락하는 일은 이틀 뒤쯤으로 미뤄두기로 했다.

시연은 올해로 스물다섯이 됐고, 지섭을 만나기 전까지는 한 사람과 석 달 넘게 연애를 해본 적이 없었다. 일방적으로 그녀를 쫓아다닌 남자들과 짧게 만나다 만 게 다였는데, 그들은 시연이 빈틈을 보이면 언제 어디서라도 바지부터 벗고 볼 사람들이었다. 조급하게 구는 남자들처럼 시시하면서도 위험해 보이는 게 없었다. 시연은 관계가 깊어지기 전에 어떻게든 핑계를 만들어 도망쳤다. 그 핑계들 속에서 그녀가 처한 상황이나 가족의 부정적인 성향이 극대화됐다. 그녀는 아버지와 어머니를 구제불능의 난폭한 폭군과 알코올 중독자로 묘사했고, 빚더미에 올라앉은 자매가 있다며 고통스러워했다. 이 방법은 상대의 욕구를 순식간에 찌부러뜨리곤 했는데, 그러다 보니 "사실은 이래"라는 말이 어느새 그녀가 적당한 때 상대에게 던지는 최후의 통첩 같은 게 됐다. 지섭에게 그 방법이 제대로 통하지 않았던 건 의외의 일이었다.

"흥미로운 이야기인데, 이렇게 풀어가도록 하자."

그는 그렇게 말하고는 바로 그녀에게 청혼을 했다. 살면서 한 번도 겪어보지 못한 유형이라 그녀는 무슨 계시라도 받은 듯했다.

시연이 지섭과 결혼식을 올린다는 사실이 주변에 알려졌을 때, 그녀의 형편을 어느 정도 안다고 여기던 사람들은 그녀가 애송이들을 혼란에 빠뜨리던 재주로 일찌감치 '평생의 직장'을 얻었다는 평가를 내렸다. 너와 내가 익히 아는 주제로 핵심적인 농담을 즐기고 있다는 것처럼 도통한 듯한 표정으로. 구두 매장에서 재고 물건들을 싸게 팔아치우는 걸로 먹고살던 애가 얼굴 하나 반반한 걸로 거머쥘 수 있는 최고의 것이 결혼이었다고 말하는 사람들과 어떻게 하면 새로이 우애를 나눌 수 있는 것인지 시연은 알 수 없었다. 그래서 얼마간은 주변인들의 기대에 부응하고자 속없는 사람처럼 우스갯소리들을 뱉기도 했는데, 가벼운 웃음과 모멸감을 공유하는 그 지루한 경험들은 오래 이어질 것 같지 않았고, 실제로도 그랬다.

지섭은 시연에게 재미있는 사람이라는 칭찬을 끝없이 했다. 시연이 일하던 구두 매장의 매니저가 전직 야구선수였다는 것, 경마에서 배팅한 돈의 열한 배를 땄던 걸 인생의 가장 큰 모험담으로 자랑삼는 그녀의 형부, 학창 시절에 줄기차게 장래희망란에 슈퍼모델이라고 적어 넣었던 친언니, 술에 취하면 아무 데서나 잠이 들어 동네방네 찾으러 돌아다니고 난 후에야 집으로 끌고 들어올 수 있던 엄마, 간판도 내걸지 않은 가게에서 낡은 물건을 수리하는 일을 하며 가끔씩 성질에 맞지 않는 사람들과 주먹다툼을 하던 아빠. 시연은 이런 이야기들을 빙글거리며 듣는 지섭에게 호기심을 느끼면서, 그 미소 뒤쪽의 세상은 무엇인지 궁금해졌다. 나중에 그녀가 알게 된 사실은 지섭에게도 자기처럼 바라보는 각도에 따라 특별한 유머가 될 만한 고유의 문제들이 있다는 것이었는데, 이를테면 지섭이 출장을 가고 난 다음 날 저녁 무렵에 그녀에게 일어났던 일이 그랬다. 그녀는 갑자기 시어머니로부터 전화를 받았다.

"네, 어머니."

시연은 인사말을 생략했지만 '어머니'를 발음하면서 빈방에서도 전화기를 붙들고 고개를 수그렸다.

"지금 백화점 과일 코너에 서 있다. 먹고 싶은 게 있니? 사갖고 그리 가려는데."

"지금요?"

"지섭이한테 다 들었다. 너희들 애 가졌다며?"

"……."

"길이 안 막히면 30분 내로 도착할 거 같은데, 괜찮겠니?"

"네에, 고맙습니다."

"그래? 흐흠, 또?"

또 뭘 말하면 좋을까. 시연은 잠시 주춤거리고 있다가 조용히 대꾸했다.

"아이스크림, 그게 먹고 싶어요."

"어휴, 너도 참 어지간히 기막힌 애다. 임신했을 땐 찬 걸 가려야 해. 그 정도 상식은 있어야지. 아무튼 곧 간다, 그럼."

시어머니가 그 말을 끝으로 전화를 끊었다. 시연은 침대 위에 앉았다. 그리고 서서히 누웠다. 지금부터 아파야만 할 것 같았다. 그 생각과 함께 땀이 솟았다.

그녀는 자리에서 일어나 따뜻한 물로 샤워를 하고 시어머니를 맞을 채비를 했다. 전날 밤부터 아무것도 먹지 않았고 또 아무도 만나지 않았다는 것, 또 지난 수개월 동안 지섭 외에는 누구에게도 자신의 상태나 감정에 관해 표현해보지 않았다는 사실을 떠올렸다. 시연은 아이를 유산했다는 사실을 비밀에 부치고 임신했다는 거짓말로 고부간을 한자리에 엮어두려 한 남편에게 화가 나지는 않았다. 그는 부모에게 이해보다는 협조를 원하는 자식이었다. 원하는 걸 끌어내기 위해 임신 소식을 금세 알리지 않았던 게 뒤늦은 후회로 남았을 수도 있었다. 그렇더라도 가정사를 비즈니스처럼 풀어가는 그의 태도는 합리적으로 보이는 면도, 정 떨어지는 구석이 있는 것도 사실이었다.

그녀는 아무 소음이라도 필요했기에 텔레비전을 틀었다. 안녕, 난 주주 잰 도도야. 어린이 프로그램의 진행자들이 동물 모양 모자를 쓰고 손을 흔들었다. 그녀는 채널을 다른 데로 돌리면서 중얼거렸다.

"안녕! 나는……, 내가 누구더라? 하여간 지금은 여기 있어."

실업률과 자살률의 증가, 부패한 위정자, 갑의 횡포, 복지 사각지대에서 동반자살을 택한 일가족 넷, 기분 나쁘게 웃었다는 이유로 도보 중 칼에 찔린 젊은이는 주야로 아르바이트를 뛰던 대학생이고, 칼을 품고 다니던 중년 남자는 대기업 하청업체에서 산재를 겪고 부당 해고당했다. 세상은 점점 더 끔찍해지고 있는 중이고 사람들은 간신히 희망의 끈을 놓지 않고 있으며, 가수는 춤추며 랩을 하고, 내일 서울에는 간간이 비가 흩뿌릴 것이다. 매일 한결같이 열렬하게 기적을 이야기하는 사람들은 쇼핑호스트들뿐이다. 달팽이 진액 크림의 효과는 매우 드라마틱해서 사용 후 15일이 지나면 서서히 피부 속부터 콜라겐이 차올라 주름이 희미해지는 걸 느낄 수 있으며…… 특수 삼중 필터를 장착한 공기청정기는 미세먼지를 효과적으로 빨아들이는 동시에 피톤치드를 집 안 구석구석으로 방출해 집에서도 대자연의 기운을…… 심신의 안정감은 혈압 조절에도……. 그때 벨이 울렸다. 시연은 리모컨의 음소거 버튼을 누르고 자리에서 일어섰다.

시어머니는 과일바구니와 쇼핑백을 양손에 하나씩 들고 집 안으로 들어섰다. 시연은 그것들을 받아들고 주방으로 가 거기서 멜론을 꺼내 잘랐고, 아이스크림과 함께 흰 접시에 보기 좋게 담았다.

"좀 앉으세요."

시연은 접시를 들고 거실 쪽으로 걸어가면서 먼저 말을 건넸다.

"어떠니, 넌?"

"아무렇지 않아요. 그냥 좀 잠이 쏟아져요."

"그럼 누워 있지 그랬냐?"

시연은 눕거나 앉는 문제로 형식적인 실랑이를 벌이고 싶지는 않아서 그대로 방향을 틀어 안방으로 들어갔다. 시어머니가 뒤따라 들어왔다. 시연은 들고 온 접시를 협탁에 내려놓고 화장대 의자를 침대 앞에 끌어다놓고서 침대 위에 걸터앉았다.

"그래, 넌 사양이란 걸 모르는 애지. 내 그걸 깜빡했다."

"네, 전 기회를 놓치는 법이 없어요."

"대꾸도 꼬박꼬박 잘하고."

시어머니가 시연이 끌어다놓은 의자에 앉으며 말했다.

"그걸로 벌어먹고 산걸요."

시연은 그 말끝에 웃음을 흘리며 포크로 멜론 한 조각을 찍어 시어머니에게 건넸다. 그리고 자기는 아이스크림을 한 스푼 떠 입에 넣고는 천천히 침대 위로 올라가 다리를 뻗었다. 베개를 세워 등받이 삼았고, 눈을 반쯤 감아 게슴츠레하게 뜨고서 차고 단 맛을 음미했다.

"어머니도 피곤하실 텐데 잠깐이라도 누우시겠어요? 불편하실까요? 안 그래도 어머니가 지섭 씨 가졌을 땐 어떠셨는지 듣고 싶었어요. 제가 모르는, 지섭 씨가 가진 좋은 것들이요. 그리고 어머니, 저한테도 좋은 점이 있어요."

"말이 나왔으니 내 짚고 넘어가지 않을 수가 없다. 본 지 몇 번이나 됐다고 사돈네로 득달같이 찾아와 다짜고짜 사업자금 좀 융통해 달라는 네 식구들에게 네가 사랑을 배우며 자랐을 것 같지는 않았다. 내가 나쁜 사람이라서가 아니야. 너도 엄마가 되면 내 심정을 알 거다."

"네. 그래도 제 식구가 뭘 어쩐 건 없으니 마음 푸세요, 어머니. 어머니 바람대로 저도 가족을 못 보고 가족도 저를 못 봐요. 여기가 저의 현주소고, 전 전보다 생각할 시간이 많아졌어요. 사랑이 뭘 변화시킨다면 그걸 믿는 사람들과 함께이기 때문이고, 그렇지 않다면 그냥 속설에 불과한 거죠. 제 생각엔, 얻은 것뿐 아니라 잃은 걸 통해서도 사람들은 뭘 배우고자 하면 배워요. 지섭 씨는 그걸 존중하는 사람이에요. 전 구두 말고 다른 것도 잘 팔 수 있어요. 저도 잘하는 게 있어요, 어머니. 저 사람들처럼요."

시연은 그렇게 말하며 시어머니의 뒤쪽을 손가락으로 가리켰다. 시어머니는 고개를 돌려 그쪽을 바라봤다. 텔레비전 모니터 속에서 쇼핑호스트가 실내용 운동기구들을 판매하고 있었는데, 음을 소거해놓았기 때문에 운동하는 사람들과 제품 구석구석을 가리키며 성능을 설명

중인 쇼핑호스트의 모습만이 분주해 보일 뿐 그들의 목소리는 들리지 않았다.

시어머니는 리모컨을 찾아 텔레비전의 전원을 껐다. 그리고 시연을 한동안 말없이 쳐다보다가 고개를 가로저었다.

"하고 싶은 말이 많았던 모양이지?"

"……"

"병원에서는 뭐라니?"

"병원에서는 자연……, 자연스럽대요, 모든 게. 특이사항은 없다는 말인 거죠, 그니까."

시연은 약간 말을 더듬댔고, 시선을 차분히 아래로 내려뜨렸다. 그녀는 이불을 당겨 배를 덮으면서 이불을 그러쥔 손을 소원을 비는 아이처럼 모았다.

"좋은 걸 상상해라. 지섭이를 가졌을 때 내 어머니는 그렇게 가르쳤다. 너희 집에서 네가 배운 그 뭔가의 어쩌고들은 네 안에만 넣어둬. 밖으로 꺼내지 마라. 나도 이제부터 노력을 할 건데, 그게 우리가 살아온 이력 같은 거라고 보면 된다. 넌 운이 좋으니까 앞으로 전보다 좋은 사람들과 어울릴 거야. 알겠니? 그래야만 하고. 널 어떻게 받아들여야 할지 솔직히 고민이 많이 됐고, 지금도 마찬가지다. 지섭인 좋은 애지만, 제 나이보다도 훨씬 젊은 애지. 흐트러진 걸 바로잡는 걸 좋아하고, 자기가 그런 걸 할 수 있다고 믿어 의심치 않아. 그게 그 애의 장점이고 취약점이란 게 지금 내가 통탄할 일이 됐다. 내 심정을 다 안다고는 하지 마라."

시연은 학창 시절에 볕 잘 드는 교실 창가에 앉아 종종 그랬던 것처럼 몽롱하고 나른해졌다. 하품을 할 뻔했지만 잘 참았다. 시어머니의

'좋은 상상' 속에서 그녀는 새로운 생을 살고 있었다. 그녀의 친정 식구들은 모두 해외에 산다. 베트남 혹은 일본, 하여간 여기가 아닌 다른 어딘가에. 그리고 그녀는 그들과 떨어져 여기 이 집에서 새로 태어날 것이다. 지금, 아니 언젠가는 배 속에 있게 될 아이와 함께.

"어머니, 저 너무 졸음이 쏟아져요."

시연은 병약한 환자처럼 중얼거렸다. 과중한 숙제를 체벌로 내리던 옛 선생님들의 모습이 그녀의 기억 속에서 고개를 들었다. 그때도 어지럽고 의기소침해진 채로 죄송하다고 읊조리는 듯한 어조로 무엇이든 말해야 했다. 시연은 몸을 미끄러뜨려 누우면서 등에 받쳐뒀던 베개를 잡아당겨 거기 머리를 베고 눈을 감았다. 시어머니는 자리에서 일어서서 한동안 시연이 '눈물이 쏟아져요'를 '졸음이 쏟아져요'로 둘러댄 것은 아닌지 살펴보고자 했으나 이내 그 마음을 접고서 방 밖으로 빠져나왔다.

다음 날은 예보대로 비가 내렸다. 시연은 비가 흩뿌리는 창밖을 내려다보며 친언니 유경에게 전화가 오기를 기다렸다. 둘은 5년 3개월 차로 태어난 쌍둥이 같았다. 마음이 잘 통하고 식성도 비슷하고, 좋아하는 가수가 같아서 같은 팬클럽 회원이었고, 한방을 쓰면서 천장에 함께 야광의 세계지도를 붙였던 시기가 있었다. 유경이 가상의 왕관을 쓰고서 방 안을 뱅그르르 돌 때 시연은 일당백의 팬이 되어 손뼉을 치며 환호를 해주었다. 유경이 임금을 제대로 쳐주지 않고 잠적한 사장을 잡으러 다닐 때는 열을 내며 함께 뛰어다녔다. 또 유경이 1년간 그야말로 미쳐서 푹 빠져 지냈던 남자와 헤어지고 났을 때 열심히 유경을 웃기려던 광대도 시연이었고, 유경이 이상형과는 정반대의 덩치 큰

허풍선이와 결혼식을 올릴 때 하객 자리에서 눈물을 줄줄 흘리던 사람도 시연이었다. 하지만 그날들은 지나갔다. 저 멀리로 물러났다. 유경은 시연에게 연락하지 않았다. 유경도 유산 경험이 있어서 시연의 몸과 마음 상태를 잘 알고 있을 것만 같았는데도, 꼭 그게 아니더라도 아는 척해줄 수는 있을 것 같았는데도 그런 일은 일어나지 않았다. 그런 일이 일어나지 않은 이유는 유경이 그러고 싶어 하지 않기 때문일 터였고, 그건 존중받을 만한 감정일 것이었다. 시연은 자신을 둘러싼 정황들 속에서 다른 사람들의 시선으로 스스로를 바라보면서 전보다 희미해졌거나 또렷해진 것들을 의식하려 했다. 그녀는 제 가족을 수치스러운 얼룩처럼 취급한 다른 가족의 질서 속에서 새 삶을 시작했다. 그리고 불화의 씨앗처럼 날아와 도둑처럼 깃든 이 존재는 아직 제 목소리랄 게 없었다. 아이의 유산 사실을 의사가 확인해주었을 때, 시연은 아주 또렷한 망상을 접했다. 아이는 엄마가 어떤 사람인지 알아냈다는 망상이었다. 불안한 엄마와 새 삶을 시작하는 것이 어떤 의미라는 걸 엄마가 아는 만큼은 잘 알고 있었을지 몰랐다. 그녀는 이렇게 생각했다. 아마도 피, 유전자 정보 속에 이 삶이 살 만하지 않을지 모른다는 내용들이 흘러 다녔을 것이고 아이는 선언을 했다고. 난 여기서 내립니다. 어머니 다음 생에서 만나요.

시연은 유경이 그리웠고 유경하고만 나눌 수 있는 이야기가 있었지만, 당장에 가능해 보이지 않는 일들은 현재로서는 단념하는 수밖에는 도리가 없다고 받아들였다. 그랬기에 창가에서 몸을 돌려 거실을 가로지르는 그때 마침 휴대폰 벨이 울린 것을 환청인가 보다 여겼다. 시연은 냉장고에서 캔 맥주를 꺼내 한 모금 마신 뒤에야 휴대폰을 들여다보았다. 발신자를 알 수 없는 전화가 왔다가 끊어진 상태였다. 그녀는 맥주를 마저 죽 들이켰다. 다시 벨이 울렸다.

"여보세요."

"아, 사모님, 지금 통화 괜찮으신가요?"

자신을 세광여행사의 김 대리라고 밝힌 발신자는 시연의 휴대폰 번호를 알려준 사람이 바로 지섭이라고 하며 웃음을 흘렸다. 그가 덧붙이기를, 자기는 텔레마케터가 아니고, 이 전화도 보이스피싱 같은 건 아니라고 했다.

"아, 지금 그이는……."

"예, 압니다. 출장 중이시죠. 사모님 의견을 확인하고 진행해야 할 게 있어서 전화 드렸습니다."

시연은 얼굴을 모르는 김 대리의 목소리가 부드러운 미성이라는 것, 그와 자기가 모두 부슬부슬 내리는 빗속에서 잘 모르는 상대에게 말을 걸고 또 듣고 있다는 사실에 집중했고 나머지는 크게 괘념치 않았다. 그녀는 김 대리가 여행 상품들을 세세히 설명하는 동안 잠깐씩 제 생각 속으로 빠져들었으나 그런 와중에도 그가 전달하고자 하는 이야기의 골자를 파악했다. 김 대리가 언급한 A코스와 B코스는 매력과 가격이 각기 다른데, A코스의 숙소 한 곳은 옛날 성곽을 그대로 구현한 것으로 창밖으로 굉장한 절경이 펼쳐져 있고, B코스는 유람선과 산악열차를 타고 이동하게 되며 고객의 만족도가 굉장히 높다는 것이었다. 그녀는 잘 알아들었다고 대꾸하고는 잠시 머뭇거리다가 다시 말을 이었다.

"둘 다 가보고 싶어요. 근데 다음으로 미뤄야 할 것 같아요."

"네? 하지만 사장님께서 말씀하시기로는……."

"병원에서 임신 초반에는 조심해야 한다고 해서 그러려고요. 가을쯤에 무리하지 않고 다녀올 수 있는 데를 다시 부탁드려도 좋을까요?"

"아! 그러세요? 네네, 그럼요. 그렇게 하세요."

"실례지만……, 김 대리님 혹시 아이가 있으세요?"

"저요? 전 큰애가 세 살입니다. 작은앤 이제 막 돌 지났고요."

"제가 죄송해서 그러는데, 아이들 그림책을 몇 권 보내드려도 될까요?"

시연은 여행사 주소를 확인하고 전화를 끊었다. 그리고 곧바로 그림책과 음반, 뜨개질 세트를 넣어두었던 상자를 꺼내 따로 챙겨두면서, 인형과 장난감, 예쁜 상자와 리본, 파스텔 톤의 충전재가 있다면 더 좋을 것이란 생각에 메모를 해두었다. 그녀는 만일 자기가 유능한 영업사원이라면 집 안의 물건 중 일부, 이를테면 거의 사용하지 않은 것이나 다름없는 오븐기와 아직 포장도 풀지 않은 새 압력솥, 커피머신 등등을 가을 즈음에 시세보다 약간 웃도는 가격으로 김 대리에게 판매해볼 수 있으리라는 데 생각이 미쳐 웃음이 났다. 그녀는 스스로를 위한 광대가 되었다. 고양된 거짓 감정을 에너지 삼아 무엇이든 해볼 수도 있지 않을까. 잠시 후 그녀는 엘리베이터를 타고 8층으로 올라가 이웃집 여자가 사는 호수의 현관문 앞에 서서 그 집 벨을 눌렀다. 꽃집이나 막 오픈한 카페의 위치를 묻기 위해서, 굳이 빗속으로 걸어 나가 꽃이나 차를 사 오겠다는 충동 때문에, 아니 무엇이든 질문하고자 하는 마음을 누군가는 들어야 했기 때문에. 하지만 8층의 굳게 닫힌 문 안쪽에는 마침 아무도 없었다.

다음 날 비슷한 시각, 시연은 아파트 단지를 나서면서 8층에 사는 여자와 부딪쳤다. 그때는 전날 8층의 초인종을 누르던 때의 감상 따위는 빗물과 함께 말끔히 씻겨간 뒤였다. 평소와 마찬가지로 이웃집 여자가 먼저 시연에게 인사를 건넸다. 두 사람은 가벼운 문답을 나누고는 눈웃음을 지으며 서로를 지나쳐 갔다.

시연은 집에서 조금 떨어진 곳에 위치한 대형마트까지 걸어갈 요량이었다. 각양각색의 상품과 그 브랜드가 모든 사람들을 환대하는 장소에서 "어서 오십시오"라는 공평한 인사를 들을 것이었다. 그때 지섭으로부터 전화가 왔다. 시연은 걷는 속도를 늦추며 휴대폰의 통화 버튼을 눌렀다. 지섭이 나지막한 목소리로 물었다.

"집이야?"

"아니, 잠깐 바람 쐬러 나왔어."

"그래? 여긴 밤이야."

"일은 잘 봤어?"

"응, 중요한 건은. 아직 미팅이 더 남아 있긴 해."

"자기 엄마 들러 가셨어. 어떡하려고 그런 거짓말을 했어?"

"미안해. 미안해서 꿈을 다 꿨나봐. 막 소리 지르면서 깼났어. 깨자마자 바로 전화하는 거야."

"지섭 씨는 꿈 잘 안 꾸잖아."

"들어봐. 나 아직도 심장이 두근두근해."

시연은 지섭이 평소답지 않다고 생각했던 까닭에 저도 모르게 긴장이 됐다. 걸음을 멈추고 가로수에 기대섰다. 벚나무에 벚꽃이 한창이었다.

"나는 없고 너만 있어. 네가 굉장히 많은 사람들 속에 있어. 더러 아는 얼굴들도 보이는데, 그 사람들이 딱히 날 아는 것 같지는 않아. 그럴 만한 분위기도 아니고. 거기가 어딘지 잘 모르겠어. 너는 집이라고 하는 것 같은데, 우리 아파트는 아냐. 그냥 물 위에 떠 있어. 커다란 뗏목이나 판자처럼. 바람이 많이 불어서 위험해 보이는데도 네가 어딜 가겠다고 하는 것 같아. 무슨 말인지 난 알아들을 수가 없어. 그냥 네가 큰 상자를 하나 맡았는데, 넌 너한테 버거운 걸 팔겠다고 나서는 거야. 네가 해결해야 한다고. 아니, 난 내가 해결할 거라고 하지. 근데 이런 말은 너한테 들리지 않아. 네가 있는 곳에는 내가 없고, 나 있는 데서 너는 너무 멀어."

시연은 울기 시작했다. 그 이야기가 사랑한다는 말이 아니면 무엇일 수 있을까. 시연은 간밤에 제가 꾼 악몽이 고스란히 그에게로 옮겨간 것에 놀라워하며 깊이 죄의식을 느꼈다. 그 악몽은 그녀의 비밀이 됐다. 그녀가 눈을 뜨고 깨어나자마자 그 알 수 없는 상자에 지섭의 어머니가 들어 있는 거라고 제 무의식을 읽어내려 했기 때문이었다. 그러나 지섭의 이야기를 듣고 났을 때는 다른 아무런 생각이 들지 않았다. 그녀는 그 순간 사랑한다는 말만큼 온당한 말이 없으리란 걸 알면서도 입 밖으로 꺼내지 못했다. 그건 진실일까. 그 진실은 어떤 색, 어떤 모양, 어떤 질감일까. 시연은 아이에게 들려주고 싶었던 동화의 도막들을 빠르게 떠올렸다. 간질간질, 후들후들, 복슬복슬, 두 귀를 활랑 젖혀, 콜록콜록 기침하며……. 그러고는 심호흡을 한번 하고서 할 수 있는 말을 했다.

"보고 싶어."

벚나무 그늘 아래, 사람들이 숱하게 걸어 다니는 길 위로 한 번뿐인 꽃잎들이 떨어졌다. ▪

김연수

낯빛 검스룩한 조선 시인

1970년 경북 김천 출생. 성균관대 영문과 졸업. 1994년 『작가세계』 등단.
소설집 『스무 살』 『내가 아직 아이였을 때』 『나는 유령작가입니다』 『세계의 끝 여자친구』.
장편소설 『가면을 가리키며 걷기』 『7번 국도』 『꾿빠이, 이상』 『사랑이라니, 선영아』
『네가 누구든 얼마나 외롭든』 『밤은 노래한다』 『원더보이』 『파도가 바다의 일이라면』 등.
〈동인문학상〉〈대산문학상〉〈황순원문학상〉〈이상문학상〉 등 수상.

낯빛 검스룩한 조선 시인

기행이 눈을 떴을 때, 북행 열차는 멈춰 있었고, 차창은 새하얗게 얼어 있었다. 천장 한쪽을 밝히는 불빛이 흐릿했다. 그는 침대칸 커튼을 젖혀 창밖을 내다봤다. 구름에 달빛이 가려진 밤이라 바깥은 어두웠다. 한참을 그렇게 바라본 뒤에야 그는 거기가 함흥이라는 사실을 알게 됐다. 다시 담요를 뒤집어썼지만, 한번 멀어진 잠은 좀체 되돌아오지 않았다. 그 창을 흰 벽 삼아 그는 함흥 영생고보에 재직하던 시절, 축구부 학생들과 어깨동무를 하고 찍은 사진이며 신경新京에서 지금은 이름도 잘 기억나지 않는 경제부 사람들과 떨떠름한 표정으로 찍은 사진 따위를 떠올렸다. 새하얀 창으로 1937년이, 또 1940년이 그렇게 지나갔다. '대동아'라고 이름 붙은 전쟁도, '해방'이라고 이름 붙은 전쟁도 그런 식으로 기행의 눈앞으로 지나가고 있었다. 그러는 사이에 그 사진들 속의 인물들 중 몇몇은 이미 세상을 떠났으리라고 그는 생각했다. 누군가 죽으면, 사진 속에 찍힌 그의 모습도 저절로 지워진다면 어떨까? 옛날 여성잡지의 난센스 문답 같은 질문이 기행의 머릿속에 떠올랐다. 그렇게 된다면 꽤나 편리하지 않을까? 누군가 숙청됐다는 소식이 들리면, 집으로 돌아가 문을 걸어 잠그고 사진첩을 뒤져 그의 모습을 오려내 불태워버리는 일이 처세의 기본이 된 지 오래였으니까. 이런 식이라면 사진 속에 남아날 인물이 없을지도 모르겠다고 기행은 생각했다. 그렇게 한두 명씩 사라지다가 마침내 기행 혼자만 남게 된다면 과연 어떨까? 그렇게 모두가 사라진 뒤의 세상은 어떤 곳일까? 그 세상에서도 노루 고기를 먹고 콩밭에 길게 오줌을 눌 것인가?

해가 바뀌어 기행은 이제 48세가 됐다. 공자가 천명을 알았다는 나이가 지척이었지만, 그가 알게 된 것은 더 이상 늙음이 가려지지 않는다는 사실이었다. 늙은 몸은 쉬 피로해졌고, 일단 피로해지고 나면 마음까지 챙길 겨를은 없었다. 덕분에 48세의 시련은 몸이 독차지했다. 그렇게 하루하루 지내다 보면 자기 마음이 지금 어떤 상태인지 따져볼 겨를이 없었다. 그랬던 것인데, 1년 만에 평양에 올라가 문학신문사가 주최한 '현지 파견 작가의 좌담회'에 나가 한 해를 회고하며 포부를 말해보라는 말을 듣게 되자, 기행은 쉽게 입을 열 수가 없었다. 그건 사회자가 '작년 이맘때의 추위'를 언급했기 때문이었다. 사회자는 무던히 혹심했다는 말을 들었다고 했는데, 그 정도 표현으로는 부족하다고 기행은 생각했다.

'붉은 편지'의 지시 사항을 받들어 삼수군 관평리 독골의 협동조합까지 찾아가 보니 거기 20여 명의 축산반원들은 두 채의 양사羊舍 옆에 방을 만들어놓고 합숙하고 있었는데, 불도 들어오지 않는 저녁에 그 안으로 들어가 보면 거기가 양사인지 인간사인지 구별하기 힘들었다. 처음에는 다들 집이 없어 그렇게 좁은 방에 엉겨 붙어 지내는 줄 알았다가, 따로 방을 구해 며칠 배를 곯아가며 냉방에서 반쯤 얼어붙은 송장 꼴로 지낸 뒤에야 기행도 살아남자면 양사로 가는 수밖에 없다는 사실을 깨달았다. '작년 이맘때의 추위'에 대해 그들에게 설명할 자신이 없다고 생각하는데, 사회자가 빨리 말하라며 기행에게 눈치를 줬다.

"추위의 시련보다 마음의 시련이 더 컸다고 하겠지요. 혁명적인 현실 속에서 벅찬 흥분을 느끼는 것이 무엇보다 중요합니다. 나의 경우는 더욱 그렇습니다. 인민 속에서 자기 위치를 찾는 것, 이것이 나의 과업이었습니다. 정신생활을 위주로 하는 작가가 노동 체험을 통해 그것을 체득한다는 것이 얼마나 어려운 일인가는 말하지 않아도 다들 알구 있으리라 생각합니다. 1년을 회고해볼 때 첫 포부를 달성했다고는 감히 말할 수는 없으나 아무튼 지난 1년이 무척 귀중한 한 해였다는 것만은 절실히 느끼고 있습니다."

어쩌면 이 말 덕분에 기행은 침대칸에 편안하게 누워 여행하는 호사를 누리는 것인지도 모를 일이었다. 문학신문의 주필은 뜻밖에도 기행에게 최근 완성된 삼지연 스키장을 돌아보고 오는 오체르크의 집필을 맡기며 "이번에는 글을 쓸 때 동무가 알던 것을 죄다 버리라우. 문학이고, 시고, 뭐고. 모두 버리고 난 뒤의 말간 눈으로 삼지연을 바라보면 새롭게 보이는 게 있을 것이오. 그것에 대해 써보라우. 동무 말마따나 우리 지식인들은 말이외다, 인민 속에서 자기 위치를 찾는 것도 중요하지만, 인민 속에서 자기를 버리는 것도 중요하니까"라고 말했다. 그 말에 기행은 그간 천리마학습반에서 행한 자아비판들을 떠올렸다.

지식인이라는 엉성한 토대를 고수하는 자아, 보신주의와 소극성에 물들어 자꾸만 뒷걸음질 치는 자아, 습관적인 비관으로 인해 낙관이 결여된 자아 등등을 그는 버려야만 했다. 여기에는 어떤 비유도 없었다. 그것들은 실제로 기행 안에서 소멸시켜야만 하는 자아들이었고, 인민공화국과 노동당이 시인인 그에게 원하는 바였다. 기행은 삼지연 스키장에 관한 오체르크가 자신에게 주어진 마지막 기회라는 것도, 어떻게 쓰느냐에 따라서 평양으로, 시인으로, 또 삶으로 복귀할 수 있는 길이 열린다는 것도 잘 알고 있었다. 그는 그즈음 문단에서 높은 평가를 받는 글들을 떠올렸다. 그렇게 쓰는 건 하나도 어렵지 않았다. 다만 어려운 것은……. 그런저런 생각으로 잠은 점점 멀어졌다.

함흥이라 하니, 몇 년 전 소련에서 온 시인의 통역 일로 다녀간 기억이 바로 떠올랐다. 전쟁이 끝나고 난 뒤로는 처음 가본 함흥이었다. 전쟁 뒤 함흥의 상황에 대해서는 언젠가 평양역에서 마주친 영생고보 시절의 옛 동료 교사에게서 전해 들은 적이 있었다. 영생고보는 교문과 기숙사만 남겨놓고 모두 부서졌다고. 또 함흥 시내 역시 80퍼센트 이상 파괴돼 도청이며 우편국이며, 아무튼 자신들이 알던 건물이란 건물은 죄다 잿더미가 돼버렸다고. 추억이 깃든 거리가 모두 재로 돌아갔다니 자신의 청춘도 그렇게 매몰돼버렸다는 비관적인 생각이 들었으나 그런 사정은 평양을 비롯한 다른 도시들도 매한가지였던 터라 오래 붙들 만한 소회는 아니었다. 그런데 막상 소련 시인과 함께 콘크리트로 엉성하게 지어 올린 새 역사를 빠져나와 광장에 서고 보니, 거긴 자신이 청춘을 보낸 그 함흥이 전혀 아니었다. 문방구를 운영하던 백계 러시아인에게 러시아어를 배우기 위해 기행이 걸어가던, 회灰담들이 이어지던 북관의 정감 넘치던 좁은 골목길은 온데간데없이 사라졌고, 대신 바둑판처럼 반듯하게 구획된 길 위로 각진 건물들이 하나둘 들어서고 있었다.

그 거리가 아무래도 낯설었던 기행은 대기하던 차에 올라탄 뒤에도 반룡산과 성천강의 위치를 가늠하며 "이쯤이 군영통이면, 저쪽이 본정일 테고 황금정은 저 뒤쪽이겠습니다"라고 중얼거렸다. 뒷좌석에는 작가동맹의 초청으로 조선을 방문한 소련의 여성 시인 마르가리타와, 얼마 전 교육문화상에서 물러난 병도가 앉아 있었다. 그 말이 함흥 출신인 자신에게 한 말이라는 걸 알아챈 병도는 "동문동, 남문동이라야 알아먹지, 옛 이름들일랑 다 잊어버렸지"라고 말하고선, 스스로 생각해도 그 목소리가 너무 딱딱하게 느껴졌던지 "가재미하고도, 당나귀하고도"라고 덧붙이고는 혼자 소리 내어 웃었다.

"함흥은 곧 직할시가 된다지. 파괴가 오히려 도시를 더 성장시킨 셈이랄까."

병도가 말했다.

"함흥은 이제 기중기와 고층건물과 수로와 공장 굴뚝으로 가득한 벅찬 도시가 되었군요."

별다른 떨림이 없는 목소리로 기행이 말했다.

"그렇지. 그게 바로 당이 여기 소련의 시인에게 보여주고 싶은 것이지."

그러더니 병도는 옆에 앉은 마르가리타를 바라보며 물었다.

"함흥은 제 고향이라 동무에게 보여주는 소회가 남다릅니다. 함흥에 오신 소감은 어떻습니까?"

"강의 하구를 따라 펼쳐진 너른 벌에 가슴이 트이고, 아카시아 백양

목의 푸른빛에 눈이 씻깁니다."

기행이 그녀의 말을 통역하자 병도가 재차 물었다.

"이 거리는 어떻습니까? 동무의 조국에서 보낸 위대한 소비에트의 건설자들이 빚어내는 예술품입니다."

"어디에서도 전쟁의 상흔은 보이지 않네요."

마르가리타의 대답은 어딘지 맥이 풀려 있었다. 병도가 말하는 예술품에는 음영이 없었다. 음영 없는 예술이란 하얀색으로만 칠한 그림과 같다고 기행은 생각했다. 차창 밖으로 몰취미의 기중기와 무감동한 3, 4층 건물들이 스쳐 갔다. 제월루, 선화당, 구천각, 함흥본궁 등 함흥 여기저기를 둘러본 뒤, 그들은 함경도 작가동맹에서 준비한 환영 만찬에 참석하기 위해 서둘러 서호진으로 향했다. 낮 동안에는 햇살이 꽤 뜨거웠는데, 동해에서 몰려든 낮은 구름들에 밀려 해가 사라지자 바람이 거세졌다. 맞바람이 세차게 몰아칠 때면 자동차가 금방이라도 성천강으로 날아갈 것처럼 흔들렸다. 한때, 부두를 포함해 모든 시설이 파괴됐던 흥남에는 수산사업소와 제련소와 제약공장 등이 속속 들어서고 있긴 했지만, 전쟁 전 수많은 공장과 술집과 유곽이 빽빽하게 들어섰던 풍경을 재건하진 못하고 있었다. 반면 서호진의 해안선과 곶의 모양은 예전과 다를 바 없어 '국파산하재國破山河在'를 읊조리던 두보의 심정을 기행은 충분히 이해할 수 있었다.

만찬은 흥남항과 동해가 한눈에 들어오는 서호곶 언덕 위에 자리 잡은 초대소 식당에서 열렸다. 참석한 사람들을 한 명씩 호명할 때마다 다들 한마디씩 인사말을 내놓는 바람에 소개 순서가 하염없이 길어졌다. 제일 먼저 함경도 작가동맹 위원장이 말할 때만 해도 기행은 성실하게 통역했지만 시간이 흐를수록 대동소이한, 즉 조소朝蘇 우의를 다지고 문화 교류를 증진하며, 전 세계 인민들의 단결과 평화를 향한 투쟁에 나서자는 내용들이 반복돼 굳이 통역할 필요성을 찾지 못했다. 그러다가 그 사람, 신흥에서 왔다는 노시인이 입을 열었다. 함경도 사투리가 심한 데다가 입안에서 말을 굴리는 사람이라 말소리를 좀체 알아듣기가 힘들었는데, 어떻게 된 것이 소련은 김일성 수령이 이끄는 조선의 주체적 혁명 과업에 간섭하지 말라는, 마지막 외침만은 기행의 귀에 쏙 들어왔다. 소련에서 온 손님 앞에서는 할 말이 아닌 것 같아 다들 웅성거렸고, 분위기를 눈치챈 마르가리타가 기행을 쳐다보며 통역하기를 원했다.

하지만 기행이 뭐라고 말하기도 전에 옆에 앉아 있던 병도가 손을 들어 발언권을 얻었다. 병도는 흐루쇼프 동지가 제20차 소련공산당 전당대회에서 스탈린 개인숭배를 비판했던 일을 상기시키며 사회주의에 있어서 주체성과 개인숭배는 별개의 것이라고 말했다. 그의 말에 장내는 더욱 소란스러워졌다. 교육문화상까지 역임한 조선작가동맹 위원장이 공개적으로 개인숭배를 비판하니 주최 측은 당황하지 않을 수 없었다. 사회자는 내빈의 소개를 그쯤에서 그치고 마르가리타의 인사말을 들어보자며 화제를 돌렸다. 그녀가 먼저 앞으로 나가고 기행이 그 뒤를 따랐다. 그녀는 우선 자신을 이토록 환영해준 함경도 작가동맹에 감사의 말을 전한 뒤 전쟁으로 폐허가 됐던 함흥을 아름답고 웅장하게 재건한 노동자들을 칭송했다. 뒤이어 그녀는 그 영웅적인 모습이 전쟁의 상처 위에 서 있다는 사실을 잊지 않는 것이 바로 평화로 가는 첫걸음이라고 지적하고, 건물의 어느 한 귀퉁이를 묘사하더라도 인민들의 상처와 영광을 충실하게 형상화하는 게 바로 작가의 사명일 것이라고 덧붙였다.

　그렇게 인사말이 끝나고 본격적인 만찬이 시작되자 장내는 조금씩 활기를 되찾기 시작했다. 마르가리타와 기행이 앉은 원탁부터 삼색나물, 눌린 돼지머리고기, 더덕구이, 통낙지순대찜 등등의 요리가 올라왔다. 그러나 마르가리타는 술만 조금 받아 마실 뿐, 음식에는 그다지 손을 대지 않고 있다가 몸이 피곤하니 그날 일정을 일찍 끝내고 싶다고 기행에게 말했다. 그 말을 전해 들은 병도가 주식主食이 나올 때까지만 자리를 지켜달라고 간곡히 부탁했지만, 그녀는 고집을 꺾지 않았다. 기행이 마르가리타를 식당에서 조금 떨어진 초대소 건물까지 안내하기로 했다. 해가 저물 무렵부터 바람을 타고 떨어지기 시작한 비는 그들이 밖으로 나올 무렵에는 장대비로 바뀌었다. 먼 거리는 아니었지만 우산이 필요할 것 같아 돌아서려는데 마르가리타가 빗줄기 속으로 뛰어들었다. 우산을 가져올 테니 잠깐만 기다리라고 말했지만 들리지 않는 것인지 못 들은 척하는 것인지 소용이 없었다. 하는 수 없이 기행도 두 손으로 빗줄기를 막으며 그녀를 뒤쫓았다.

　둘은 잠시 빗소리 안에 있었다. 그 바깥에는 파도 소리도 있었고 바람 소리도 있었지만, 빗소리에 가려 들리지 않았다. 그렇게 초대소 현관까지 갔을 때는 둘 다 이미 젖을 대로 젖어 있었다.
　"조선어로는 비를 어떻게 부르나요?"
　머리의 물기를 털어내면서 마르가리타가 물었다.
　"비."
　기행이 짧게 대답했다. 그러자 그녀가 따라 했다. 비. 기행은 검지를 들어 위에서 아래로 그으며 다시 말했다.

"비. 비는 이렇게 길게 떨어지는 소리입니다."

그러자 마르가리타가 그 동작을 따라 했다.

"그럼 바람과 바다는 어떻게 말합니까?"

기행은 제 손등을 당겨 입 앞에 대고 말했다.

"바람. 바람이라고 하면 이렇게 바람이 입니다."

이번에도 마르가리타는 그 동작을 따라 했다.

"그리고 바다라고 하면, 조선인들은……."

그는 손을 들어 어둠 속 동해를 가리켰다.

"저절로 멀리 바라보게 됩니다. 바다는 멀리 바라보라는 소리입니다."

그러자 그녀는 가만히 기행의 손가락이 가리키는 곳을 바라봤다. 동해는 두 사람의 바로 앞에 있었다.

그 밤의 일을 떠올리니 문득 기행은 동해가 보고 싶어졌다. 기행은 침대에서 일어나 사다리를 밟고 아래로 내려갔다. 복도에서 서성거렸지만 차장도, 깨어 있는 다른 승객도 보이지 않았다. 그는 복도 끝의 급수대로 가서 주전자에 든 물을 잔에 받아 창밖 풍경을 바라보며 천천히 마셨다. 식어버린 물에서는 비린 맛이 났고, 찬 기운이 몸에 들어가자 기침이 쏟아졌다. 거기서 몇 번 더 기침을 하다가 조금 잦아지자 기행은 다시 침대로 돌아가 외투를 걸치고 객실 바깥으로 나갔다. 승강장에 내려섰지만, 동해는 거기서 꽤 멀리 있었다. 열차를 등지고 서서 그는 갈매기 한 개비를 꺼내 물고는 불을 붙였다. 사위는 온통 컴컴했다. 어둠 속에는 마치 영혼이 빠져나간 몸뚱어리처럼 역 건물들이 서 있었다.

그 텅 빈 구조물을 바라보며 그는 생각했다. 그 밤에 대해. 마르가리타를 숙소에 데려다주고 다시 비를 맞으며 식당으로 뛰어가던 그 밤에 일어난 일들에 대해. 그 비바람은 폭풍의 전조였다. 마르가리타를 숙소에 데려다주는 동안, 그리고 둘이 비와 바람과 바다에 대해 말하고 또 돌아와 식당 현관에서 푹 젖어버린 몸의 물기를 짜내는 동안, 만찬 전에 행한 병도의 발언에 문제가 상당하다고 생각한 함흥의 문인들이 그가 앉은 자리로 몰려가 해명을 요구하며 소련을 추종해 개인숭배를 비판한 그의 발언을 당에 공식적으로 보고하겠다고 아우성을 쳤다는 사실을, 기행은 나중에야 알게 됐다. 그리고 그 일로 인해 자신이 관평의 양들 사이에서 눈물을 흘리게 되리라는 것은 훨씬 더 많은 시간이 흐른 뒤에야 깨닫게 됐다. 담배를 피우다 말고 그는 맞은편 건물 쪽을 뚫어져라 바라봤다. 거기에, 영혼이 빠져나간 그 공허한 어둠 속에, 마치 숲 속에 있는 여우의 눈처럼, 어떤 붉은 눈동자가 있어 자신을 바라보고 있다는 생각이 들었다.

그즈음 기행은 어디를 가나 그 시선을 느끼고 있었다. 주름이 없는 매끈한 이마에 단호하게 일직선으로 내리뻗은 콧등, 그리고 짙은 눈썹 아래 자신을 매섭게 쏘아보는 두 개의 눈동자. 그 눈동자 앞에만 서면 기행의 몸은 유리처럼 투명해지는 듯했다. 그 시선의 주인공은 안장도 없이 적갈색 말 위에 앉아 오른손으로는 "사회주의 건설을 위하여"라고 적힌 붉은 깃발을 들고, 왼손으로는 검지를 내밀어 기행을, 더 정확하게는 기행의 몸속 어딘가를 가리키고 있었다. 그가 손가락으로 가리키는 것이 무엇인지는 그 아래에 적힌 "동무는 천리마를 탔는가? 보수주의 소극성을 불사르라!"라는 문장으로 짐작할 수 있었다. 말 탄 남자는 기행의 내면에 감춰진 보수주의와 소극성을 꿰뚫어보고 있었던 것이다.

이 말 탄 남자는 누구일까? 누구이기에 기행의 내면을 꿰뚫어볼 수 있었을까? 그의 정체를 알려면 만찬장에서 병도가 언급한 1956년 제20차 소련공산당 전당대회로 되돌아가야만 한다. 이 전당대회에서 흐루쇼프는 스탈린 개인숭배를 비판해 전 세계에 큰 반향을 일으켰다. 이에 고무된 김일성의 반대파들은 그해 8월 조선노동당 중앙위원회 전원회의에 참석해 개인숭배와 관련한 김일성의 과오를 비판하고 제3차 당대회에서 개인숭배를 처리한 방식에 이의를 제기했다. 하지만 상황은 당내 비주류였던 이들에게 불리하게 전개됐고, 신변의 위협을 느낀 이들은 이의를 제기한 바로 그날 밤, 국경선을 넘어 중국으로 도피해버렸다. 이에 김일성은 적들이 자신들 내부에 간첩, 파괴 음해 분자들을 계속 잠입시키고 있다며 혁명적 경각심을 높이고 반혁명 분자들과의 투쟁을 강화해야 한다고 주장했다.

'내부의 적'을 말하는 사람은 언제나 권력자다. 권력은 지배언어를 선점하는 자의 것이니 정치술과 문학은 그리 멀리 떨어져 있지 않았다. 1958년 농업집단화가 완료되자 '내부의 적'이라는 표현을 둘러싼 정치적 유비법이 힘을 발휘하기 시작했다. 즉 체제가 사회주의적으로 개조됐으니 각 개인의 정신도 그에 걸맞게 자기 내부의 적을 배격해야만 한다는 것이었다. 하지만 김일성 개인숭배에 반대한 소련파들과 달리 개인 내부의 적은 눈에 보이는 것이 아니니 대중들을 상대로 캠페인을 전개하기가 쉽지 않았다. 그래서 그 말, 하룻밤에 천 리를 달려간다는 전설 속의 말이 등장했다. 1958년 9월 전국 생산 혁신자 대회에 나타난 김일성은 격려 연설을 하며 "남이 한 걸음 걸으면 우리는 열 걸음을 걸어야 한다"고 주장하며, 이를 방해하는 것이 바로 소극성과 보수주의라고 말했다.

말 탄 남자는 기행을 손가락으로 가리키며 네 안에는 그런 발걸음을 막아서는 온갖 낡고 보수적인 것, 소극적인 것, 침체적인 것이 없느냐고 묻고 있었다. 그건 일종의 교리문답과 같았다. 여기에는 '없다'라는 대답만이 존재할 뿐이었다. 그리고 없다고 대답했다면, 스스로 그 부재를 증명해야만 했다. 부재의 존재를 어떻게 증명할 것인가? 인텔리들이나 품음 직한 이런 의문에 답하기 위해 당에서는 간단한 방법 하나를 제시했다. 김일성이 격려 연설을 하고 며칠이 지나자 당중앙위원회 회의가 개최됐다. 여기에서 전 당원에게 5개년 계획을 1년 반 앞당겨 완수할 것을 호소하는 '당중앙위원회 편지'가 채택됐다. 붉은색 표지 때문에 '붉은 편지'라고 불리던 이 책자에는 지식인들도 보수주의와 소극성을 탈피하고 직접 생산 현장으로 뛰어들라는 지시가 담겨 있었다.

1958년 겨울에 접어들면서 작가동맹은 각 분과별로 사회주의 건설을 위한 혁신운동 결의대회를 개최했다. 기행이 붉은 편지의 내용에 대해 전해 들은 건 아동문학 분과 주최의 결의대회에 참석했을 때였다. 분과위원장은 당중앙위원회의 지시 사항을 낭독한 뒤 소속 작가들 전원에게서 천리마작업반에 투신하겠다는 결의를 이끌어냈다. 결의 내용은 속전속결로 이뤄져 참석자들은 그 자리에서 지원서를 작성했는데, 거기에는 희망하는 생산 현장을 적는 난이 있었다. 여느 결의대회와 마찬가지라고 생각하고 참석했다가 막상 구체적인 지역까지 명기하라는 말을 듣게 되자 다들 당황한 빛이 역력했다. 이러구러 눈치를 보는 자들 사이에서도 그간 작가동맹에서 말깨나 한 축들은 서슴없이 지원서를 작성해 분과위원장에게 제출했다. 바야흐로 속도전의 시대였으므로 남들에게 뒤처지는 건 무조건 죄악이었다. 다른 작가들이 적는 걸 어깨너머로 훔쳐보고는 기행도 얼른 고향 정주의 협동조합을 적어 냈다.

그리고 얼마 뒤, 당에서 선별한 파견 작가 명단에는 기행의 이름이 들어 있었다. 꼼꼼히 명단을 들여다보니 평소 분과위원장과 관계가 좋지 않았던 문인들, 특히 한 해 전 문학신문 지면을 통해 분과위원장과 사회주의 아동문학 논쟁을 벌였던 문인들이 모두 포함돼 있었다. 게다가 대부분의 작가들은 결의대회 때 적어 낸 것처럼 각자의 고향이나 연고지의 협동조합이나 공장으로 파견되는 데 반해 기행만은 생판 낯선 삼수의 협동조합이라고 되어 있었다. 갑자기 아무런 연고도 없는 삼수라니, 기행은 당의 처분이 이해되지 않아 분과위원장에게 이의를 제기했다. 그러자 분과위원장은 기행의 기억력을 탓했다.

"불과 한 달도 지나지 않았는데 자신이 어딜 적어 냈는지도 기억하지 못하는 머리통으로 무슨 교양이니 시적 정신이니 지껄여댔단 말이오?"

"제가 뭘 기억하지 못한다는 말씀이십니까?"

"눈이 있으면 본인이 지원서에 쓴 걸 한번 보시오."

분과위원장이 꺼낸 기행의 지원서에는 분명 희망하는 곳이 정주가 아니라 삼수로 돼 있었다.

"위원장 동무! 이건 제가 작성한 지원서가 아닙니다. 제 필체가 아닙니다."

"무슨 대단한 배짱으로 그런 소리를 하는가? 그럼 위대한 당에서 동무의 지원서를 위조하기라도 했단 말인가? 접수할 수 없소. 설사 동무가 작성하지 않은 지원서라고 해도 삼수로 갈 것을 당에서 명령한다면 동무는 삼수로 가야만 하오. 동무는 벽지를 피하려는 지극히 이기적인 태도로 당의 결정에 불복하려고 했으므로 이 일을 정식으로 보고하겠으니 처분을 기다리시오."

그 시절의 새벽, 기행의 이웃들은 아직 푸릇푸릇한 기운이 감도는 대동강변을 따라 하염없이 걷거나 제자리에 서 있는 그의 모습을 거의 매일 목격했다. 눈만 돌리면 보이는 그 유령과도 같은 이미지는 마치 기행이 한 명이 아니라 여러 명인 것처럼 착각하게 만들었다. 꽉 막힌 세계 속에서 오갈 데 없이 헤매는 기행의 비판받는 자아들처럼. 그렇게 서서, 혹은 버드나무 몇 그루 아래를 걸어갔다가 되돌아오며 기행은 누군가의 명백한 악의마저도 자기 운명의 일부로 여겨야만 한다는 사실을 받아들였다. 그러나 시를 쓰는 일만은 포기할 수 없었다. 기행은 마지막으로 병도를 찾아가 자신의 처지를 탄원해보기로 했다.

그날은 평양에 첫눈이 내린 날이라, 거리로 나온 사람들이 가래와 빗자루를 이용해 눈 치우는 소리로 귀가 따가울 정도였다. 강 건너 중구역에 있던 병도의 집에 도착해보니 솜마고자를 입은 병도는 전축으로 「춘향가」를 틀어놓고 눈 쌓인 풍경을 내다보고 있었다. 기행에게 다탁에 앉으라고 눈짓한 뒤, 그는 차를 한 잔 내밀었다. 레코드가 모두 돌아가기를 기다리는 수밖에 없다고 생각하고 기행은 뜨거운 차를 입에 머금었다. 찬 기운이 밀려드는데도 병도는 창을 닫지 않았다. 이윽고 회색 하늘에서 다시 눈송이들이 떨어지기 시작했다. 눈 치우는 소리가 멀어지는가 싶더니 눈이 쏟아지며 무채색의 고요한 풍경이 눈앞에 펼쳐졌다. 묵음과 무채색, 그것은 그즈음 기행의 내면 풍경과 같았는데, 거기에는 어떤 의미를 찾을 길이 없는 비애뿐이었다.

"이번에 내가 우즈베크공화국의 수도 타슈켄트에 다녀오지 않았는가."

전축 소리를 줄이며 병도가 말했다. 그가 작가동맹의 위원장으로서 거기서 열린 아세아아프리카작가회의에 참석했다는 사실은 기행도 잘 알고 있었다.

"거기서 자네도 잘 아는 니콜라이 티호노프를 만났더니 이런 얘기를 하는 거야. 몇 해 전에 그 사람이 사과나무 묘목을 정원에 심었는데 여태 열매가 열리지 않더라는 거지. 그래서 티호노프가 사과나무들을 향해 일장 연설을 했다는구먼. 팔을 휘두르면서, 내가 열매가 속히 달리도록 너희들에게 과업을 주었으니 그걸 지키지 않을 시에는 가만두지 않겠다 운운하면서 말이야."

"그러면 사과나무들이 알아먹는단 말입니까?"

기행이 말했다.

"자네들 시인들이 하는 짓이 꼭 그런 것이지 않아? 그런데 티호노프의 다음 말이 재미있었다네. 사과나무들이 아무런 대꾸도 없는 걸 보니 자기 말을 잘 접수했다고 그 사람은 생각했다네. 그러고는 득의양양해서 가만히 사과나무들을 바라보는데, 어쩐 일인지 점차로 눈에 들어오는 것은 사과나무가 아니라 자기 자신이었다는 거야. 그제야 열매를 맺지 못한 책임은 사과나무에 있는 게 아니라 자기 자신에게 있다는 걸, 그래서 지금까지 한 비판은 모두 자신의 자아에게 한 것이라는 걸 알게 됐다는 거야. 생각해보게나, 티호노프가 자기 자아를 앞에 세워두고 바라보는 모습을."

기행은 그 모습을 상상했다. 소련의 시인이 자신의 또 다른 자아를 앞에 세워두고 비판하는 광경을. 그에게 그리 낯설지 않은 모습이었다.

"그래서 어떻게 됐습니까?"

기행이 물었다.

"어떻게 됐을 것 같은가?"

병도가 되물었다. 기행은 그 반문의 의미를 이해했다.

"사과나무가 열매를 맺었군요."

"그렇지. 하지만 왜 그렇게 됐는지 알아먹겠는가?"

기행은 뭐라 말할 수 없었다. 어떤 대답도 틀렸다고 할 것 같았다.

"이번에 삼수에 가면 시간이 많을 테니, 자신의 자아와 대면한 일이 어떻게 티호노프의 사과나무에 열매를 맺게 했는지 한번 곰곰이 생각해보게나."

기행 쪽은 쳐다보지도 않고 병도가 말했다. 해명 같은 것을 해볼 요량으로 거기까지 찾아간 것이었는데, 그런 이야기까지 듣고 보니 기행은 그게 다 무슨 소용인가 싶었다.

"어쩌면, 고향보다도 더 나으려나. 삼수라……."

혼잣말처럼 기행이 중얼거렸다. 삼수라고 하니 "삼수갑산 내 왜 왔노, 삼수갑산이 어디뇨, 오고 나니 기험타"라던, 동향 선배 시인이 오래전에 쓴 시구가 불현듯 떠올랐다. 그러고 나서 병도는 문학신문의 주필이 했던 것과 똑같은 충고를 그에게 들려줬다. 시를 잊으라는 것, 그리고 문학을, 문자를, 생각을 잊으라는 것. 자기 자신을 잊으라는 것.

"언젠가 어떤 사람을 만났더니만 자네 이름을 언급하면서 '언제까지나 그런 식으로 시를 쓸 수 있을지 두고 보겠다'고 씩씩거리두만. 그게 언제야, 작년인가, 재작년인가? 왜 자네 시 가지고 논쟁이 붙었을 때 말이야."

'어떤 사람'이라고 말했지만 기행은 그게 누구인지 확실히 알 수 있었다. 그 전해, 분과위원장과 기행은 문학신문 지면을 통해 사회주의 국가에서 아동문학이 나아갈 길에 대해 열띤 논쟁을 벌인 적이 있었다. 산양을 노래한 기행의 동시가 발단이었다. 분과위원장은 기행이 묘사한 산양은 자기 노력으로만 사는 평화적 산양이라 약탈자들인 범과 곰이 쳐들어올 때 벼랑으로 차 굴리겠다는 정신을 발휘하지 못해 아동들을 제대로 교양하지 못한다고 비판했다. 이에 기행은 시의 언어 구조 속에 깃든 정신을 맛보기 위해서는 독자들도 스스로 정신을 운동시키지 않을 수 없는데, 교양은 이 정신의 운동 과정에서 발생하는 것이라고 반박했다. 그러자 분과위원장은 기행이 문학을 신비화시키고 있다고 재반박하며 그의 작품에는 어떠한 사상성이나 교양성도 보이지 않는다고 비판했다.

"마르가리타가 조선에 왔을 때, 자네가 번역한 시가 있지 않은가?"

병도가 물었다.

"「조선에 여름이 온다」, 말씀입니까?"

기행은 자신이 번역한 「조선에 여름이 온다」를 떠올렸다. "저녁이면 축축한 무거운 안개/숲 너머 슬며시 숨어버리고/저바루 희미한 동산 뒤로/거울 같은 달이 조용히 떠오른다./낮빛 검스룩한 조선 시인들……". 그녀가 조선에 온 그해 여름을 노래한 시였는데, 이제 그 여름은 어디에도 없었다.

"그래, 그거. 그 시를 보고 이런 생각을 했어. 자네는 소련 여성 시인의 시를 번역해도 자기 시로 만들어버리는구나. 그러니까 이렇게 하면 어떻겠는가? 당분간 동시고 뭐고, 시 같은 거 쓰지 말고 번역에만 매진한다면? 그럼 내가 어떻게 해볼 여지는 있을 것 같아."

"저를 삼수에 보내는 이유가 시 때문이라는 얘기군요. 시를 쓰지 못하도록."

기행이 목청을 높였다.

"평양이든 삼수든, 당에서 쓰지 말라면 우리는 쓰지 못하는 거야."

"아까 당이 아니라 어떤 사람이 그랬다고 말씀하시지 않았습니까?"

"누가 뒤에서 무슨 작용을 했건 결정은 당이 한 거야."

병도가 단호하게 말했다.

"그렇다면, 우리는 왜 글을 쓰는 것입니까? 당에서 쓰라고 명령했기 때문에 우리가 소설을 쓰고 시를 쓴 건 아니지 않습니까?"

그러자 병도가 몹시도 화난 표정으로 기행을 쳐다봤다.

"지금까지 겪은 고난만으로도 부족하다는 건가? 전쟁이 끝나고 그다음 몇 해 동안 소설가로서 내가 제일 열심히 한 일이 뭔지 아는가? 그건 당에서 명단이 내려오면, 거기 포함된 작가들의 작품을 문학잡지에서 영원히 제거하는 일이었네. 앞으로 출판될 잡지들뿐만 아니라 과거에 출판된 잡지들에서도 그들의 흔적을 깨끗하게 지우는 거지. 한번 상상해보게나. 이건 당이 명령할 때마다 사진첩을 꺼내 지난날의 사진들 속에서 어떤 사람의 모습을 오려내는 일과 비슷한 거야. 그다음에 다른 명단이 내려오면 그 옆에 있던 다른 사람을 오려내고, 그다음에는 또 그 뒤에 있던 사람을 잘라내는 거지. 그렇게 시간이 흘러 먼 훗날, 그 사진첩을 들여다보며 후대의 사람들은 무슨 생각을 하겠는가?"

우거지, 시래기, 누더기, 구더기, 구역질 등의 단어들을 기행은 떠올렸다.

"거기에 어떤 사람들이 있었다는 흔적만 보여주는 그 사진은 바라보는 사람들에게 이런 교훈을 던지겠지. 작가에게는 말이야, 왜 글을 쓰느냐가 아니라 왜 글을 쓰지 못하는가라는 질문이 훨씬 더 중요하다는 사실을. 당이 어떤 작가를 존재하게 하지는 못해. 그건 자네 말이 맞아. 당이 아무리 명령한다 한들 모든 인민들이 훌륭한 시와 소설을 쓸 수 있는 건 아니니까. 하지만 어떤 작가를 부재하게 만드는 일에 관한 한 당은 탁월하지. 그러므로 우리는 당의 입장을 존중해야만 하는 것이네."

병도가 말했다.

"그렇다면 만약 어떤 시인이 시를 쓰되 그 시를 발표하지 않는다면, 그는 존재하는 것입니까, 부재하는 것입니까?"

"얼빠진 소리야. 시를 쓴다고 한들 그 시를 어디에다 감춰둔단 말인가? 당은 모든 것을 꿰뚫어볼 텐데. 지금도 몰래 시를 쓰는 모양인데, 삼수에 가서 뼛속까지 개조되기를 바라겠네. 자네가 사회주의적 인간으로 거듭나면 그때 내가 다시 평양으로 부르겠네."

최종 선고를 내리듯 병도가 말했다. 상황은 절망적이었다.

어둠 속의 빨간 불빛을 바라보며, 기행은 병도의 집에서 나와 눈 내리는 길을 밟으며 동대원의 집으로 걸어가던 낮을 생각했다. 그 낮에 점점이 떨어지는 눈송이들이 천리마운동을 독려하는 입간판을 지우고 있었다. 눈알이, 귀가, 손이, 허리가 하얗게 지워지면서도 그 남자는 기행에게 "동무, 아직도 시를 쓰는가?"라고 묻고 있었다. 또 기행은 자신이 마르가리타에게 "그리고 바다라고 하면, 조선인들은 저절로 멀리 바라보게 됩니다"라고 말하던 밤을 생각했다.

그 말에 보이지 않는 바다를 바라보던 마르가리타에게 기행은, 하지만 자신은 이제 더 이상 바다라는 말에 먼 곳도, 가까운 곳도 바라보지 않게 됐다고 털어놓았다. 자기 안에서 단어들은 하나둘 죽어가고 있다고. 그래서 더 이상 시를 쓰지 못한다고.

그러자 마르가리타가 고개를 돌리고 기행의 얼굴을, 그녀가 시에서 검스룩한 낯빛이라고 말한 조선 시인의 얼굴을 빤히 쳐다봤다.

"아까 오후에 구천각에 올라가던 길에서 고개를 꺾고 죽은 새를 본 일 기억나나요?"

마르가리타가 기행에게 물었다. 기행은 고개를 끄덕였다.

"나는 1924년에 태어났고, 내가 태어난 세상은 늘 전쟁 중이었어요. 그 세상에는 늘 나보다 먼저 죽는 것들이 있었어요. 그 죽음들을 볼 때마다 나는 책임감을 느껴요. 그들의 삶에 어떤 의미가 있는지 깊이 따져봐야만 한다고 생각해요. 죽음을 생각하지 않고 어떻게 삶에 대해서 말할 수 있나요? 전쟁을 생각하지 않고 어떻게 평화를, 상처를 생각하지 않고 어떻게 회복을 노래할 수 있나요? 당신 안에서 조선어 단어들이 죽어가고 있다면, 그 죽음에 당신은 책임감을 느껴야만 해요. 매일매일 그 단어들을 맹렬하게 생각해야만 해요. 세수를 하듯이, 꼬박꼬박."

담배를 피우며 기행은 그 낮과 그 밤의 일들을 생각했다. 그리고 담뱃불이 꺼지자 어둠 속에서 은은하게 어떤 얼굴이 하나 떠올랐다. 기행은 그 얼굴을 바라봤다. 그건 검스룩한 낯빛의 얼굴, 한쪽부터 윤곽이 지워지는 기행 자신의 얼굴이었다. 그때 갑자기 기적이 길게 울리더니 소리를 내며 기차가 잠에서 깨어났다. 서둘러 기차에 올라타야만 할 텐데, 기행은 도저히 그 얼굴에서 눈을 뗄 수가 없었다. 그러는 동안, 기차는 서서히 레일 위를 미끄러지기 시작했다. ▪

김희선

골든 에이지

1972년 춘천 출생. 강원대 약학과 및 동국대 대학원 국문과 수료.
2011년 『작가세계』 등단.
소설집 『라면의 황제』. 장편소설 『무한의 책』.

골든 에이지

"세상에 별일이 다 있군."

늙은 열쇠 수리공이 중얼거렸다. 그는 자신의 좁고 어두컴컴한 가게를 둘러보았다. 과연 이곳이 30년간 하루도 쉬지 않고 일해온 바로 그 가게란 말인가? 이번엔 일어서서 구석구석을 꼼꼼히 살폈다. 갖가지 부품을 보관해둔 플라스틱 서랍들을 하나하나 열어봤고, 벽에 촘촘히 박아둔 못에 걸어놓은 견본 열쇠들을 손으로 만져봤다. 역시나 그대로였다. 변한 건 하나도 없었다는 뜻이다. 그럼에도 불구하고, 그는 이 가게도 그리고 세상도 전과 같지 않다는 생각을 떨칠 수 없었다. 그러니까 굳이 설명하자면 세계 전체가 반대 방향으로—만약 원래의 방향이란 게 있었다면 말이다—360도 회전한 뒤 제자리로 돌아온 느낌이라고나 할까.

방금 전 큰 소리로 인사를 하고 뛰어나간 아이만 해도 그렇다. "할아버지, 나 없는 동안 밥 잘 먹고 있어! 기념품 사 올게." 그는, 아이가 반말로 아무렇지도 않은 듯 외쳤지만, 속으론 며칠간 혼자 지낼 할아버지를 무척 걱정하고 있다는 걸 잘 알고 있었다. 옆에 놓인 달력에 볼펜으로 동그라미를 그리며, 그는 빙긋이 미소 지었다. 이상한 느낌이 든 건 그때였다. 왠지 이 모든 순간들을 아주 오래전부터 수도 없이 반복해온 듯한 기분? 작업대 위로 툭 떨어진 눈물을 보고서야 노인은 자기가 울고 있다는 것을 알았다. "이런, 바보 같은……." 눈물을 대충 훔친 다음, 늙은 열쇠 수리공은 고개를 저으며 피식 웃었다. 원래 이 나이가 되면 별것도 아닌 일들이 마음에 걸리는 법이다.

"그렇지, 말도 안 되잖아." 그는 다시 한 번 중얼거리며 서랍에서 일회용 밴드를 꺼내 오른손 엄지에 갈아 붙였다. 그러고 보니 정말 나이가 들었구나. 어디서 손을 다쳤는지도 기억 못하다니. 노인은 손톱이 부서져나간 손가락을 한참 동안 쳐다봤고, 그런 다음 열쇠 복제기 위에 올려뒀던 키의 한쪽 면을 매끄럽게 다듬기 시작했다.

*

405번 지방도에서 그 오래된 전파상을 찾는 것은 그리 어렵지 않았다. '시공 전파사'. 칠이 벗겨진 간판엔 희미하게나마 가게의 이름이 남아 있었다. 뿌연 유리문에 얼굴을 대고 들여다보자, 몇 개의 구형 라디오와 전기밥솥, 선풍기, 낡은 텔레비전 같은 것들이 진열돼 있는 게 보였다. 안엔 아무도 없었다. 문을 밀어보니, 꿈쩍도 하지 않았다. 그때 누군가가 내 어깨에 손을 얹었다. 화들짝 놀라 뒤를 돌아보니, 수염을 덥수룩하게 기른 거구의 남자가 서 있었다.

"뭐 찾는 거라도 있소?"

나는 고개를 끄덕였다. "그럼, 들어오시오." 남자는 마치 내가 찾아

올 것을 미리 알고 있기라도 했다는 듯 담담한 표정으로 문을 열었다. 안으로 들어서니, 내부는 생각보다 훨씬 넓었다. 생전 처음 보는 기계들이 몇 대 놓여 있었고, 방금 전까지도 뭔가를 하고 있었던 듯 작업대 위는 여러 가지 공구들로 어지러웠다.

남자는 잡동사니로 가득한 가게 한구석에서 철제 의자를 꺼내 오더니 대충 먼지를 털었다. 엉거주춤 앉자, 그가 뒤쪽에 있는 냉장고를 열며 말했다. "음료수라도 들겠소?" 그러고는 대답도 듣지 않고 비타민 음료 한 병을 돌려 따는 것이었다. 찾아온 목적을 얘기하려고 하자 남자가 손을 내저었다. "아니, 알고 있소. 김상옥 씨 때문에 온 거 아니요?" 그러면서 그는 내가 들고 있던 책의 표지를 가리켰다. 거기엔 '홀로그램 우주 : 실전편'이라는 제목이 검은 명조체로 또렷이 찍혀 있었다.

*

김상옥 씨가 언제 그림을 배웠는지는 아무도 알지 못했다. 물론 대부분의 사람들은 이렇게 말했지만. "그 노인네, 그런 거 배운 적 없다니까. 평생 열쇠만 만들었는데, 언제 그림을 그려?" 하지만 어떤 이들은 이런 말을 하기도 했다. 그 정도 그림을 그리는 덴 대단한 기술이 필요치 않다고. 사실 김상옥 씨의 그림은 '과연 미술이란 무엇인가?'라는 질문에 어떤 대답을 하는 사람인가에 따라 완전히 다르게 보였다. 때로 그것은 천재적인 미술가의 뛰어난 추상화처럼 보이기도 했고, 다른 각도에서 그건 그저 어린애의 낙서처럼 지루하고 재미없게 느껴졌으니 말이다. 그러나 한 가지 확실한 건, 어쨌거나 그 그림을 처음 본 사람들이 거의 대부분 비슷한 반응을 보였다는 사실이리라. 즉 그들은 다음과 같은 감탄사를 내뱉으며 한동안 가만히 서 있었던 것이다. "오, 이런!"

이장을 비롯한 마을 원로들은 김상옥 씨의 그림을 전문가에게 보여 줘야 한다는 데 의견을 모았고, 어찌어찌하여 인근 대학에서 미술을 가르치는 강사 한 사람을 데려오게 되었다. 그는 뜨악한 얼굴로 차에서 내렸지만, 막상 지하실에서 그림을 마주했을 땐 앞서 본 이들과 똑같은 반응을 보였다. 3차 세계대전이 일어나 지구의 종말이 온다 해도 이곳으로 피신하기만 하면 안전할 듯 여겨지는 튼튼한 철근콘크리트 구조의 거대한 지하실은 바닥에서 천장, 사면 벽에 이르기까지 온통 의미를 알 수 없는 점, 선, 면 들로 뒤덮여 있었다. 그는 그림 앞에, 아니 그림 한가운데 멍하니 서 있다가 한참 뒤에야 겨우 정신을 차리더니 이렇게 말했다. "⋯⋯정말 대단하군요. 아마추어가 이런 걸 혼자 그린다는 건 거의 불가능에 가까운 일이거든요."

어깨에 떨어진 먼지와 거미줄을 조심스럽게 털어내며 지하실 계단을 올라오던 강사는, 문득 생각난 듯 다시 지하로 내려갔다. 그는 지하실 전체를 둘러싼 캔버스 천에 코가 닿을 만큼 가까이 다가가 냄새를 맡더니 고개를 갸우뚱거리며 손가락으로 그림을 쓸어봤다. "도무지 알 수가 없네요. 대체 뭘로 그린 걸까요? 아무래도 물감에 뭔가 특이한 성분을 섞은 것 같은데⋯⋯." 차에 오르며 강사는, 나중에 김상옥 씨가 돌아오면 반드시 연락을 달라고 신신당부했다. "사실 요즘은 이런 스타일이 인기거든요. 뭔가 난해하고 추상적이면서도 스케일이 큰 것. 게다가 그림이라곤 배운 적 없는 열쇠 수리공 노인의 필생의 역작이라고 하면, 스토리텔링도 이만한 게 없을 겁니다."

이장은 차가 마을길을 빠져나가 보이지 않을 때까지 거기 서 있었고, 그런 다음엔 돌아서서 열쇠 수리점 문이 잘 잠겼는지 두 번이고 세 번이고 흔들어봤다. 열쇠 장인답게, 김상옥 씨는 자기 가게에 엄청나게 크고 튼튼한 자물쇠를 걸어두었다. '괴팍한 노인네 같으니라고. 이런 취미가 있었으면 귀띔이라도 해줄 것이지. 그나저나, 대체 어디로 여행을 간 거야? 간다고 얘기하고 가면 누가 뭐라고 하나?' 이런 갖가지 생각에 골똘히 빠진 채 자물쇠를 수십 번은 더 흔들어보느라, 그는 아까부터 전봇대 뒤에 서서 이쪽을 노려보는 한 남자의 시선을 눈치채지 못했다. 남자는 헝클어진 머리에 빛바랜 작업복 차림이었고, 찬 바람이 부는 2월의 날씨에도 불구하고 잠바 하나 걸치지 않은 채였다. 그는 이장이 떠나기를 기다렸다가 조용히 가게 앞으로 다가왔다. 아무도 없는 걸 확인한 뒤 주머니에서 뭔가를 꺼내 한참 동안 들여다보더니, 결심한 듯 자물쇠에 손을 얹었다. 철커덩 소리를 내며 문이 열리자, 남자는 익숙한 발걸음으로 지하실 계단을 내려갔다.

스위치를 올리니, 거대한 그림이 한눈에 들어왔다.

"아아." 오래도록 그림 가운데 가만히 서 있던 남자가 신음 소릴 내며 바닥에 주저앉았을 때 갑자기 뒤에서 두 개의 그림자가 나타났다. 그중 한 사람은 전광석화처럼 움직여 남자의 팔을 잡았고, 나머지 한 명은 버둥대는 그의 다리를 무릎으로 찍어 눌렀다. "이럴 줄 알았지. 범인은 언제나 현장에 다시 나타나는 법이니까!" 뒤에서 팔을 꺾으며 외치는 소리에 남자가 고통스럽게 울부짖었다. "뭐야? 당신들 대체 누구야? 나한테 왜 이러는 거냐고?" 그러자 앞에서 무릎을 누르던 사람이 마스크를 벗으며 나지막하게 물었다. "이러면 알아볼 텐가? 내가 누군지?" 그제야 남자가 몸부림을 멈추더니 약간 누그러진 목소리로 중얼거렸다. "아니, 당신은…… 우편배달부 박 씨잖아?" 하지만 곧 그는 더 이상 아무 말도 할 수 없게 되고 말았다. 입에 청테이프가 둘둘 감긴 채 철제 의자에 꽁꽁 묶여버렸기 때문이다.

"이제 어떡하죠?" 내가 묻자, 박 씨가 목장갑을 벗어 뒷주머니에 쑤셔 넣으며 내뱉었다. "어떡하긴 뭘 어떡해요? 자백하도록 만들어야지."

*

김상옥 씨가 사라졌을 때 그가 남긴 건 메모가 적힌 갱지 몇 장과 녹슨 열쇠 하나뿐이었다고 한다. 메모는 일종의 위임장이었는데, 그가 없는 동안 대신 처리해야 할 일들의 목록이 순서대로 적혀 있었다. 공증까지 되어 있는 그 메모엔 (김상옥 씨가 사라진 것과 관련해 경찰서에서 간단한 진술을 한 공증인은, 별일 아니라며 웃었다. "한 서너 달 여행 좀 다녀올 계획이라고 하셨어요. 그래서 당분간 가게를 비워야 하는데, 하도 급히 결정된 여행이라 어쩔 수 없이 이렇게 됐다고 말입니다. 음, 이상한 점은 전혀 없었어요. 표정도 들떠 있었고…… 여하간 어찌나 행복해 보이던지, 나까지 기분이 좋아질 정도였으니까요.") 특이하게도 우편배달부 박 씨가 대리인으로 지목돼 있었다. 처음에 박 씨는 그런 일을 맡을 수 없다고 거절했다. "당연하잖아요." 그는 아직까지도 김상옥 씨가 왜 하필 자기에게 그런 걸 부탁했는지 알 수 없다며 긴 한숨을 내쉬었다. "특별히 가까운 사이도 아니었고…… 그냥 우편물 배달하느라 매일 들른 것뿐인데……." 그럼에도 불구하고 메모지에 따로 적어둔 당부의 말이 워낙 애절했던지라, 결국 그는 사라진 김상옥 씨의 부탁을 받아들일 수밖에 없었다. "어쨌든 거기 적어놓은 것들을 집행하느라 나름 고생이 많았습니다. 그 양반이 하도 별의별 것들을 다 적어놔서요." 실제로 메모엔 열쇠 수리점의 운영에 관한 세세한 사항들이 꼼꼼하게 적혀 있었는데, 그간 거래해온 몇몇 공구상에 줘야 할 돈은 따로 고무줄 다발로 묶인 채 서랍 속에 놓여 있었다. "그야말로 한 푼의 오차도 없더라고요. 하긴, 그러고 보면 그분이 원래 좀 셈이 밝긴 했지요." 그러면서 우편배달부는 김상옥 씨가 얼마나 계산이 정확했는지에 대한 일화 몇 가지를 늘어놓았다. 시골 마을의 특성상 직접 우편물취급소에 나가기 힘들었던 김상옥 씨는 어딘가에 보낼 소포나 우편물이 있으면 항상 박 씨에게 부탁하곤 했다. 그만이 아니라 마을에 살고 있는 주민들 대부분이 그랬는데, 그중에서 잔돈을 따로 준비해갈 필요가 없던 유일한 사람이 김상옥 씨였다는 것이다. "정말이지, 더 주는 법도 없고 덜 주는 법도 없었어요. 단 한 번도 말입니다." 그런 김상옥 씨의 깔끔한 태도는 우편배달부 박 씨에게 굉장히 좋은 인상을 남겼다. "대부분 몇 백 원 정도는 대충 떼어먹고 말거든요. 나도 그걸 다 셈해서 받아내기도 뭣하고 해서 그냥 넘어가곤 했고요. 그러니 한 번도 그런 식으로 얼렁뚱땅 넘어가지 않은 김상옥 씨가 얼마나 대단해 보였겠어요?" 그는, 자기가 김상옥 씨의 부탁을 받아들인 가장 큰 이유도 거기에 있다며 고개를 끄덕였다.

공증인의 진술 덕분에 김상옥 씨의 실종은 큰 사건으로 다뤄지지 않았다. 게다가 어차피 마을엔 김상옥 씨 같은 이들이 수시로 나타났다가 사라지곤 했으니 더더욱 그랬던 건지도 모른다. 어느 날 갑자기 시골로 덜컥 내려오는 사람. 그들은 버려진 폐가를 대충 손본 뒤 들어와 살다가 말도 없이 조용히 떠나버렸다. 그래서 김상옥 씨의 경우가 좀 특이하긴 했지만—몇 년 전 그는 마을 입구의 조그만 상가를 사들여 오랫동안 수리했고 거기에 가게까지 냈다. 공사는 높다란 담을 둘러친 채 진행됐는데, 그 담은 모든 게 끝난 뒤에도 여전히 거기 서 있었다—그가 사라졌을 때에도 주민들 중 누구 하나 크게 걱정한 사람은 없었다. 만약 공증인 말대로 여행을 떠난 거라면 언젠가는 돌아올 터이고, 혹시라도 전에 마을로 내려와 살다가 홀연히 떠난 이들처럼 그렇게 가버린 거라면, 또 그건 그것대로 이유가 있는 법이었으니 말이다. 따라서 우편배달부 박 씨가 일요일을 이용해 김상옥 씨의 가게를 정리하고 여러 허드렛일을 처리하는 동안 아무도 관심을 가지지 않은 것 역시 당연한 결과였다. 그저 마을 노인 서넛이 지나가다 말고 잠깐 들여다보더니 "수고가 많구먼"이라고 한마디 하고 간 게 다였던 것이다.

"그날 오후였어요." 텅 빈 열쇠 수리점에 앉아 한숨 돌리던 박 씨는 문득 가게 뒤편에 딸린 작은방을 떠올렸다. "처음엔 별생각 없었어요. 그냥 궁금했다고나 할까." 각종 공구와 마분지 상자 들이 여기저기 쌓여 있어서인지, 방은 좁고 지저분해 보였다. "어휴, 이놈의 정리벽이라니." 박 씨 말마따나, 굳이 그 방까지 치워야 할 이유는 없었지만, 왠지 자기도 알 수 없는 힘에 이끌리듯 그는 상자와 공구 들을 정리하기 시작했다. 그러다 뭔가 이상한 기분을 느낀 그가 얼른 가게 밖으로 뛰어나왔다. 정면에서 건물을 한참 동안 바라보던 박 씨는 그대로 뒤로 몇 걸음 물러난 뒤 다시 한 번 유심히 살폈고, 곧 고개를 끄덕였다. "내가 눈썰미가 좀 있는 편이거든요. 그래서 단번에 눈치챘지요." 그는 그 방의 폭이 밖에서 보는 건물 전체의 폭보다 약 1미터 정도 좁다는 걸 알아냈다. 우편배달부 박 씨는 방으로 돌아가 구석구석을 찬찬히 둘러봤다. 건물 폭보다 좁아진 부분엔 낡은 책장이 하나 세워져 있었는데, 순간 박 씨의 머릿속에 퍼뜩 어떤 기억이 떠오르더라는 것이다. "언젠가 등기우편 보낼 게 있다기에 들렀는데, 아무도 없더라고요. 몇 번을 불러도 대답이 없기에 혹시나 하고 방문을 여니, 김상옥 씨가 책장을 밀어 벽에 붙이고 있었어요. 도와주려 했더니 극구 사양하는 모습은 무척 당황한 듯도 보였고요. 좀 이따 김상옥 씨가 방에서 나왔는데, 무슨 이유에선지 어깨에 거미줄이 잔뜩 붙어 있더군요. 속달로 보내달라며 봉투를 내밀기에 그걸 받으며 한 손으로 거미줄을 떼어주려고 했는데, 화들짝 놀라며 뒷걸음질 치던 게 인상적이었지요. 여하간, 그날 김상옥 씨는 딴 때와는 많이 달랐어요. 왠지 어두워 보였고—뭐 평소에도 그리 밝진 않았지만—우편물 봉투도 제대로 봉하지 않은 채 줬더라고요. 하긴, 그러고 보니 그때 안에 들어 있던 편지를 읽지만 않았어도, 어쩌면 이렇게 이상한 일에 휘말려들진 않았을 수도 있겠네요. 아, 오해는 마세요. 내가 뭐, 남의 우편물을 꺼내 보거나 그러는 사람은 절대 아니니까요. 다만 그날은 우편물취급소에 돌아와 보니 김상옥 씨의 속달우편 봉투가 열려 있기에, 옆에 있던 스카치테이프로 붙이려고 손을 뻗는 순간 저절로 편지가 툭 떨어진 거지요. 여하간, 그 내용은 차차 들려드리기로 하고, 일단은 하던 얘길 마저 하겠습니다."

박 씨는 당시의 기억을 떠올리며 책장을 손으로 스윽 밀어봤다. 그러자 책장은 옆으로 바로 밀렸고, 그 뒤에 나무로 된 문이 하나 나타났던 것이다. "손잡이를 돌려봤지만 문은 잠겨 있었어요. 그런데 그때 바로 그게 생각난 거지요. 위임장과 함께 놓여 있던 녹슨 열쇠 말이에요." 주머니를 뒤져 열쇠를 꺼낸 뒤 손잡이 아래 작은 구멍에 꽂자, 거짓말처럼 스르륵 문이 열렸다. 문 안쪽은 어찌나 어둡던지 커다란 검은 동굴 같았고, 깊은 지하에선 서늘하면서도 음습한 바람이 불어 올라왔다. 입구에 가만히 서 있던 박 씨가 조심조심 아래로 내려간 것은, 그로부터 약 10여 분이 지난 후였다. 흔들리는 라이터 불빛에 의지해 끝없이 계속될 것만 같은 기나긴 계단을 내려가자, 어느 순간 갑자기 넓고도 기이한 공간이 눈앞에 확 펼쳐졌다. 벽을 더듬어 불을 켠 박 씨는, 자기도 모르게 신음 소리를 내며 뒷걸음질 쳤다. "진짜 무서웠거든요. 일렁이는 라이터 불빛 때문인지, 바닥과 벽, 천장 전체를 둘러싼 점, 선, 면 들이 마구 움직이는 것처럼 보이더라고요."

그는 허둥지둥 계단을 올라왔다. "원래는 아무한테도 말하지 않았어요. 김상옥 씨도 남에게 보이기 싫어서 그렇게 꽁꽁 숨겨뒀던 거 아니겠어요? 하지만 하루가 지나고 이틀이 지나자 점점 그 사실을 누군가에게 알려야 될 것 같은 기분이 들더라고요." 결국 그는 이장을 지하실로 데려갔고, 그 이후 일어난 일은 지금까지 알려진 그대로이니 굳이 덧붙일 필요가 없다고 할 수 있겠다.

*

여기까지 숨도 쉬지 않고 이야기를 늘어놓던 박 씨가 갑자기 말을 멈추더니, 옆에 있던 잔을 들어 물을 들이켰다. "그런데, 왜 그런 생각을 하게 됐나요? 대체 무슨 근거로……?" 내가 하품을 겨우 참으며 묻자, 박 씨가 목소리를 낮추며 주위를 둘러봤다. "그게…… 이제부터가 본론이라고 보면 됩니다. 계속 들어보라니까요." 나는 속으로 긴 한숨을 내쉬었다. 아까부터 느낀 거지만, 아무래도 이 중년의 우편배달부는 좀 이상했다. 눈엔 광기가 번뜩였고 10여 년을 똑같은 길만 빙빙 돌며 편지를 배달해서인지 기이한 망상과 편집증 같은 것에 사로잡혀 있었다. 적어도 내가 보기엔 그랬다. 멀쩡히 위임장까지 써두고 여행을 떠난 열쇠 수리공 노인이 사실은 살해당한 것이며 그것도 모자라 그 시체는 사료 분쇄기에 갈려 배수관을 통해 어디론가 흘러간 게 확실하다고 주장하는 걸 보면, 뻔하지 않은가.

하긴, 문제의 시작은 내게 있던 걸지도 모른다. 그러니까, 사소한 거짓말을 하며 괜히 우쭐댔던 과거의 나 자신 말이다. 박 씨를 처음 만난 건 서너 달 전이던가, 우편물취급소의 보안용 비상벨이 망가졌을 때였다. 급히 출동하여 귀청이 찢어져라 울리는 비상벨을 고치고 시스템을 다시 세팅한 뒤 일어서는데, 저쪽에서 만면에 미소를 머금은 우편배달부 한 사람이 걸어왔다. 괜찮다는데도 굳이 음료수를 권하며 나에게 이런저런 질문을 던지던 그가 문득 이야기를 멈추더니 부러움이 가득 담긴 눈초리로 내 허리춤을 쳐다봤다. "그거, 가스총인가요? 써본 적 있어요?" 아마 그 눈길에 으쓱해져서 그랬던 거겠지만, 난 그만 갖가지 무용담을 꾸며내고 말았다. "보안업체에서 일하다 보면 별별 인간들을 다 봅니다. 신문이나 뉴스에 다 나오지 않아서 그렇지, 세상에 나쁜 놈들이 얼마나 많은데요. 엊그제인가도 노인 혼자 사는 집에 침입한 절도범 둘을 맨손으로 잡았는데…… 뭐, 힘은 들어도 그럴 때면 진짜 보람을 느낀다니까요." 그러면서 자신만만하게 웃었는데, 며칠 뒤 박 씨가 다짜고짜 전화를 걸어와 당장 만나달라고 졸랐던 것이다. 어두워진 사무실로 찾아온 우편배달부는 미안한 듯 두 손을 비비며 말했다. "아무리 생각해도 이 일엔 당신이 가장 적합할 것 같더라고요. 지난번에 그랬잖아요. 맨손으로 강도도 때려눕혔다고. 그래서 하는 말인데, 나와 긴히 좀 가줄 데가 있어요." 그건 모두 꾸며낸 얘기였다고 밝히기도 뭐했고, 무엇보다도 이 먼 사무실까지 찾아온 우편배달부를 그냥 돌려보낼 수가 없어서 엉거주춤 자리에 앉긴 했지만, 시간이 갈수록 점점 후회가 밀려왔다. 박 씨의 이야기는 지나치게 비현실적이었고 앞뒤도 맞지 않았으며 온통 억지 주장으로 가득 차 있었다. 중간중간 뜸을 들이며 먼 하늘을 바라볼 땐 답답해서 미칠 것 같기도 했다. 하지만 나는 결국 마음을 고쳐먹고 다시 한 번 친절하게 웃었다. 어쨌거나 박 씨는 우리 업체의 고객 아닌가. "아, 이제 본론이 시작되는 거로군요. 어서 마저 들려주십시오. 정말 궁금해서 그럽니다." 그러자 박 씨가 앉아 있던 자리에서 몸을 앞으로 쑥 내밀었다. 이제부터 본격적으로 이야길 늘어놓을 기세인 것이다. 난 속으로 한 번 더 긴 한숨을 내쉬었고, 언제부턴가 저려오던 오른쪽 다리를 앞으로 쭉 뻗었다.

*

　그림을 발견한 지 일주일 정도 지났을 즈음이라고 한다. 업무를 마친 박 씨는 마을 입구 버스정류장 쪽으로 터덜터덜 걸어가고 있었다. 해가 져서 주위는 어둑어둑했고 어디선가 불어오는 바람에 나뭇잎 서걱대는 소리만 들리는데, 저쪽 열쇠 수리점 앞에서 그림자 하나가 재빨리 사라지더라는 것이다. "처음엔 김상옥 씨가 돌아왔나 했어요. 그런데 암만 봐도 그건 아닌 것 같더라고요. 비록 어둡긴 했지만 몸집이 확연히 달랐거든요. 게다가 아흔이 다 된 노인이 그렇게 빨리 움직일 리도 없고요." 망설이던 끝에 박 씨는 자신의 본분—김상옥 씨의 대리인이라는—을 떠올렸고, 아무리 두려워도 거기 가봐야 한다고 결심했다. 발소리를 죽여 살금살금 걸어가 보니, 놀랍게도 자물쇠는 이미 풀려 있었다. 예상대로, 지하실로 내려가는 문 또한 반쯤 열려 있었고, 밑에선 누군가가 움직이는 소리 같은 게 들려왔다. 계단 위에 숨어서 내려다보니, 덥수룩한 머리에 허름한 옷차림의 남자가 지하실에서 이리저리 돌아다니고 있었다. 그는 무슨 고민이라도 있는지 그림 앞에서 머리를 쥐어뜯기도 했고 그러다가 바닥에 털썩 주저앉아 한숨짓기도 했다. 그때였다. 너무 오래 엎드려 있던 박 씨의 다리에 쥐가 나기 시작한 것은. 그는 통증을 견딜 수 없어 자기도 모르게 한쪽 발을 움찔했다. 순간 계단 나무판자가 엄청나게 큰 소리를 내며 삐걱댔고, 그러자 지하실에 서 있던 남자가 깜짝 놀라며 위를 쳐다봤다. "누구야? 거기 누구 있소?" 남자는 한동안 가만히 서 있더니 천천히 계단 쪽으로 다가왔다. 박 씨는 미칠 듯이 뛰는 심장을 억누르며 숨을 죽였다. "그런데 그 와중에도 이상한 기분이 들더라고요. 목소리가 무척 낯익었거든요." 물론 우편배달부 박 씨는 나중에 그 목소리의 주인공을 떠올리게 되지만, 어쨌든 그땐 아무 생각도 들지 않았다. 오직 들키지 말아야 한다는 일념뿐. 그는 최대한 몸을 작게 웅크린 채 문 뒤 좁은 틈에 숨어 있었다. 계단 앞까지 온 남자는 주위를 둘러보더니 불을 끄고는 허둥지둥 뛰어올라가 어디론가 사라져버렸다. 그가 가버리고도 꽤 오랜 시간이 지난 뒤에야 박 씨는 조심조심 기어 나왔다. 대체 누구지? 누군데 열쇠를 갖고 있는 걸까? 그가 알기로는 김상옥 씨에게 일가친척이라곤 없었다. 친척만이 아니라 가까운 지인도 없는 듯싶었다. 오죽하면 매일 들렀다는 이유만으로 우편배달부인 자기에게 갖가지 일처리를 위임했겠는가. 그런 생각들을 하며 지하실을 왔다 갔다 하던 그의 눈에 작고 네모난 종이 한 장이 들어왔다. "주워보니 명함이었습니다. 당연히 처음엔 신경도 안 썼지요. 그냥 버리려고 주머니에 넣었는데…… 잠시 후 다른 걸 발견하고는 생각이 달라진 겁니다." 그러면서 우편배달부가 주머니를 뒤져 꺼낸 건 입구가 단단히 봉해져 있는 조그만 비닐봉투였다. "어휴, 들고 있기도 무섭네요. (그러고 보니 봉지를 건네는 그의 손이 미세하게 떨리고 있었다.) 하여간 이걸 발견하고서 난 김상옥 씨가 죽었다는 걸 알게 됐어요. 그리고 지하실을 서성이던 놈의 정체도 떠올랐고요."

"음…… 이게 뭐죠? 아무리 봐도 뭔지 잘 모르겠는데요." 그러자 박씨가 손전등을 가까이 들이밀었다. "잘 봐요. 이건 사람의 손톱이라고요." 하지만 봉투 안엔 거무스름한 반투명의 플라스틱 조각 같은 게 들어 있을 뿐이었다. 그때 박 씨가 더 어이없는 말을 중얼거렸다. 그는 그게 사라진 김상옥 씨의 오른쪽 엄지손톱이 분명하다며, 자기가 그의 신체적 특징을 정확히 알고 있기에 확실하다는 것이었다. "거기 중간 부분이 시커멓잖아요. 그걸 보고 금방 알았다고요. 그게 누구 손톱인지. 김상옥 씨가 등기우편을 건네줄 때마다 유심히 보던 그 손인데, 어떻게 잊을 수 있겠어요? 한번은 물어본 적도 있는걸요. 어디 문틈에 손을 찧기라도 하셨냐고. 그러자 노인이 웃으며 대답하던 게 아직도 기억나요. 그냥 젊을 때부터 있던 점이라고 말이에요. 어쨌든, 손톱을 찾아낸 뒤 난 모든 걸 단번에 깨달았어요. 김상옥 씨가 여행을 떠난 게 아니라는 사실을요. 생각해보세요. 매일 일만 하던 열쇠 수리공 노인이 갑자기 여행을 간다는 것 자체가 이상하지 않은가요? 그렇습니다. 그는 죽었어요. 살해당한 거라고요. 그것도 세상에서 가장 끔찍한 방법으로…… 그러니까 그 불쌍한 노인은 분쇄기에 갈려 한낱 고깃덩어리가 되고 만 거예요. 범인은 누구냐고요? 바로 그놈이죠. 지하실에 몰래 들어와 이리저리 돌아다니던 그 화가. 원래 살인범은 범행 현장에 반드시 다시 돌아온다면서요? 하지만 내가 거기서 엿보고 있을 거라곤 생각도 못했겠죠. 그리고 살인의 증거인 시체는 없애버렸지만, 손톱 조각이 바닥에 떨어져 있을 거라곤 상상도 못했을 테고요. 아, 맞다, 내가 얘기했던가요? 손톱을 발견한 순간, 그 직전 주운 명함의 의미를 알게 됐고—거기엔 가축용 사료 분쇄기 대여업체의 이름과 전화번호가 인쇄되어 있었다고요—그러자 지하실을 돌아다니던 목소리의 주인공 또한 떠올랐다고 말이에요. 그래, 그건 그 화가 놈의 목소리였어. 평소 내가 그놈 때문에 얼마나 고생했는데! 사람들은 그놈한테 좌절한 천재 화가라느니 뭐 이따위 헛소릴 했지만, 난 진즉부터 알고 있었다고! 놈이 미치광이 사이코패스고, 끽해야 극장 간판이나 칠했을 게 틀림없다는 사실을. 어느 날부턴가 버려진 폐가에 들어와 살던 놈에게 툭하면 배달되던 택배가 뭐였는지 알아? 그건 죽은 동물의 사체였어. 포장도 제대로 안 돼 있어서 걸핏하면 시커먼 피가 밖으로 줄줄 흘렀고 때론 썩은 내까지 진동하는 바람에 얼마나 짜증이 났는지 몰라. 하루는 그 미친놈에게 물었어. 대체 이걸 다 뭐에 쓰냐고. 그랬더니 그놈이 오만하게 대답하더군. 자긴 전위예술을 한다는 거야. 동물의 고기와 피엔 생명의 정수가 들어 있는데, 그걸 그림으로 표현하기 위해 사체를 갈아서 물감에 섞어 쓴다나 뭐라나.”

그러다가 갑자기 왼쪽 가슴을 움켜쥐며 숨을 헐떡이는 박 씨에게 난 옆에 있던 잔을 건넸다. 물을 마시고 한동안 숨을 고르더니, 그제야 우편배달부는 겸연쩍은 듯 머리를 긁적였다. “이거…… 미안합니다. 좀 과하게 흥분했네요. 피에 젖은 택배 때문에 매번 옷을 갈아입어야 했던 게 생각나서 나도 모르게 그만……. 여하튼, 다시 한 번 말하지만,

김상옥 씨는 살해당했어요. 왜냐하면 놈은 분명 동물 사체만으론 만족을 못했을 테니까요. 점점 미쳐갔고 마침내는 사람을 이용해 작품을 만들고 싶단 생각까지 하게 된 거지요. 바닥에 떨어져 있던 사료 분쇄기 대여업체의 명함이 그 증거라니까요. (혹시 잘 모를까봐 해주는 얘긴데, 그런 대형 분쇄기로는 뭐든 다 갈아버릴 수 있거든요. 얼마 전엔 동네 노인 하나가 40킬로그램이 넘는 죽은 개를 통째로 갈아 닭 사료로 만드는 걸 내 두 눈으로 직접 보기도 했고요.) 자, 어떻습니까? 이래도 내 말을 안 믿을 건가요?"

그러더니 우편배달부는 잠바 안주머니에서 꼬깃꼬깃 접힌 종이 한 장을 꺼냈다. "여기 마지막 증거가 있어요. 기억하지요? 전에 김상옥 씨의 속달우편을 받으러 갔던 얘기 말이에요. 그때 봉투가 열려 있던 바람에 우연히 그걸 읽었다고 했잖아요. 그런데 놀라지 마세요. 그 편지의 수신인은 바로 화가였어요. 아까도 말했지만, 아마 그 편지를 못 봤더라면, 나 역시 이렇게까지 의심을 하진 않았을지도 모르죠. 어차피 겉으로 보기에 두 사람 사이엔 아무 접점이 없잖아요. 하지만 난 그 편지를 읽었고, 내용도 특이해서 아직까지 기억하고 있었던 거예요. 뭐, 그때 복사라도 해뒀으면 좋았겠지만 그러진 못했으니, 일단은 떠오르는 대로 한번 적어봤습니다." 그가 건넨 종이엔 다음과 같은 내용이 또박또박 적혀 있었다.

부탁을 들어줘서 정말 고맙네. 자네가 아니었다면 내 필생의 꿈은 영원히 이룰 수 없었을 거야. 지난 주말엔 떨리는 가슴을 안고 시내에 나갔네. 거기서 물감과 캔버스 천, 붓을 사서 차에 싣고 돌아왔지. 난 그걸 지하실에 잘 정리해 뒀어. 그럼, 약속한 날짜에 와주게.

뒷문을 열어둘 테니 될 수 있으면 사람들의 눈을 피해 들어오게나.

—감사의 마음을 담아, 김상옥 씀

※ 추신 : 아, 그리고 기계는 그때 도착하도록 미리 예약해놨다네. 전에 말한 바로 그 모델이야. 웬만큼 큰 것도 모두 분쇄할 수 있다고, 업체에서 자부하더군.

두 번이나 다시 읽은 다음, 나는 종이를 우편배달부에게 돌려줬다. 물론 이상한 내용이긴 했다. 하지만 이것만으로 폐가에 은둔하며 지내는 화가를 미치광이 살인범으로 몰고 갈 순 없지 않은가. "편지가 좀 특이하긴 하네요. 그렇지만 김상옥 씨가 화가를 집으로 부른 건 다 이유가 있어서 아닐까요? 생각해보세요. 지하실에서 발견된 그 그림. 분명 김상옥 씨는 미술 수업을 받고 있던 거라고요. 무슨 전문가도 그랬다면서요. 아마추어가 그런 걸 그리긴 불가능하다고 말이에요. 혹시 김상옥 씨는 그 모든 작업을 혼자 해낸 것처럼 보이고 싶어서—뉴스 같은 데 보니까 요샌 그렇게 그림을 대신 그려주는 사람도 많다면서요?—화가를 뒷문으로 몰래 들어오게 한 거 아니었을까요?" 그러자 박 씨가 고개를 저었다. "물론, 김상옥 씨가 화가를 집으로 부른 이유는 아마 당신 생각이 맞을지도 몰라요. 하지만 무슨 이유에선지 둘 사이에 다툼이 생겼고 홧김에 화가가 그를 죽여버린 거겠지요. 혹은 (사실 난 이쪽이 더 신빙성 있다고 보는데) 처음부터 그놈은 김상옥 씨를 자기 작품에 이용할 계획으로 접근했던 건지도 모르죠. 그림을 가르쳐주겠다며 감언이설로 꼬드긴 다음, 갖가지 거짓말로 분쇄기를 준비하게 하고, 그런 다음 그 불쌍한 노인을 죽여서 물감으로 만들어버린 거라고요!"

갑자기 머리가 아파왔다. 우편배달부가 말도 안 되는 애길 하고 있다는 건 의심의 여지가 없었다. 하지만, "아저씨는 제정신이 아니에요! 그러니까 어서 병원에 가보세요"라고 말해주기엔 그의 눈빛이 너무나 애절했다. 왜 경찰에 신고하지 않고 여길 찾아왔냐는 질문에, 박 씨는 재빨리 대답했다. "과연 그들이 내 말을 믿어줄까요? 증거라곤 지하실에서 주운 손톱과 내 직감뿐인데?" 결국 난 길게 심호흡을 한 뒤 물었다. "알았어요. 그럼 저한테 원하는 게 뭔가요?" 그러자 박 씨가 떨리는 목소리로 외쳤다. "내일 오후, 나와 함께 열쇠 수리점에 갑시다. 거기 숨어 있다가 그 화가 놈이 나타나면 잡아서 범행을 실토하게 만들자는 거예요!"

*

화가는 아무 말도 하지 않은 채, 우리 얘기를 묵묵히 듣기만 했다. 그는 철제 의자에 꽁꽁 묶인 채 숨만 몰아쉬었는데, 중간에 하도 애처로운 눈길로 올려다보기에 결국 결박은 풀어주고 말았다. 당연히 입에 붙였던 청테이프도 모두 떼어낸 뒤였다. 이야기가 끝난 후에도 한동안 허공만 응시하던 화가가 천천히 입을 열었다. "당신들의 추리는 거의 정확했습니다. 굳이 따지자면 80퍼센트 정도 맞혔다고 해야 할까요? 네, 맞습니다. 내가…… 그 노인을 분쇄기에 넣었어요. 솔직히 아무리 늙고 몸집이 작았다고는 해도 너무 힘들었습니다. 사람이니까요—정말이지, 사람을 그렇게 하는 건 그게 처음이자 마지막이었다고요—토할 것 같았고, 이래도 되는 건가, 라는 의문에서 한시도 벗어날 수 없었지요. 하지만 난 이를 악물고 참고 또 참아가며 그 불행한 노인을 머리부터 천천히 기계에 밀어 넣었어요. 왜냐하면 그건 김상옥 씨와의 신성한 약속이었으니까요. 그렇습니다. 죽은 자가 나에게 마지막으로 남긴 유언이나 마찬가지였다고요. ("죽은 자라고? 무슨 소리야? 당신이 김상옥 씨를 죽였잖아?" 참다못한 우편배달부가 소리치자, 화가가 나지막하게 속삭였다. "정말로 노인의 죽음의 비밀을 알고 싶다면, 일단 들어주십시오. 부탁입니다.") 그런 다음 나는, 잘게 으깨어진 잔해를 모두 그러모아 특수한 성분의 물감과 섞었어요. (한 점도 남김없이 모았다고 생각했는데…… 손톱이 떨어져 있었다니, 김상옥 씨에겐 미안한 마음뿐입니다. 그 때문에 그분은 지금 어쩌면 무척 불편을 겪고 있을지도 모르니까요.) 잠깐. 그런 눈으로 쳐다보지 마십시오. 다시 한 번 말하지만, 그건 모두 김상옥 씨가 원해서 이루어진 일이니까요. 그래요. 김상옥 씨는 스스로 목숨을 끊었어요. 정말입니다. 내가 그를 죽인 게 아니라고요. 그는 죽기전에 그 모든 걸 계획했고, 말도 안 된다고 끝까지 거절하던 나에게 거의 매일 찾아와 간절하게 졸랐어요. 제발 자기 자신을 이용해 그림을 그려달라고. 어쩌면 이미 짐작하고 있겠지만, 지하실의 그림은 내가 그렸습니다. 일주일 동안 잠도 못 자고 제대로 먹지도 못하면서 악몽과 공포, 슬픔과 두려움에 시달리며, 오직 죽은 이와의 약속을 지키기 위해 온 힘과 정성을 다해 그렸지요. 물론, 그림의 원본 스케치는 김상옥 씨에게서 얻은 거였어요. 그는 내게 점, 선, 면이 어지럽게 뒤얽힌 종이를 건넸고—노인은 그걸 '설계도'라고 부르더군요—자기가 죽은 뒤에 그것과 똑같은 그림을 그려달라고 신신당부했습니다. 믿어지지 않는다고요? 나도 안 믿겨요. 그땐 내가 잠시 미쳤었고 그래서 그런 부탁을 들어줬던 걸지도 모른단 생각이 들 때면, 나도 모르게 이 지하실로 찾아와 후회와 죄책감에 가슴을 쥐어뜯으며 배회하곤 했다고요."

그러던 화가가 갑자기 말을 멈추더니 주머니를 뒤졌다. "아, 여기 있군요. 혹시 모른다며, 김상옥 씨가 나에게 써준 자필 확인서입니다. 잘 봐요. 그 아래 지장도 찍혀 있으니까." 만일의 사태에 대비해 녹음도 해뒀다며, 그는 뒷주머니에서 USB 메모리까지 꺼냈다. 나와 우편배달부 박 씨가 멍하니 그걸 들여다보고 있는데, 화가가 문득 쓸쓸하게 웃었다. "그림이 발견되고 그게 김상옥 씨의 작품으로 여겨질 때만 해도, 그렇게 모두 묻어버리고 넘어갈 수 있을 거라 내심 기대했는데…… 역시 바보 같은 생각이었군요. 헌데, 그거 압니까? 이 모든 것들의 뒤에 다른 누군가가 있다는 사실을? 어쩌면 당신들은 내가 아니라 그 사람을 먼저 찾아갔어야 했던 걸지도 몰라요. 나 역시 그의 확신에 찬 약속이 아니었다면 끝까지 노인의 부탁을 거절했을 테니까. 그래서 하는 말인데, 먼저 그 사람을 만나고 오지 않겠어요? 그런 다음 이 일에 대해 판단해도 늦지 않을 테니까요. 그를 만나 이야기를 듣는다면, 김상옥 씨가 왜 그런 선택을 해야만 했는지 알 수 있을 테고…… 당신들도 나를 경찰서에 끌고 갈지 아니면 이대로 모든 걸 덮어버릴지 결정하기 쉬워질 테니 말입니다."얘기를 마치더니 뒤로 몸을 기대고 눈을 감는 화가를 보며, 나는 혼란에 빠져들었다. 이런 걸 갈수록 태산이라고 해야 하나. 박 씨를 도와 화가를 녹슨 철제 의자에 묶을 때만 해도 일은 쉽게 풀릴 듯 보였다. 그러나 지금은 이게 뭐란 말인가. 자신의 결백을 주장하고 우편배달부가 제정신이 아님을 증명해줄 거라 믿었던 화가는, 오히려 더 기괴한 말을 하고 있다. 박 씨는 얼이 빠져 있고 나 역시 뭘 어떡해야 할지 몰라 쩔쩔매고 있지 않은가 말이다. 그때였다. 화가가 조용히 손짓을 하더니 나에게 쪽지를 건넸다. "아무래도 젊은 사람이 다녀오는 게 낫겠지. 자, 받으라고. 이게 그 사람—노인의 선택에 결정적인 영향을 끼친—의 주소야. 자네가 다녀올 동안 우린 (그러면서 그는 옆에 서 있던 우편배달부 박 씨를 가리켰다.) 여기서 기다리고 있지, 뭐. 어차피 그리 멀지도 않으니까." 얼떨결에 쪽지를 받으며 박 씨를 보니, 그가 어서 다녀오라며 고개를 끄덕이고 있었다. 종이엔 '405번 지방도, 시공 전파사'라는 한 줄이 덩그러니 적혀 있었다. 쪽지를 주머니에 넣고 지하실 계단을 오르는데 뒤에서 화가가 큰 소리로 외쳤다. "이봐, 가기 전 챙겨야 할 게 있어. 수리점 카운터 안쪽 두 번째 서랍을 열어보라고. 거기 책이 한 권 있을 거야. 그래, 그게 모든 일의 시작이었지. 그 불쌍한 노인, 허구한 날 그 책만 읽어대더니, 결국 그런 결단을 내리고 만 거야. 그러니 그걸 꼭 가져가. 지금 자네가 찾아가는 사람이야말로 그 책과 떼려야 뗄 수 없는, 마치 한 몸과도 같은 존재니까."

서랍을 열자, 정말로 책이 한 권 놓여 있었다. 우주 속에 또 다른 우주가 있고, 그 안에 여러 개의 더 작은 우주가 있는 기이한 표지 그림 위엔 '홀로그램 우주 : 실전편'이라는 제목이 명조체로 인쇄되어 있었다. 밖으로 나와 찬 공기를 마시자, 갑자기 지하에서 겪은 모든 일이 거짓이거나 꿈일지도 모른단 생각이 들었다. 하지만 내게는 방금 전 겪은 일이 환상이나 꿈이 아니라는 증거가 있었다. 옆구리에 낀 책의 묵직한 무게감이 그걸 말해줬다. 결국 나는 큰길로 나가 위를 올려다봤다. 칠이 벗겨진 녹색 표지판에 '405번 지방도'를 가리키는 화살표가 그려져 있었다.

＊

"그러니까 당신이…… 물리학자라는 겁니까?"

내 질문에 전파상 주인이 씁쓸하게 웃었다. "정확히 말하자면 '물리학자였다'라고 하는 게 옳겠지." 그러더니 그는 천천히 의자에서 일어나 어두컴컴한 가게 안쪽으로 사라졌다. 한참 뒤 나타난 전파상 주인의 손엔 낡은 파일 하나가 들려 있었다. "혹시 난부 요이치로라는 이름을 들어본 적 있나?" 나는 고개를 저었다. 그럴 줄 알았다는 듯 남자가 묘한 미소를 짓더니 내 앞에 파일을 펼쳤다. 거기엔 신문에서 오려낸 기사가 스크랩되어 있었는데, 발행 날짜는 무려 20년 전인 2008년 9월 25일이었다. 백발의 남자가 단상에 서 있는 사진엔 '난부 요이치로, 노벨물리학상 수상'이라는 타이틀이 붙어 있었다. "내가 이 사람 밑에서 연구했다면, 믿겠나? 끈이론의 선두주자였던 요이치로 교수는 내 아이디어를 누구보다도 잘 이해해주셨지. 하지만…… 2015년 그분이 돌아가신 후로, 학계에서 난 완전히 이단아가 되고 말았네. 내 급진적인 이론은 모두에게 경멸의 대상이 됐지. 그들은 나를 신비주의자, 미치광이, 삼류 SF작가 같은 식으로 부르며 비웃었다네. 물론 그들 모두, 이 세계가 하나의 홀로그램일 수도 있다는 생각엔 기본적으로 동의했어—그리고 그건 이제 진리이기도 하고 말이야—하지만 내 아이디어, 그러니까, 인간도 마음만 먹는다면 그런 홀로그램 우주를 만들어낼 수 있다는 생각엔 절대 동의하지 않았지. 결국 난 모든 걸 내려놓고 시골로 들어와 버렸어. 내 이론이 옳다는 것을 증명할 뭔가를 만들어낸 뒤 당당하게 학계로 돌아갈 계획이었지. 하지만 여기서도 연구는 생각만큼 잘 진전되지 않았어. 분명 직관적으로는 어디 하나 틀린 데라곤 없는 이론인데, 막상 수학적으로 증명하려고 하면 여지없이 식이 무너져버리곤 했으니까."

전파상 주인, 아니 물리학자는 다시 일어서더니 갱지 한 장과 볼펜 한 자루를 들고 돌아왔다. 무슨 말인지 알아듣지 못하는 날 위해 그림을 그리려는 것 같았다. "여기, 이렇게 원이 있지. 그런데 이걸 원이라고 생각하지 말고 구球로 상상해보라, 이 말이야. 그리고 그 구가 우리의 우주라고도 상상해보라는 거지. 그래, 홀로그램 우주론은 이런 거라네. 우리들, 나나 자네, 죽은 김상옥 씨, 혹은 지금도 지하실에 앉아 있을 화가와 우편배달부 그리고 이 우중충한 시골 마을, 이 땅, 이 바다, 하늘, 달, 별, 이 모든 것들이 사실은 우주라는 구의 표면에 새겨져 있는 2차원 정보가 그 내부로 투영된 홀로그램에 불과하다는 것. 이런, 자넨 내 말을 믿지 못하는군. 의심스러운 표정으로 자기 몸을 만져보고 있으니 말이야. 하지만 그런다고 해서 달라질 건 없다네. 만질 때 느껴지는 그 감각조차 결국은 일종의 홀로그램이니까. 하긴, 굳이 이 우주론을 믿을 필요는 없을지도 몰라. 어차피 진리란, 누군가가 믿고 이해하기 위해 존재하는 게 아니라, 그저 세상 그 자체일 뿐이니까. 여하간 확실한 것은, 2018년에 상대론적 중이온 충돌기 실험(그게 뭐냐고? 글쎄, 자네에게 설명해준들 지금 이해할 수도 없을 테니, 그냥 그런 게 있다고만 알아두게나)이 성공함으로써 홀로그램 우주론이 명실상부한 '진리'가 됐다는 사실일 거야. 이제 우주는 홀로그램 이론 없인 아무것도 설명할 수 없게 된 거나 마찬가지니까. 그런데 난 한발 더 나아가 이런 생각을 했지. 즉, 우리도 어떤 닫힌 공간을 만들고 그 표면에 정보를 새겨 넣는다면, 작은 규모의 홀로그램 우주 비슷한 걸 만들어낼 수 있을 거라고."

난 탁자 위에 놓아뒀던 『홀로그램 우주 : 실전편』을 가리키며 물었다. "그럼, 여기에 그 이론이 들어 있다는 건가요?" "그래, 맞아. 거기엔 인간이 인공적으로 홀로그램 우주를 만드는 데 필요한 이론과 방법이 집대성되어 있다네. 물론 처음에 그건 그저 상상에 불과했어. 하지만 요이치로 교수가 죽고 이곳으로 들어온 뒤 연구에 연구를 거듭하며 그 '상상'은 이론의 모습을 갖춰갔네. 여러 가지 가설을 세우고 철저히 검증해가며, 나는 내 이론이 틀리지 않았다는 확신을 가지게 되었지. 하지만 그래도 내겐 한 가지 풀리지 않는 문제가 남아 있었어. 아까도 말했다시피, 수학적인 증명만 하려고 하면 식이 무너지고 만다는 것. 난 미친 듯이 그 문제에 몰두했네. 먹지도 않고 거의 잠도 안 자면서……. 어느덧 수염은 점점 자라 얼굴을 다 뒤덮어버렸지. 그러던 어느 날 밤이었을 거야. 머리를 식히려고 마당으로 나간 나는, 담배꽁초를 발로 비벼 끄며 멍하니 밤하늘을 올려다보았네. 그날따라 바람은 더욱 스산했고 먹구름이 깔린 하늘에 별이라곤 하나도 보이지 않았지. 그리고 난 홀로 명상에 잠겨들었던 거야. 그래, 저렇게 시꺼멓기만 한 하늘이라도, 저 너머엔 별빛이 있단 말이지. 뭐든지 보이지 않는다고 해서 실체가 없는 건 아니라는 거로군. 뭐, 그런 생각들을 하는데, 바로 그 순간이 찾아온 거야!"

"그 순간……이라뇨?"

"영감이 떠올랐단 말일세. 머릿속 뉴런들이 한꺼번에 연결되며 해답이 떠오르는 감동적인 순간을 말하지. 그래, 난 깨달았던 거야. 우리가 인공 홀로그램 우주를 만들려면, 그 표면에 뭔가를 그려 넣는 것만으론 부족하다는 사실을. 그래, 진정한 홀로그램 우주를 위해선 실체를 가진 입자가 필수였던 거지! 하긴, 그건 너무나 당연한 것이기도 했어.

현재의 우리 자신, 이 마을, 이 세계 전체가 홀로그램일지라도 저 멀리 어딘가에 있을 우주의 경계면에 있는 정보는 실재實在하는 입자들이거든. 왜냐하면 그 입자의 그림자들이 우주 내부로 투영된 것, 그게 바로 우리들이니까. 인공 홀로그램 우주를 만드는 데에도 역시 같은 원리가 필요했어. 간단히 말해서, 자네가 만약 조그만 홀로그램 우주를 만들고 그 내부에서 살아가고 싶다면, 자네 자체가 그 표면에 저장될 2차원 정보로 변해야 한다는 얘기지."

나는 멍하니 물리학자를 바라보았다. "글쎄요. 솔직히 홀로그램 우주에 들어가 살고 싶지도 않지만, 당신이 도대체 무슨 말을 하는지도 모르겠네요." 그러자 전파상 주인이 빙긋이 웃었다. "못 알아듣는 게 당연하지. 아직은 학계에서조차 내가 만든 수식을 이해하지 못하고 있으니까. 여하간, 자넬 위해서 좀 더 쉽게 설명하자면, 이런 거라네. 즉, 자넨 자네 자체를 최대한 작은 입자로 분해시킨 뒤 인공 홀로그램 우주의 표면이 될 종이나 캔버스 천 위에 코드 형태로 도포해야 한다, 이 말이야."

순간 나는 자리에서 벌떡 일어섰다. 비록 물리학자가 하는 말의 세세한 부분까진 제대로 이해하지 못했지만, 방금 그의 얘기가 암시하는 바가 뭔지는 대충 알 것 같았기 때문이다. "잠깐. 지금 뭐라고 했죠? 그렇다면 이 책에 적혀 있는 것도 그런 내용인가요? 그러니까 김상옥 씨도 이걸 읽고 결국 그런 결심을 한 거냐고요?"

물리학자는 아무 대답도 하지 않았다. 대신 자기 앞에 놓여 있던 비타민 음료를 단숨에 마시더니, 푹 꺼진 소파에 등을 기대며 깊은 한숨을 내쉬는 것이었다. "일단, 내 이야길 마저 들어보겠나? 그래, 맞아. 그날 밤 내가 발견한 건, 인공 홀로그램 우주를 만드는 구체적 방법이었어. 난 뛸 듯이 기뻤어. 불완전하던 수식에 생명의 정수가 담긴 실재하는 입자 값을 적용하자, 빙고! 모든 건 완벽하게 맞아떨어졌고 문제는 깔끔하게 해결됐던 거야. 그날 밤, 나는 한숨도 자지 않고 미친 듯이 타이핑을 했어. 새 이론을 발표하기 위해 논문을 작성한 거지. 하지만 그건 거절당했어. 모든 곳에서 말이야. 그들은 내 이론이 세상에 끔찍한 영향을 끼칠 거라고 했어. 그게 알려질 경우 일어날 부작용에 대해 생각해봤냐는 거지. 어떤 부작용이냐고? 그거야…… 자네가 지금 생각하는 바로 그런 것, 그러니까 김상옥 씨가 내린 결단과 비슷한, 그런 류의 문제가 아닐까? 순간 난 뒤통수를 한 대 세게 맞은 것 같았지. 그래, 내 이론에 숨어 있던 문제는 그거였어. 자칫 잘못하면, 우리가 **실제로** 살아가고 있는 세계 자체가 붕괴될 수도 있다는 것. 왜냐하면, 누구나 약간의 희생—물론 사람에 따라선 그게 '약간의' 희생으로만 보이지는 않겠지. 어쨌거나 자기 자신의 살아 있는 입자를 얻으려면 이곳에서의 삶에 작별을 고하고 스스로 분쇄기에 걸어 들어가야 하는 거니까—만 무릅쓴다면, 자기만의 인공 우주에서 영원히 살아갈 수 있을 테니까."

그러더니 전파상 주인, 아니 물리학자가 갑자기 나를 빤히 쳐다봤다. "만약 가능하다면, 자넨 어느 시절로 돌아가고 싶은가? 자네의 골든 에이지. 그게 언제냔 말일세." 내가 머뭇대자, 그가 쓸쓸하게 웃으며 두 손을 내저었다. "아니, 굳이 말해주진 않아도 돼. 하지만 상상해보게. 자신의 가장 소중한 순간으로 되돌아가, 거기서 영원히 그 시절을 반복하며 살아갈 수 있다면, 인간은 어떻게 할까? 그런데 거기에 한 술 더 떠 현재의 삶이 거의 지옥에 가깝다면? 그때 자네라면 어떤 선택을 할 거냔 말일세. 고민 끝에, 결국 나는 내 이론을 포기하기로 했

다네. 자비 출판한 뒤 인쇄소에 맡겨놨던 책들도 모두 폐기처분하기로
했지. 세상에 그 책이 널리 퍼지면 어떤 일들이 일어나게 될지…… 생
각만 해도 끔찍했거든. 인쇄소 주인은 무척이나 아쉬워했어. 하지만
내 뜻이 그렇다는 걸 알고 묵묵히 고개를 끄덕이더군. 그러면서 한 권
도 남김없이 폐기할 테니 걱정 말라며 내 두 손을 꼭 잡아주더라고. 그
런데 그게 문제였던 거야. 적어도 내가 가져다 모두 불태웠다면 이런
일은 없었을 거라는 거지. 나중에―김상옥 씨가 다녀간 뒤에―자초지
종을 따지러 갔더니 그 사람 좋은 인쇄소 주인이 얼마나 미안해하던
지. 그가 말하더군. '죄송합니다. 전 책을 만드는 사람이에요. 그래서
차마 그걸 불태울 수 없어서…… 그냥 아무나 가져다 읽으라는 마음으
로 아파트 재활용 수거함에 넣어뒀어요.' 그러더니 울먹이기까지 하는
데, 차마 더 이상 뭐라 할 수 없어서 그냥 돌아왔다네."

　난 다시 한 번 탁자 위에 놓여 있던 『홀로그램 우주 : 실전편』을 바
라봤다. "그렇다면 이것 말고도 또 다른 책이 누군가의 손에 남아 있을
수 있겠군요? 그리고 그 사람 역시 자신만의 인공 홀로그램 우주를 꿈
꾸며, 작고 작은 입자로 분해될 방법을 찾고 있을지도 모르고요?" 내
말에 물리학자는 괴로운 듯 천장을 올려다봤다. "아니라고 할 순 없겠
지. 다만 그 책을 주워간 또 다른 누군가가 행복하기만을 바랄 뿐이라
네. **지금 이곳**에서의 삶이 충분히 행복하다면, 굳이 인공 우주 속으로
들어가 그 안에서 영원히 살고자 하진 않을 테니까. 그러고 보니 아직
도 생각나는군. 쾅, 소릴 내며 저 문을 밀고 들어오던 김상옥 씨의 상
기된 얼굴 말일세. 그는 이렇게 외쳤어. '여기 적혀 있는 게 모두 진짜
요? 결심만 한다면 나도 내가 원하는 세상에서 살아갈 수 있냐, 이 말
이오.' 한 가지 확실한 건, 그때 내가 이렇게 대답하고 싶었다는 거야.

'거기 적힌 건 모두 거짓입니다. 그냥 미치광이 물리학자가 할 일이 없어 끼적이며 써내려간 농담 같은 거지요.' 하지만 그의 눈을 보고 난 아무 말도 할 수 없었어. 그저 고개를 끄덕이는 수밖에."

나는 무슨 말을 해야 할지 몰라 그저 앞에 놓인 난부 요이치로의 사진만 만지작거렸다. 도대체 끈이론이 뭐고, 우주의 경계면이 뭐며, 중입자 가속기가 뭔지, 그런 건 알고 싶지도 않고 관심도 없었다. 그저, 자기만의 우주를 만들고 그 안에서 살아가려 했던 열쇠 수리공 노인만이 떠오를 뿐이었다. 하지만 어쨌든, 그 노인은 죽었다. 기괴한 책에 빠져들어 스스로 목숨을 끊었고 그것도 모자라 분쇄기에서 갈려 물감에 섞인 다음 거대한 그림의 일부가 되었다. 대체 그는 어떤 세상을 원했기에 그런 선택을 했단 말인가.

내 속마음을 눈치채기라도 한 듯, 물리학자가 쓸쓸히 웃었다. "혹시 자네…… 노인의 죽음을 슬퍼하는 건가? 그렇다면 내가 이거 하나만은 확실하게 말해줄 수 있어. 김상옥 씨는 비록 이곳에서의 삶은 끝마쳤지만 대신 그의 몸이 만들어낸 또 다른 우주에서 자신이 그렇게도 원했던 어떤 생을 살아가고 있을 거라고. 아니, 그러지 말고, 그 책 좀 잠깐 줘보게. 어디 보자, 몇 페이지였더라, 아, 여기 있군. 128페이지. 자, 여기서부터 한번 읽어보라고. 그러면 노인이 지금 어떻게 지내고 있을지, 그리고 우린 그의 선택을 어떻게 받아들여야 할지 알 수 있을 테니까." 나는 그가 펼친 페이지를 들여다봤다. 거기엔 이미 누군가가—아마 김상옥 씨였으리라—밑줄을 여러 번 그어둔 상태였다.

스스로 만들어낸 홀로그램 우주로 들어간다는 것은, 관찰자가 누구인가에 따라 완전히 다른 의미를 갖는다. 들어가는 자의 입장에서 보면 그는 그저 아무렵지도 않게 이 우주에서 저 우주로 슬쩍 진입할 뿐이다. 그러나 인공 홀로그램 우주의 밖에서 관찰하는 이에게 그는 죽음으로 돌진하는 무모한 존재로 여겨질 뿐인 것이다.

　"며칠 뒤 김상옥 씨는 웬 추레한 화가와 함께 다시 나타났어. 난 노인이 원하는 홀로그램 우주의 2차원 평면을 설계해줬고, 화가는 그걸 캔버스에 그대로 옮기기로 했지. 지하실 천장과 바닥, 사면 벽 전체를 에워싼 건, 당연한 거지만, 우주의 경계면을 만들어내기 위한 조치였어. 그리고 나머지 이야긴, 자네가 알고 있는 그대로고 말이야." 잠시 이야기를 멈춘 물리학자가 벽에 걸린 시계를 쳐다봤다. "그럼, 마지막 질문. 지금 김상옥 씨는 어디 있는가. 그래, 자네에겐 그게 가장 의문이겠지. 일단 노인은 지하실에 있어. 하지만 그렇다고 해서 그가 정말로 거기 실재한다는 건 아니야. 무슨 말인지 알겠나? 그는 그곳에 있되 거기에 없는 거야. 즉, 완전히 차원이 다른 홀로그램 우주에 머물고 있다는 거지. 우리에겐 보이지도 않고 만져지지도 않는 어떤 시공간. 인공 우주를 설계하기 전에 난 노인에게 물었다네. '당신이 돌아가고 싶은 날짜를 알려주십시오. 그에 맞춰 경계면의 정보를 짜야 하니까요.' 노인은 생각하고 말고 할 것도 없다는 듯 재빨리 대답했어. '2014년 4월 15일 오후로 가고 싶네. 거기서 더 이상 시간이 흘러가지 않도록 만들어주게나. 부탁이야.' 글쎄, 왜 그 시점을 택했는지 말해주기 전에 먼저 보여주고 싶은 게 하나 있군. 김상옥 씨의 홀로그램 우주—열쇠 수리점 지하에 만들어져 있을—그러나 우리 눈에는 영원히 보이지 않을—세계는 과연 어떤 모습일지 궁금하지 않나? 내 컴퓨터엔 2차원 정보를 3차원 홀로그램으로 전환시키는 프로그램이 있다네. 한번 보겠나?"

처음에 모니터엔 뭔지 알 수 없는 이상한 점, 선, 면 들만이 미친 듯이 빠르게 지나갔다. 그러나 잠시 들여다보고 있자니 그 불규칙한 문양들은 어딘지 모르게 낯익은 형태를 띠어갔다. "그래, 맞아. 이건 바로 지하실 벽과 천장을 둘러싼 캔버스에 그려져 있는 것들이지." 잠시 후 문양들은 한곳으로 모여들더니 회전하는 하나의 입방체가 되었다. 입방체 내부는 텅 비어 있었는데, 갑자기 가운데에 빛나는 점이 생겨나더니 점점 커지는 것이었다. 그렇게 커지던 점이 어느 순간 폭발하며 거기서 뻗어 나온 빛줄기들이 모니터 전체로 퍼져나갔다. "일종의 소규모 빅뱅이라고 보면 돼. 새로운 우주가 생겨나는 거지. 자, 계속 보라고." 점에서 나온 빛들은 제각각 수백, 수천 갈래로 갈라지더니 다시 빠르게 회전하기 시작했다. 빙글빙글 돌아가는 화면 때문에 현기증이 일려던 찰나, 회전이 멈추면서 드디어 그 안에 3차원 공간이 형성되는 것이 보였다. 어두컴컴한 열쇠 수리점. 한 노인. 오른손 엄지에 감긴 일회용 밴드. 배낭을 메고 달려 나가는 소년의 뒷모습. 탁상용 달력에 소중하게 표시된 날짜들. 2014년 4월 16일, 17일, 18일, 19일.

"오래전 그가 일하던 경기도의 어느 열쇠 수리점이야. 저기서 김상옥 씨는 하염없이 저 순간을 반복해. 그러면서 빙긋이 웃곤 하지. 물론 매일 같은 나날이 반복된다는 걸 그는 몰라. 자기 자신이 스스로 만들어낸 홀로그램 우주의 일부란 것 역시 영원히 알지 못할 거야. 어차피 저리로 들어갈 때 모든 건 리셋되니까. 하지만 그래도 노인은 행복할 거야. 아니, 적어도 이곳에 있을 때보단 덜 불행하겠지. 어쨌든 그가 선택한 골든 에이지는 바로 저 시공간이니까. 보이나? 저 미소. 그래…… 대체 그 어느 누가 저 노인에게 그럴 권리가 없다고 자신 있게 말할 수 있겠는가, 응?"

나는 오래도록 화면을 들여다봤다. 공간 구석구석을 확대해봤고 맨 마지막엔 노인의 얼굴을 최대한 크게 잡아당겼다. 커다란 모니터 전체가 김상옥 씨의 두 눈으로 가득 채워질 때까지. 그 확대된 눈동자 속에 소년이 비치고 있었다.

"손주라고 하더군. 유일한 혈육이었다는데…… 이름은 몰라. 그가 말해주지 않았으니까."

"근데 왜……?"

"그날, 그러니까 2014년 4월 15일 이후로 아이는 돌아오지 않았어. 배와 함께 깊고 깊은 바다 밑으로 가라앉았지. 그래, 그 많은 아이들, 그 사람들 모두 다."

"2014년 4월……이라고요?"

"하긴, 자넨 모를 수도 있겠군. 그땐 아직 어린아이였을 테니까."

얼마나 시간이 지났을까. 그가 아주 낮게 중얼거리는 소리에, 난 고개를 들었다. 너무 나지막해서 거의 알아들을 수도 없는 목소리였다.

"……그런데 참 이상하지? 망각이라는 놈의 정체 말이야."

그때 주머니에 있던 휴대폰이 진동하기 시작했다. 우편배달부 박 씨였다.

"큰일 났어요. 깜빡 잠들었다 눈을 떠보니 화가가 사라졌어요. 황급히 달려가봤지만, 그 폐가도 텅 비어 있더라고요. 그나저나, 지금 뭐 해요? 대체 그 전파사엔 뭐가 있는 거냐고요?" 나는 뭐라고 대답해야할지 몰라 한동안 망설였다. 그러자 다시 박 씨가 소리쳤다. "어떡할까요? 지금 112에 전화를 할까 하는데."

"아니, 그러지 마세요. 왜냐하면, 어쩌면…… 화가의 말은 모두 진실일 수도 있거든요. 그러니 조금만 더 기다려줄래요?"

박 씨는 잠시 동안 가만히 있더니 알겠다고 하고는 전화를 끊었다. 옆에 서 있던 물리학자가 고개를 끄덕였다.

"내 이야기는 여기서 끝이라네. 나머진 모두 자네가 판단할 문제지."

문을 열고 밖으로 나오다 말고, 난 문득 생각난 것이 있어 뒤로 돌아섰다. 옆구리에 끼고 있던 『홀로그램 우주 : 실전편』의 속지를 펼쳐 물리학자에게 내밀었다.

"저어…… 아까 말한 그 날짜, 적어주시겠어요? 배와 사람들. 내가 모르고 있는 게 뭔지, 그리고 우리가 망각해가는 것이 뭔지, 알고 싶어서요."

그는 볼펜을 꺼내더니 잠깐 멈칫했다.

그러더니 결심한 듯 일곱 개의 숫자를 천천히 적어 나가는 것이었다. ▪

박민정

세실, 주희

1985년 서울 출생. 중앙대 문예창작과 및 동대학원 문화연구학과 졸업.
2009년『작가세계』등단.
소설집『유령이 신체를 얻을 때』『아내들의 학교』.〈김준성문학상〉〈문지문학상〉수상.

세실, 주희

공교롭게도 오늘이 바로 화요일이었다. 주희는 '참회의 화요일'이란 말은 오늘 같은 날에 딱 어울린다고 생각했다. 참회의 화요일이 지나면 '재의 수요일'이 온다고 했다. 그날이 사순절이 시작되는 때라고도. 주희는 예수교를 믿지 않았고 사순절이라는 말을 들어본 적도 없었다. 사순절은 예수교, 구교의 신자들이 이마에 재를 바르고 예수그리스도의 고난을 돌아보며 40일간 금식과 묵상을 하는 교회력의 절기라고 했다. 참회와 금욕의 절기라는 설명을 들었을 때 주희는 언젠가 잡지에서 본 트라피스트 수녀원의 사진을 떠올렸다. 한여름에 밀짚모자를 쓰고 논일을 하는 수녀들의 모습이 담긴 사진이었다. 자급자족 공동체에서 묵묵히 땅을 일구는 수녀원의 노동자들, 극기의 수도생활을 감수하는 수녀들의 이미지.

마르디 그라Mardi Gras, 참회의 화요일. 그날, 뉴올리언스의 펍에서 처음 들은 말이었다. 참회의 화요일은 '기름진 화요일'이라고도 불렀다. 단식을 해야 하는 사순절이 시작되기 전 마음껏 먹고 즐기는 날이라는 뜻에서라고 했다. 오늘이 바로 그 축제의 정점이라며 둘러앉은 사람들이 떠들었다. 듣고만 있던 주희가 그들에게 트라피스트 수녀원에 대한 이야기를 하자 다들 웃음을 터뜨렸다. 역시, 역시 동양 여자. 그 말을 지껄였던 녀석의 이름도 얼굴도 기억나지 않았다. 그 자리에 같이 있던 사람들 중 누구도 친구가 아니었다. 주희는 미국 여행 내내 아무에게나 다가가 말을 걸고 눈인사를 하며 아무렇지 않게 '친구'라는 호칭을 쓰는 J가 불편했다. 하지만 그녀가 아니었다면 미국 여행은 꿈꿔볼 수도 없었으므로 주희는 불만을 털어놓을 수 없었다.

어디서부터 문제였던 걸까. 주희는 생각했다. 그날 너무 취했기 때문에? 잘 마시지도 못하는 술을 즐겨본다고 펍에 들렀기 때문에? 외국 여행을 하면 펍에 한번 들러보고 싶었기 때문에? 그러나 사태의 원인이 자기 탓만은 아닌 것 같다는 생각도 들었다. 주희는 줄곧 J를 따라다녔다. 그렇기에 다른 방식으로 질문을 던져볼 수도 있었다. J가 가보자고 했기 때문에?

주희는 J를 따라다니기만 하면 되었다. 뉴올리언스는 그녀가 어릴 때 살았던 곳이었다. 행선지를 전부 그녀가 정했고 숙소 역시 그녀의 친척 집이었다. 저렴한 경비에 숙소를 얻어 주희는 J에게 그저 감사했다. 그 일이 있기 전까지는. 그날 주희를 펍에 데려간 사람도 그녀였다. 가볼래? 펍에 가기 전에도, 마르디 그라 축제 한가운데 뛰어들기 전에도 그녀는 주희의 의사를 존중하듯 그렇게 물었다. 주희는 평소처럼 고개를 끄덕였던 그때의 자신을 깊이 저주했다.

싸구려 자개와 구슬을 잔뜩 엮은 목걸이를 목에 걸고, 사방에서 터지는 핸드폰 카메라 플래시에 눈이 동그래져 어리둥절하게 서 있는 자기 모습이 머릿속에서 지워지지 않았다. 끝내 몰랐다면, 동영상의 존재를 알지 못했다면, 이렇게까지 끔찍한 기억으로 남지는 않을 것이었다. 여권에 찍힌 미국 입국 기록을 보며 흐뭇해할 수도 있었다. 한낮의 버번 스트리트와 로열 스트리트 쇼핑몰은 주희에게 천국이었다. 주희는 그곳에서 수많은 화장품을 눈에 담았다.

그 일은 8일의 여행 기간 중 단 하루, 그것도 아주 잠시 동안 벌어졌을 뿐이다. 펍에서 나와 10분 정도 걸었을 때였다. 군중에 휩쓸려 물에 떠내려가듯 걷던 그때를 주희는 생생하게 기억했다. 그들이 버번 스트리트에 도착했을 때는 새벽이었고 화려한 퍼레이드는 이미 끝나 있었지만 술과 마약에 취해 비틀거리는 사람들이 태반이었다. 흥분한 사람들이 거리에서 술을 마시고 고함을 지르는 풍경은 클럽을 출입하는 젊은이들로 가득한 홍대나 이태원 거리의 모습과 다를 게 없었다. 분명 쌀쌀한 늦겨울이었으나 국가 대항 축구 경기에서 승리감을 맛본 사람들의 폭발적인 함성이 흘러넘치는 뜨거운 여름밤 같다고도 주희는 생각했다. 문득 자신을 둘러싼 남자들이 같은 구호를 외치고 있다는 것을 깨닫기 전까지는. 주희는 왜 남자들이 자신을 둘러싸고 있는지 알지 못했다. 그날 처음 펍에서 만난 녀석들도 J도 보이지 않았다. 분명 다 같이 걷고 있다고 생각했는데……. 주희는 겁에 질려 들고 있던 플라스틱 맥주컵을 꼭 쥐었다. 남자들이 주희를 가운데 세운 채 원을 그리며 빙글빙글 돌았다. 주희를 에워싼 행렬의 밀도가 높아지며 그들이 외치는 구호가 더욱 또렷하게 주희의 귀에 박혔다. 순간 어떤 손이 주희의 목덜미를 스쳤다. 주희는 자신의 목을 내려다봤다. 자개와 구슬이 섞인 비즈 목걸이가 걸려 있었다. 주희의 바로 옆에서 남자들이 외치는 구호와 골목에 면해 다닥다닥 붙은 맨션과 클럽의 베란다에서 이쪽을 내려다보며 외치는 사람들의 구호는 같았다. show your tits! show your tits!

그 순간이 동영상에 박제되어 있었다. 주희의 한 대학 친구가 여기에서 널 봤어, 어서 들어가봐, 하고 다급하게 문자를 보내왔다. 'yeslut'라는 사이트 이름을 본 주희는 소스라치게 놀랐다. 친구가 보내준 주소를 클릭하자 사이트의 'Mardi Gras' 카테고리에 게시된 주희의 영상이 떴다. 'Mardi Gras, nice asia slut 43%'라는 제목을 달고 있었다. 동그래진 눈으로 멈춰 서서 사방을 둘러보는 주희의 모습이 18초 동안 이어졌다. 비즈 목걸이를 걸던 남자가 주희의 어깨에 바짝 붙어 있었다. 어서 입고 있는 니트를 들어올려! 네 벗은 가슴을 보여달라고!

그 골목에서 남자들은 아무에게나 가슴을 보여달라고 외쳤고, 술에 취한 어떤 여자들은 목걸이를 받고 정말로 가슴을 보여줬다. 뒷골목에서는 더한 일도 벌어지는 것 같았다. 주희는 그날 봤던 풍경을 떠올리며 골목 안으로 빨려 들어가듯 마르디 그라 게시판에 있는 또 다른 여자의 영상을 재생했다. 'slut 97%'. 영상 속 그녀는 자신을 찍는 카메라에 브이를 그려 보이며 옷을 전부 벗어 들고 흔들었다. 목걸이를 어찌나 많이 걸쳤는지 목이 툭 꺾어질 것 같았다. 주희가 용기를 내서 다시 자기 영상을 재생했을 때, 끝내 옷을 벗지 않은 자신의 얼굴이 클로즈업되며 그 위로 영어 자막이 지나갔다. '우린 네 얼굴을 알고 있어, 쌍년아.'

그것이 사순절을 맞이하는 마르디 그라였다. 동영상을 보게 된 날은 하필 화요일이었고 주희는 오늘 같은 날이야말로 참회의 화요일이란 말에 적합하다고 생각했다.

*

명동에서도 번화가 한가운데에 있는 쥬쥬하우스에는 외국인 고객이 압도적으로 많았다. 주희는 뉴올리언스에 다녀온 직후 쥬쥬하우스에 취직했다. 쥬쥬하우스는 국내 최대의 뷰티 편집숍으로 전국에 수많은 체인을 갖고 있었다. 그중에서도 명동 쥬쥬하우스는 가장 규모가 컸다. 주희는 쥬쥬하우스에서 매니저로 일하고 있다는 것에 자부심을 느꼈다. 쥬쥬하우스의 제품은 서울에 여행 온 외국인이 가장 선호하는 기념품이었다. '한국 화장품은 가격이 저렴한 데다 품질이 우수합니다.' '역시 한국 화장품은 세계 최고입니다.' SNS에 쥬쥬하우스를 검색하면 그런 품평들이 쏟아졌다. 주희는 수시로 'JUJU HOUSE'와 'JUJU HOUSE, Myeongdong'이라는 태그를 넣어 검색했다. 'Korea beauty'라는 태그를 함께 달고 있는 경우가 많았다. 주로 외국인을 상대하다 보니 주희는 그들이 떠올리는 한국의 이미지가 대체로 어떤 것인지 알 수 있었다. 한국 드라마와 K-pop의 높은 인기는 이제 'Korea beauty'에 집약되어 있었다. 드라마에 출연하는 여배우들과 무대에 서는 걸그룹 멤버의 이미지 덕택이었다. 명동 화장품 거리는 성형외과가 밀집되어 있는 신사동과 함께 코리아 뷰티의 상징이었다. 전 세계 여성을 잠재 고객으로. 신사동과 명동만큼 여성을 환대하는 공간이 서울에 또 있을까? 주희는 그런 생각을 해보기도 했다. 코리아 뷰티의 상징중에서도 상징인 명동 쥬쥬하우스의 매니저라는 자부심 끝에는 그 여행의 기억이 불쑥 떠올라 괴롭기도 했다.

"역시 한국 여자는 예쁘고 스타일이 좋은 것 같아요."

주희는 뉴올리언스의 어느 골목에서 그런 말을 들었었다. 그리고 얼마 전, 세실에게서도.

나카소네 세실仲宗根 セシル은 주희보다 반년 늦게 입사한 일본인 직원이었다. 명동점의 주요 고객이 외국인인 터라 매니저도 대부분 외국인이었다. 그들 상당수가 중국인과 일본인이었고, 한국어는 그다지 잘하지 못했다. 세실은 명동점에서 일하는 외국인 직원 중 가장 한국말을 잘했다. 한국인 고등학생 무리가 와자지껄 떠들어대며 물어봐도 당황하지 않고 응대하는 세실을 보며 주희는 감탄했다. 한국인 고객이 질문할 때마다 자신의 팔을 잡아끌던 다른 직원들과는 확실히 달랐다.

주희는 언젠가 세실에게 물어본 적이 있었다.

"세실은 왜 한국에 왔어요?"

"유노윤호 때문에요."

세실은 들떠 있었다. '유노 때문에'라고 세실은 거듭 말했다. 유노윤호가 소속된 그룹 동방신기는 오랫동안 일본에서 활동했다. 일본 사람들에게 '유노'가 얼마나 편안한 발음이었을지 주희는 생각했다.

"윤호는 일본에서도 볼 수 있지 않아요?"

"주희 씨는 연예인을 좋아해본 적 없죠?"

세실은 미소 지으며 말했다. 광주에 가본 적 있어요? 서울에서 기차를 타고도 한참 가야 한다면서요? 광주가 유노의 고향이에요. 휴가를 받으면 남부 지방 광주에 꼭 가보려고요. 유노가 살던 동네랑, 그가 다닌 고등학교에도.

주희는 세실이 말한 '광주'를 곱씹었다. 세실이 발음하기에는 어려운 단어인 것 같았다. 수원에서 태어나 자란 주희 역시 전라도 광주에 가본 적은 없었다.

"그래도 윤호 때문만은 아니죠?"

"아니, 유노 때문이에요."

그 말을 끝으로 그날의 대화는 끝났다. 주희로서는 결코 이해할 수 없는 삶이었다. 좋아하는 연예인 하나 때문에 타국에서 외국인 노동자로 살아가는 삶. 주희에게도 한국이 아닌 다른 나라에서 살고 싶다는 욕망이 있기는 했다. 어렸을 때부터 열심히 영어를 공부한 것도 그 때문이었고 틈만 나면 워킹홀리데이나 청년 레지던시 프로그램을 검색해보기도 했다. 그런데 고작 유노윤호 하나 때문이라니.

입사한 지 두어 달이 지났을 즈음 세실은 주희에게 갑작스러운 제안을 했다.

"주말에 부업하지 않을래요? 단 하루만 내게 시간을 내주면 돼요."

*

주희는 동영상을 보게 된 후 자주 악몽에 시달렸다. 그 꿈에서 겁에 질려 서 있는 자신을 남자들이 에워쌌다. 당시에는 자신이 겪은 일이 얼마나 끔찍한 종류의 것인지 알지 못했다. 한국에 돌아올 때 비즈 목걸이를 챙겨오기까지 했었다. 주희의 옆에 바짝 붙어 그 니트를 들어올려, 라고 낮은 목소리로 재촉하던 남자가 건 목걸이를. J가 축제에서 비즈 목걸이를 열 개나 받았다고 즐겁게 이야기했기 때문이었다. 그러면 너도 가슴을 보여주고 받았어? 주희는 그렇게 묻지 않았다. 알아서 잘 했겠지. 바보 같은 선택은 절대 하지 않는 너니까. 주희는 J를 물끄러미 바라보며 그렇게 생각했을 뿐이다.

언젠가 런던의 펍에서 8개국 친구들과 모여 앉아 각자의 모국어로 「인터내셔널가」를 합창했다는 J의 이야기를 들으며 주희는 거리감을 느꼈다. 나는 한국 버전으로 한 소절, 북한 버전으로 한 소절, 그렇게 불렀잖아. 친구들이 환호성을 질렀어. 주희는 「인터내셔널가」를 들어본 적도 없었다. 그날 뉴올리언스의 펍에서도 J는 유창한 영어로 사람들과 방담을 즐겼다. 그녀는 어디로 여행을 가든 현지인과 대화하는 것이 가장 큰 즐거움이라고 했다. 멍청한 한국 애들이랑은 말도 섞기 싫다는 게 J의 말버릇이었다. 토론 같은 건 할 줄 모르고 그저 언성만 높일 줄 아는 멍청이들. 그런 말을 들을 때마다 나도 그랬었나, 주희는 곱씹어봤다. 그날 펍에서도 J는 처음 만난 사람들에게 서슴없이 친구라고 하며 진지한 이야기를 나눴다. 주희는 대화에 거의 끼지 못했다. 영어 문제가 아니었다. 뉴올리언스에 오기 전에 나름대로 검색해본다고 해봤지만 주희는 마르디 그라에 대해서도, 2005년 뉴올리언스 전체를 비극에 빠뜨린 허리케인 카트리나에 대해서도 알지 못했다. 겨우 한마디 하면 곧바로 대화의 맥이 끊겨버리곤 해서 차라리 입 다물고 앉아 있는 게 편했다. 이쪽을 쳐다봐주지 않는 J만 애타게 바라보면서.

인터넷에는 뉴올리언스 여행 후기와 더불어 마르디 그라에 대한 찬사가 넘쳐났다. 비즈 목걸이만 건네주면 여자들이 가슴을 보여주기도 한다니, 남자들에게는 최고의 축제 아닌가요? 마르디 그라는 자유와 해방의 축제입니다. 주희는 쌍욕을 뱉으며 마우스를 집어던졌다. 왜 내가 포르노 사이트에 올라 있어야 하지? 나는 옷을 벗지도 않았는데? 거기 가만히 서 있기만 했는데. 그런 걸 보고 좋아하는 그들의 고객이 존재한단 말이야? 포르노 사이트 링크를 보내준 친구에게 말하고 싶었으나 주희는 곧 마음을 돌렸다. 애초에 너는 왜 거기서 나를 발견했던 거였니. 왜 그 사이트에 접속했던 거였니. 그에게 물어볼 수 없었다. 97 퍼센트의 그 여자는 자기 모습이 포르노 사이트에 전시되어 있다는 걸 알고 있을까. 당신은 대체 어떤 좆같은 해방감에 취해 옷을 다 벗었던 건가요?

주희는 문득 세실에게 털어놓고 싶었다.

세실이 없는 방에서 그녀를 기다리며 주희는 이런 이야기를 하면 세실이 어떻게 반응할까 생각했다. 자신의 얼굴이 포르노 사이트에 걸려 있다는 이야기를 세실에게 털어놓는다면. 하지만 세실에게는 결코 이야기할 수 없을 것이었다. 주희는 세실의 방에 처음 오던 날을 생각했다.

일요일 오후 두 사람은 명동 입구에서 만났다. 세실의 제안은 일요일 오후를 자신에게 써달라는 것이었다. 세실은 그 말을 한국어로 했다. 나 한국어 공부해야 돼요. 더 잘해야 돼요. 세실은 돈을 줄 테니 일요일 오후에 자신의 고시원에서 한국어 능력시험 준비를 도와달라고, 한국말로 대화하며 시간을 보내달라고 했다. 자신도 유노의 모국어인 한국어를 유창하게 구사하고 싶은데 쥬쥬하우스에서 일하는 것으로는 도통 한국말을 배울 수가 없다고 했다. 세실이 주로 상대하는 고객은 일본인들이었다.

세실이 살고 있는 곳은 신당동 뒷골목의 고시원이었다. 수업하기로 한 첫날 명동 입구에서 만나 함께 지하철을 타러 가는데 세실이 환전소 앞에서 발걸음을 멈췄다. 잠시 들렀다 오겠다던 세실이 긴 머리를 묶은 뚱뚱한 남자와 웃으며 나왔다. 하이파이브를 하며 헤어지는 두 사람은 퍽 친근한 관계로 보였다. 주희는 저도 모르게 인상을 찌푸렸다. 초겨울에 늘어진 러닝셔츠를 입은 남자의 행색이 꼴사납다고 생각했다. 세실은 주희의 눈치를 살피며 말했다.

"아, 마모루 상, 다카키 마모루 상. 내 친구예요. 주희 씨 예쁘다던데요."

주희는 그 말에 기분이 상했지만 내색하지 않으려 애쓰며 세실과 함께 역으로 향했다. 하지만 지하철 안에서도 주희는 내내 그 남자를 생각했다. 왠지 좋아 보이지 않았다. 남자의 험상궂은 얼굴이 자꾸 떠올랐다. 세실은 지하철에서 내려 고시원까지 가는 길에도 몇 사람과 더 인사를 했다. 주희의 눈에는 하나같이 가난하고 초라해 보이는 남자들이었다. 주희는 이런 생각이 자신을 더욱 초라한 사람으로 만든다는 것을 알았다. 그래서 더욱 불쾌했다.

주희로서는 대학을 졸업하고 처음 가보는 고시원이었다. 대학 친구들은 고시원에 많이 살았었다. 주희도 본가가 수도권에 있지 않았다면 고시원에 살았을 거였다. 아무리 좋아졌다고 해도 고시원이라는 곳은 여전히 사람을 우울하게 만들었다. 세실이 사는 곳은 '소호텔'이라는 이름을 달고 있었다. 손바닥만 한 창문과 화장실이 딸렸다는 이유로 터무니없이 비싼 돈을 월세로 받을 것이 분명했다. 세실은 환하게 웃으며 발랄하게 말했다.

"내 방 괜찮죠? 방음도 무척 잘돼요. 그렇지 않았다면 여기서 한국어 공부를 할 수 있을 리가 없죠!"

세실은 공동주방에서 간식거리를 만들어 오겠다고 했다. 그 후에도 세실은 주희가 찾아갈 때마다 공동주방에서 간식거리를 만들어 왔다. 세실이 자리를 비운 방에서 매번 주희는 그녀의 흔적을 둘러보며 심란해졌다. 일인용 침대와 작은 책상 하나, 안이 훤히 들여다보이는 투명한 화장실 문, 옷장 옆 커다란 캐리어…… 그럴 때면 침대맡에 걸린 커다란 유노윤호의 사진을 가만히 노려보기도 했다.

　첫날 주희와 세실은 다퉜다. 그날 바로 화해하지 않았다면 일요일 오후의 한국어 과외는 없던 일이 되었을 것이었다. 세실은 그날, 환전소 직원부터 신당동 떡볶이집의 아르바이트생까지 고시원으로 오는 길에 만난 일본 남자들 대부분이 주희의 외모를 칭찬했다고 말했다. 주희는 그런 말을 좋아하지 않았다. 동영상을 본 이후에는 더욱 그랬다. 세실은 그런 말을 칭찬이라고 여기는 모양인지 계속 떠들어댔다. 마모루 상 역시 예쁘다고 잘 하지 않는 사람인데, 나도 놀라버렸어요. 하지만 주희 씨는 특히 일본 남자들이 좋아할 얼굴이니까. 귀여운 느낌이니까. 다음 말을 들으며 주희는 순간 귀를 의심했다.

　"주희 씨도 성형을 좀 했겠죠? 한국 여자분들은 성형을 많이 하니까요. 보편적으로."

　주희는 그녀가 '보편적으로'라는 단어를 안다는 사실과, 그렇게 무례한 말을 웃는 얼굴로 한다는 사실에 모두 놀랐다. 주희는 인상을 찌푸리며 대꾸했다.

　"세실 상, 그런 말은 하는 거 아니에요. 일본에선 그런 말을 아무렇지도 않게 하나요?"

　"왜요? 미인이라서 그런 건데요. 또 한국 여자는 성형을 많이 하기도 하고요."

　"한국 여자가 성형을 많이 한다고요? 그러면 일본 여자 대부분은 AV를 찍나요?"

　세실의 얼굴이 굳어졌다. 주희는 자기 말에 놀랐지만 계속 말을 이어갔다.

　"그런 말이나 다름없는 거예요. 알겠어요?"

입을 꼭 다물고 있던 세실이 울기 시작했다. 주희는 한 시간 동안이나 세실을 달래야만 했다. 미안하다는 말을 거듭하면서. 그날은 그걸로 끝이었다. 헤어지며 세실은 주희에게 돈을 챙겨주려 했다. 받지 않으려 하는 주희에게 세실은 기어코 돈을 건네주었다.

"내가 바라는 게 그냥 이런 거예요. 대단한 공부 이런 게 아니고, 나와 대화해주는 거요. 아무튼 다시는 주희 씨를 화나게 하는 말은 하지 않을게요."

다음 날 쥬쥬하우스에서 마주친 세실은 주희의 앞치마 주머니에 뭔가를 집어넣더니 빠른 걸음으로 자리를 떴다. 한국인들에게 인기가 높은 일본 가네보사의 폼 클렌저였다. 장미꽃 모양으로 거품이 나오는 것으로 유명했다. 폼 클렌저에 포스트잇이 붙어 있었다. 주희 씨, 미안해요. 실수하지 않을 거예요. Cecil. 주희는 퇴근하기 직전 답례로 파우치에 있던 새 립스틱을 부랴부랴 세실에게 건넸다.

그런 세실에게 포르노 비슷한 어떤 단어도 운운할 수 없었다.

세실이 준 폼 클렌저를 다섯 번 정도 사용했을 때, 주희는 가네보사의 리콜 사태를 보도한 인터넷 기사를 봤다. 가네보 화장품을 사용한 사람들에게 피부에 하얀 반점이 생기는 백반증이 일어났다는 것이었다. 인터넷을 검색해보니 면도칼로 피부를 한 꺼풀 벗긴 것 같은 끔찍한 사진들이 쏟아졌다. 주희는 머릿속이 새하얘졌다. 문제가 된 상품은 다행히 세실이 선물한 폼 클렌저 '에비타'는 아니었다. 전량 리콜하기로 결정했다는 또 다른 기사의 제목 아래로 검은 양복을 입은 가네보의 임원들이 머리를 숙인 사진이 있었다. 검버섯이 핀 노인들이었다. 기사 아래에는 '가네가후치 방적의 후손들이지. 전범기업 꼴좋다!'

'자민당에 뒷돈 대주는 늙은 여우들 이제 그만 망해버려라!' 등 알 수 없는 내용의 댓글들이 가득했다. 주희에게 '가네보'라는 이름이야 여느 유명 화장품 브랜드만큼이나 익숙했지만 '가네가후치 방적'이란 말은 난생처음 듣는 것이었다. 주희는 가네보 리콜 사태를 다룬 기사를 몇 개 더 읽어봤다. 가네보는 몇 년간 일본 화장품 중에서도 가장 높은 인기를 끈 브랜드였다. 돌연 수입이 중단된 이후에도 웃돈을 주고 구입하려는 사람들이 적지 않았다. 주희가 관리자로 활동했던 뷰티 커뮤니티인 파우더룸에도 값비싼 가격에 중고 매물이 올라오곤 했다. 주희도 면세점이나 직구를 통해 구입했던 적이 있었다. 값싸고 품질이 우수한 것은 물론 무엇보다 패키지가 예뻤다. 가끔 파우더룸에 '나는 절대 일본 전범기업의 제품은 쓰지 않을 것입니다'라는 제목으로 비장하게 올라오는 글들이 있었다. 주희는 파우더룸에 접속해 '전범기업'이나 '우익단체 지원'과 같은 단어로 검색해 나오는 글들을 읽어봤다. 게시글 작성자가 정리해놓은바 화장품 및 세제 기업만 해도 셀 수가 없었다. 시세이도, 가네보, 오르비스, DHC, 안나수이, 도브, 맨소래담, 슈에무라, CJ라이온, 이세이미야케, 겐조, 마일드, 마죠리카……. 전부 한국에서도 유명한 브랜드였다. 이 제품들은 앞으로 절대 구매하지 않겠다는 댓글도 있었지만, 일본의 오래된 기업 대부분이 식민 통치나 전쟁에 협력했을 텐데 이 수많은 브랜드를 어떻게 다 피할 수 있겠느냐는 댓글도 있었다.

　나는 왜 한 번도 이런 문제에 대해 고민해보지 않았을까, 주희는 생각했다. 주희는 더 이상 파우더룸의 관리자가 아니었다. 쥬쥬하우스에 입사할 때 파우더룸에서의 활동 경력으로 가산점을 받았지만, 입사한 직후 임원의 권고에 따라 활동을 그만두었다. 고등학생 시절부터 주희는 파우더룸에 붙어살았다. 주희의 색조 화장품 발색 리뷰는 매번 높은 조회수를 기록했고, 그러다 보니 개인 협찬도 많이 받아 어느덧 협찬 화장품 홍보 게시물을 올리는 게시판 관리자가 되었다. 파우더룸은 최대 규모의 온라인 화장품 커뮤니티였기에 협찬이 끊임없이 들어왔다. 수없이 많은 화장품 회사와 연락을 했지만 그중 어느 곳이 '전범기업'인지에 대해서는 한 번도 고민해본 적 없었다. 절친한 친구가 너는 어떻게 동물실험을 하는 화장품 회사까지도 홍보해줄 수 있느냐며 따져 물었을 때도 그저 화들짝 놀라고 말았을 뿐이었다. 주희에게 제품의 퀄리티 외에 다른 것은 고려 사항이 아니었다. 그러나 지금은 쥬쥬하우스의 매니저였다. 만약 쥬쥬하우스가 어떤 심각한 범죄를 저지른 단체나 사람과 연루되어 있다면 그건 자신뿐 아니라 세실에게도 매우 곤란한 문제일 것 같았다.

이런 생각을 하다가도 주희는 자신의 멍청한 얼굴이 담긴 동영상이 떠올랐다. 동영상을 본 이후 주희에게는 모든 화요일이 참회의 화요일이 되었다. 주희는 자신을 그곳으로 데려간 J에게 한 번도 따져 묻지 않았다. 왜 버번 스트리트의 한가운데, 가슴을 까라고 요구하는 남자들이 우글거리는 골목에 자기를 버려두고 떠났냐고. 뉴올리언스에서 어린 시절을 보냈다면 축제가 끝난 새벽의 버번 스트리트에서 어떤 일이 벌어지는지 당연히 알고 있지 않았냐고. 어린아이처럼 줄곧 널 따라다니던 나를 왜 거기 그냥 두고 떠난 거냐고. 뉴올리언스 여행에 다녀온 후 주희는 J와 자연스레 소원해졌다. 하지만 주희는 버번 스트리트에서의 그 일이 J의 악랄한 의도 때문에 벌어진 건 아니라고 믿고 싶었다.

주희가 'yeslut' 운영자의 이메일 주소를 알아내 메일을 쓰기로 마음먹었을 때, 세실에게는 네 번째 작문 숙제가 주어졌다. 주희는 평소처럼 일요일 오후에 세실을 만나러 갔다. 기본 교재 외에 뉴스와 칼럼 등을 복사한 자료를 가지고서였다. 처음 과외 제안을 받았을 때, 자신은 한국어 능력이 뛰어나지도, 글쓰기와 책읽기를 좋아하지도 않아서 시험 준비에 도움이 되지 않을 것이라고 주희는 세실에게 말했었다. 세실은 어차피 시험 준비를 하는 건 한국어 공부를 더욱 열심히 하기 위한 계기를 마련하려는 것이지 점수에 큰 욕심은 없다고 했다. 자신이 바라는 건 그저 한국어로 많은 대화를 하는 거라고 세실은 몇 번이나 말했다. 그래도 그녀에게 돈을 받고 하는 일인데 시간을 때우며 놀기만 할 수는 없었다. 주희는 세실에게 작문 숙제를 내줬다. 나의 고향, 나의 가족, 나의 어린 시절, 나의 취미, 나의 꿈……. 주희가 생각하기에 가장 쉬운 글쓰기 주제였다. 세실과 헤어져 돌아오는 길에는 핸드폰 메모장에 작문을 해보기도 했다. 정해진 주제로 글 쓰는 일은 주희로서도 오랜만이었다.

세실과 주희는 언제나 고시원 방에서 한 시간쯤 한국어 교재로 공부를 하고 잡담을 나누다 나가서 밥을 사먹고 근처 카페에서 작문을 검토했다. 밥값이나 커피값은 항상 세실이 계산했다. 헤어질 때 세실은 지갑에서 현금을 꺼내 주희 앞에서 차분히 세어본 후 건네줬다. 세실이 준 돈은 교통비와 커피값으로 쓰였다. 주희는 나쁘지 않은 벌이라고 생각했다.

나는 1995년 도쿄 시부야에서 태어났습니다. 어머니는 1970년생, 나카소네 모리오입니다. 내가 어릴 적에 부모가 이혼했습니다. 우리 집은 가난했습니다. 나는 대학을 가지 못했습니다. 어차피 공부도 잘하지 못했습니다. 나는 유노윤호를 좋아합니다. 그래서 한국에 깊은 관심을 갖게 되었습니다. 매일같이 한국

팝스타의 무대를 감상하고 한국 드라마를 보고 한국 패션잡지를 읽었습니다. 그러다 한국어를 공부하게 되었습니다. 내게는 영어보다 한국어를 배우는 것이 더 쉽게 느껴집니다.

주희는 세실과 비슷한 주제로 이렇게 썼다.

나는 1993년 수원 영통에서 태어났다……. 아…… 할 말이 없다……. 생각보다 어렵구나……. 아버지는 엄하고 어머니는 자상…… 아 너무 진부하잖아……. 나는 코덕이다. 코즈메틱 덕후. 명동 쥬쥬하우스에서 일하고 있으니 나름 성공한 덕후다.

주희는 세실의 작문을 보며, 맞춤법과 띄어쓰기를 신경 쓰지 않고 문장을 대충 만들어낼 수 있다는 것 자체가 모국어 사용자로서 자신이 가진 권력이라는 것을 깨달았다. 뉴올리언스에서 J도 그랬다. 모국어는 아니었지만 J는 영어에 능통했다. 주희는 문법에 맞지 않게 말할까봐 매번 신경을 곤두세웠고, 짧은 메모를 쓸 때도 스펠링 하나하나 꼼꼼히 따져봐야 했으나 J는 그러지 않았다. 주문서에 'pork lib'이라고 쓰는 J에게 스펠링이 틀렸다고 조심스럽게 알려주자 J는 대수롭지 않게 아 그러네, 하고 고쳐 썼다. 주희였다면 대번 얼굴이 빨개졌을 것이었다. 주희는 맞춤법에 틀리지 않으려고 꼼꼼하게 적어낸 세실의 작문을 보며, 한국어를 배우는 외국인이 보통의 한국인들보다 오히려 더 정확한 문장을 구사하지 않을까 생각했다.
'부탁드립니다. 제 얼굴이 찍힌 영상을 지워주세요. 저는 평범한 시민입니다. slut가 아닙니다.'

영작을 하던 순간에도 주희는 그 생각을 했다.

*

나의 할머니(외할머니), 어머니의 어머니인 와타나베 세이젠은 내가 아주 어릴 적부터 할머니의 어머니(曾祖母) 이야기를 많이 들려주었습니다. 1945년에 돌아가신 할머니의 성함은 이마이 사쿠라코예요. 어머니는 싱글맘이었고 우리 집은 가난했어요. 소학교 시절에 친구들은 우리 집에 욕조가 없다고 놀렸어요. 어머니는 시내의 빵집에서 점원으로 일했고, 나는 여벌의 교복도 체육복도 마련하기 어려울 정도로 매우 힘들었습니다. 그래도 내게는 자부심이 있었어요. 나는 이마이 사쿠라코 할머니의 후손이라는 자부심. 비록 4대손인 나에게까지 후생성 유족연금이 지원되진 않았지만, 세이젠 할머니는 사쿠라코 할머니의 남겨진 딸로서 국가의 배려를 받고 살아가고 있죠. 세이젠 할머니는 내게 아무리 삶이 어렵고 힘들어도 사쿠라코 할머니의 후손이라는 걸. 잊지 말아야 한다고 언제나 말해주었습니다. 세일러문은 네 엄마의 할머니, 이마이 사쿠라코 할머니야. 이마이 사쿠라코 할머니와 동료들과 학생들을 기억하려고 만든 것이 바로 세일러문이란다. 나는 할머니의 가르침을 잊지 않으려고 합니다.

1945년에 돌아가신 이마이 사쿠라코 할머니는 히메유리 학도대의 인솔 교사였습니다. 소학교 3학년 때 오키나와에 평화학습 수학여행을 가서 '히메유리의 탑'을 처음 보았어요. 그게 우리 曾祖母를 기억하는 탑이었습니다. 1945년 오키나와 전투에서 미군의 공격을 받기 전에 여학생들을 인솔해서 명예롭게 자결하신 우리 할머니, 사쿠라코 할머니의 군대 '히메유리 학도대'를 기억하는 탑 말입니다. 매년 총리대신을 포함한 주요 관료들이 그곳을 찾아가서 참배합니다. 사쿠라코 할머니는 지금 야스쿠니 신사에 있습니다.

주희는 세실을 슬쩍 봤다. 세실은 커피를 마시며 핸드폰을 들여다보고 있었다. 주희가 내준 작문 주제는 '나와 우리 가족'이었다. 세실의 핸드폰 케이스에는 세일러문 스티커가 붙어 있었다. 주희는 세실의 글과, 핸드폰을 보며 킬킬거리는 세실을 번갈아 봤다. 할머니는 지금 야스쿠니 신사에 있습니다. 주희는 그 문장을 곱씹었다. 야스쿠니 신사……. 주희는 얼마 전에 읽은 가네보 리콜 사태 기사를 떠올렸다. 주희는 자기도 모르게 빨간 펜으로 야스쿠니 신사라는 단어에 밑줄을 쳤다. 세실이 주희를 쳐다봤다.

"아, 세실 상, 잘 썼네요. 여기 어머니의 할머니는 증조할머니라고 쓰면 돼요. 외증조외할머니라거나."

"그래요? 잘 썼나요? 내게는 중요한 내용이라서요."

"저보다 나은데요."

주희는 세실의 핸드폰 케이스에 붙어 있는 세일러문 스티커를 보며 말했다.

"세일러문은 한국에서도 유행했었는데 저는 못 봤어요."

"그런가요? 제게 아니메 전편이 있는데 보내드릴까요? 놀랍죠? 세일러문이 우리 할머니 이야기라는 거요."

주희로서는 작문에 나오는 내용 중 제대로 아는 것이 없었다. 주희는 화제를 돌렸다. 쥬쥬하우스에 입고된 신상품 이야기, 요즘 유행하는 메이크업 튜토리얼 이야기만으로 세실과 몇 시간이나 대화할 수 있었다. 주희와 세실에게는 곧 업무 이야기이기도 했다. 세실은 자신이 말하고자 하는 의미에 맞는 한국어 단어를 찾아내지 못하면 얼굴을 찌푸리며 울상을 지었고, 그럴 때마다 주희는 천천히 설명해주었다. 늘 그랬듯 돈을 건네준 세실은 주희의 손을 붙들며 고맙다고 인사했다.

나는 날마다 일요일만 기다려요, 세실은 단어 하나하나 힘주며 말했다. 주희는 세실의 배웅을 받으며 그녀와 헤어졌다.

귀가한 주희는 '히메유리의 탑'과 '히메유리 학도대'를 검색해보았다. 검색 결과가 쏟아졌다.

1945년 아시아 태평양전쟁 말기에 오키나와에 상륙한 미군과 일본군 사이에서 벌어진 오키나와 전투에서 종군간호부 역할을 하다 죽어간 여고생 부대가 '히메유리 학도대'다. '히메유리'는 오키나와 현립 제일고등여학교의 학교 홍보지 '오토히메(乙)'와 오키나와 사범학교 여자부의 학교 홍보지 '시라유리(白百合)'를 합쳐 만든 명칭이다. 오키나와에 있는 '히메유리의 탑'은 일본 학생들이 '평화학습'의 일환으로 가장 많이 찾는 장소 중 하나이며, 이들을 주인공으로 한 영화는 끊임없이 제작되고 있다. 군복을 입은 소녀의 이미지를 떠올리게 하는 발상은 대부분 히메유리 학도대에서 비롯된 것이며, 애니메이션 「세일러문」역시 이 영향 아래 있다는 주장이 제기된다…….

주희는 위키백과와 블로그에 나온 설명을 대강 읽었다. 세실의 말대로 '세일러문'이 히메유리 학도대와 연관이 있다는 이야기가 가장 먼저 눈에 띄었다. 일부 연구자들의 주장이기는 하지만 전후 일본에서 소녀 군대의 이미지는 전부 히메유리 학도대의 영향 아래 있다고 보아도 무방할 것이다…….주희는 아시아 태평양전쟁이나 오키나와 전투에 대해서는 별다른 관심이 생기지 않았다. 하지만 소녀 군대라는 설정에는 호기심이 들었다. 무엇보다 세실의 증조모가 일본에서 그렇게나 잘 알려진 군대 출신이라는 사실이 놀라웠다.

주희는 다운로드 사이트에서 '히메유리'를 검색해 화질이 가장 좋은 영상을 내려받았다. 2010년작 영화로 러닝타임은 90분이었다. 「火で消え失せた無垢な百合よ，最後のナイチンゲルよ！」(Star Lily Corps, 1945), 한국어 번역 제목은 '전화에 스러져간 순결한 백합이여, 최후의 나이팅게일이여!'였다. 제목을 보고 웃음을 터뜨리며 주희는 침대에 앉아 노트북으로 영화를 감상했다. 지루한 장면이 끝없이 이어졌다. 전통 춤을 추거나 합창을 하는 학생들과 교사들의 모습이 아열대의 배경과 함께 한참 등장했고, 그러는 중간에 뜬금없이 하얀 백합꽃이 나오기도 했다. 시종일관 배경으로 깔리는 전통 음악, 현악기가 연주하는 낮은 멜로디에 주희는 졸음이 쏟아졌다.

핸드폰 진동에 놀란 주희가 눈을 떴을 때, 노트북에서는 끔찍한 장면이 펼쳐지고 있었다. 폭탄이 떨어지자마자 군인들의 팔과 다리가 나무에 튀어 올라 주렁주렁 걸렸고, 뒤이어 학도대원 여학생들이 울며 그것들을 수습했다. 미군 전투기가 하늘에서 폭격하고 일본군은 속수무책 쓰러졌다. 다른 부분과 다르게 이 장면만 흑백 화면이었다. 마치 1945년 당시의 실제 모습을 찍은 듯 아무런 연출도 느껴지지 않았다. 주희는 더 이상 보기 힘들어 빨리 감기로 넘겼다. 곧 아무 일도 없었다는 듯 즐겁게 떠들며 웃고 있는 여학생들이 등장했다. 제각각 하얀 강보를 들고 있는 여학생들이 우르르 개울가로 몰려가 제복을 벗었다. 새하얀 캐미솔과 거들만을 남기고 전부 벗은 소녀들이 일제히 개울로 입수했고, 카메라는 그 장면에서 멀어지더니 뜬금없이 한 송이 하얀 백합에 초점을 맞췄다. 물장구를 치며 목욕하는 소녀들의 모습이 한참 동안 흐릿하게 이어졌다.

"이제 우리 이별하는 거야. 희생 없는 승리는 없어. 우리는 저 흉악

한 미군에 결코 투항하지 않고 오키나와를 지킨다. 여기서 지키지 않으면 본토가 투항하게 될 거야."

머리에 띠를 두른 학도대원이 힘주어 말했다. 러닝타임을 10분 남겨둔 상황이었다. 학도대원들은 모여 앉아 서로 머리를 빗겨주고 옷매무새를 정리해주었다. 이건 이별 의식이야, 그러나 우리는 함께 가는 거야, 결의에 찬 소녀들이 다짐을 나누었다. 눈빛이 형형한 한 학도대원이 일어나 입으로 수류탄의 안전핀을 뽑으려고 할 때, 갑자기 벌떡 일어선 교사가 그만둬! 하고 외치며 그것을 빼앗았다. 주희는 그 장면에서 눈을 크게 떴다. 둘러앉은 학생들이 교사에게 소리를 질렀다. 비겁자 사유리 선생, 당장 물러나지 못해요! 다른 교사도 벌떡 일어서며 소리쳤다. 사유리 선생, 함께하지 않으려거든 썩 꺼져요! 당신은 영원히 후손에게 부끄러워하며 생존하시오. 비장하게 외친 선생은 학생들의 한가운데 섰다. 사유리 교사는 방공호 밖으로 나가 손을 들어 투항했고, 뒤이어 폭발음이 들리며 전멸하는 학도대의 최후가 그려졌다.

주희는 엔딩 크레디트를 물끄러미 보며, 세실의 증조할머니는 아마 '함께하지 않으려거든 썩 꺼져요!'라고 외치며 전원 자결을 이끈 그 교사이리라고 생각했다. 그러자 문득 소름이 끼쳤다. 죽지 말고 살아남자고 말하는 사람을 비겁자라고 꾸짖으며 학생들을 독려해 자살하는 선생이라니. 세실이 아주 어릴 적부터 그녀에게 증조할머니의 이야기를 들려줬다는 세이젠 할머니는 자신을 남겨두고 죽음을 택한 어머니를 전쟁 영웅으로 기억하며 살아가고 있다고 했다. 그게 어떻게 가능하지? 하긴⋯⋯ 전쟁 영웅의 후손들은 전부 그런 식이겠지⋯⋯. 주희는 그런 생각을 하다 다시 잠에 들었다.

크리스마스를 한 달 앞두고 쥬쥬하우스는 관련 프로모션으로 매일 바빴다. 할인 패키지 구성은 어느 시기보다 다양했고 수많은 기업과 단체와 연계하여 컬래버레이션 상품을 내놓았다. 주희는 거의 날마다 쥬쥬하우스의 외국인 직원들을 대상으로 프로모션 상품에 대한 설명을 했다. 매장에서 세실과 마주치면 다정한 눈인사를 주고받았다. 바쁜 시기였지만 세실과의 주말 만남은 계속되었다.

포르노 사이트 운영자에게서는 여전히 답장이 오지 않았고, 주희는 동영상이 여전히 걸려 있는지 확인할 엄두를 내지 못했다. 그럴 용기가 나지 않았다. 주희는 그저 잊는 방법밖에 없다고 생각했다. 가끔 술에 취하거나 늦은 새벽까지 잠이 오지 않을 때면 J에게 연락해서 욕하며 따지고 싶은 충동에 시달렸지만 실행하지 않았다.

크리스마스가 2주 정도 남았을 때 본사에서 특정 상품의 수익금 전부를 일본군 성노예제 피해자를 후원하는 기금으로 전달한다는 소식을 전해왔다. 더불어 크리스마스이브에 명동에서 열리는 대규모 집회에도 직원들의 참여를 독려하고 필요한 물품을 후원하겠다고 했다. 명동에서는 오래전부터 매주 일본군 성노예제 피해자를 위한 집회가 열리고 있었고, 몇 달 전에는 사람들이 많이 찾는 백화점 근처에 소녀상이 세워지기도 했다. 쥬쥬하우스의 수익에 큰 영향을 미치는 일본인 관광객 대부분은 그런 사실에 관심이 없을 듯했다. 주희는 가네보와 가네가후치를 생각했다.

"세실 상, 크리스마스이브에 유노의 콘서트에 가나요?"

"아뇨. 못 가게 됐어요. 예매에 실패해버려서."

세실은 풀죽은 얼굴로 대답했다. 그러곤 광주에는 언제쯤 가볼 수 있으려나요, 생각보다 여유가 없어요, 라고 덧붙였다. 주희는 차차 가면 되죠, 차차, 알죠? 하며 세실을 위로했다. 세실은 주희에게 크리스마스이브에 계획이 있느냐고 물었다. 주희에게는 별다른 일정이 없었다.

"그럼 우리 같이 놀까요?"

세실의 말에 주희는 난감했다. 휴일에도 만나서 놀 만큼 절친한 사이라는 생각은 들지 않았다. 주희는 몇 년간 성탄 연휴에는 집에서 그저 쉬면서 지냈다. 주희가 얼른 대답하지 않자 세실은 실망한 표정을 지었다. 함께 팬케이크를 먹으러 가고 싶었는데, 하고 우물거리는 세실을 보자 주희는 미안해졌다.

"그래요. 팬케이크 먹으러 가요. 가게는 어디예요?"

"쥬쥬하우스랑 가까워요. 멀지 않아요."

"쉬는 날까지 명동에서요? 그날 사람도 미어터질 텐데."

또다시 실망스러운 표정을 짓는 세실에게 주희는 그럼 가봐요, 하고 웃어 보였다. 작문을 검토하던 주희는 문득 궁금해져 세실에게 물었다.

"그런데 세실 상, 사쿠라코 할머님께서는 결혼하고 나서도 교사생활을 계속하셨나 봐요."

"아뇨. 그럴 리가 없죠, 주희 씨. 히메유리 학도대는 전원이 순결한 미혼녀였다고 했어요."

"그래요?"

"분명 그렇게 들었어요."

"세실 상, 그런데 사쿠라코 할머니가 어떻게 세이젠 할머니를 낳으신 거예요?"

세실의 얼굴이 서서히 굳어졌고, 주희가 느끼기엔 AV 운운한 말을 들었을 때보다 훨씬 당황한 것 같았다. 주희는 나쁜 뜻이 아니라며 말을 이어갔다.

"아니아니, 그때 돌아가셨다고 하셔서…… 그럼 언제 세이젠 할머니께서 태어나셨는지 궁금해서요."

세실과 주희는 모두 할 말을 잃고 어색하게 테이블만 바라봤다. 주희는 고개를 숙인 채로 살짝 세실의 얼굴을 살폈다. 세실은 표정 없는 얼굴로 앉아 있었다. 주희의 머릿속에 수류탄 안전핀을 뽑으려는 학생을 붙들며 그만두라고 소리치는 사유리 선생의 모습이 떠올랐다. 방공호 밖으로 나가 손을 들고 투항한 사유리 선생은 생존했을 것이었다. 쏟아지는 햇살에 눈을 찡그리며 미군에게 걸어가던 사유리 선생. 세실, 당신 할머니가 혹시 사유리 선생 아닌가요? 주희가 찾아본 자료에는 히메유리 학도대는 전원 자결하지 않았고 꽤 많은 수가 생존했다고 나와 있었다. 그 이후에 사쿠라코 할머니는 세이젠 할머니를 낳고, 세이젠이 모리오를 낳고, 모리오가 세실을 낳고, 그래서 우리가 이렇게 마주 앉아 있는 거 아닌가요?

너무 당연하잖아요? 당신 증조모는 살아남았다는 게.

그러나 주희는 세실에게 그런 말을 할 수 없었고, 머릿속으로 끊임없이 여러 가능성을 굴려보고 있었다. 결혼해서 아이가 있는 상태로 종군간호부로 참전한 사쿠라코 할머니. 최후의 순간에 아이를 떠올리며 방공호 밖으로 나온 사쿠라코 할머니. 그날 다른 곳에 있어 이별 의식에 참여하지 못한 사쿠라코 할머니. 그날이 아닌 다른 날 미군에게 포위되어 투항한 사쿠라코 할머니……. 가난하고 주눅 들어 있는 어린 세실을 위로해주기 위해 세일러문을 보여주며 네 할머니의 이야기야, 옛날 옛적에…… 하고 그날 만든 이야기를 들려주는 세이젠 할머니…….

주희는 세실을 물끄러미 바라보며 그런 장면들을 떠올렸다.

*

세실과 주희는 약속대로 크리스마스이브에 명동에서 만났다. 세실은 주희에게 선물 꾸러미를 내밀었다. 엄마가 보내주신 나베 냄비예요, 나는 요리를 잘 해먹지 않으니 주희 씨가 가져요. 주희는 얼떨떨하게 그것을 받아들며 생각했다. '나도 마찬가지예요, 세실.' 주희는 미처 선물을 마련하지 못했으니 자신이 팬케이크를 사겠다고 했다.

팬케이크 가게는 쥬쥬하우스에서 20분 정도 걸어야 나오는 백화점 근처에 있었다. 지하철역에서 꽤 멀리 떨어진 곳이었다. 주희는 이거 생각보다 멀잖아요, 장난스럽게 구시렁댔다. 세실은 가만히 주희의 팔짱을 꼈다. 처음 있는 일이었다.

걸으면 걸을수록 행렬의 밀도가 높아졌다. 마스크를 쓴 사람들을 보며 주희는 크리스마스이브 나들이 인파에서 벗어나, 집회의 행렬에 동참하게 되었다는 것을 깨달았다. 주희는 주변을 둘러봤다. '이 역사 부정의 수렁에서 벗어나 진실한 화해와 치유의 길로!' '피해 당사자에게, 그리고 그 가족에게, 피해자들과 동시대를 살고 있는 우리 모두에게 필요한 해결의 길' 등 빼곡하게 문구를 적어 넣은 피켓이 눈에 띄었다. 그때 세실이 주희의 팔짱을 조금 더 힘주어 꼈다. 지금 무슨 시위 중인가요? 나는 시위대의 주변에 있으면 안 되는데…… 외국인은 좀 민감

해서요……. 세실은 주희의 어깨에 얼굴을 갖다 댔다. 주희는 세실을 토닥이며 말했다.

"괜찮아요, 세실 상. 이건 평화로운 집회예요. 전쟁 피해자들을 위한 집회예요."

세실은 눈을 빛내며 대답했다.

"아, 그래요? 나도 중학교 때부터 반전 집회에 참여했어요, 일본에서. 우리 할머니도 전화에 돌아가셨으니까요."

주희는 기분이 이상해져 세실을 돌아봤다. 세실은 멀리 있는 것을 보려는 듯 발돋움을 했다. 주변을 둘러보며 눈시울을 붉히기도 했다. 주희는 세실을 속인 것 같은 기분이 들었다. 세실, 당신의 할머니와 여기서 말하는 피해자 할머니들은 조금 달라요……. 세실의 할머니는 야스쿠니 신사에 있다면서요…….

그런 말을 세실에게는 결코 할 수 없었고 주희는 조금 참담해졌다. 세실 상, 다른 길로 갈까요? 주희는 세실에게 진지하게 물었고, 세실은 고개를 저었다. 괜찮아요. 그냥 가요. 주희는 순간 뉴올리언스의 펍에 앉아 있던 자신이 떠올랐다.

나도 너처럼, 주희가 여행 내내 가장 많이 했던 생각이었다. J처럼 무람없이 외국 사람들과 어울려보고 싶었고, 그들의 문화를 자연스럽게 체험해보고 싶었다. 그 끝이 고작 포르노 영상이 되리라고는 주희는 예상하지 못했다. J는 미국인 남자애들과 우르르 일어서며 주희에게 피곤하면 안 가도 돼, 여기서 좀 더 마시고 있어, 라고 말했고, 주희는 아니, 따라가고 싶어, 대답했다. 따라가고 싶어. 그 말을 했던 자신을 생각해내자 비참해진 주희는 눈을 질끈 감았다. 마르디 그라, 참회의 화요일이 육박해오는 순간이었다. 행렬은 어느덧 소녀상 근처에 도

착했고 세실은 동상의 의미를 몰랐다. ▪

조해진

흩어지는 구름

1976년 서울 출생. 2004년 『문예중앙』 등단.
소설집 『천사들의 도시』 『목요일에 만나요』 『빛의 호위』.
장편소설 『한없이 멋진 꿈에』 『로기완을 만났다』 『아무도 보지 못한 숲』 『여름을 지나가다』 등.
〈신동엽문학상〉 〈이효석문학상〉 등 수상.

흩어지는 구름

갑자기 로프웨이가 철컥, 하는 소리와 함께 멈추면서 상체가 앞뒤로 흔들렸던 순간을 기억한다. 곧 로프웨이 문이 열렸고 구름의 일부에 잠식된 산 정상의 평원이 나타났다. 그 산은 홋카이도에 위치한, 우스有珠라는 이름의 휴화산이었다. 로프웨이에서처럼 산 정상에는 아무도 없었다. 한파경보가 내려진 한겨울 오후에 그곳을 찾은 관광객은 나뿐이었다. 하산하는 마지막 로프웨이를 타기 전까지 15분 동안, 나는 그 누구의 발자국도 찍히지 않은 눈 쌓인 평원을 하염없이 걸었다. 아무리 걸어도 사람의 흔적은 없었고 내가 내뱉는 입김만이 구름 속으로 느슨히 스며들 뿐이었다.

그날 이후부터 내 머릿속에는 허공의 신전처럼 구름에 반쯤 가려진 또 하나의 우스가 생성됐고, 두말할 것도 없이 그 풍경은 내게 죽음의 이미지가 됐다. 철컥, 하는 소리와 함께 로프웨이에서 떠밀리듯 내린 뒤 설원을 걸으며 조금씩 흐릿해지고 엷어지다가 마침내 구름 속에서 기화되는 것, 그것이 죽음이라고 여기게 된 것이다. 가장 최근에 내 머릿속 우스로 로프웨이를 타고 올라간 사람은 공교롭게도 우재현 감독이었다.

한 달 전, 우재현 감독은 중국 청도의 어느 여관에서 심장마비로 죽었다. 인터넷 포털사이트에 올라온 짧은 기사로 그 소식을 접한 호재가 내게 문자로 알려줬다. 나는 생전의 우 감독을 만난 적이 없고 호재가 그에게 내 이야기를 했는지조차 알지 못했지만, 오래전 그의 영화를 떠올리며 우스의 정상에서 내려온 경험이 있던 내게 그 소식은 적지 않은 충격을 주었다. 기사는 한 시간 정도 메인화면에 떠 있다가 별다른 반응 없이 사라졌다. 피곤하고 흔한 사연이었다.

우재현 감독은 꽤 인상적인 입봉작으로 영화판에 출사표를 낸 뒤 문제적인 작품을 다수 발표했지만, 상업성이 떨어지는 그의 영화에 투자를 하는 기관이나 기업은 점점 사라져갔고 그는 영화판에서 잊힌 존재가 되어갔다. 그 세월 동안 그는 건강을 관리하지 않았을 테고, 그의 심장은 타이머가 장착된 기계처럼 아주 느린 카운트다운에 돌입했을 것이다. 그는 올해 초에 중국의 프로덕션으로부터 드라마 감독 제안을 받고 중국으로 건너갔던 모양이다. 드라마의 규모나 장르조차 알지 못한 채, 단 한 통의 이메일만 믿고 한국에서 살던 전셋집까지 정리하여 떠났다고 했다. 나도 중국 가서 드라마 연출 자리나 좀 알아볼까. 호재가 생뚱맞게 그런 말을 했던 것도 그 무렵의 일이었을 것이다. 호재는 우 감독의 세 번째 영화—간암 말기 판정을 받은 감독의 아버지가 생을 정리해가는 지상에서의 마지막 한 계절을 담은 다큐멘터리 영화였다—에서 조감독을 맡았고 사실상 그 경력을 계기로 감독의 길로 접어

들었다. 그러나 그는 우 감독과 사적인 연락을 하며 지내지는 않았던 모양이다. 그가 아는 거라곤 우 감독이 중국에서 찍은 드라마가 없다는 것과 호텔도 아닌 여관에서 죽었다는 것, 이 두 가지뿐이었는데 그 정도의 정보는 기사만으로도 파악할 수 있었다.

"참, 근데 우재현 감독님 장례식엔 갔었어? 유해는 한국에서 매장하거나 화장했겠지?"

나는 생각난 김에 호재의 어깨를 툭, 치며 물었다. 버스 등받이에 등허리를 기대고 있던 호재가 의아해하는 눈길로 내 얼굴을 쓰윽 훑어봤다.

"갑자기 그건 왜 물어?"

"궁금해서 그렇지. 다른 이유가 있겠어?"

"감독님이랑 속초에 간 적은 있어."

내 질문과는 상관없는 엉뚱한 대답이었다.

"당신도 내가 조감독했던 그 영화 봤다고 했지? 혹시 그 장면 기억나? 감독님이 자기 아버지한테 여행 가고 싶은 곳 딱 한 곳만 알려달라니까 그분이 속초를 언급하잖아. 선장으로 처음 배를 탄 곳이 속초라면서."

속초로 가는 고속버스에서 털어놓기에 맞춤한 일화라고 여겼는지 호재의 말이 길게 이어졌다. 20년 전에 본 영화였지만, 나는 그 영화의 거의 모든 장면을 선명하게 기억하고 있었고 속초 장면도 마찬가지였다. 여행길인데도 양복 차림에 넥타이를 매고 잘 닦은 구두까지 챙겨 신은 감독의 아버지는 속초 해변을 한참 동안 배회하다가 돌연 방파제 옆에 쭈그리고 앉더니 비닐봉지에 흙을 퍼 담기 시작했다. 그리고 일주일 뒤, 그는 속초행이 자신에게 주어진 마지막 숙제였다는 듯이 집에서 임종을 맞았다. 그가 아들에게 남긴 유언은 자기 몫의 유골함에 속초에서 가져온 흙을 함께 담아달라는 것이었다. 아버지가 그 흙을 죽은 선원의 골분으로 여겼을 거라는 감독의 내레이션이 아니더라도 그 이유를 짐작할 수 있긴 했다. 30년 전, 동해 먼바다로 나갔던 그의 배가 뒤집히면서 가장 나이 어린 선원이 바다에 빠져 실종되었는데 그는 평생 그 죽음에 죄책감을 느꼈다고 했다. 아내의 이른 죽음으로 혼자 두 아들을 키우면서도 죽은 선원의 홀어머니를 챙겼고, 그녀가 병을 앓을 때는 거의 매일 병원에 들러 살뜰히 간호를 했다. 최선을 다했다는 말을 들을 자격이 있는 사람이었다.

차창 밖으로 스쳐 가는 이정표에서 원주와 춘천이 사라지고 강릉과 양양, 속초가 빈번히 등장할 즈음 호재는 잠이 들었다. 아니, 잠을 선택했다는 표현이 더 어울렸다. 과도하게 힘이 들어간 듯 보이는 굳은 얼굴은 일부러 잠 속으로 피신한 표식 같기만 했다. 그가 언제부터 기면을 앓듯 순식간에 잠들어버리는 습관을 갖게 됐는지는 기억나지 않지만, 작년 겨울부터 호르몬제 부작용으로 수면장애를 갖게 된 나로서는 기면과도 같은 잠의 밀도가 상상도 되지 않았다. 계약직 교직원들 사이에 구조조정 소문이 돌고 내 계약 종료일이 1년 앞으로 다가왔던 그때, 혼자 찾아간 산부인과에서 처방받은 호르몬제였다. 재계약의 전망은 밝지 않았다. 최근에 신규로 채용되는 교수들은 하나같이 나보다 어렸고, 교수들이란 나이 많은 계약직 교직원을 껄끄러워하기 마련이었다. 재계약을 거듭해오며 7년 차 직원이 되었으니 계약직으로서는 버틸 만큼 버틴 셈이기도 했다. 내년엔 이력서를 쓰고 면접을 보고 전화를 기다리는 실직자의 생활이 다시 시작될 것이다. 실직 상태의 물질적인 결핍보다 긴장한 채 면접장으로 들어가는 마흔여섯 살의 내 모습을 상상하는 게 나는 더 괴로웠다. 사무직 면접은 아닐 것이다. 마트 계산원이나 간병인, 공공기관의 청소 용역 같은 일자리를 나는 얻게 될 것이다. 20년 넘게 학원 강사를 해오다가 쉰 살이 되면서부터 식당의 주방보조로 취업한 효선 선배의 말을 빌리자면, 지금껏 내 것인 줄 알았던 트랙에서 벗어나 새로운 트랙에 익숙해져가는 지난한 순례가 시작되는 것이다.

버스는 이제 끊임없이 터널들을 지나가게 되었고, 하나의 터널을 통과한 뒤 새 터널로 진입할 때마다 나는 내 인생의 면접들을 떠올렸다. 면접의 횟수라면 스물네 살에 보았던 첫 면접 이래로 적어도 쉰 번은 될 터였다. 어느 시기엔 거의 매주 면접을 보기도 했다. 마지막 면접은 서른여덟 살 때였다. 지금 일하는 곳, 내가 졸업한 예술대학의 학력개발센터에서 나보다 열 살 이상 어리고 조건도 월등한 두 명의 지원자와 함께 면접을 봤다. 사실 그때 나는 채용이 내정되어 있었다. 나를 내정한 당시의 센터장 석 교수는 작년에 내 세 번째 계약연장 서류에 도장을 찍은 뒤 정년퇴임을 했다. 그는 내가 졸업작품으로 제출한 단편영화를 보고 유학을 권유했던 지도교수이기도 했다. 그가 연구실로 나를 불러 기대가 크다고, 한국의 빔 벤더스가 되라고 했던 날엔 수분이 많이 함유된 함박눈이 내렸는데, 학교를 나와 집으로 돌아가는 내내 그 물컹한 눈을 무방비로 맞으면서도 나는 전혀 추위를 느끼지 않았다. 내가 그의 직원이 된 이후로는 그와 영화 이야기를 한 적이 없었다. 대신 비용과 영수증, 항목과 처리 같은 단어가 들어간 대화를 나눴다. 나는 그가 법인카드로 결제한 사적인 영수증을 업무 비용 항목에 넣는 일을 했는데, 센터의 직원들뿐 아니라 호재조차 내가 하는 일을 알지 못했다. 돌이켜보면 내정된 채 면접을 봤다는 것 역시 나는 그 누구에게도 발설한 적이 없었다. 석 교수 밑에서 일했던 6년 동안, 뉴스를 보다가 부역자나 공모자 같은 단어가 들려올 때면 조용히 화장실로 들어가 잇몸에 상처가 날 때까지 오래오래 이를 닦았다. 환부나 증상 없이 나는 투병했다, 아무도 모르게…….

*

연이어지던 터널이 어느 순간 끝났다. 마지막 터널 바깥엔 이름을 알 수 없는 산이 펼쳐졌고 봉우리 위의 송신탑 주위로는 구름이 성긴 연기처럼 형태 없이 흘러가고 있었다. 마지막 터널을 통과하기 전까지만 해도 구름의 실루엣이 단정하여 분명한 실체처럼 보였다는 걸 나는 느리게 떠올렸다. 깨어난 호재가 내 어깨 위로 얼굴을 올려놓더니 길게 하품을 했다. 안개가 꼈나 보네. 잠시 뒤 그가 말했다. 여긴 산 정상이니까 안개가 아니라 구름이지, 대답하며 나는 그의 얼굴이 자연스럽게 내 어깨에서 미끄러지도록 몸을 살짝 틀었다. 마흔다섯 살 남자는 이제 잠에서 깰 때마다 쿰쿰한 입 냄새를 풍기게 됐다. 나도 별반 다르지 않다는 건 잘 안다. 나이가 든다는 건 몸에서 배어 나오는 냄새에 속수무책이 되어간다는 의미이고, 가족은 일종의 냄새 공동체이기도 하니까. 혼인을 증명하는 서류가 없고 함께 낳아 양육한 아이는 없지만, 나는 호재를 내 유일한 가족이라고 여기고 있었다. 12년 동안 같은 공간에서 같은 음식을 먹으며 유사한 성분의 배설물을 만들어왔다는 건 가족이라는 가장 확실한 증거라고 나는 믿었다. 호재는 태평하게 기지개를 켜더니 가방에서 휴대폰을 꺼내 인터넷 화면을 클릭했다. 차창 밖으로 '속초 6km'라는 이정표가 방금 지나갔다.

속초에는 다섯 살 터울의 남동생이 게스트하우스를 운영하며 살고 있었다. 돌아오는 토요일은 그가 결혼 6년 만에 어렵게 얻은 딸의 첫 번째 생일이었다. 조카의 이름은 지은이라고 들었는데, 나도 아직 본 적이 없었다. 지난주에 전화를 걸어온 그는 조심스러운 목소리로 속초로 여행을 오지 않겠느냐고 묻더니, 자신의 게스트하우스에서 숙박하며 여행하다가 토요일에 지은의 돌을 기념하는 저녁식사를 같이 하면 좋겠다고, 마치 준비한 원고라도 읽듯 빠른 속도로 말했다. 그는 딸의 돌잔치에 나를 유일한 손님으로 초대한 것이었다. 동생으로선 크나큰 용기를 내어 제안한 것임을 모르지 않았으므로 나는 바로 수락했고, 그는 나의 즉각적인 반응에 얼떨떨해했다.

동생과 내가 서로에게 서먹한 건 유년을 함께 보내지 않은 탓이 컸다. 우리는 평소 연락을 주고받으며 지내지 않았고 단둘이 영화를 보거나 외식을 한 적은 한 번도 없었다. 엄마는 내내 그것이 염려되었던 모양이다. 심각한 관절염으로 재작년부터 요양원 생활을 시작한 엄마는 올해 초에 불쑥 동생과 나를 호출하여 적어도 한 계절에 한 번은 만나며 살라는 유언을 남겼다. 아니, 미래의 유언을 미리 끌어와 남매가 겪은 외로움에 지불하려 했다. 한 시절의 외로움이 회수되거나 소비될 리 없으니 미래에서 온 엄마의 유언에는 아무런 지불능력이 없었다. 게다가 동생과 내가 끈끈하게 엮이지 못한 건 다름 아닌 엄마 때문이었으므로 엄마는 차라리 우리에게 부채감을 느껴야 한다는 게 내 생각이었다. 아버지가 돌아가시면서 갑작스럽게 가장이 된 엄마는 당시 일곱 살이었던 동생을 시댁에 맡긴 뒤 서울에서 식당을 개업했다. 식당에는 고기를 떼 오고 숯불을 갈아주던 남자 직원이 한 명 있었는데, 어느 날부터인가 그 남자는 엄마의 방에서 엄마와 함께 잠을 자기 시작했다. 엄마는 시댁에 애인이 생겼다는 걸 숨기고 싶어 했으므로 나는 조부모의 집에 전화 한 통 거는 게 어려웠고, 특히나 동생에게는 거리를 둘 수밖에 없었다. 동생에게 실수로라도 그 이야기를 털어놓을까봐 겁이 나기도 했고 그 애가 가능한 늦게 엄마의 비밀을 알게 되길 바라서이기도 했다. 돌이켜보면 흡사 팽이 같던 시절이었다. 나는 서울의 새집에서, 동생은 노인들뿐인 친가에서 각자의 외로움을 안고 끊임없이 빙글빙글 돌아야 했으니까. 게다가 동생의 외로움에는 엄마에게서 버림받았다는 상처까지 얹어져 있는 듯했다. 새 남자와 살게 되면서, 동생을 서울로 데려오겠다는 엄마의 계획은 끝내 실현되지 못했던 것이다. 엄마는 대신 동생의 용돈과 학비를 댔고 그의 입학과 졸업, 입대와 제대와 결혼식을 모두 챙겼지만 엄마 앞에서 웃는 동생을 나는 본 적이 없었다. 나는 동생을 이해할 수 있었다.

버스는 곧 속초 시외버스터미널에 정차했다. 작고 허름한 터미널이었다. 터미널은 모텔 건물들에 둘러싸여 있었고 대합실 맞은편에는 커피숍이 자리하고 있었다. 어딘가에서 버스에서 내리는 나를 봤는지 동생이 불쑥 나타나 내 캐리어 가방을 가져갔다. 호재와 동생은 초면이었는데, 서로에게 처남이니 매형 같은 호칭은 쓰지 않은 채 가벼운 악수로 인사를 대신했다.

게스트하우스는 터미널에서 10분 정도 거리에 있다고 했다. 오래전부터 바다 근처에 살고 싶어서 속초나 강릉 같은 곳으로 틈틈이 거주지를 알아보러 다니곤 했는데 재작년에야 여건이 되어서 이곳에 정착할 수 있게 되었다고, 내가 묻기도 전에 동생은 설명했다. 쓰러져가는 2층짜리 건물을 사서 대대적인 리모델링을 한 뒤 1층은 가족이 쓰고 2층에는 게스트하우스를 마련했다는 것이다. 지방의 낡은 건물이라지만 동생의 나이를 생각하면 평균 이상의 성공으로 여겨졌다. 호재도 같은 생각을 했던 모양이다.

"다 빚이에요. 지은이 결혼할 때까지 갚아야 할 거예요, 아마."

호재가 대단하다고 한껏 추켜세우자 동생은 심드렁하게 대꾸했다.

게스트하우스 외벽은 노란색으로 페인트칠이 되어 있어서 동화 속 집처럼 충분히 신비로워 보였다. 동생은 일단 짐을 내려놓으라며 2층으로 호재와 나를 데려갔다. 2층에는 싱글룸과 더블룸, 그리고 여성 전용 6인실이 있었는데 그중 더블룸이 우리에게 배당된 방이었다. 방에 짐을 내려놓자마자 1층으로 내려간 순간, 순한 분유 냄새가 동심원처럼 번져왔다. 결혼식 이후로 처음 보는 올케가 지은을 안은 채 소파 옆에 서 있었다. 지은이 잠들었는지 올케는 목소리를 낮춰 인사했고, 나는 걸음에 소리가 묻어나지 않도록 조심히 그들에게 다가갔다. 담요 안에서 잠이 든 지은을 보자 저절로 입이 벌어지면서 가슴 한쪽이 설명할 길 없이 뜨거워졌다. 그 순간 건조하고 탁한 목소리가 체인에 감싸인 바퀴처럼 껄끄럽게 귓가를 맴돌았는데, 내 호르몬 수치가 적힌 차트를 유심히 내려다보며 앞으로 자연적인 임신은 힘들 거라고 일러준 산부인과 의사의 목소리였다. 잊어버리기 위해 몹시도 애썼지만 망각은 내 뜻대로 되지 않았다. 하긴, 그렇게 쉬운 건 없었다. 호재도 어서 지은에게 인사를 해야 할 텐데 아무리 기다려도 그는 1층으로 내려오지 않았다. 눈치도 없이 방에 누워 있는 건가, 이 여행의 주인공은 지은이란 걸 모르나, 중얼거리며 그를 데리러 2층으로 올라가자 뜻밖에도 호재는 동생과 함께 창가에 나란히 서 있었다. 창문 구조를 살피는 호재에게 동생은 여름 한철 장사라 비수기엔 적자가 나기도 한다고 일러주고 있었는데, 호재가 수입에 대해 직접적으로 물어본 탓에 어쩔 수 없이 답변하는 모양새였다. 내 기척을 느꼈는지 언뜻 뒤를 돌아보는 동생의 얼굴은 이미 지쳐 보였다.

"그래도 참 부럽네. 얼마나 좋아, 내 꿈이 바닷가에 작업실 하나 갖는 거였거든."

말하며, 호재는 동생을 향해 이를 드러내어 웃었다. 그 순간 동생과 나의 시선은 허공에서 한번 얽혔다가 어색하게 엇갈렸다. 시선을 먼저 피한 쪽은, 아마도 나였을 것이다.

　　　　　　　　　　　*

　남동생의 전화를 받은 날 저녁, 호재에게 속초행에 대해 물은 건 단지 예의의 차원이었을 뿐, 나는 처음부터 그의 거절을 전제하고 있었다. 그가 사람과의 접촉 자체를 최소화한 지는 꽤 오래되었다. 영화를 보러 갈 때는 조조나 심야 시간을 택했고 먼발치로 아는 사람을 발견하면 길을 에돌아서라도 그 마주침을 피했다. 그 은둔의 습관은 그가 새 영화를 찍어야 사라질 터였지만 전망은 밝지 않았다. 실패한 두 번째 영화 이후 7년 만에 준비하던 세 번째 영화는 기획 단계에서 무산됐고, 간혹 영화 제작사에 보내는 시나리오는 번번이 반려되는 눈치였다.

　영상은 자신이 찍겠다고, 동행 의사를 밝힌 호재가 갑자기 톤이 높아진 목소리로 쾌활하게 덧붙여 말했다. 옷장 속에 처박아두었던 캠코더를 꺼내 와 먼지를 털어내고 렌즈를 닦기도 했다. 그 캠코더는 호재의 두 번째 영화가 크랭크인을 앞두고 있을 때 내가 선물한 거였다.

"그래도 그때가 내 전성기였지."

두 번째 영화가 화제에 오르자 호재의 얼굴은 흡족함에 젖어들었다. 동생 부부가 내일 돌잔치로 분주해 보였으므로 호재를 데리고 게스트하우스를 나와 저녁을 해결하기 위해 속초 거리를 걷던 중이었다. 기억하고 있었다. 그때 그 영화의 시나리오로 기금을 받게 되었는데, 호재는 통장으로 기금이 들어오자마자 배우와 스태프의 인건비부터 정산한 뒤 남은 돈으로 크랭크인을 했다. 촬영이 시작되기도 전에 인건비를 지급하는 건 흔한 경우가 아니었다. 아니, 어떤 감독도 그렇게 하지 않았다. 내가 이유를 묻자, 촬영 중간에 분명 기금이 바닥날 텐데 그때 가서 나쁜 궁리를 할까봐 두려웠다고, 30대 중반의 호재는 고백했었다. 그 말을 듣고 다음 날, 나는 용산 전자상가에 가서 그 캠코더를 구매했던 것이다. 영화를 찍기엔 기능이 부족한 캠코더였고, 나는 그저 촬영을 쉴 때 방심해 있는 배우나 스태프를 기념으로 찍어두라는 의미에서 그 모델을 선택했다. 호재가 남해로 촬영을 갔을 때도 뒤이어 떠올랐다. 호재는 비교적 깨끗한 모텔을 통째로 빌려 배우와 스태프가 쾌적하게 지낼 수 있도록 해놓은 뒤 자신은 하룻밤에 만 원짜리인 여인숙에 묵었다. 근처에 사는 친척 집에 신세를 진다는 호재의 거짓말을 사람들은 믿었다. 그가 남해로 내려가고 사흘째, 그 여인숙을 나는 찾아갔다. 자정이 지나자 난방이 끊겼으므로 우리는 동이 틀 때까지 이불 속에서 알몸으로 서로를 껴안고 있어야 했다. 하룻밤만 그 여인숙에 머물 계획이었지만, 결국 나는 직장에 닷새간 휴가 신청을 낸 뒤 남해 촬영이 끝날 때까지 그의 곁에 머물렀다. 순도 높은 열정의 시절이었다. 악의 없이 깨끗했으나 빚으로, 악평으로, 기회의 박탈로 되돌아왔던 이상한 열정……. 가까스로 촬영은 마무리됐지만, 촬영 뒤 후반작업을 할 때는 여기저기서 빌린 돈마저 다 써버렸으므로 편집에 공을 들이지 못했고 그 탓에 완성된 영화의 사운드는 처참한 수준이 되고 말았다. 영화는 평단과 관객으로부터 공평하게 외면 받았다. 우리는 빚더미에 앉았고, 짧은 커튼콜이 끝난 뒤 우리의 손에 남은 건 캠코더 한 대뿐이었다. 그 빚을 갚아나가던 5년 동안, 나는 퇴근 뒤에도 거의 매일 과외 아르바이트를 했고 호재는 시나리오 한 줄 쓰지 못한 채 물류센터와 공사장 같은 곳을 전전했다. 날마다 만성피로에 시달렸으며, 밤에는 우리 둘 다 짐승의 옳은 소리를 내며 잠들곤 했다. 전성기라고 하기엔, 실패로부터 회복하기 위한 긴 시간의 노동이 내게는 너무도 구체적이었다.

비수기의 관광지 거리는 조용했다.

행인은 거의 보이지 않았고 문 닫은 상점과 창문이 뜯겨진 빈집, 임차인을 구하는 건물은 한 블록을 지날 때마다 번갈아가며 나타났다. 버스정류장 주변을 서성이던 뚱뚱하거나 비쩍 마른 소년과 소녀 들이 암호처럼 웃으며 우리를 흘끗거렸다. 반대 방향에서는 허리가 굽은 노파가 막걸리 병이 삐죽 나와 있는 비닐봉지를 든 채 위태롭게 걸어오고 있었다. 호재와 내가 길을 터주자, 노파는 우리를 지나쳐 골목 안쪽으로 들어가더니 방과 바로 이어지는 허술한 쪽문 안으로 들어갔다. 노파에게서 시선을 떼고는 내 쪽을 돌아보는 호재의 얼굴이 차가웠다.

"유령이 따로 없네. 대체 인생을 어떻게 살면 대낮부터 술이나 퍼마시고 저런 꼴의 집에서 사는 거냐?"

호재의 말투는 얼굴보다 더 차가웠다. 갑자기 밤의 영역으로 이주한 듯 대기에는 묽은 어둠이 스미고 있었으므로 호재가 멀어 보였다. 예전의 호재라면 대낮에 술을 받아오는 독거노인에게서 가능한 숏을 구상했을 것이고, 그 숏에서 증식되는 이야기를 내게 가장 먼저 들려주었을 것이다. 내가 비평이나 조언을 할 때 귀를 기울이고 때로는 인상을 쓰며 반박도 하던 그를 지켜보는 것이 나는 좋았다. 한때는 호재가 아니라 그 순간들과 사귀고 있다는 생각도 했었다.

"차라리 바다 쪽으로 가서 회나 먹을까?"

걷다가 멈춘 호재가 물었고, 나는 아무래도 상관없다고 대꾸했다. 이미 충분히 피곤했다.

바다로 이어지는 대로를 따라 호재와 나는 간격을 두고 걸었다. 10분 정도 앞만 보며 걸으니 여객선 터미널과 부둣가가 나타났다. 호재는 그곳을 지나쳐 가려 했지만 나는 정박해 있는 여객선 앞으로 천천히 다가갔다. 여객선의 문과 창문은 모두 닫힌 채였지만 누군가는 저 안에서 음악을 들으며 커피를 마시고 있을 것만 같았고, 그 상상은 오랜만에 나를 웃게 했다. 내 졸업 작품의 주인공은 유람선 선착장의 매점에서 일하는 20대 여성 경이었다. 하루에 한 번씩 한강 구조대원이 커피를 마시러 그 매점에 오는데 경은 그가 도시의 천사라고 생각한다. 정작 구조대원은 죽음을 작정하고 강으로 뛰어든 사람을 구하는 것에 깊은 회의감을 품고 있지만, 경은 그의 속내까지는 알지 못한 채 그가 커피를 마시는 동안 늘 같은 음악을 틀어준다. 「wings of desire」*, 경이 가장 좋아하는 영화의 사운드 트랙이었다.

"뭐 봐?"

호재가 다가와 물었다.

"여객선 보니까 경이 생각나서."

"경? 경이 누군데? 아……."

* 빔 벤더스 감독의 「베를린 천사의 시」(1993) 영어 제목.

아, 하고 입이 벌어진 채로 호재는 어딘가를 향해 턱짓을 했다. 아까 버스정류장에서 보았던 뚱뚱하거나 비쩍 마른 소년과 소녀 들이 방파제에 아무렇게나 걸터앉아 캔 맥주를 홀짝이고 있었다.

"쟤네들도 갈 데가 진짜 없나 보다."

호재가 나를 보지 않은 채 말했다. 호재는 곧 그들을 향해 목소리 없이 입만 뻥긋거려 무슨 말인가를 전했는데, 곁에 있는 나도 그 입 모양을 읽을 수 없었다. 어른의 말이 아니란 것쯤은 알 수 있었다. 새겨들을 필요가 없는 하찮은 말일 터였고, 어쩌면 저열한 농담일지도 몰랐다. 부둣가 주변의 조명이 투사된 바닷물이 그의 얼굴에서 노랗게 일렁거리는 것을 나는 낯설게 바라봤다.

갈까, 말한 뒤 나는 그의 대답을 듣기도 전에 횟집 식당의 간판들이 빛을 뿜어내는 쪽으로 터덜터덜 걸어갔다. 경은 잘 있겠지? 우리가 막 연인이 되었을 무렵, 한동안 호재는 습관처럼 묻곤 했다. 밥을 먹다가, 낮잠에서 깨어나, 환절기의 어느 새벽에, 문득 고개를 들어 확인하듯 물었고 그렇겠지, 그때마다 나는 담담하게 대꾸했다. 마치 경이 연락은 뜸하지만 떠올릴 때마다 이유 없이 걱정이 되는 우리 모두의 조숙한 여동생이라도 되는 듯……. 호재와 석 교수를 제외하면 거의 아무도 보지 않은 그 영화의 필름은 오래전에 버려졌다.

*

식탁에 둘러앉아 동생 부부가 어제부터 준비한 음식을 배불리 먹은 뒤엔 거실로 자리를 옮겼다. 곧 돌잡이가 시작될 터였다. 호재는 2층 방에서 캠코더를 가져왔고 동생은 그리 크지 않은 동그란 상에 연필,

실패, 장난감 청진기와 플라스틱 마이크, 5만 원짜리 지폐를 겹치지 않도록 조심히 놓았다. 그새 새 원피스로 갈아입고 고깔모자를 쓴 지은이 올케에게 안겨 거실로 나왔다. 지은은 어른들의 시선을 한 몸에 받으며 골똘히 상 위를 훑어보더니 주저 없이 마이크를 집었다. 웃음과 박수 소리, 카메라 셔터 소리, 케이크를 꺼내 하나의 초에 불을 붙이는 소리, 생일축하 노래와 한마디씩의 덕담, 올케가 지은과 함께 볼을 부풀렸다가 후, 입안의 공기를 내뱉는 소리가 연이어졌다. 나도 박수를 치고 노래를 부르고 덕담을 얹었지만, 눈앞의 광경이 반원 모양의 유리 속 세계처럼 나와는 완전하게 분리되었다는 느낌은 내 의지로 제어되지 않았다. 몇 발자국 떨어진 곳에선 상 주변을 돌며 촬영을 하는 호재가 보였다. 언제부터였을까.

언제부터 그는, 저 바깥에 있었던가.

틈틈이 동생 쪽을 살폈지만 그는 여전히 호재뿐 아니라 호재의 캠코더에도 시선을 주지 않았다. 식사를 할 때부터, 아니 호재와 내가 1층으로 내려온 뒤부터 내내 그랬다. 저마다의 케이크 접시가 비어갈 즈음, 올케는 잠투정을 하는 지은을 재우기 위해 방으로 들어갔고 나는 동생에게 술이 좀 있느냐고 물었다. 동생은 귀찮은지 살짝 인상을 쓰는 듯했지만 곧 냉장고에서 맥주와 소주를 꺼냈다. 동생과 나, 그리고 호재는 다시 주방 식탁에 둘러앉았다.

술자리는 마련됐지만 분위기는 여전히 냉랭했다. 나는 지은이 귀엽다고, 선물로 사 온 옷이 잘 맞으면 좋겠다고, 올케는 정말 좋은 사람 같다고 두서없이 주절거렸고 동생은 간간이 고개만 끄덕일 뿐 아무런 대꾸도 하지 않았다. 내 왼편에 앉은 호재는 취하기로 작정한 사람처럼 빠른 속도로 술잔을 비워가는 중이었다.

"처남, 아까 하던 이야기 계속해도 돼?"

어느 순간 호재가 동생과 나 사이로 불쑥 얼굴을 들이밀며 물었다. 술기운으로 붉어지고 핏줄까지 선 그의 두 눈이 나는 불안했다.

"아까? 아까 무슨 일 있었어?"

"아니, 내가 여기 오기 전에 편의점에서 처남을 만났거든. 둘이 얘기를 좀 했어. 처남이 게스트하우스 오픈할 때쯤에 어머니는 식당을 정리했잖아. 그래서 혹시 어머니한테서 도움을 좀 받았느냐고 물었거든. 만약 그랬다면 당신은 뭐가 되는 거야. 당신은 어머니한테 돈 한 푼 못 받고……."

호재는 같은 자리에서, 같은 톤의 목소리로 계속 떠들어댔지만 내 귀에는 그 뒤에 이어지는 말이 불분명한 소음으로 변질되어 들렸다. 돌멩이나 쇳덩어리가 내는 소음과 다를 것 없었고 나는 그저 두 귀를 틀어막고만 싶었다. 곁눈으로 슬쩍 바라본 동생은 서늘한 눈빛으로 호재를 쏘아보고 있었다. 호재에게서 시선을 떼지 않은 채 동생은 나를 불렀다.

"누나."

"……."

"누나, 엄마가 그러더라. 저 사람이 영화 만든답시고 누나가 월급 받는 족족 가져다가 썼다고, 정작 누나는 직장 다니느라 영화 감독도 포기하고……."

"주완아."

나는 뒤늦게 정신을 수습하며 동생의 말을 잘랐다. 그제야 동생은 내게로 시선을 돌렸고 우리는 정적 속에서 잠시 서로를 마주 봤다. 나와 닮은 남자, 그는 이번에도 인색한 미소조차 보이지 않았다. 실은 늘 그랬다. 동생은 날 보면서도 웃은 적이 없었고 그 이유라면 너무도 명백했다. 나는 엄마와 함께 그를 버렸고 혼자 크게 내버려두었으니까. 그가 아이에서 소년을 거쳐 성인 남자로 성장해가는 모습을 지켜봐주지 않았고, 혼돈과 방황의 순간에도 곁에 있어주지 않았다. 바다 근처에서 살고 싶었다는 그의 소망이 언제 시작되었는지도 나는 알지 못했다. 그 작은 소망을 갖기까지 그가 통과한 패배의 모양과 타협의 과정에 대해서도 내가 아는 것은 없었다. 심지어 나는 엄마처럼 그의 삶의 기념일들을 챙기지도 않았다. 내가 그를 이해한다는 건 뻔뻔한 착각이고, 이제 나는 그것을 더 이상 모른 척할 수 없었다.

"누나가 내 누나니까 내가 조언 하나 해도 되겠지?"

"……."

"누나, 정신 똑바로 차려. 누나가 말이야, 엄마를 닮았어. 그래, 쪽팔리지만 다 말할게. 2년 전에 엄마한테 처음이자 마지막으로 좀 도와달라고 하긴 했어. 엄마가 그러더라, 요양원에 들어가는 돈 제외한 나머지는 다 그 동거남한테 줬다고. 새 삶 시작하라고, 좋은 여자 만나라고 줬대. 웃기지?"

웃기지, 라고 동생은 물었지만 우리 세 사람의 얼굴은 각자의 방식으로 일그러졌다. 잠을 못 자서야. 나는 변명하고 싶었다. 얼굴이 화끈거리고 손이 떨리는 건 수치심 때문이 아니라 단지 불면 때문이라고, 고작 호르몬제의 영향이라고, 내 몸과 감정은 약품공장에서 제조된 화학 성분의 알약에 지배받고 있다고, 그렇게 하찮다고, 나는 아무것도 아니라고. 아니, 아무것도 아니기 위해 애썼던 건지도 모른다. 동생의 말은 반은 맞고 반은 틀렸다. 오래전에 영화를 포기한 건 맞지만 호재를 위해서는 아니었다. 내 영화가 선택되지 못하고 혹평과 비난의 대상이 되고 외면 받게 될 날들을 상상하는 것만으로도 나는 충분히 고통스러웠다. 상처 받지 않기 위해 제로의 상태로 남아 있는 것, 그것이 내가 살아온 방식이었다. 상대의 자리와 관중석마저 텅 빈 링에서 헐거운 글러브를 끼고 혼자 서 있는 후보 선수처럼……

의자를 뒤로 세게 밀치며 일어난 동생은 곧장 방으로 걸어갔다. 방문을 빠끔히 열고 이쪽을 건너다보는 올케의 눈빛은 멀어서 해석되지 않았고 나는 그것이 다행이라고 생각했다. 문이 닫히는 소리는 크지 않았지만 대신 단호했다.

영원히 열리지 않을 문이었다.

"아까 있잖아."

동생이 사라진 뒤 두 손으로 자신의 머리칼을 심하게 헝클이던 호재가 다시 말을 꺼냈다.

"처음부터 그렇게 노골적으로 묻지 않았어. 그냥 궁금해서, 아무 사심 없이, 이 게스트하우스의 공사비랄지 대출금 같은 것만 물었어. 근데 처남이 얼굴이 벌게져서는 자격 운운하는데……. 나도 순간 화가 나더라고."

억울한 듯 호재의 목소리는 다급해졌고 나는 거품이 모두 꺼진 유리잔 속 맥주를 물끄러미 들여다봤다. 내가 그에게 해줄 수 있는 말은 단하나뿐이었다.

"아니야."

"뭐?"

"저 애는……."

깊이 숨을 내신 뒤, 나는 똑바로 그를 쳐다봤다.

"당신 처남이 아니라고."

그 말을 끝으로 나는 잔에 남은 맥주를 한 번에 들이켰다. 이제 짐을 싸서 이곳을 떠나야 할 시간이었다. 파티는 끝났다.

*

서울행 막차는 15분 후에 출발할 예정이었다. 15분은 결코 긴 시간은 아니지만 중요한 선택 하나를 하기엔 충분한 시간이기도 했다. 버스표를 끊은 뒤 대합실 맞은편의 커피숍으로 들어가자 미리 와 있던 호재가 창가 자리에서 손을 살짝 들어 보였다. 우리는 마주 앉아 간간이 창밖을 건너다보며 뜨거운 커피를 마셨다. 커피숍은 서울행 막차 시간에 맞게 폐점하는지 음악은 이미 끊겨 있었고, 대신 찻잔을 물로 헹구거나 거품기와 티스푼 같은 것을 제자리에 놓는 소리로 소란스러웠다.

"어제 고속버스에서 물었지, 우 감독 장례식에 갔느냐고."

끊임없이 달그락거리는 그 소란 속에서 호재가 먼저 말을 꺼냈다. 술이 깼는지 얼굴은 해쓱했고 목소리엔 힘이 빠져 있었다. 헝클어진 머리칼 때문인지 외려 주눅 들어 보이기까지 했다.

"실은 갔어. 가긴 갔는데, 빈소 앞에서 발길을 돌렸어."

"……왜 그랬어?"

"무서웠어."

"……."

"무섭더라, 내 미래 같을까봐. 내가……."

"……."

"내가, 기대고 싶었나봐. 그래, 알아, 너무 앞서갔어."

"……."

나는 커피 잔을 내려놓은 채 가만히 호재를 건너다봤다. 지방 소도시의 커피숍에서 마주 본 호재는 내 유일했던 가족이 아니라 오늘 처음으로 소개받은 사람인 듯 낯설어 보였다. 이별의 감각마저 무뎌진 어느 날에, 12년을 봐온 익숙한 얼굴이 아니라 지금의 이 낯선 얼굴이 기억난다면 억울할 것 같았다. 억울하겠지만, 되돌릴 수 없다는 것도 나는 알고 있었다. 나는 주머니에서 버스표 한 장을 꺼내 테이블 위에 올려놓았다. 15분을 채우기도 전에 내 선택은 이미 완료된 것이다.

"나는 내일 출발할게. 뭐, 찜질방 같은 데서 자면 돼."

"그게…… 무슨 말이야?"

호재가 눈을 끔벅이며 물었다. 그는 곧 내 말의 의미를 깨닫겠지만 그가 이 상황에서 할 수 있는 일은 없다. 그는 자신을 가장 사랑하는 사람이니 내 선택을 바꾸기 위한 어떤 노력도 하지 않으리란 건 내가 더 잘 알았다.

"큰 짐만 일단 빼줘. 자잘한 소지품은 호재 씨 있는 곳으로 내가 부쳐주면 되니까."

"……."

"이제 일어나서 떠나. 시간이 됐어."

시간……. 시간이라고 나는 생각했다. 훗날 속초의 버스터미널 커피숍을 떠올리면 재깍거리는 가상의 초침 소리가 가장 먼저 그 장면에 덧씌워질 거라고, 편집에 공을 들인 화면처럼, 그래서 호재의 모든 행동이 초 단위로 분절되어 기억될 거라고도……. 호재가 뚫어지게 버스표를 내려다보고 그것을 손에 쥔 채 의자에서 일어나 배낭을 어깨에 메고 커피숍의 문을 열고 나간 뒤 승차장에 대기 중이던 버스에 오를 때까지, 나는 마음속으로 내내 초를 셌다. 287초, 12년은 287초로 다시 산출됐다. 이제 우리는 다시는 만나지 않을 것이다. 호재를 태운 서울행 마차가 터미널에서 빠져나가는 걸 지켜보며 나는 예감했다. 그 예감은 생소했지만, 내게 남은 유일한 확실성이기도 했다. 호재와 함께할 미래는 방금 전에 취소됐다. 이제 내 삶은 이 커피숍의 반복적인 연쇄와 같을 거라고 뒤이어 생각하자 오히려 마음이 편안해졌다. 꾸부정히 앉아 혼자 커피를 마시는, 기차 칸처럼 연결된 수많은 밤의 커피숍들이 고독한 링을 벗어난 내 삶의 새로운 무대가 되는 것이다. 그러나…….

그러나 내가 마지막으로 하고 싶었던 말은 이런 것인지도 몰랐다.

가령, 우스는 지난 3백 년 동안 여덟 번 분화했다는 기록을 찾아 읽은 적이 있다는 이야기……. 마지막 분화는 2003년이었으니 휴지 기간의 평균을 적용해보면 우스의 다음 분화는 2040년쯤이 된다. 물론 자연재해에 평균이란 없으므로 우스는 내일이라도, 아니 지금 당장이라도 분화할 수 있었다. 그런 걱정 끝에는 늘 한 사람이 떠올랐는데, 그녀는 로프웨이의 출입문 앞에서 곧은 자세로 서 있던 젊은 여성이었다. 13년 전, 우스의 정상과 이어진 로프웨이에는 나 말고도 한 사람이 더 탑승해 있었던 것이다.

하산하는 로프웨이에서 나는 용기를 내어 그녀에게 일본어로 말을 건넸다. 그녀의 이름은 잊었지만 그녀가 그 무렵 스무 살이었고 고등학교를 졸업하자마자 로프웨이 안내원이 되었다는 건 분명하게 기억이 났다. 짧은 대화가 몇 번 오간 뒤, 나는 그녀에게 무섭지 않느냐고 조심스럽게 물었다. 어느 순간 이 산은 분화될지도 모르는데, 그럼 순식간에 화염 속에서 잿더미가 될 텐데 겁이 나지 않느냐고……. 그녀는 한 번도 우스의 분화를 가정해보지 않았는지 곰곰이 내 질문을 되새기는 듯하더니, 잠시 뒤 뜻밖에도 밝은 미소를 지어 보이며 이렇게 대답했다. 15분에 한 번씩 죽는 연습을 하는 셈 치겠다고, 로프웨이에서 내릴 때마다 죽었다가 다시 태어난 것으로 여기겠다고, 일이 무료해서 그만둘 생각밖에 안 했는데 이 직업의 매력을 일깨워주어 고맙다고도 했다. 한겨울의 숲을 가로질러 내려가는 로프웨이에서 나는 조금 웃었는지도 모른다. 내가 우스의 정상에 남으려 했다는 걸 그녀가 다 알고 대답한 것만 같아서였다. 그랬다면, 다음 날 첫 로프웨이가 올라올 때까지 아무도 없는 그곳에 혼자 남게 되었다면, 아마도 나는 추위 속에서 의식을 잃어가다가 영원한 잠에 빠져들었을 것이다. 물론 나는 다른 선택을 했고, 그래서 아직 살아 있다. 죽음이 가능하다는 것을 깨달은 순간부터 스물다섯 살에 극장에서 보았던 영화의 한 장면이 머릿속을 떠나지 않았는데, 결국 그 장면 때문에 나는 로프웨이 승차장 쪽으로 돌아설 수 있었다. 감독의 요구가 없었는데도 스태프들이 자발적으로 한 명씩 왕년의 선장에게 다가가 작별의 인사를 건네는 장면이었다. 죽는다면 그렇게 죽고 싶다고, 눈 쌓인 평원을 걸으며 나는 그 어느 때보다 뜨겁게 열망했었다. 그중 누군가는 내 손을 잡으며 말해줄지 몰랐다.

당신은 최선을 다해 살았다고, 누구도 그 이상을 해낼 수 없었을 거라고, 우리는 모두 그것을 알고 있다는 말을…….

우스에 다녀오고 얼마 뒤 지인이 초대한 영화 시사회장에서 호재를 처음 만났을 때 나는 이미 그에게 반해 있었는데, 사실 그럴 수밖에 없긴 했다. 우스의 정상에서 떠올린 그의 말, 그가 감독의 아버지에게 전한 말들이 그때는 내 삶을 구성하는 가장 중요한 일부였던 것이다.

나는 이 이야기를 지금껏 호재에게 한 적이 없었다. 호재 앞에서 내 정체성은 늘 생존자였고 그를 만나기 전까지 내가 살아온 32년은 로프웨이 지원이 15분과 같았다는 이야기 역시, 나는 하지 않았다.

빗방울 하나가 창문에 부딪혀 떨어졌다. 구름의 한 조각으로 소급되는 빗방울, 그것은 내가 사는 행성이 끊임없이 돌고 있고 모든 물질은 순환하며 나는 다만 이곳에 일시적으로 머물고 있다는 사실을 환기시켰다. 나는 안심했다. 안심하고, 또 안심했다. 그때였다. 철컥, 하는 귀에 익은 소리에 천천히 뒤를 돌아보자 금고에 자물쇠를 걸어 잠그며 점원이 말했다.

이제 문을 닫을 시간이라고, 그렇게 말했다. ▪

---

* 소설 속 우재현 감독의 다큐멘터리는 김동원 감독의 「송환」(2004)에서 일부분 영향 받았음을 밝힙니다.

최 윤

울음소리

ⓒ이병률

1953년 서울 출생. 서강대 국문과 및 프랑스 엑상프로방스대 졸업. 1988년『문학과사회』등단.
소설집『저기 소리 없이 한 점 꽃잎이 지고』『속삭임, 속삭임』
『열세 가지 이름의 꽃향기』『첫 만남』.
장편소설『너는 더 이상 너가 아니다』『겨울, 아틀란티스』『마네킹』.
〈동인문학상〉〈이상문학상〉 수상.

울음소리

사방은 빌딩 숲. 그녀는 시내에서 멀지 않은 곳에 위치한 아담한 아파트로 마침내 이사했다. 그녀의 이름으로 구입한 첫 아파트였다. 대형 아파트 단지 내에서도 누구나 다 원한다는 전망 좋은 동의 중간층. 적금을 털었다. 까짓것 투자 좀 했다. 거실에 앉으면 숲이 눈앞으로 다가오듯 가까이 보인다. 어딘가 고즈넉한 데가 있는 것은 아파트 단지 너머로 제법 나무가 촘촘히 심긴 낮은 구릉이 동네를 싸안고 있기 때문이다. 상권은 말할 필요도 없다. 장보기, 외식, 교통편…… 불편할 일은 없다. 조기은퇴와 함께 그녀가 자신을 위로하고, 앞으로의 길지도 모르는 시간을 예상하고 스스로에게 베푼 선물이었다. 이런 곳에 살고 싶었다. 홀쩍 떠났다 돌아와도 아무도 모르는 곳. 이웃과 적나라한 인사를 나누지 않고도 출입이 가능하고 부담도 되지 않는 곳은 이렇게 퇴직과 함께 그녀에게 주어졌다. 엄살을 떨 필요는 없다. 원했다면 벌써 10여 년 전에 이러한 결정을 내릴 수도 있었다. 필요가 없었다고 치자.

그녀는 영업부장으로 은퇴했다. 그녀의 근무지는 자주 바뀌었다. 알 만한 사람은 아는 그 컴퓨터 부품 제조회사의 이름은 밝히지 않기로 한다. 다들 싫어하는 지방 근무를 그녀라고 좋아하지는 않았지만 또 싫어하지도 않았다. 남편도 아이도 없는 그녀가 동료들에게 베풀 수 있는 쉽지만은 않은 배려였다. 이 도시 저 도시에서 한 해 혹은 서너 해씩 근무하는 것은 때로 많은 문제를 해결한다. 관계에 문제가 있거나 일이 잘 안 풀릴 때마다 지방으로 슬쩍 자리를 옮기는 것도 나쁜 것은 아니다. 그렇게 자연스럽게 막다른 골목에서 길이 열리듯 떠남이 때로 위로가 되기도 한다. 그러나 이제 그녀는 정착하러 이 동네로 왔다. 남들이 다 마다하는 지방 근무 제안을 매번 망설이지 않고 받아들였기에 그녀는 두 번이나 사내 포상의 대상이 되었다. 그뿐인가 부장으로 조기퇴임하니 그것 또한 뒤에서 기다리는 사람들에게 환영받을 만한 일이었다.

방랑이 편한 것은 아니지만 나쁜 것도 아니었다. 회사가 제공하는 숙소에는 무책임의 자유가 있다. 집과 관련된 자질구레한 문제들은 회사의 관련 부서에 전화만 걸면 되었다. 그렇게 옮겨 다니다 보니 세계 일주를 못할 것도 없겠다는 자신감이 붙었다. 이것저것 다 정리하고 떠날 수 있다는 가능성이 그녀를 위로한다. 그렇다고 경솔하게 남은 시간을 그렇게 떠돌며 살고 싶지는 않다. 그 반대다. 그녀는 조용히 칩거하여 살고 싶다. 이제는 그만 동분서주 뛰어다니던 세상에서 멀어져 잊힌 것처럼 조용히, 평화롭게 살 것이다. 무엇을 할까. 그녀가 생각해 둔 어떤 계획도 없다. 한 일주일쯤 원 없이 실컷 자고 보자. 그렇게 은퇴 후 첫날을 대낮까지 잤다.

부엌은 물론이고 거실 바닥에도 전날 저녁의 뒤늦은 집들이 겸 은퇴 축하 파티의 쓰레기들이 폭풍 후의 잔해처럼 즐비하게 널려 쌓여 있다. 그녀는 가만히 미소 짓는다. 그래 이 모든 것이 사랑스럽다. 반생을 같이한 동료와 후배 들이 벗어놓은 속옷 같은 정겨운 친근함. 그녀는 하나하나 집어 들고 커다란 비닐봉지에 담기 시작한다. 술병은 술병대로 음식 찌꺼기는 또 그것대로. 새로운 동네의 여전히 익숙지 않은 쓰레기 처리 규정에 따라.

깔끔하게 정리된 거실 바닥에 그들이 가져온 선물 상자를 열고 카드를 펼친다. 홍삼 세트를 비롯한 다양한 건강식품들, 허리 안마기, 화려한 색상의 스카프와 두 장짜리 콘도 사용 쿠폰……. 건강하라, 더욱 아름다워지라, 좋은 사람 만나 결혼하라……. 이제 겨우 50을 몇 달 앞두었을 뿐인데 은퇴라는 말이 그들의 상상력을 자극했을 것이다. 그녀는 홍삼은 싫어하며 안마기를 쓸 아무런 이유 없이 건강하고 누구를 만나고 싶은 마음도 결혼하고 싶은 생각도 아직은 없다. 그러나 상관없다. 그녀는 재치 있는 이모티콘을 골라 날리며 방문객들에게 간단하지만 재미를 줄 답 문자를 쓴다.

온 힘을 다해 실내를 정리하고 둘러보니 그녀의 아파트는 어딘지 사무실의 청결과 무채색을 닮았다. 색은 차차 칠하리라. 그녀에게는 시간이, 거의 무한으로 보이는 시간이 있다. 그녀는 '그래 사람이 갑자기 바뀌겠나?' 자신에게 혼잣말을 하며 고개를 흔들고 어깨를 으쓱했다. 그러나 멀리서 먹구름이 조금씩 다가오듯 그녀 마음 안에 정체를 알 수 없는 무언가 어둡고 불편한 것이 고여 올라오기 시작한다. 불분명하면서도 마음을 어지럽히는 이건 또 뭔가? 어젯밤 풀어진 기분에 방문객들에게 실수라도 했나? 무언가 그와는 질이 다른 불편함이다. 시간적으로 오래 묵은 어떤 것, 가까스로 눌러놓았던 어떤 것이 다시금 고개를 드는 것 같은 불편한 느낌. 20대 이후 그녀의 성실한 동반자였던 직장에서 놓여난 기쁨, 앞으로의 새 삶에 대한 기대 섞인 만족감, 조기은퇴를 대담하게 결정한 데 대한 자긍심. 이 모든 것 한 꺼풀 밑에서 비집고 나오는 정체 모를 먹구름. 불청객.

그거였다. 울음소리! 그녀의 마음속 한가운데에 불편함과 혼란을 만든 것의 정체는 상기하자마자 또 생생하게 되살아오는 울음소리였다.

지난밤 아마도 꿈속에서, 구슬피 우는 한 여자의 울음소리를 들었다. 눈을 뜨고 불을 켜고 앉을 때까지 비몽사몽간에 그 울음소리는 방 안 전체를 채우며 울리는 듯했다. 소리의 진원지가 바로 침실 벽 뒤라도 되듯이 생생하게 울려왔던 울음소리는 한순간 감쪽같이 사라졌다가는 다시 들려오기를 반복했다. 그래도 다행히 과로했던 그녀의 잠을 완전히 뒤흔들어놓지는 못했다. 간헐적으로 되살아오는 울음소리의 밀물과 썰물에 휩쓸려 표류하던 그녀는 어찌어찌 다시 잠이 들었다.

바로 그 울음소리가 때를 기다렸다는 듯이 대낮의 정적 속에 다시 되살아온 것이다. 그녀는 눈을 감고, 흐려졌다 강해졌다 변덕스럽게 원근과 강약을 조절하며 되살아오는 울음소리에 집중해보려고 애썼다. 누구에게 이 얘기를 전달하기도 애매했다. 그녀가 들은 그 울음소리를 말로 설명하는 것은 그녀의 능력으로는 불가능해 보였다. 게다가 이제 누구에게 지난밤 꿈에 울음소리를 들었다고, 그것이 얘깃거리라도 되는 것처럼 전화를 걸어 수다를 떤단 말인가. 업무 틈틈이 차나 커피를 마시면서 복도에서 잠시 멈추어서 나누던 그토록 수월했던 대화는 이제는 더 이상 전과 같지 않을 것이다. 바로 이 울음소리로 인해 그녀는 자신의 은퇴가 가지는 의미를 생생하게 실감했다.

울음소리는 예상치 않게 그녀의 제2의 인생 첫날의 경영에 영향을 미쳤다. 사무실에서 하던 것처럼 포스트잇에 적어 냉장고에 붙여놓은 하루 일정은 여지없이 어그러졌다. 장보기-은행 업무-산책…… 등 하루 할 일을 빼곡하게 적은 목록은 이미 반 이상 무의미해졌다. 누군가에게 이 얘기를 하고 싶은 강한 욕구를 느꼈다. 이것이 은퇴 증상이라는 거다. 극구 피해야 한다. 가족들은 분명 그녀가 과로로 환청을 듣는 것이니 이제부터 푹 쉬면 나을 거라고 할 것이다. 그녀 자신의 처음 반응이 그랬던 것처럼 말이다. 이 소리가 환청이 아니라는 것을 그녀 자신이 누구보다 잘 안다. 꿈과 환청은 다르다. 비록 꿈속에서라도 이미 한 번 들은 울음소리의 기억이 되살아오는 것이니 말이다. 설령 누군가에게 얘기를 한다고 치자. 특수 제작된 녹음기가 아니고서는 이 소리를 재생해 들려줄 수는 없다. 요령부득의 내면의 소리, 그것도 그 소리의 기억을 녹음하는 기계가 발명되었다는 소식은 아직 듣지 못했다.

너무도 구슬퍼 듣는 사람도 흐느끼게 만들 수 있는 울음소리가 왜 그렇게 길게 깊게 그녀의 잠든 심장을 두들겼던 것일까. 구태여 말하자면 그 소리는 사람들이 슬픔에 대해 상투적으로 언급하는 것처럼 그녀의 애간장을 녹이는 듯했고, 그 울음소리를 다시 기억해냈을 때는 눈두덩이 쓰려오며 두 눈이 빠지는 듯 아픈 피눈물을 한두 방울 흘리기라도 할 것 같았다. 그렇다고 원통한 자가 토설하듯 내지르는 높고 격렬한 울음도 아니고, 한이 서려서 시퍼렇게 돋우어진 목청으로 쏟아내는 그런 울음도 아니었다. 울음소리는 낮았으며 어떤 말로도 표현이 되지 않아 울음의 경지로 가버린 그런 애통에 가까웠다. 말로도 그 무 엇으로도 위로될 것 같지 않은 어떤 슬픈 삶의 사건 앞에서 한 여인이 쏟아내는 좌절의 울음. 조금씩 약화되기는 해도 그녀가 기억해내면 되 살아나는 이 감염력이 있는 울음소리는 그렇다고 그녀를 우울하게 만 들지는 않았다. 불편했던 마음은 서서히 사라지고 무언가 시원한 것이 맘속에 자리 잡았다.

그녀는 늪에서 발을 빼듯이 겉옷을 챙겨 밖으로 나왔다. 4월 오후의 날씨는 청명했고 따뜻했다. 설령 울음소리가 다시 기억에 되살아온다 해도 세상의 잡음에 묻혀버릴 것처럼 아파트 단지를 돌아 나오자마자 놀라운 에너지를 발산하며 차량들이 달리는 대로가 나왔다. 대로를 건 너면 거기서부터는 거실의 유리문 너머로 보이는 낮은 산이 시작되고 있었다. 장볼 물건들의 목록을 주머니에 넣고 나왔음에도 불구하고 그 녀는 이사 온 지 한 달이 되도록 가보려는 생각도 해보지 못한, 건너편 의 산책길로 들어섰다. 밖에서 보는 것보다 숲은 잘 가꾸어져 있었다. 깊고 우거진 숲은 아니어도 자연스럽게 돌봄을 받은 숲에 여기저기 나 있는 산책로는 그녀의 발걸음을 망설임 없이 안으로 이끌었다. 오후 시간임에도 부부 산책객들이 심심치 않게 있었고 햇살을 가리려고 쓴 모자와 선글라스로도 모자라 외계인을 연상시키는 얼굴 전체를 덮는 마스크를 쓴 여성들은 상체를 운동하듯 움직이며 걷고 있었다. 표지판 이 여럿 붙어 있는 것으로 보아 산은 시야를 넘어서 상당히 광범하게 펼쳐져 있는 것 같았다. 아파트를 구입하러 왔을 때, 부동산 사람이 몇 번씩 반복해서 강조하던 바로 그 산책 코스.

그녀는 그다지 자연 친화적인 사람이 아니다. 언제부터인가 그렇게 되었다. 봄에 그녀는 여름을 걱정한다. 모기, 날벌레, 땅벌레. 벌레 천국인 여름은 그녀가 딱 질색하는 계절이다. 이사도 하기 전에 그녀는 모든 방충망을 새롭게 설치했다. 다행히 초봄이다. 그녀가 가장 싫어하는 것은 거미. 거미줄은 많이도 눈에 띄어 그녀 몸에 소름이 돋게 했다. 마음을 다시 잡는다. 이곳이 그녀가 익숙해져야 하는 곳이다. 걷자, 열심히 하루에 한 시간씩이라도.

조금 올라가니 다시 교차로가 나왔고, 산책로 이름과 거리가 쓰인 이정표 팻말이 넷이나 있다. 그녀는 가장 긴 거리인 2.2킬로미터 팻말 쪽 길을 택한다. 정자라고 쓰였으니 그 끝에서 쉬었다 내려올 생각이었다. 다 합해야 왕복 한 시간 반이면 가능한 거리.

그녀가 택한 정자 길은 좁은 흙길이다. '산책로의 흙길이 건강에 더 좋다'는 잡지에서 읽은 정보가 떠올랐다. 그런데도 정자 길에 들어서면서부터는 산책객이 눈에 띄게 줄어들었다. 홀로 온 남자 산책객 서넛을 지나치고 나서야 그녀는 그 길이 한산한 이유를 알아차렸다. 가파른 오르막길이 곧 시작되고 있었다. 게다가 마주치는 남자들이라니. 남들 다 일할 시간에 나다닐 만큼 나이가 든 남성들의 아래위로 훑는 풀린 시선. 다음번에 올 때는 선글라스를 챙겨 가져오리라. 얼굴 전체를 가리는 외계인 마스크를 구입하는 것도 좋을 것이다.

겨우 30분을 걸었을 뿐인데 숲 속의 길은 곧 지루해졌다. 시끄럽게 새들이 짹짹거렸고 까마귀가 유난히 큰 소리로 울었다. 어느 나라였는지는 잊었지만 출장지의 한 나라에서 까마귀 울음소리가 풍요를 상징했던 것을 상기하며 마음을 편안하게 가지려 애썼다. 그녀는 경사지에서 숨이 무섭게 가빠지는 것을 느끼면서도 목적지를 향해 질주하던 평소의 버릇을 못 버리고 나무 벤치를 재빨리 지나쳐 갔다. 지난 시간으로 보아 경사지가 끝나는 곳 어디엔가 정자가 있을 것이었다. 숲 속 곡선의 길들은 쉽사리 끝을 내보이지 않았다.

숨을 고르며 돌이 섞인 경사지를 집중하며 걷고 있던 그녀는 무언가 이상한 느낌에 고개를 들었다. 정자가 갑자기 나타났고 누군가가 그곳에 앉아, 가쁜 숨을 내쉬며 올라가고 있는 그녀를 뚫어지게 바라보고 있었다. 예쁘장하게 생긴 할머니? 한동안 산책객을 마주치지 못한 그녀는 제법 깊은 숲의 정상에서 사람을, 그것도 여자를 만난 것이 오히려 반가웠다.

육각의 자그마한 정자에 멈추어 그녀는 숨을 내쉰다. 여인이 앉아 있는 곳을 피해 숲길 쪽으로 돌아앉을까 잠시 망설이다가 여인 옆에 어색한 자세로 주저앉았다. 여인은 여전히 그녀를 주시하고 있다. 여인의 시선에 응답하듯 그녀도 여인을 바라보았다. '나는 위험한 사람이 아닙니다'라고 하듯 친절한 미소를 띠고. 되돌려준 그녀의 반응에도 여인은 눈을 한 번 천천히 감았다 떴을 뿐 집중된 관심을 담아 그녀를 바라보는 자세는 바뀌지 않았다. 여인의 시선 어디에도 악의라고는 없었다. 악의는커녕 그 눈 속 깊은 곳에는 표정 없는 동공이 주는 평화가 있었다. 잠시 여인의 얼굴에 미소가 미미하게 번지는 것 같은 느낌을 받았다. 그러나 아니었다. 그저 시선이 조금, 아주 조금 흔들렸을 뿐이다.

여인은 할머니가 아니었다. 오히려 그녀 자신보다 젊어 보였다. 행색이 할머니였다. 온통 세어버린 흰머리, 할머니들이 즐겨 입는 고쟁이 바지에 아무렇게나 걸친 철 지난 두터운 스웨터. 여인은 이제 시선을 돌려, 여전히 무표정하게, 그러나 집중해서 경사지 아래를, 방금 그녀를 바라보았듯이 골똘히 바라보았다. 젊었을 때는 예쁘다는 소리를 들었음 직한 갸름한 얼굴에 이목구비가 또렷했다. 흰머리와 깊이 팬 주름살이 나이에 앞서 여인의 삶을 훑고 지나간 고난을 증거하고 있었다. 그리고 그녀의 눈에 띄지 않을 수 없는 여인의 목에 바짝 걸린 목걸이. 누구나 읽을 수 있도록 제법 큰 글자로 새긴 주소. 그녀가 사는 아파트의 옆 동 두 층 아래의 주소였다. 이어 양쪽에 색이 다른 양말을 신고 있는 흙 묻은 두 발이 눈에 들어왔다. 더 이상 의심할 여지가 없었다. 미친 여자였다. 게다가 이웃이었다.

그녀는 정자에 오래 머무르고 싶은 생각이 없었다. 명시된 정자까지의 거리는 평지의 길과 달라서 예상보다 거의 두 배의 시간이 들었다. 뜻있게 보내고 싶었던 은퇴 후의 첫날 오후가 이런 식으로 지나가고 있었다. 그녀는 일단 일어섰다. 그녀는 목걸이의 주소 아래 쓰인 전화번호에 다시 한 번 시선을 주었다. 내려가면서 전화를 걸어볼 생각으로 그녀는 여인 쪽으로 가볍게 목을 숙여 인사하고 막 일어서려는 참이었다. 갑자기 여인이 일어서는 그녀의 팔을 낚아채더니 이어 그녀의 상체를 잡아당겼다. 그러더니 다른 손을 번쩍 들어 목 쪽으로 올렸다. 그녀는 소스라치게 놀랐다. 여자의 손이 닿은 목 언저리에서부터 시작해 온몸에 소름이 돋자 자신도 모르게 여인을 밀어냈다. 여인 또한 곧 그녀를 놓아주었다. 여인의 손가락 사이에는 거미 한 마리가 끼어 있었다. 여덟 개의 다리를 오므려 동그랗게 말린 큰 점으로 변한 거미. 여인은 아무렇지도 않게 벌레를 휙 정자 옆의 잡목 숲에 버렸다. 그녀는 고맙다고 말도 못하고 거의 뛰다시피 언덕을 내려왔다. 뒤돌아보지 않았다. 심장의 박동이 세지며 깊이 잠들었던 기억의 미세한 줄이 격렬하게 깨어났다.

　내려오는 길은 빨랐다. 게다가 지름길도 발견했다. 정자 길에서 충분히 멀어져서야 그녀는 걸음을 멈추었다. 가출한 '미친 여자'를 위해 목걸이를 걸어주었을 누군가를 떠올리며 그녀는 기억해두었던 번호로 전화를 걸었다. 자초지종을 설명할 필요도 없이 전화 저편의 목소리는 고맙다고 했다. '아픈 언니'라고 했다. 그녀는 어느새 사과하고 있었다. 억지로라도 같이 산을 내려오지 못해 미안하다고. 여인의 동생은 저쪽에서 펄쩍 뛰었다. 전화해준 것만도 고맙다, 언니는 절대 억지로 해서는 내려오지 않는다, 정자에 있으면 걱정하지 않는다, 때가 되면 혼자 귀가하니 그건 걱정하지 말라, 고 난감해하는 그녀를 오히려 안심시켰다. 언니가, 다행히 기억력이 완전히 마비되지는 않았다, 고도 덧붙였다. 부탁인데, 다시 되올라가서 내가 도착할 때까지만이라도 언니를 지켜달라, 든지, 제발 꼭 같이 내려와주세요 위험해요…… 등 그녀를 난처하게 만들 어떤 부탁도 없었다. 그녀는 자신도 모르게 안도의 한숨을 내쉬고 단숨에 숲에서 도망치듯 달려 내려왔다.

　이렇게 남은 시간이 지나가려나. 산이라고도 할 수 없는 낮은 둔덕을 산책하고 왔을 뿐인데 하루가 가파르게 저물었다. 라면을 끓인다. 잦은 객지생활에 그녀 나름의 라면 레시피. 어묵과 쌀떡과 야채를 곁들인 영양 라면. 어묵이 라면의 맛을 버리지 않게 하려면 물에 한번 씻어주는 것이 좋다. 어느새 음식은 끓어 넘치고 가스 불의 자동제어장치가 울릴 때에야 그녀는 먼 곳에서 돌아왔다. 왜 그랬을까, J는? J를 떠올린 것은 거미 때문이다. 아니 울음소리 때문이다.

아이들이 장난처럼 맨살 목덜미에 얹어놓은 초록색 얼룩무늬 거미 한 마리로 J의 고난의 시간은 시작되었다. 같은 동네에서 유년을 보냈던 J를 몇 년 만에 전학한 학교에서 다시 만났을 때 모든 것은 그녀가 예상하지 못한 방향으로 굴러가고 있었다. 그녀와 함께 유년의 동네 뒷산을, 골목을, 놀이터를 혼이 빠지게 돌아다니던 J. 천국과 같았던 짧았지만 무구했던 유년의 시간. 그리고 사람들은 그 시간에서 멀어진다.

고되고 이해 못할 삶의 웬만한 사건들을 모래 삼키듯 소화했지만 J는 늘 그녀에게 숙제였다. 그러다가 어느 날 숙제를 하지 않고 벌을 받기로 결정했다. 어느 누구에게도 제대로 설명하지 못했기에 압축파일로 USB에 저장한 후 비밀번호를 걸어 아예 던져버린 파일 하나.

정자에서 본 여인의 얼굴의 무엇이 J를 생각나게 했을까. 그녀는 여인을 바라보며 자신의 머릿속에 떠오르는 생각에 놀랐다. 그리고 여인이 두 손가락으로 집어 목덜미에서 떼어낸 거미 한 마리. 벽돌과 같이 단단한 시간의 틈새를 비집고 잡초의 끈질긴 싹처럼 J에 대한 생각이 돋아 나와 있었다. 그래 저렇게 어딘가에서 미쳐 있을지도 몰라. 그래야 마땅하지 그 애는.

오랫동안 J를 떠올릴 때마다 던지던 질문이 다시 고개를 들었다. 왜 그랬을까. J는 왜 그런 식으로 그 시간을 견뎠을까.

사방이 어둑해지고 건너편 숲의 언저리가 밤 속으로 풀려 들어가는 즈음, 그녀는 실내를 서성거리며 망설였다. 내려왔겠지. 거실 유리문에 비쳐 있기라도 한 것처럼 정자 여인의 얼굴이 되살아오더니 슬쩍 그 자리에 한 얼굴, J의 어렴풋한 윤곽의 얼굴이 흔들리며 들어섰다. 그녀는 소스라치게 놀라 잠금장치가 풀린 유리문 고리를 돌려 잠갔다. 거실 밖의 베란다에서 그 누군가가 문을 쑥 열고 들어올 것만 같았다. 대체 누가 8층까지 벽을 타고 올라온단 말인가.

그녀는 전화기를 집어 들고 '아픈 언니'를 가진 동생에게 문자를 쓴다.

'낮에 전화했던 이웃입니다. 언니는 귀가했나요?'

'했나요'를 '했겠지요'로 고쳐 보내고 기다렸다. 답 문자는 오지 않았다.

한밤중에 그녀는 또다시 깨어 눈을 떴다. 더듬어 휴대폰을 켜니 새벽 두 시. 전날 밤의 그 이상한 울음소리가 방금 그녀가 빠져나온 잠속에서, 아니면 기억 속에서 되살아나 그녀를 깨웠다. 전날 저녁처럼 울음소리는 오랫동안 멈추었다가 다시 시작한다. 그리고 긴 여운을 남긴다. 비몽사몽간에는 꿈속에서 들려오는 것 같다. 아니면 꿈에 들은 소리가 기억 속에서 울리는 것 같다. 순간 잠이 확 달아났고 그녀는 일어나 앉았다. 울음소리는 환청이 아니었다. 꿈에서 튀어나온 것도 아니었다. 그토록 슬픈 울음소리, 그녀가 만난 울음의 질 중에 어쩌면 가장 짙고 농밀한 소리의 질을 지닌 바로 그 울음소리. 멈추었다 다시 시작되는 그 긴, 간헐적인 울음소리는 두텁고 차가운 시멘트벽을 뚫고 선명하게 한 방향에서 들려오고 있었다.

그녀는 황급히 실내에 불을 모두 켜고 밖으로 나 있는 창문들을 이리저리 옮겨가며 밖을 내다보았다. 기계적으로 그녀의 시선은 낮에 보아두었던 정자 여인이 산다는 아파트 건물 쪽을 훑고 있었다. 그 건물의 몇몇 층의 복도에 환하게 불이 켜진 것이 보였지만 그녀의 창문 쪽에서는 아무것도 보이지 않았다. 적막한 밤의 아파트 단지에 멈추었던 울음소리가 다시 들려왔다.

그녀는 외출복을 입고 며칠 여행이라도 가는 사람처럼 지갑과 전화기를 가방에 챙기고 문을 나섰다. 마치 울음소리의 정체를 추적하는 것이 조기은퇴의 목적이었던 것처럼 그녀는 결연한 걸음으로 낮에 보아두었던 '아픈 언니'가 사는 아파트 동의 엘리베이터로 직진했다.

벌써 대여섯 명의 주민들이 모여서 울음소리의 근원지임이 분명한 그 아파트의 문을 노려보고 있었다. 이제는 아주 가까이에서, 그녀 눈의 눈물샘을 기계적으로 자극하는 애통의 울음소리가 생생하게 문을 뚫고 나왔다.

방금 도착한 듯, 잠옷 위에 겨우 상의를 걸친 차림의 한 남자가 다시 시작된 울음소리가 신호라도 되는 것처럼 성급히 문으로 다가가 조급하게 두드렸다. 한 여자가 말했다.

"문 두드려야 소용없어요. 전화도 안 받고요."

그래도 남자는 기어코 더 크게 두드렸다.

그녀는 이제는 눈물샘이 아니라 심장 한구석이 찢긴 것 같은 고통을 느꼈다. 마치 눈에 깔깔한 모래가 들어간 것처럼 쓰라림을 동반하고 말라버린 샘물에 물이 고이듯 인색하게 눈물이 한두 방울 고였다. 그러다가 막힌 이물질이 터졌는지 이번에는 눈물이 줄기가 되었다. 결코 예상치 못한 일이었다. 눈물의 분출을 막아보려고 질끈 감은 눈 저쪽 어딘가에 낮에 본 여인이 서 있었다. 그녀는 그만 벽 밑에 그대로 주저

앉아 얼굴을 가리고 소리 죽여 울었다.

한 이웃 여자가 그녀에게 휴지를 건네며 물었다.

"가족이세요? 좀 어떻게 해보세요. 혹시 문 비밀번호나 개인 전화번호 아시나요."

그녀는 휴지를 받아 눈을 가리고 자신이 큰 잘못을 저지른 것처럼 사과하는 자세로 고개를 숙였다. 눈물은 이제 멈추었지만 그녀는 그 물음에 긍정도 부정도 하지 않고 가만히 있었다. 예상치 못한 자신의 눈물에 그녀 자신이 가장 당황했다. 이게 얼마 만에 흘리는 눈물인가. 울 일이 없었는지 그것은 기억에 없다. 메말랐던 눈물샘이 다시 작동하는 것이 신기하기까지 했다. 누군가의 목소리가 또 들려왔다.

"어제부터 이랬죠? 한 달에 10일씩 돌아가면서 형제들이 '그 여자'를 맡아야 한대요. 양해해달라니 말이 되나요? 앞으로 남은 8일 동안 매일 이래야 한다면 무슨 해결책을 찾아야 하지 않겠어요? 집에 갇히는 걸 못 견디는 무슨 병이 겹쳤다는데 그래서 병원에도 못 넣는다니…… 말이 되느냐고요?"

그녀는 감정을 추스르고 일어섰다. 울음소리만 간헐적으로 내보낼 뿐 열리지 않는 문을 향해 서 있는 이웃들을 향해 그녀의 입에서 이상한 소리, 도저히 책임질 수 없는 소리가 새어 나왔다.

"제가 아는 동생이에요. 어떻게 해볼 테니 다들 돌아가세요. 곧 멈출 거예요. 어서들 가서 주무세요."

다른 것은 몰라도 울음이 힘을 많이 소요하는 활동임을 그녀는 알고 있었다. 정자의 여인은 이제 곧 울음을 멈출 것이다. 게다가 이런 농밀한 농도의 울음이 작고 연약한 정자 여인의 몸속에서 오래 울릴 수는 없는 것이다. 그녀는 이것을 알고 있기에 자신 있게 얘기했다.

이웃들은 그녀를 딱하다는 듯이 쳐다보았고 그래도 갑자기 나타나 바닥에 앉아 울던 그녀의 말을 믿고, 하나둘씩 복도를 떠났다. 그녀라고 별수 없었다. 그저 안에서 울음이 그치기만을 기다리며 문 앞에 서 있는 일밖에 할 수 있는 것은 없었다. 가까이서 듣는 울음소리는 그녀가 지난밤에 멀리서 들은 울음소리보다 더 깊은 곳의 폐부를 찌르면서 그녀를 사로잡았다. 도대체 누가 저 울음보다 더 감염력 있는 울음을 울 수 있을까. 그녀를 빨아들이는 울음소리. 모든 구체적인 사건에 대한 상상을 뛰어넘는 울음소리로 그 앞에서 그저 침묵하며 같이 울 수밖에 다른 도리가 없는 그런 울음소리. 그녀는 자신이 그 울음에 깊이 동조하고 반응하며 서 있다는 사실에 놀라지 않을 수 없었다. 그 먼 옛날 그녀가 그랬던 것처럼. 얼마나 그렇게 서 있었을까. 이미 울음은 멈추어 있었다.

집에 돌아와 누워 잠을 청했지만 여전히 그녀 몸 안에서 울리고 있는 울음소리의 메아리가 깊이 침잠해 있던 기억의 강바닥을 휘저어놓았다. 기억의 조각들이 무분별하게 떠올라 부유했다. 이어 무수한 고리들이 연결되더니 J가 되살아났다. 침몰한 배의 잔해처럼 부유물로 가려진 선명하지 않은 기억들.

참 이상한 아이였다, J는. 모든 일은 장난으로 시작되었다. 왜 그 장난의 대상이 J였는지 말할 수 있는 사람은 아무도 없다. 어쩌다 그것이 J였고 그 대상이 J였기 때문에 그것은 소리 없는, 긴 전쟁이 되었다. 병에 담은 벌레들을 가방 속에 쏟아놓는다거나, 체육복을 감추어 궁지에 빠지게 하고 교재의 몇 장에 낙서가 그려지고 책을 뭉텅이로 찢어놓는 유치한 장난은 우연처럼 시작되었다. 왜 그랬을까. 40명의 10대 여자

아이들의 어떤 직감이 J를 택하게 했을까. 뱅뱅 도는 고도의 근시 안경을 빼면 예쁘장한 얼굴에 평범한 우등생인 J.

1년 내내 그 잔인한 장난이 지속되게 내버려둔 것 또한 J가 아니라고 말할 수 없다. 다른 애들처럼 괴성을 지르며 펄쩍 뛰어 교실 밖으로 튀어 나간다거나 부모를 불러와 학교에 항의를 했다거나 욕설과 분노로 대항한다거나…… 대부분의 또래 아이들이 보이는 반응을 보였다면, 그 반의 악동들에게서 시작해 반 전체의 오락거리가 된 이 대수롭지 않은 장난은 어떻게든 끝이 났을 것이다. 아이들은 곧 대상을 바꾸며 바람 없는 날 누군가 놓은 산불처럼 이리저리 시큰둥하게 옮겨붙다가 꺼져버렸을 것이다. 그러나 J는 불행하게도 장난에 반응을 보이지 않았다.

아이들이 거미에 집착한 것은 J가 반응을 보인 유일한 것이 그 벌레였기 때문이다. 그렇지만 나무 몇 그루 없는 자그마한 중학교 교정에서 거미가 맘먹은 대로 잡아지지 않았다. 그래서 다른 놀이들이 개발되었다. 자리를 비운 사이 J의 가방 안에 든 것이 교실 바닥에 흩어지는 것은 늘 있는 일이었다. J의 용돈은 빼앗을 필요도 없었다. 그냥 가지면 되었다. J가 늘 주머니에 넣고 다니던 작은 메모장의 내용은 칠판에 공개되었다. 일기의 한 부분 같은 사적인 문장이나 시구절, 몇몇 단어들과 복잡한 이름의 이국의 고유명사들……. 그 하나하나는 놀림감으로 변모하며 기상천외한 막장 드라마가 쓰였다. J는 어떤 심한 장난에도 반응하지 않았다. J가 아주 반응을 보이지 않은 것은 아니었다. J는 반장이나 부반장에게 도움을 청하기도 했다. 그녀가 쓰던 안경이 부러졌을 때, 그녀가 각별히 관심을 보이는 과학 시간에 필요한 재료들이 흔적도 없이 사라졌을 때……. 그래도 결코 담임 교사나 교감 혹은 부모에게 이 일들을 알리지 않았다. 악동들은 J가 결코 자신들을 곤경에 빠뜨리지 않을 것을 알고 있기에 놀이는 더 그악스러워졌다.

불행하게도 이런 고난이 J에게 아무런 괴로움도 주지 않는 것처럼 아무런 대응을 하지 않았다. 고통의 표시라고는 얼굴에 종기가 돋거나 때로는 교복 밑의 종아리에 생긴 붉은 반점들이 다였다. 그건 안타까운 시선으로 J를 관찰해온 그녀의 눈에나 띄는 것이었다. 아이들이 벌이던 그 싱거운 장난도 곧 시들해졌다. 그것은 사건을 만들지 못했다. J는 그런 것이 정말 아무것도 아니라는 듯 넘어갔고 또 넘어갔다. J만 홀로 다른 우주에 속해 있는 것 같은 그 무반응이 아이들을 격앙시켰다. J에 관한 무질서한 전기들이 쓰이기 시작했다.

J에게는 숨겨야 하는 병이 있다. 그것은 전염력이 있는 것이라 학교에서 쫓겨날까봐 숨기고 말을 못하는 것이다. J의 부모가 약사이기에 동원된 상상이었다. 호들갑스럽게 J의 부모가 학교로 뛰어와 문제를 만들지 않았기에 J는 이번에는 고아가 되었다. 그저 잠깐 약사 부부가 맡아 키우는 고아, 그러다 J는 입양아가 되었다. 어느 날 약국 앞에 버려진 아이. 남겨진 쪽지에 이름만 달랑 써 있었단다. J. 그래도 아무 일도 일어나지 않았다. 꽤 부자라고 알려진 부부 약사였던 J의 부모가 딸이 당하는 것을 알고도 침묵하는 것은 그들이 '구린' 약품을 비싼 값에 팔아 치부를 하고 있기 때문이다. 아니다. 진실은 다른 곳에 있다. J의 부모가 경영하는 약국이 그토록 잘되는 것은 그들이 조제해주는 약 속에 무언가가 들어 있기 때문이다. 마약, 혹은 그 비슷한 것으로 장기적으로 복용하면 생명에 위험한 어떤 것. 아니 그것은 치명적인 것임에 틀림없다……. 이 비슷한 이야기는 세부사항을 바꾸면서 아이들의 입에서 입으로 돌아다니며 변형되고 부풀려지고 그러다가는 다른 이야

기를 만들어내기도 했다. 한두 번 몇몇 담대한 아이들은 약국이 문을 닫은 늦은 시간에 J 부모 소유의 약국 유리문 위에 검정색 스프레이로 뜻이 제대로 파악되지 않는 혼란스러운 도형들을 뿌려놓기도 했다.

유년의 친구였던 그녀가 J를 위해 할 수 있는 일은 아무것도 없었다. 아니 유년에 한동네에서 살았다는 것을 말해봤자 그 어느 누구에게도 득이 될 것이 없기에 그녀는 침묵했다. 한두 번 J의 부모에 대해 만들어진 소문이 도를 넘었을 때 J는 교실 끝 쪽에 앉아 있던 그녀 쪽을 돌아본 적도 있었다. 그녀는 일어서 밖으로 나가며 복도가 울리도록 문을 메어친 것이 다였다. 그 미친 광풍을 도저히 한두 마디로 잠재울 만한 말이 생각나지 않았기 때문이다. 얘들아 멈춰! 너희들 다 미쳤니? 그녀의 목소리는 와자지껄한 웃음소리에 묻힐 것이 뻔했다. 학교에 얘기하는 것, 그것은 그녀 아니라도 누구나 피하고 싶은 것이었다. 두어 번 J 부모의 약국까지 간 적도 있었다. 불 켜진 실내에서 어항 속의 물고기처럼 조용히 움직이며 일에 몰두한 J의 부모를 바라보다가 돌아오곤 했다. J의 반응은 어떨까. 그녀는 되돌아섰다. J 부모의 평안을 도저히 깨뜨릴 용기가 나지 않았다.

게다가 대부분 그녀는 학교를 나와서는 이 일을 까맣게 잊었다. 그저 치근이 뻐근한 통증 같은 불편함이 그녀를 따라다녔다. 식구들이 학교에 대해 물을까봐, 행여나 J의 일을 입 밖에 낼까봐 그녀는 숨듯이 방 안에 틀어박혔다. 그래, 사춘기야 사춘기! 건드리지 말자. 식구들이 속삭이는 소리를 들으면서 그녀 나름대로 쓰던 '일지' 쓰기에 몰두했다. 그날그날 아이들이 한 짓을 세세하게 묘사하고는 심한 욕설로 끝이 나는 이 일지를 그녀는 열쇠가 달린 공책에 가두었다. 너희들 이제 모두 죽었어. 이 공책의 내용이 공개되는 날에는. 그녀는 연루되기 싫어 일기가 아니라 일지라고 불렀다, 마치 제삼자의 사건을 보고하듯이.

그리고 잊기 위해 공부에 매달렸다. 다음 날 학교가 저 앞에 보일 때 그 불편함은 되살아났다. 때로는 이런 생각도 들었다. 자신의 무반응, 바로 그런 식의 무반응이 아이들을 더욱 흥분시킨다는 것을 J가 설마 모르고 있었을까. 그녀는 왜 그랬을까. 아니 왜 아무것도 하지 않았을까.

J가 없는 그 1년을 상상하기가 어려웠다. 오늘이나 내일이나 늘 변화 없이 동일한 무의미한 시간이 반복되던 그때, 모든 것이 시큰둥하고 세상이 조금씩 무섭고 크게 보이기 시작하지만 무엇을 해야 할지 아무것도 보이지 않을 때, 손끝으로 흔들며 잡아보라고 유혹하는 세상의 드라마들 그 어느 하나 그들의 것일 수 없음을 막연하게 알아차릴 그즈음, 아이들 모두는 J 같은 사람이 필요했다. 어쩌면 J도 때로는 폭도가 되는 반 아이들이 필요했을까. 이상한 것은 그 당시의 반 아이들의 어느 얼굴 하나, 어느 이름 하나 그녀의 기억에 남아 있지 않다는 것이다. 그 당시 반에는 마치 그녀와 J만 있었던 것처럼 말이다.

그녀는 다시 일어나 앉아 불을 켰다. 이곳으로 이사 오면서 잦은 이사와 출장지 생활로 부모 집에 방치해두었던 박스들을 가져온 것이 생각났다. 잡동사니와 옛 소지품 들이 들어 있을 그 박스들을 부모는 보물이라도 되는 듯 먼지를 닦으며 보관했고 낡으면 새 박스에 옮겨 담으면서 간직해온 걸 알고 있다. 내용도 기억나지 않는 그 박스들을 버리지 못했다. 한 번도 다시 들여다보지 않은 철학입문, 경제학개론 등의 대학 시절의 공책들, 편지 묶음들, 사진 앨범 몇 권……. 마침내 그녀와 재회하게 된 박스들 속에 혹시 그 열쇠 달린 일지가 들어 있지 않을까. 이 의문형 질문은 말도 안 된다. 네 권에 이르는, 동일한 표지의 열쇠 달린 일지 공책은 그 안에 확실히 있다. 마음과는 달리 그녀의 몸은 움직여지지 않는다. 그저 눈을 꽉 감고 누워 있다. 열쇠를 찾아 엘리베이터를 타고 내려가 주차장 옆에 있는 주민 공동창고 안 그녀에게 배당된 문에 그 열쇠를 넣고 돌리면 되는데. 철제 선반 위의 여러 박스를 다 뒤져 일지를 찾아냈다고 치자. 그 공책의 열쇠는 이미 사라져 없어진 지 오래다.

이튿날도 그녀는 늦게 일어났다. 마침내 조바심하지 않고 늦잠을 잘 수 있다는 특권을 누리는 것도 잠시, 약화되기는 했어도 여전히 정자 여인의 울음소리가 그녀의 몸 안에서 공명하고 있는 것을 깨닫는다. 그 소리의 공명이 흩어지고 사라질까봐 그녀는 천천히 움직인다. 천천히 커튼을 젖힌다. 이미 정오를 향해가는 봄 햇빛이 와락 실내로 쏟아져 들어온다. 느린 걸음으로 부엌으로 가서, 아주 천천히 커피를 준비한다. 울음소리 속에서 J의 앳된 얼굴, 가을 잠자리를 닮은 붉은 테 안경을 쓴 J의 얼굴이 조금씩 돋아나는 것을 가만히 바라본다. 알맞게 내려진 커피에 우유를 넣는다. 선물로 받은 꿀 병에서 큰 술을 떠 커피 잔에 넣는다. 시간을 잊고 젓는다. 다시 가라앉는 기억의 침전물을 젓고 또 젓는다.

그녀가 J의 울음소리를 들은 것은 그해가 끝나가는 어느 일요일 밤이었다. 늦은 저녁 시간 그녀는 버스를 타고 J의 집으로 갔다. 무슨 계획을 가진 발걸음이 아니었다. 그녀를 위로해준다거나 도와주겠다거나 하는 생각은 애초에 없었다. 기회가 주어진다면 그저 손을 흔들어

인사를 하고 싶었다. 군인이었던 그녀 아버지의 타지 발령으로 이사를 앞두고 있었다. 이듬해부터는 그 지방의 학교로 등교가 예정되어 있었다. 그 전에 그녀가 J에게 할 수 있는 마지막 손짓. 한때는 그녀 가족이 살았던 유년의 집에서 골목 하나의 거리에 있는 J의 집에는 불빛이라고는 없었다. 골목 어귀의 대로에 있는 J 부모님의 약국은 닫혀 있었다. 집의 기둥에는 당시에도 이미 드물었던 문패가 아직도 달려 있었다. 다른 집과 달리 J의 부모의 이름이 나란히 적혀 있다고 J가 자랑하던 바로 그 문패.

그녀는 J의 집을 한 바퀴 돌았다. 벨을 누를까? 그냥 돌아갈까? 그녀는 유년의 집이 있던 골목까지 한 바퀴 돌고 다시 J의 집 쪽으로 걸음을 옮겼다. 그때 J의 집에서 흘러나오는 그 울음소리는 밖에 걸음을 멈추고 서 있는 그녀에게도 들릴 만큼 컸고 애달팠다. 깊은 곳에서 끌어올린 울림이 있지만 앳된 음색을 띤 그 울음소리는 그녀의 마음속에 이상한 평안함을 주었다. 그래 울어라 J야! 실컷 울어! 불이 꺼진 빈집에서 울려오는 울음소리는 기괴하지도 무섭지도 않았다. 그녀는 울음소리가 좀 더 선명하게 들리는 쪽으로 걸음을 옮겼다. 창문 안쪽에서 구슬프게 울려오는 울음소리. 그녀는 J의 집 담에 기대어, 멈추었다 다시 계속되는 울음소리를 들었다. 벽돌 벽의 차가운 기운을 느끼며 그녀가 할 수 있었던 것은 J의 울음소리를 들어주는 것뿐이었다. 그녀는 그렇게 한참을 서 있었다.

J의 울음이 멈추면 그때 떠나야지. 한 시간, 아니면 30분. 어떻건 긴 시간이었다. 그녀의 내면에서도 흐느낌이 일었고 그녀도 같이 울고 있었다. 그러다가 한참 동안 아무 소리도 들려오지 않았다. 울다 지쳐 잠

이 든 모양이었다. 그녀는 그제야 담에서 떨어졌다. 그러고도 한참을 그대로 서 있었다. 울음소리는 다시 시작되지 않았다. 그녀는 걸음을 옮겼다.

그녀는 지쳐 잠들었을 J를 향해 손을 흔들었다. J 안녕. 미안하다 J.

그녀는 천천히 일어났다. 동네의 식당들을 둘러보기로 마음먹은 날이었다. 그녀는 천천히 외출복으로 갈아입었다. 운동화 끈을 살짝 조이게 묶었다. 천천히 엘리베이터를 탔고 천천히 상가로 접어들어 작은 국숫집에 들어갔다. 천천히, 아주 천천히 늦은 점심을 먹었다. 식사를 마치고 그녀는 전화기에 내장된 캘린더에 적었다. '○○국수 73점'. 상가 통로 저 끝에 약국 표시가 보였다. 그녀는 천천히 그쪽으로 옮겨 갔다. 작은 약국이었다. 젊은 여 약사에게서 산책용 마스크를 구입했다. 외계인 마스크. 약사는 처음 뵙는다고, 어느 동으로 이사 왔느냐고 묻는다. 그녀의 대답에 약사는 귀마개가 필요하지 않느냐고 물었다. 그녀는 웃으며 괜찮다고 말하고 약국을 나왔다. 준비해 온 작은 백팩에서 선글라스를 꺼내 쓰고 느린 걸음으로 숲 쪽으로 대로를 건넜다. 정자에 이르면 여인이 있으리라. 그녀는 그저 조용히 여인의 옆에 앉아 있을 것이다. 여인이 일어설 기색을 보이지 않으면 그녀도 옆에 가만히 앉아 가방 속에 준비해 간 책을 읽으면 된다. J는 '아픈 언니'가 되지 않았다. 기니인지 말리인지 어떻건 아주 멀고 가난한 나라에 가서 남편과 함께 의사로 일하고 있다고 들었다. 오래전에 누군가에게서 건성으로 듣고 결연히 잊고 있었다.

날이 저물어 정자 여인이 일어서면 그녀도 일어설 것이다. 여인이 거부하지 않으면 그녀와 같이 숲을 내려와 그녀의 동생이 사는 집까지

바래다줄 것이다. 여인만큼 천천히 걷는 것을 배울 것이다. 여인이 멈추면 그녀도 멈추어 기다려주리라. 최소한 앞으로 8일간은 이렇게 지나갈 것이다. 그다음에는……. 우선 그녀는 산책객으로 무장하고 전날보다 훨씬 익숙한 숲길로 접어들었다. ▪

역대 수상작가 최근작

오직 한 사람의 차지
김금희

아주 사소한 히어로의 특별한 쓸쓸함
김인숙

개의 밤
편혜영

김금희

오직 한 사람의 차지

© 이천희

1979년 부산 출생. 인하대 국문과 졸업. 2009년 『한국일보』 등단.
소설집 『센티멘털도 하루 이틀』 『너무 한낮의 연애』.
〈젊은작가상〉 〈신동엽문학상〉 〈현대문학상〉 수상.

오직 한 사람의 차지*

    몇 해 전 출판마케팅 강의를 들으면서 가장 인상적이었던 얘기는 세상에는 이상한 천 명의 독자가 있어서 무슨 책을 내든 그만큼은 팔린다는 것이었다. 그 말을 한 사람은 『메모리얼—기억하는 습관』이라는 책을 내서 그 당시 꽤 성공한 출판사 사장이었는데, 지금 생각해보면 강의 준비를 제대로 안 했는지 잡다한 경험담으로 시간을 때우곤 했다. 그러다 마지막 수업이 되자 자못 진지한 얼굴로 지금까지 자기가 한 얘기는 다 잊으라고 했다. 12만 원이나 내고 들은 강의 내용을 잊으라니 말이 되는 소린가, 했는데 그는 출판 노하우를 전하기란 사실 불가능에 가깝다고 말을 이었다.

    "1인 출판을 하려는 여러분은 독학자들입니다. 이제 여러분은 차가

---

* 소설의 제목은 『더 기타리스트』(정일서 지음, 어바웃어북, 2013)의 '지미 헨드릭스' 장에서 착안했다.

운 책상머리에 앉아 고독하게 세계를 해석하는 소수의 선지자들과 양서를 내고 그것을 알아보는 이상한 천 명의 독자들과 지성을 매개로 연대하는 것입니다."

천 명이라면 인쇄기 한 번 돌린 값도 안 나오는 판매량이지만 그래도 그 얘기는 용기를 불어넣어주었고, 낸 책이 연달아 실패하는 가운데에서도 나는 이상한 천 명의 독자들을 망망대해의 북극성처럼 여기며 3년을 버텼다. 하지만 거기까지였다.

"얼마만큼인 줄 알아?"

와이프인 기는 작은방 문을 열어 안을 가리키며 다시 말했다.

"이 방에 가득 쌓일 만큼 닭갈비를 팔아야 하는 돈을 네가 탕진한 거라구!"

기의 계산법은 이랬다. 기의 아버지, 그러니까 나의 장인은 고양시 외곽에서 닭갈비집을 하는데 온갖 매체들이 소개한 유명 맛집이었다. 철판이 아니라 숯불에 직접 굽고 2백 그램 1인분에 만 천 원이었다. 기가 가리킨 작은방은 10평방미터쯤 되고 거기에 2백 그램짜리 닭고기를 쌓아 올리면, 물론 닭고기는 표면이 단단하지 않아서 서로의 무게에 짓눌리기도 하겠지만 아무튼 닭고기가 척척척척 서로 눌려가며 엎히는 게 아니고 분명한 경도를 지닌다고 치면 딱 그만큼의 금액이라는 것이었다. 나는 문과라서 계산에 약하고 길게 이야기해봤자 손해니까 그냥 기를 잡아끌면서 책이랑 닭이랑 같니, 하고 말했다.

"뭐가 달라?"

기는 아예 시비조였다.

"너 직업에 귀천 두니? 너도 책 팔자고 나섰던 건데 못 팔면 그게 후진 거야. 어디서 닭을 깔봐, 닭을. 네가 닭을 아니? 숯불닭갈비에 대해서 아냐고, 네가. 우리 아빠와 닭의 노고를 아느냐고."

세상에는 돈 빌리는 많은 남자들이 있고 나도 신혼집을 마련할 때나, 출판사를 시작할 때 은행 이자가 무서워 처가에서 빌렸지만 좋은 선택은 아니었다. 일상 곳곳에서 문제를 일으켰으니까. 기는 쩨쩨한 편이 아니고 장인도 돈 문제를 노골적으로 언급하거나—적어도 출판사가 그렇게 되기 전까지는—은근히라도 부담을 주지는 않았지만 문제는 내 자신이었다. 뭔가 자발적인 복종과 협조의 상태가 되곤 했다. 어쩐지 더 자주 농담하고 쇼핑에 따라가고 기가 좋아하는 많은 것들—벤 폴즈 파이브나 김사월, 라이딩과 곤약조림, 심즈 플레이 등에 협조적이 됐다. 몸이 부수어져라 협조했다. 기는 언제나 집이 청결하게 유지되기를 바랐기 때문에 청소도 자주 했다. 백색 가전과 백색 벽지, 백색 가구와 백색 침구류 등으로 꾸며져 어딘가 창백한 느낌의 집이 더 창백한 인상을 가지도록 기는 청소했다. 욕실 청소만 하더라도 노즐이 있는 욕실용 스팀 청소기를 사서 타일까지 문지르고 나서야 기는 활달해져 식사할까? 했다. 채소밥은 어때? 그리고 에이드를 만들자!

"기 말이지. 내가 잘 키웠어. 아주 잘 자라주었지."

결혼 전 인사를 하러 갔을 때 장인은 거나하게 취해 창고 옆으로 나를 부르더니 담배를 권했다. 끊었다고 하자 장인은 안경이 밀려 올라갈 정도로 입꼬리를 올리며 흐뭇해했다.

"그랬겠지. 기가 싫어하니까 그랬을 거야. 하지만 자네랑 나랑 둘만 있으니까 남자끼리니까 괜찮아. 피워도 돼."

그때는 여름이라서 개구리와 풀벌레 들이 입을 모아 합창하고 있었다. 그 소리는 나는 것이 아니라 구르는 것처럼 들렸다. 소리가 나는 것이 몸체와 바깥 사이의 단순한 진동 과정이라면 구르는 건 동력도 필요하고 공감각적이고 사건적이어서 전자가 자연의 문제라면 후자는 천체의 문제 같았다. 당시에는 기와의 결혼이 그렇게 느껴졌다. 일곱 살 때 피아노 학원의 여자 친구에게 좋아해, 하고 속삭이며 시작된 수십 번의 연애를 정리하고 일부일처제의 거대한 질서로 편입되는 것이었다. 가족과 가족이 합쳐지고 돈과 돈이, 서로의 미래와 미래가 뒤섞여 사건적인 융합이 발생하는 것이었다. 그 첫발을 내디딘 여름을 기념하기 위해 환희에 찬 개구리, 풀벌레 들이 떽떽떽떽 굴러대는 것이고. 나는 아홉 시가 넘었는데도 주차장으로 끊임없이 들어서는 자동차 헤드라이트와 눈 맞췄다. 근처에 아웃렛 매장이 생기면서 식당은 더 호황을 맞았다.

"피우라니까, 남자끼리는 괜찮아."

"괜찮습니다."

"이 친구 아주 기 눈치를 엄청 본다. 자, 어서."

장인은 급기야는 큼지막한 손으로 내 팔뚝을 잡으며 담배를 쥐어주려 했다.

"괜찮은데요, 진짜."

"아, 안 보여. 가게 안에서는 안 보인다니까. 무슨 남자가 그렇게 배짱이 없어."

"아뇨, 정말, 괜찮다니까요."

나는 나도 모르게 담배를 쳐서 떨어뜨렸고 어색한 침묵이 장인과 나 사이에 흘렀다. 그 잠깐을 개구리와 풀벌레 들이 떽떽떽떽 메웠다.

"할아버지가 폐암으로 돌아가셨거든요."

"그랬나? 거 무서운 병이지."

"삼촌도."

"삼촌도 그랬나?"

"이주일도 그렇지 않았습니까?"

"그랬지, 확실히 그랬지."

장인은 허리를 숙여 담배를 줍다가 그래, 몸에도 좋지 않은 이것, 하면서 수풀로 던졌다. 잠깐 소리가 잦아들다가 이어졌다. 그사이 기가 나와서 "둘이 뭐 해?" 하고 소리쳤고 나는 "야, 별 봐라, 쏟아질 것 같아!" 하고 하늘을 가리켰다.

그 이메일을 받은 건 출판사를 정리하고 나서도 한참 후의 일이었다. 그때 나는 친구가 만든 인터넷 매체에서 운영자로 일하고 있었다. 필자를 섭외하고 인문 콘텐츠를 기획하며 종종 책 리뷰를 직접 쓰기도 하는 일이었다. 딱히 돈이 되지 않았지만 포털 쪽의 인수 제안이 오면서 회사가 활기를 띠었을 때였다. '낸내'라는 아이디를 쓰는 그 사람은 자기가 내 출판사에서 냈던 두 권의 책을 가지고 있는데 교환하고 싶다고 했다. 독자가 말한 책은 『곰의 자서전』이라는 생태 관련 서적과, 록스타 지미 헨드릭스의 기타를 다룬 문화비평서인 『오직 한 사람의 차지』였다. 파본 교환 요구라도 나는 반가운 마음이 앞섰다. 정말 책은 수많은 우연과 필연을 거쳐 누군가의 손에 가 닿는구나 싶었다. 그렇게 누군가는 3만 6천 원의 돈을 지불하고 그 책을 사서 책장에 꽂아두고 한동안은 읽지 못하다가 어느 날 페이지를 넘기며 진리를 탐구해나가는데, 페이지가 백면이거나 해서 여정이 멈춰버리는 것이다. 그러면 속상했겠지, 김이 샜겠지, 얼마든지 교환해줄 수 있었다.

비록 망해버렸어도 나는 책의 물성이 지닌 아우라에 무심했던 인간은 아니었다. 적어도 폐지상에 팔아버리지는 않았다. 그렇게 책들이 기계 속으로 들어가 곤죽이 되어 사라지고 마는 것은 상상만으로도 언짢은 일이었으니까. 하지만 기는 남은 책들을 절대 집 안에 두고 싶어 하지 않았다. 먼지다듬이라는 단어를 인터넷에 검색해 보여주며 고개를 저었다. 먼지다듬이는 책에 기식하는 자웅동체의 벌레로 습도가 높은 곳의 종이류, 책, 가구 틈에 살며 박멸이 불가능하다. 기는 불가능이라는 단어를 손톱으로 톡톡 쳤다. 나도 먼지다듬이를 원하지는 않았다. 하지만 그렇다고 돈도 없는데 컨테이너 보관 서비스를 쓸 수도 없었다. 한강에 나가 싹 다 소각해야 하나, 그러면 소각은 공짜인가, 미리 구청에 허가를 받거나 아니면 수수료를 내야 하지 않나 등등으로 생각의 가지가 뻗어나가는데 기가 명쾌하게 대안을 제시했다.

"아빠 식당에 보관해. 거기 안 쓰는 대형 냉동고가 있으니까 책이 햇빛에 상하거나 하지도 않을 거야."

"그런 냉동고가 왜 있지?"

나는 아무런 뜻 없이 물었다.

"왜 있긴, 아빠가 봉천동에서 고기 뷔페 할 때 들여놨던 거지."

기의 말에 가시가 표표히 섰다.

"고기 뷔페도 하셨구나."

"그것만 한 줄 알아? 우리 아빠가 고생을 얼마나 많이 했는데? 지금 성공했다고 내내 인생이 그랬는 줄 알아?"

"알지, 고생이 많으셨지."

"너는 그래도 우리 집이라도 잘살지. 아빠는 자수성가했어. 혼자 다 이뤘단 말이야."

이야기가 그쯤 되니 나는 견딜 수가 없어졌다.

"말이 좀 그렇다. 속악하잖아."

"속한데 악하기까지 하면 다 갖췄네. 추하네."

"그렇지."

"아주 삼박자네, 되게 미안하네."

책은 기가 강의를 나가는 날 옮기기로 했다. 운전을 못하는 기는 고양까지 가기가 버거워서 늘 내가 모는 차를 타려 했는데 먼지다듬이가 득시글할지도 모를 책 더미를 옮긴다고 하자 혼자 다녀오라고 했다. 고양으로 가는 날은 고독했다. 대학에서 자리 잡기 위해 이리저리 눈치 보며 아등바등하느니 살아 있는 교양과 인문의 세계에서 자정의 부엉이처럼 깨어 있자고 벌인 일이었다. 신생 출판사에 원고를 줄 국내 저자는 없으니까 우선 외서에 집중해서 밤낮으로 아마존 사이트를 들락거렸고, 에이전시에서 던져주는 카탈로그들을 성경처럼 읽으며 버텨온 시간이었다. 하지만 강사가 말한 천 명의 이상한 독자마저 나타나지 않고 이렇게 냉동고로 책들을 옮기는 신세가 된 것이었다.

장인은 식당에서 일하다 말고 나와, 사륜구동 차에서 끝도 없이 옮겨지는 양장과 반양장, 무선 제본의 책들을 흥미로운 듯 바라보았다. 식당이 번창하는 요즘에도 장인은 여전히 목장갑을 끼고 닭을 구웠다. 숯불을 쓰니까 조금만 방심해도 타버려서 신경을 써야 하는 음식이었다. 장인의 숯불닭갈비에는 집중과 타이밍과 숙련된 기술이 필요했다. 장인은 좀 쉬었다 하는 게 어떠냐고 말했지만 나는 이미 강변북로를 달리면서 기분이 가라앉았고 하늘이 꾸물꾸물한 것으로 보아서 언제든 비—나 눈—같은 것이 와서 마음을 망쳐놓을 듯했기 때문에 일손을 멈추지 않았다. 허리가 뻐근하고 어깨가 쑤셨지만 차와 냉동고를 오가며 전력을 다했다. 장인은 멀찍이 서 있다가 와서 트렁크에서 떨어진 책을 주웠다. 『곰의 자서전』이었다.

"곰이 자서전…… 아차 내가 생각을 못했네. 기가 막힌 아이디어가 생각났는데 자네한테 진작 말했으면 됐을걸."

뭐가 그렇게 안타까운지 장인은 혀까지 츳츳츳 찼다. 무슨 일이냐고 형식적으로라도 묻지 않을 수 없었다.

"우리 계모임이 있잖아. 「생활의 장인」에 나온 사장들 모임. 코엑스에서 그때 한류문화교류전에도 나가고 도쿄랑 베이징도 갔다 오고. 우리가."

"네, 그러셨잖아요. 무슨 약인가도 사다 주시고."

그 말을 하자 장인은 약간 쑥스러운 듯 얼굴을 붉혔다. 그건 정체를 알 수 없는 한약재로 만든 중국산 발기부전 치료제였다. 장인은 자기가 사지 않고 회원 누가 장난삼아 줬다고 다시 설명했다. 장인이 나에게 그걸 몰래 건네준 사실을 알게 된 기가 장인에게 무섭게 화를 냈을 때 한 변명과 같았다. 장인이 문득 기는 아직 아이 생각이 없지, 물었다.

"전혀요. 장인어른은 손주가 고프세요?"

"고프지, 나도 나이가 60이 넘어가는데. 그런데 기는 공부도 더 해야 하고 자네도 아직 자리를 못 잡았고 요즘에는 기술이 좋아서 마흔에도 낳으니까 아직 여유가 없는 건 아니지."

기는 마흔이 되어도 출산에 의지를 보일 것 같지 않았다. 하지만 그건 기와 장인 간의 문제고 앞으로 6년은 지나야 하는 일이니까 나는 굳이 말을 보태지는 않았다.

"우리 「생활의 장인」 사람들 다 자서전 하나씩은 쓰고 싶어 해. 그런 눈물겨운 자수성가 스토리랑 대박집 성공 노하우를 섞어서 쓰면 사람들 심금도 울리고 장사도 되고 내가 왜 그 생각을 진작 못했을까."

나는 매가리가 탁 풀리는 느낌이었다. 뭔가 집에서부터 팽팽하게 당겨졌던 신경줄이 강변북로에서부터 자유로를 거쳐 고양의 이곳까지 견디다 견디다 더는 장력을 이기지 못하고 부득부득 뜯기기 시작해 땡 끊어진 기분이었다.

"음식점 사장님들 자서전이요?"

"응 그래, 만들면 여기 식당에도 보기 좋게 진열해서 손님들 다 보게 하고."

"그런 거는 안 되고요."

"아 왜 안 돼? 팔린다구, 100퍼센트 팔려."

"아뇨, 제 출판사에서는 그런 건 안 냅니다."

나는 목장갑을 벗어서 탈탈 털었다. 일을 시작하자마자 장인이 준 것이었는데 이왕이면 새것으로 주지 쓰던 걸 줘서 그을음이 이미 새카맣게 묻어 있었다. 그런 데다 몇 년 묵은 냉동고 먼지와 책 먼지까지 합쳐지니까 장갑은 참 복합적으로 더러워졌다. 빨기 전까지는 구제가 안 될 것 같았다.

"왜 안 되나? 곰 자서전도 내면서, 왜, 뭐⋯⋯."

장인이 말을 더듬자 나는 일이 잘못 돌아간다는 것을 깨달았다. 수습을 해야겠는데 무슨 말을 해야 가능할 것인가. 우리는 이미 어떤 모욕을 주고받았고 나는 장인이 빌려준 돈, 10평방미터 방을 가득 채워야 할 만큼의 닭갈비를 팔아야 하는 돈을 갚지 못했는데. 그 뒤로도 기는 계산에 열중해 닭갈비가 아니라 닭으로 환산하면 정말 끔찍할 정도야, 라고 말하곤 했다. 6천 5백 마리라구! 닭갈비 그만큼을 얻기 위해서는 닭이 6천 5백 마리나 필요해.

그렇게 살아 있는 것의 몸체를 빌려 말하니 실감이 크게 오기는 했다. 나는 옷방으로 쓰는 그 희고 작은 방이 조그마한 부리와 깃털과 모래주머니와 주름이 자글자글한 닭발을 가진 통통하고 체온이 있는 닭 6천 5백 마리로 채워지는 상상을 했다. 더 괴로운 건 그런 상상이 미각을 자극한다는 것이었다. 그러니까 날갯죽지를 생각하면 종종 기가 양념해서 오븐에 굽는 그 요리의 기름지고 야들야들한 맛이 떠올랐고, 닭과 닭을 차곡차곡 쌓아 올리기 위해 접어둔 다리를 생각하면 베트남산 고춧가루를 넣어서 맵게, 아주 맵게 구운 닭발의 쫄깃함이 떠오르면서 불쾌해졌다. 나는 출판사를 하기 위해 돈을 빌렸다가 갚지 못한 채무자에 불과했는데 그런 말을 들으니 난폭한 포식자가 된 기분이었다. 양서의 출간과 닭의 몰살을 연관 짓는 기의 기묘한 상상은 그렇게 이상한 스트레스를 주었다.

하지만 일단은 기분이 상한 장인을 어떻게 달랠까 고민했다. 다행히 기가 전화를 걸어왔고 나와 장인이 차례로 통화했다. 그 잠깐 덕에 우리의 갈등은 표면 아래로 잠겼고 나는 최대한 빨리 『곰의 자서전』을 장인의 눈앞에서 치우는 데 전념했다. 제목만 그렇지 거기에는 곰이 스스로를 설명한 말이라고는 단 한 줄도 없었다. 곰은 그저 어우어어 욱억컹컹 할 뿐이고 반평생을 북미 산악지대에서 곰을 연구한 과학자가 거기에 자신의 논리와 정서를 이입해, 그날 밤 곰들은 훈풍을 앞세워 들이닥친 봄의 군대 앞에서 기분이 좋아 보였다, 라고 쓰는 식이었다. 나는 캐나다 불곰 네 마리가 동면에서 깨어나 산등성이를 오가며 봄을 축복하는 것을 전율과 감동 속에서 지켜보았다. 그들은 긴 시간 견뎌야 했던 겨울의 엄혹함에 대해서는 모르는 체했다. 다가올 행복으로 충만한 순간에 그런 과거는 무용하다는 듯이. 그러니까 헤어진 이유는 망각한 채 다시 만나 서로의 품으로 파고드는 순진한 기쁨의 연인들처럼.

"내가 강화에 땅을 봐놨다는 거 자네 아나?"

저녁 손님들로 식당이 서서히 붐비기 시작하자 장인이 자리에서 일어났다. 이미 눈으로는 주방 아주머니들이 실수 없이 피크타임을 준비하는지 살피고 있었다.

"전에는 안면도였잖아요."

"거기는 너무 멀더라고. 운전도 못하는데 기가 거기까지 어떻게 와?"

"그렇죠. 안면도는 힘들죠."

"강화에 집을 지을 건데 문 앞에다 트리를 세울 거야. 왜 미국 보면 엄청나게 큰 나무로 장식을 하잖아. 북미산 잣나무 한 3미터짜리를 세워서 저기 동네 입구에서부터 기가 볼 수 있게 할 거네. 아, 나를 기다리는구나, 아빠가 저기 있다, 이럴 거라고. 그러려고 해, 내가."

장인은 자기중심적인 편이라 모든 것이 원하는 대로 착착 진행되지 않으면 불같이 화를 냈다. 돌아가신 엄마를 그렇게 괴롭혔다며 기는 장인을 미워하기도—물론 드러내지는 않고—했는데, 과연 트리를 세우면 보상이 될까 모르겠지만 기라면 의외의 지점에서 지극한 평정의 계기를 찾아내기도 하니까 그럴 수도 있겠다 싶었다. 말을 마친 장인은 식당으로 들어갔고 내가 책들을 냉동고 안에 다 넣고 돌아가기 위해 인사하자 멀찍이서 마치 곰처럼 앞발을 들어 보이고는 능숙하게 숯불을 올렸다.

독자를 만나기로 한 장소는 홍대 인근의 북카페였다. 그는 자기가 항상 카페에 있고, 워낙 장소가 넓어서 차 한 잔쯤 시키지 않아도 잠깐

볼일을 볼 수 있다며 거기로 오라고 했다. 용건만 간단히 해결하려는 '쿨함'이 느껴졌다. 다행히 카페는 회사에서 가까웠다. 50여 평은 되어 보였고 'ㄷ' 자 모양 서가에는 세계문학전집과 동서양의 고전을 원전 번역한 인문예술서 시리즈가 빼곡히 꽂혀 있었다. 서가는 천장까지 이어져 있어서 사다리를 타지 않고는 저 위에 있는 책들을 내릴 방법은 없어 보였다.

나는 미리 들은 대로 『곰의 자서전』과 『오직 한 사람의 차지』가 놓인 테이블을 발견하고 다가갔다. 거기에는 체스 입문서인 『체스왕은 나의 것』과 『배우자! 타로점』, 조류 관련서인 『앵무새 언어의 쉽고 빠른 이해』, 보드게임 책인 『젠가 정복자』 등도 있었다. 우리 책을 읽는 독자라면 인문과 교양에 확실한 취향이 있을 줄 알았던 나는 그 일관성 없는 독서에 약간 실망했다. 경칩도 지났는데 독자는 아직 추운지 알록달록한 옷을 여러 겹 껴입은 차림이었다. 마침 그런 책 제목을 봐서 그런지 몸을 최대한 부풀린 금강앵무새처럼 보였다. 우리는 소극적으로 인사를 나눴고 그가 책을 내밀었다. 그런데 원하는 것은 교환이 아니라 환불이었다.

"트랜스레이션, 번역 안 좋아서 평생 걸릴 것 같아서요."

영어 발음이 유창했는데 한국말은 서툴러 보였다. 당황스러웠지만 외국에서 살다 와서 물정을 모를 수도 있으니까 화를 내고 싶지는 않았다. 그래서 책이 멀쩡하고 단지 단순 변심의 경우라면 일주일 안에는 와야 환불된다고 설명했다. 아, 하고 그가 탄성을 냈다. 잘 몰랐구나 싶으면서도 외국의 서점은 그렇게 쉽게 환불해주는지 의문이 들었다. 우리의 경우는 일단 사가면 웬만해서는 돌이키기가 힘이 드는데. 아주 힘들지, 얼마나 들춰봤든, 얼마만큼의 애정과 소유욕이 남아 있든 되돌릴 수가 없어, 불가능해.

"알지만, 이런 말 있어요."

그 독자— 낸내는 휴대전화를 꺼내 캡처 이미지를 보여주었다. 지금은 도메인 계약 기간이 지나서 폐쇄되었을 출판사 홈페이지에 있던 소개글이었다. "출판사 『상태와 본질』은 번역 집단 '무국적의 말'과 함께 외서 번역의 새 지평을 열어갑니다. 독자분들의 질책을 환영하며 무한한 책임을 지겠습니다." 그 페이지를 대체 어떻게 발견했나 물었더니 구글링했다고 답했다. 내 이메일 주소도 그렇게 알게 됐다고 했다. 나는 그때의 책임과 환영이 어떠한 경우에라도 책을 환불해주겠다는 뜻은 아니었다고 설명했다. 그것은 어디까지나 자유롭고 우호적인 의견 교환을 통한 책임이다. 그러니까 비물질적인 말의 보상인 것이다. 낸내는 나를 가만히 주시하면서 중간중간 태블릿 PC로 무언가를 검색해 수첩에 메모했다. 얼핏 보니 모두 한자어들이었다. 그는 교환학생 프로그램이나 어학연수를 하러 한국으로 온 해외동포처럼 보였는데, 말은 해도 이해의 과정에는 스위스산 에멘탈 치즈처럼 구멍이 숭숭 뚫려 있는 것 같았다. 단어 뜻을 내게 직접 안 물어보는 걸 보면 자존심이 센 친구였다. 나는 한국말을 들을 때마다 낸내의 머릿속에서 낙엽처럼 버석거릴 불가해를 떠올리면서 최대한 친절하기 위해 노력했고 핵심 단어들은 영어로도 써봤지만 차가운 반응이었다.

"돈은 안 쓴다 이거잖아요. 공짜로 얘기는 하지만."

낸내는 자기 주머니에 손을 넣었다가 빼면서 엄지와 검지를 비벼 지폐를 만지는 시늉을 했다. 손톱은 길었고 검정이라고 해야 할지, 죽은 보라라고 해야 할지 모를 색으로 두텁게 칠해져 있었다. 외양만으로 본다면 낸내는 짧은 머리에, 점퍼와 티셔츠, 청바지 차림의 톰보이 스타일이었지만 손톱은 달랐다. 뭐랄까, 그 손톱만은 원치 않게 늙어버린 여자들의 형상을 하고 있었다. 폐업 신고까지 한 마당에 무슨 생각으로 여기까지 와서 사후 서비스를 하고 있나, 나는 기운이 빠졌다. 파본을 교환해달라는 줄 알고 식당까지 가서 책을 챙겨온 게 지난 주말이었다. 기는 나의 그런 감상적인 성격이 문제라고 했다. 인생이란 열기구와 같아서 감상을 얼마나 재빨리 버리느냐에 따라 안정된 기류를 탈 수 있다고. 아무것도 잃으려 하지 않으면 뭘 얻겠어, 하고 충고했다.

"영수증은 있으시겠지요?"

나는 그만 피곤해졌다. 두 권을 합치면 3만 6천 원인데 가난한 교환학생에게 준다고 내 삶이 망가지는 것도 아니지 않은가. 하지만 그는 없다고 했다.

"그러면 내가 독자님이 얼마를 주고 구입했는지 어떻게 압니까? 책은 이렇게 저렇게 할인도 되고 헌책방에서 후려쳐서 샀을 수도 있는데."

그러자 그도 뭔가를 골똘히 생각했다. 나는 타이밍을 놓치지 않고 영수증이 없으면 어쩔 수 없다고, 증빙을 못 하면 여기서 입씨름을 할 필요도 없다고 강조했다. 증빙, 낸내는 단어를 소리 내서 발음하더니 검색했고 마침내 그렇네요, 하고 수긍했다.

카페를 나오면서 나는 한국말도 모르는 여자가 왜 저런 생태 서적과 문화비평서를 골랐을까 생각했다. 장인처럼 자서전이라는 말에 착각한 건가. "오직 한 사람의 차지"라고 표지에 기타와 악보가 그려져 있으니까 음악책인 줄 안 건가. 그 책은 록의 분화와 증식, 반전, 히피, 소비자주의, 비트세대 같은 개념들이 수두룩한, 사실 한국인이라도 읽으면서 그 난해한 숲 속을 배고픈 불곰처럼 헤매야 하는 그런 책이었다. 나는 그렇게 녹록지 않은 지성과 인문의 세계를 두드렸던 출간 목록을 떠올리며 자부심에 젖었다. 하지만 어느 해장국집 앞을 지나며 진하고 매콤한 국물 냄새를 맡자 배가 고프면서 서서히 힘이 빠졌다. 출판사를 더 운영하지 못한 데 대한 회한이 몰려왔다. 포털에 회사가 인수되면 나는 어떻게 되는 것인가. 인터넷 업계에서 서른일곱은 적지 않은 나이일 텐데 과연 내 자리는 있는 건가.

나는 식당으로 들어가 뼈다귀해장국을 하나 시키고 침울하게 자리에 앉았다.

"이거 가져가요, 그럼. 스웨덴으로 돌아갈 거라서 필요가 없어요. 화물 오버 차지도 그렇고."

고개를 돌렸더니 아까의 그 낸내였다. 지금 내 뒤를 밟아서 여기까지 온 건가. 비행기를 타고 스웨덴—이제 알게 된 그의 거주국—으로 갈 때 그 몇 푼 더 내야 하는 운송료가 아까워서 내게 책을 넘기려고. 그렇게 생각하자 견딜 수 없어졌다.

"그럼 버리세요."

나는 해장국을 빠르게 퍼먹었다. 뜨거워서 어흐어흐 하고 공기를 삼켜 자꾸 혀를 식혀야 했다. 하지만 낸내는 버리는 건 안 된다고 했다. 헌책방에 가서 팔라니까 그냥 낸 사람이 다시 가져가면 되잖아요, 하고 도리어 목소리를 높였다.

"이게 양장이고 비교적 신간이라 헌책방에 팔면 3천 원은 받아요, 3천 원은. 3천 원은 받는다니까."

나는 갑자기 울컥해져서 말을 멈췄다. 속에서 뭔가 묵직하고 뜨끈한 것이 올라왔으나 평소처럼 억지로 내리눌렀다. 그러니까 욕실에 들어간 기가 면도 후 세면대에 남은 내 짧은 수염을 젖은 휴지로 콕콕 찍어 들고 나오며 "이것 봐, 이것, 와 이것 보라고!" 할 때 치밀어 오르는 것, 학교에서 회식을 마친 기가 만취 상태로 귀가해 옷을 벗다 말다 하면서 누구 말이야, 임용이 되었다고, 제주도라도 그게 어디야. 어디냐고, 할 때 "아니야, 제주도는 멀지, 너무 멀지, 장인어른은 어떻게 하라고" 하면서 "양말은 그래도 벗어야지, 아니, 단추를 풀어야지 그러다가는 옷이 다 찢어지지" 하고 말려야 할 때 치밀어 오르는 것. 그리고 어느 날 아침 커피를 마시던 기가 문득 정색을 하며 너 그때 바람피운 거였지, 하고 묻고 내 대답도 기다리지 않고 안 들켰으니까 넘어간다, 들키면 이 집은 내 거야, 넌 서재의 저 책이나 용달에 실어서 사라져, 할 때의 급체한 느낌 같은 것. 하지만 누르니까 평소처럼 내려갔고 나는 생각을 바꿔 낸내가 건넨 책을 묵묵히 수거했다.

금세 갈 것 같던 낸내는 옆 테이블에 가방을 내려놓고 앉았다. 그리고 해장국을 시켰다. 외국인도 해장국을 먹나, 외국인에게 이 정도는 너무 맵지 않나 싶었는데 아니었다. 땀까지 흘리는 나와 달리, 낸내는 여전한 포커페이스를 유지하며 한 그릇을 싹 비웠다. 밥은 서로 다른 자리에서 먹었지만 식당에서 나와 지하철역까지는 같이 걸었다. 헤어질 때쯤 낸내가 사실 그 책은 자신이 산 게 아니라고 털어놓았다. 선물 받았다는 것이었다. 낸내는 뭔가를 더 설명하려다가 말을 멈추고는 "환영과 책임, 감사" 하고 인사인지 평가인지 모를 말을 남긴 뒤 개찰구로 들어갔다.

집으로 와서 나는 기가 잠든 후에 다시 책들을 펼쳐보았다. 이제 보니 흐릿하게 줄이 그어져 있고 메모도 되어 있었다. 이런 책을 환불하려 했다니. 메모는 『오직 한 사람의 차지』에필로그에 가장 많았는데 거기서 저자는 이렇게 말하고 있었다. 생각해보면 스물일곱 살에 약물 중독으로 세상을 떠난 헨드릭스의 손에는 아무 기타도 들려 있지 않았다. 열다섯 살에 아버지가 선물한 5달러짜리 어쿠스틱 기타로 시작된 헨드릭스의 기타는 왼손잡이였던 그 스스로의 타고남을 뒤집는 역전의 대상으로, 화형되어 없어지거나 신체의 일부와 단속적으로 접촉하여 그 둘의 맞부딪침으로 소리를 만들어내는 기이한 대상으로 전화되었다. 1969년에 열린 우드스톡 페스티벌에서의 기타는 더욱 특별했다. 뉴욕 근교의 어느 농장에서 펼쳐진 그 히피와 자유로운 섹스와 불법 약물의 트라이앵글 속에서 헨드릭스의 기타는 가장 분절되고 분노에 찬 미국 국가를 연주했다. 소읍의 개간지나 양철의 여물통이나 헛간의 똥 들 사이에서 그 펜더 스트라토캐스터는 머지않아 우리를 뒤덮을 세상을 암시했다. 그러니까 모든 것이 잦아들 것임을, 꽁무니를 뺄 것임을, 우리가 외치는 자유와 프리섹스와 해방을 빨아들일 거대한 흡입구가 나타나 모두가 매시트포테이토처럼 갈려버릴 것임을 말하는 전자 기타의 음이었다. 그렇게 해서 헨드릭스가 사망 후 어떤 기타도 없이 두 손을 그저 손끼리만 맞잡은 상태로 시애틀의 레이크 뷰 묘지에 묻히고 마침내 그의 기타들이 다시 아버지의 손으로 넘어가 경매 최고가를 갱신할 때 1969년 우드스톡 페스티벌의 관중이었던 베트남 참전 해병의 이 말은 지독한 고별사가 되는 것이었다. 우리는 더러워진 모포 속에서 야생의 소리를 들으며 밤을 보내다가 아침이면 처음 보는 누군가와 키스하고는 했어요. 하지만 주소나 번호를 교환하지는 않았죠. 어차피 아무도 편지하지 않을 것인데 그런 교환이 왜 필요하겠어요!

그리고 봄이 흐르는 동안 나는 홍대의 카페에서 낸내를 종종 만났다. 어디 가면 으레 누군가 있다는 건 대단히 의미심장했다. 스무디나 프라푸치노가 먹고 싶어서, 안부가 궁금해서, 전철을 타려다가 밥을 먹으러 가다가 퇴근을 하다가 혹은 회사에서 진 빠지는 일이 있거나 비가 오거나 흐릴 때 등등의 날들에 그곳으로 찾아갔다. 우리는 어딘가 잘 통한다고 생각했는데 그건 자기 세계에 대한 충만과 고독, 그리고 왠지 모를 열패감이 뒤섞인 이상한 동질감이었다.

알고 보니 낸내는 강습자와 교습자를 연결하는 중개 사이트에 등록해 아르바이트를 하고 있었다. 스웨덴어와 영어를 쓰면서 다양한 취미 생활을 강습하는 일이었다. 물론 스웨덴어를 원하는 사람은 여태껏 한 명도 없었다. 낸내가 취미 활동을 강의에 넣는 이유는 그런 시장 상황에서 비영어권 출신 강사라는 핸디캡을 보완하기 위해서였다. 수강생의 그 다양한 취미를 어떻게 다 맞추냐고 했더니 자기는 인텔리전트한 편이라 책을 약간만 읽으면 강습 정도는 할 수 있다고 했다. 사실이라면 대단한 독학자였다.

수업은 역시 그 북카페에서 진행됐다. 대부분 10대 여자애들이었는데 그때만은 그들의 생기 있고 발랄하고 뭔가 어수선한 활기가 낸내에게도 옮겨가는 듯했다. 카드를 섞거나 블록을 조립하거나 컬러링북을 채우면서 낸내는 고무줄로 묶은 꽁지머리가 흔들리도록 웃었다. 북유럽 음악처럼 음울하고 스산하던 평소 분위기와는 달랐다. 그런데 출국한다더니 왜 긴 시간 동안 여기 있는 것인가. 정말 그렇게 독학으로 잡다한 분야들을 섭렵할 수 있는가. 책은 누구에게 선물 받았고 그때 왜 그렇게 처리하지 못해 곤란해했는가. 어떤 과거의 날들을 보냈고 요즘 무슨 생각을 하는가. 정말 떠날 건가. 그렇다면 그것으로 끝인 건가.

낸내를 만날수록 내게는 그런 질문들이 떠올랐고 그때마다 기 생각이 났다. 그런 의문들은 감상적인 것이고 기의 동력으로 겨우 꾸려나가는 우리의 결혼생활을 아슬아슬하게 만드는 일이었다. 하지만 그 궁금함은 이미 일상에 깊은 자국을 내고 있었다. 그것은 낸내를 만나러 갈 때마다 깊어져 구덩이가 되더니 스산한 바람이 통하고 원주가 넓은, 마침내 곰 한 마리는 넉넉히 살 만한 굴의 형태로 바뀌었다. 나는 그것을 사랑이라거나 속되게는 바람이 났다는 식으로 받아들이고 싶진 않았지만 침대에 누워 천장을 보고 있으면 문득 혼자 있고 싶어지면서 기에게서 좀 떨어지게 몸을 돌렸던 게 사실이었다. 하지만 그렇다고 그 순간에 그 여자, 낸내가 똑 떨어지게 그리웠던 것도 아니었다. 어쩌면 내게는 그렇게 몸을 눕게 할 굴이 있다는 것, 어딘가에 그런 것이 있다는 감각만이 중요했는지도 몰랐다.

결국 나는 스웨덴어 강습까지 낸내에게 받았다. 설산과 푸른 하늘, 그리고 이케아의 나라였을 뿐인 스웨덴은 갑자기 반드시 알아야 하고 배워야 하는 곳이 되었다. 마지막 날에는 5월인데도 기온이 29도까지 올라갔다. 우리는 그늘이 한 줌 얹어진 공원의 벤치에서 아이스크림을 먹었다. 수업이 있을 때마다 낸내는 스웨덴 록밴드 이름인 '켄트Kent'가 써 있는 티셔츠를 입었는데 그날도 그랬다. 드레스 코드를 맞추는 것도 강습자로서의 의무라고 했다. 그런 연출까지 왜 필요해요, 하고 묻자 낸내는 연출이 어때서요, 하고 대답했다. 그런 것도 다 부지런하고 노력하는 사람이 하는 거예요. 분홍색과 코발트블루 투톤으로 염색해 오로라처럼 다채롭게 물이 빠진 그 머리카락을 한번 만져보고 싶다고도 생각했다. 근육도 없고 신경세포도 없어서 만졌는지도 잘 모르고 그 순간이 지나고 나면 손이 닿았다는 사실조차 아득해질 잠깐의 부딪침 같은 거라면 괜찮지 않을까.

"거기는 잘살지 않아요? 이렇게까지 아등바등 안 해도 되지 않아요?"

"그렇죠. 맥도날드 알바만 해도 시급이 2만 원이 넘는데."

"그런데 뭘 왜 그렇게 열심히 알바를 해요?"

"여기는 한국이잖아요."

"갈 거잖아요."

"그건 아직 잘 몰라요. 누굴 다시 만날지도 모르고."

낸내는 켄트 티셔츠에 손을 닦으며 피식 웃었다. 나는 평소에도 궁금했던 스웨덴-한국어 사전에 검색해도 나오지 않던 '낸내'가 스웨덴어로 무슨 말이냐고 물었다.

"그거 한국말인데, 스웨덴어 아니고."

낸내는 한동안 아이스크림만 할짝댔다. 건물들을 허물고 지하철을 내면서 만든 인공의 숲길로는 자동차와 오토바이 들의 소음이 끊임없이 끼어들었다. 공원 끝까지 산책로들이 아주 반듯하게 나 있었지만 그 일관된 형태는 도리어 이곳이 언젠가는 동일한 이유로 사라질지 모른다는 회의감을 불러일으켰다. 낸내는 다 먹은 아이스크림 스틱을 아무 데나 던져버리면서, 자기는 아주 어려서부터 엄마에게 회초리로 맞곤 했는데 그때 '맴매'라는 엄마 말이 '낸내'라고 들렸다고 했다.

"맴매는 원래 하나도 안 무서운 말이잖아요."

"다들 그러죠, 나는 아니었지만."

낸내는 자리에서 일어서며 좀 있으면 비가 올 거라고 했다. 유럽인인 자기는 비가 와도 그냥 맞고 다니지만 그쪽은 우산이 있어야 할 거라고. 아니면 적어도 우산이 필요한 사람처럼 걷게 될 거라고.

집으로 가는 전철에서 나는 그러면 낸내는 본명이 뭘까 생각했다. 물어봐도 알려주지 않고 우리 관계는 호칭도 애매한데 계속 이렇게 불러도 되는가. 그때 나를 구글링으로 찾았다는 말이 떠올랐다. 이메일 주소와 '낸내'라는 아이디로 열심히 검색해본 뒤 나는 그가 7, 8년 전부터 꾸준히 사고팔았던 전자기타와 청소기와 청바지 같은 중고 거래 사이트의 기록을 찾아냈다. 어느 영화사에 스태프로 지원하는 게시판 글과 어학원의 레벨 테스트에 대한 문의 글도. 최지은이라는 이름으로 공연의 프리뷰를 신청하며 자신을 광양에 사는 누구라고 소개한 페이지도, '켄트' 팬클럽에 남긴 장황한 리뷰의 글도.

이후 여름날은 고요하고 느리게 지나갔다. 포털로의 인수는 흐지부지되었고 기도 지원한 대학의 모든 자리가 물 건너가면서 집안 분위기는 더 좋지 않았다. 여름이면 어떻게든 여행 계획을 짜던 기는 올해는 교토나 다녀올까 묻다가 에이 말자, 했다. 기는 우울해했다. 장성이라는, 평생 한 번 가본 적도 없는 지방까지 원서를 들고 갔다가 기 선생은 애는 낳을 생각이 있나, 한동안은 학과 일을 전담하다시피 해야 하는데 당장 출산휴가 내고 그러면 곤란한데, 같은 말을 듣고는 올라와 더욱 우울해했다. 어차피 출산 계획은 없지만 그렇게 말하니 자기가 번식장의 무슨 애완종 같은 것이 된 기분이었다고 했다. 에이 그렇게 생각하면 심하지, 라고 하자 기는 심하지, 그래 심하다고 할 줄 알았어, 라고 중얼거렸다. 그리고 무릎 위에 자기 머리를 얹고 울면서 그런데 더 화가 나는 건 뭔지 알아, 물었다. 그런데도 내가 그 대학의 전화를 기다린다는 거야.

어느 밤에는 갑자기 나를 끌어안으면서 우리 아이 낳을까, 하고 묻기도 했다. 나는 아이를 원하지 않았고 기도 마찬가지라고 생각했는데, 기가 그렇게 말할 때마다 어린 낸내의 손등이나 팔뚝을 회초리로 때렸다는 그 여자가 생각났다. 물론 기는 그런 부모가 될 리가 없고 어떻게든 강화 전원주택의 3미터짜리 북미산 트리를 갖게 될 사람이었다. 기가 갖게 된다면 나도 갖게 되고 우리가 낳을지 않을지 모를 아이도 갖게 되는 것이었다. 하지만 그 안정된 비행의 기분에만 몰두하려 해도 불현듯 마음이 엉망이 되면서 뭔가 서글프고 허무해졌다.

나와 낸내가 재회한 건 며칠 뒤였다. 그 공원에서였는데 만나자마자 낸내는 책을 돌려달라고 했다.

"무슨 책?"

"내가 맡긴 책이요."

그때 분명히 내게 책들을 떠넘기며 마음대로 처분하라는 식이었던 것 같은데 이제는 '맡긴'이라는 표현을 쓰고 있었다. 책이 서울에 없다고 하자 낸내는 약간은 초조하게 그러면 언제 자기가 '돌려받을' 수 있느냐고 물었다. 그 책을 선물한 사람과 재회하게 되었다면서. 사실 최근에는 기도 고양에 가는 데 시들했기 때문에 언제가 될지 몰랐다. 그리고 내가 왜 책을 갖다줘야 한단 말인가. 누구 좋으라고 무엇을 위해서. 나는 그러면 어렵겠네요, 하며 돌아섰지만 걸으면 걸을수록 내가 그렇게 누군가에게서 멀어지고 있다는 것이 똑똑히 느껴졌다. 내 뒤통수가 길어지고 길어져 긴 꼬리를 가진 연처럼 길어져 바람을 타고 있는 것 같았다. 그렇게 벌어지는 간격이 눈으로 보인다면, 연의 얼레가 풀리고 풀리듯 멀어짐이 물리적으로 측정이 된다면 남은 사람에게는 그것 역시 특별한 상처가 되겠구나 싶었다. 그래, 그렇다면 정체가 뭔지나 알자 싶은 생각이 왈칵 하는 미움과 함께 들었고 나는 다시 돌아

와 지금 가지러 가겠느냐고 물었다. 차를 같이 타고 가면서 나는 교환
학생이에요, 뭐예요, 광양이 집이고 스웨덴은 간 적도 없지, 하고 따져
물을 말을 끊임없이 떠올렸다. 하지만 낸내는 마치 드라이브를 하는
사람처럼 창밖이나 구경하더니 도로 이정표를 가리켰다.

"개성이라네요. 그건 한국에 없는 도시 아닌가."

"그렇죠, 거짓말이지. 아무나 못 가는데 저렇게 적어놓고."

말문을 연 김에 지금껏 날 속인 것에 대한 책임을 물어야겠다고 벼
르고 있을 때 낸내는 그렇지는 않아요, 라고 했다. 저렇게 개성이라고
써놓으니까 정말 갈 수 있을 것 같잖아요, 그 방향으로 달리고 있는 동
안에는 다 거기로 가는 사람이라고 믿을 수도 있을 것 같지 않아요. 고
양에 도착했을 때는 주변 상가도 다 닫고 어둠뿐이었다. 식당에 같이
갈 수는 없고 어떻게 할까 고민하는데 낸내가 편의점을 가리키며 차를
세웠다. 자기는 여기서 기다리겠다고 했다.

장인이 창고를 열어주었지만 하필이면 형광등이 나가 있었다. 나는
손전등으로 냉동고 안을 비추며 찾다가 곧 포기했다. 그러기에는 그
안이 너무 넓었다.

"이 냉동고 작동이 되나요?"

내가 소리쳐서 물었다.

"어ㅡ, 그럴 거야."

먼 데서 장인이 대답했다. 전원을 꼽자 냉동고는 웅웅, 하는 소리를
내면서 켜졌고 불이 들어왔다. 나는 이 한여름에 손까지 곱아가며 책
을 뒤졌다. 습기가 차면 책들이 썩지 않나 하는 생각에 마음이 급해졌
다. 빛을 좇아 냉동고로 날아드는 날벌레들도 문제였다. 나는 그 환희

에 찬 여름 벌레들과 엄청난 기세로 쏟아지는 영하 15도의 찬 바람과 싸우느라 기진맥진해졌는데 그때 장인이 다시 와서 이 사람, 냉동 기능을 끄라구, 하면서 스위치 하나를 내려주었다.

책을 찾고 나서도 나는 식당을 곧장 빠져나가지는 못했다. 주차장 파라솔 아래 앉아 장인과 잠깐이라도 대화를 나누어야 했다. 숯불을 정리했는지 장인의 머리 위에는 재가 떨어져 있었다. 때 아닌 흰 눈이 내려앉은 것 같았다. 그렇게 겨울이 갑자기 온다면 모든 것이 정지될 것이었다. 그러면 올해도 어김없이 들려오는 저 동력의 풀벌레 소리도 멈추고 식당으로 손님들도 오지 못하고 수입도 멈추고 우울한 기는 더 우울하고 낸내도 기다리는 누구와 재회하지 못한 채 독학자의 생활을 이어가야 한다. 하지만 그런 일은 일어나지 않아서 여전히 여름은 여름이고 나방은 춤추고 숯은 숨을 골랐다가 쉬었다가 고르고 그러는 동안 붉은 불씨들이 날아가고 닭은 구워지고 그것은 1인분에 만 천 원으로 환산되고 나는 여전히 빚을 지면서 살고 있었다. 어쩌면 원래 산다는 것이 그런 걸까. 전혀 상관없을 것 같은 천체의 무엇인가에까지 계속 빚을 지고 가늠도 못할 잘못들도 하면서 사는 것일까.

장인은 언젠가 그날처럼 담배를 꺼냈지만 권하지 않고 혼자 피웠다. 그리고 계속해서 장모와 기에 대한 추억을 늘어놓았다. 그 옛날 청평이나 경포대 해수욕장으로 갔던 여름휴가며, 기가 가장 먼저 읽은 한글이 '나비의 상실'이었다는 일. 장모가 자주 가던 의상실 간판의 상호를 어린 기가 그렇게 띄어서 읽었다는 말이었다. 앞으로의 어떤 고독한 삶을 예감이라도 하듯이. 나는 장모가 죽은 후에도 장인에게 여러 애인과 동거인 들이 있었던 것으로 아는데 오늘은 왜 이렇게 약한 소리를 하는가 생각했다. 근 10년 동안에는 장모의 기일에도 납골당을 찾아가지 않아 기가 이를 갈고 있는데. 이윽고 장인의 넋두리가 잠깐 멈춘 틈을 타서 나는 작별 인사를 했고, 내리막길을 달린 끝에 편의점 의자에 여전히 앉아 있는 낸내를 발견했다. 낸내는 무슨 책인가를 읽고 있다가 자동차 헤드라이트가 눈부신지 잠깐 눈을 감았다.

그 많은 책을 장인에게 부탁하고도 나는 정작 그것이 처리되는 현장에는 있지 못했다. 감기를 핑계로 가지 않았다. 나 대신 기가 그사이 익힌 운전 실력으로 고양으로 가서 장인을 돕고 왔다. 장인은 그것이 훨훨 잘 탔다는 말을 전해주었다. 냉동고를 한동안 열어 건조시켜달라는 내 당부를 장인은 까마득히 잊어버렸고 그렇게 해서 밀폐되어 있던 책들은 젖고 썩어버렸다. 이제는 폐지상에 팔려야 팔 수도 없었다.
한동안 버리는 삶, 소유하지 않는 삶, 미니멀한 삶에 관한 책과 다큐를 보던 기는 집을 팔고 8년간의 결혼생활로 비대해진 살림들을 정리하고 더 작은 집으로 옮겨 가자고 했다. 그렇게 해서 남는 돈으로는 아빠 돈을 갚고 생활비로도 쓰자고. 더 이상 대학 자리에 연연해하지 않겠다는 게 기의 결심이었다.
"원래 교수가 목표는 아니었어."
기는 덤덤하게 말했다. 올라탄 자전거에서 내리지 못했던 것뿐이라고. 우리가 집 판 돈으로 만든 변제액—전체는 아니고 일부—을 송금한 날, 장인은 닭이 아니라 옆 가게에서 사 온 장어를 직접 구워주었다. 그러고는 살 수 있겠니, 너네 그렇게 고정 수입 없이도 살 수 있겠어, 걱정하다가 그래도 그 돈이 봄이면 짓게 될 강화 집의 지붕과 테라스 정도는 될 수 있겠다며 치하했다. 그리고 그 이야기—3미터나 되는 트리를 세울 원대한 계획에 대해서 기에게 선물하듯 들려주었다. 기는 별 감흥 없이 듣고 있더니 "헛돈 쓰지 마, 아빠"라고 했다.

　그날 돌아오는 길에는 밤안개가 꼈다. 교통사고로 장모를 잃은 기는 차를 무서워했고 그래서 핸들을 잡지 못했던 것인데 그 안갯길을 무섭게 주시하며 운전했다. 마치 자기 자신만 이 공간에 있는 것처럼 다른 모든 힘의 간섭을 무화시키며, 차와 나와 그것을 이끄는 동력에만 관심을 갖는 물아일체의 집중력이었다. 밖은 캄캄하고 차들은 최대한 멀찍이 떨어져 간격을 유지했다. 그 사이를 대기 중에 은은하게 떠 있어 무게와 부피와 높이를 가늠할 수 없는 안개가 메웠다. 나는 장인이 주는 뭔지는 몰라도 남자에게 그렇게 좋다는 정체불명의 과실주를 받아 마신 터라 곯아떨어졌는데 비몽사몽간에 기가 말하는 걸 들었다. 뭐야 저 차들을 좀 봐, 저렇게 다들 안개등을 켜고 가니까 꼭 별빛 같잖아. 이런 속도로 가다가는 집까지 두 시간은 걸려야 할 것 같은데 이 곡예운전이 대체 어떻게 끝날지도 모르는데 기는 그렇게 말했다. 마치 동면을 지속해야 겨우 살아남을 수 있던 시절은 다 잊은 봄날의 곰들처럼, 아니면 우리가 완전히 차지할 수 있는 것이란 오직 상실뿐이라는 것을 일찍이 알아버린 세상의 흔한 아이들처럼. ■

김인숙

아주 사소한 히어로의 특별한 쓸쓸함

1963년 서울 출생. 연세대 신문방송학과 졸업. 1983년 『조선일보』 등단.
소설집 『함께 걷는 길』 『칼날과 사랑』 『유리구두』 『브라스밴드를 기다리며』 『그 여자의 자서전』 등.
장편소설 『핏줄』 『불꽃』 『긴 밤, 짧게 다가온 아침』 『그래서 너를 안는다』
『시드니 그 푸른 바다에 서다』 『먼 길』 『그늘, 깊은 곳』 『꽃의 기억』 『우연』 『모든 빛깔들의 밤』 등.
〈한국일보문학상〉〈현대문학상〉〈이상문학상〉〈동인문학상〉〈황순원문학상〉 등 수상.

아주 사소한 히어로의 특별한 쓸쓸함

산불을 본 적이 있다. 지방 국도를 달리는 중이었는데, 갑자기 길이 막혀 꼼짝을 하지 않았다. 상습 정체구간이 아니었고 차가 막힐 이유가 없는 시간대였는데도 그랬다. 이상한 느낌이 들었던 것은 뻣뻣해진 목을 풀기 위해 반대편 차선 쪽으로 고개를 돌렸을 때였다. 뭔가 분명히 이상했는데, 반대편 차선의 운전자들이 모두 룸미러로 뒤를 보며 달려가고 있다는 느낌이 들었기 때문이었다. 반대편 차선 역시 약간의 정체가 있기는 했지만, 그렇더라도 고속도로급의 국도에서 뒤를 바라보며 달린다는 건, 제정신이 아닌 생각이었다.

그는 반대편 도로 운전자들의 시선을 좇아 고개를 길게 뽑아 보았다. 사고가 난 모양이었다. 사람들이 길가로 나와 서 있는 것이 멀리 보였다. 사고를 구경하고 싶은 생각은 없었다. 그는 계속해서 반대편 차선을 바라보았는데, 여전히 그쪽 운전자들의 시선이 신경 쓰였기 때문이다. 뭘 봤기에 저럴까.

전방으로 갑자기 확 솟아오르는 불길이 보인 건 그때였다. 비명인지 감탄사인지 알 수 없는 소리가 자신도 모르는 사이 터져 나왔다. 불은, 이렇게 말해도 된다면, 그야말로 엄청났다. 마치 저기 어디쯤, 산 하나가 통째로 불타오르고 있는 것처럼.

그는 꿈을 꾸듯이 차에서 내려섰다. 흡사 정지되었던 화면이 바로 그때부터 돌아가기 시작한 것처럼 불타는 냄새가 쏟아져오고, 그을음이 날아오고, 불타는 소리가 터져 나오고, 고속도로로 쏟아져 나온 사람들이 일제히 질러대는 소리가 들리고, 소방차 사이렌 소리가 울려퍼졌다.

그리고 바로 그때 그는 감전이라도 된 듯 진저리를 쳤는데, 손에 들고 있던 휴대전화의 진동 때문이었다. 그는 잠시 멍한 시선으로 휴대전화를 내려다보았다. 그 와중에도 전화기를 들고 내렸구나, 그런 생각이 먼저 들었고, 액정에 뜬 전화번호가 회사 동료라는 걸 알았고, 그가 왜 아직도 회사에 돌아오지 않고 있는지를 추궁하는 전화이리라는 걸 알았고, 산 하나가 통째로 불타든, 세상 전부가 불타든, 달라지지 않는 건 달라지지 않은 채 돌아간다는 걸 알았다.

K와 같은 버스를 탄 게 바로 그날 저녁이었다. 아주 많이 늦기는 했지만 그는 어쨌든 회사로 돌아왔고, 차량을 반납했고, 그리고 회식 중이라는 부서원들을 찾아 고깃집으로 향했다. 그렇게까지 할 필요 없이 곧바로 퇴근을 해도 됐지만, 그는 산불 얘기를 하고 싶었던 것이다.

그러나 그가 식당에 도착했을 때, 그 자리에는 본부장이 함께 있었다. 아마 우연한 합석이었던 듯한데, 간부는 간부답게 부서원들에게

소고기를 시켜주고, 시답잖은 농담과 격려를 하는 중이었다. 부서원들 중 누구도 그에게 왜 늦었는지 묻지 않았고, 그 역시 무슨 말이든 끼어들 기회가 없었다. 그는 조용히, 그리고 천천히 먹고 마셨다. 본부장이 자리를 뜨기 직전 휴대전화를 들여다보며, 요샌 왜 이렇게 불이 많이 나나 몰라, 라고 중얼거렸는데 아마 포털 메인에 산불뉴스가 뜬 듯했다. 그는 그 산불을 자기가 봤다고, 물론 말하지 못했다.

그리고 바로 그날 K와 같은 버스를 탔고, K가 그에게 말했던 것이다. 자신에게는 순간이동을 하는 능력이 있다고 말이다.

훅 갔다 오는 거야. 어디든.

K와 같은 버스를 탄 건 그날이 처음이었다. K는 최근에 이사를 했다는데, 새로 이사한 집이 그와 같은 동네에 있었다. 그들이 사는 동네, 서울의 북쪽에 있는 신도시로 가는 퇴근길의 버스는 늘 만원이었지만, 그날 그들은 운이 좋게도 둘 다 자리를 차지할 수 있었다. 그들은 아주 잠깐 동안 폭등하는 서울의 아파트 전셋값과 좀처럼 오르지 않는 그들 동네의 아파트 가격에 대해 이야기를 나눴다. 그러고는 곧바로 각자 끄덕끄덕 졸기 시작했는데, 그렇다고 생각했는데, 흔들어 깨우는 듯한 느낌에 눈을 떠보니 K의 얼굴이 바로 코앞에 있었다. K의 눈이 붉었다. 그가 잠들어 있는 동안, 내리 울었던 사람처럼.

그런데 문제는 거기가 내가 의도한 곳이 아니고, 또 그 순간이 너무 빨리 지나가버려서 거기가 어딘지를 도무지 알 수가 없다는 거지. 그래서 증명이 안 된다는 거지. 그래서 누구도 안 믿어준다는 거지.

그는 그냥 듣기만 했다. 달리 뭘 할 수 있겠는가.

누구도 안 믿어준다는 거지.

K는 같은 말을 한 번 더 반복했다.

버스는 그때 실내등을 끈 채로 외곽순환도로를 달리는 중이었다. 세상은 어둡고, 버스는 만원이고, 버스 천장의 고리에 매달린 사람들은 둥근 고리와 함께 둥글게 흔들리고, 그는 옅은 취기와 졸음으로 인해 머리가 어지러웠다. 그는 다시 자고 싶었지만, 그러나 예의를 다해 물었다.

얼마나 빨리 지나가는데?

그냥 훅.

훅?

눈 깜짝할 사이에, 그냥 훅.

K는 이제 앞을 보고 있었다. 살짝 통로 쪽으로 고개를 틀고 있어서 옆모습조차 제대로 볼 수가 없었다. 그는 K의 귀가 쪽박귀라는 사실을 처음 알았고, 그 귓가로 자라난 흰머리가 눈에 띄게 덥수룩하다는 사실도 처음 알았다. 그와 K는 동갑이었다.

그날, K는 대체 얼마나 취해 있었던 것일까. 편안한 회식 자리가 아니었으니 누구도 취하도록 마실 수는 없었을 것이다. K에게서는 술 냄새보다는 숯 냄새, 그리고 숯에 탄 고기 냄새가 더 많이 풍겼다. 그도 마찬가지였을 것이다. 어중간하게 취해 있거나 어중간하게 깨어 있었고, 만원인 직행버스 안에서 흔들리고 있었고, 고기 냄새와 숯 냄새를 마구 뿜어내고 있었을 것이다. 그는 K와 똑같았고, K는 그와 똑같았다.

사실은 말이지.

그는 K에게 말했다.

난 오늘 산불을 봤어.

하지 말았어야 했다. 순간이동을 하는 남자 앞에서 기껏해야 산불 구경 이야기라니. 게다가 산불이 '고작, 겨우, 기껏'이 되어버리다니. 그는 부끄러웠고, 까닭을 알 수 없게도 몹시 쓸쓸한 기분이었다.

그의 회사 근처에는 피규어를 파는 상점이 있었다. 피규어가 장난감과는 다르다는 것을 알게 된 건 그것들에 붙어 있는 놀라운 가격표 때문이었다. 어떤 피규어는 그의 월급 전부를 털어야만 할 정도로 비쌌는데, 그런 걸 누가 사랴 했지만 '가게'가 아니라 '숍'에 가면 그 정도는 오히려 싼 축에 속할 거라는 말을 들었다. 가게와 숍의 차이는 장난감과 피규어의 차이와 같았다.

그곳에서 K를 만난 적이 있었다. 정확히 말하면 그 가게 앞에서였다. 점심시간이 끝날 무렵이었는데, K는 근처 치과에 다녀오는 길이라고 했고, 그는 살짝 멋쩍은 표정으로, 아들이 곧 생일인데 애가 이런 걸 좋아한다고 말했다. 그런데 뭐 이딴 게, 지랄맞게 비싸다고, 욕을 섞어 덧붙였다. K는 이가 많이 불편한 모양이었다. 뺨에 대고 있는 한 손을 떼어내지도 않은 채로, 찡그린 얼굴로, K는 말없이, 다른 한 손으로 그의 어깨만 툭툭 두드렸다. 위로하듯이, 혹은 격려하듯이.

K에게서 순간이동 이야기를 들은 후, 그 장면이 계속해서 떠올랐다. 눈 깜짝할 사이에 세상 어디에든 갔다 올 수 있다는 K는, 그렇게 엄청난 일을 할 수 있다는 K는, 정작 자신의 치통 하나도 해결할 수 없는 것이다. 어디 치통만 그렇겠나. 변비도 그렇고 배탈, 설사도 그렇겠지.

K와 다시 순간이동에 관한 이야기를 할 기회는 없었다. 다른 어떤 일반적이고 사소하고 개인적인 이야기를 할 기회도 없었다. 같은 버스

를 탈 일도 더는 없었는데, K가 자신의 집 앞에서 내리는 더 빠른 노선을 알아냈기 때문이고, 그걸 가르쳐준 사람은 바로 그였다. 물론 그들은 여전히 한 사무실에서 일을 하고, 같은 구내식당에서 점심을 먹고, 그 점심을 간혹 한 테이블에서 먹기도 하고, 회식 자리에서는 옆자리에 앉거나 마주 앉기도 했다. 그는 눈도 깜빡하지 않고 K를 지켜보려고 했으나 그건 불가능한 일이었고, 자신이 눈 깜빡할 사이에 K가 어디를 다녀왔는지 말았는지, 어쨌든 K는 늘 있던 그 자리에 있었다. 다만 K의 얼굴이 가끔 쓸쓸하다고 여겨졌는데, 그러나 그건 순간이동의 비밀 때문이 아니라 끝없이 같은 문제를 일으키는 업무 때문이고, 나이 때문이고, 월급 때문이고, 건강 때문이고, 상승하는 전셋값에 관한 뉴스 때문일 터였다. 그럴 거라고 생각했다. 말하자면 그들 모두의 쓸쓸함, 누구에게도 특별할 것이 없는.

그렇더라도 그는 K가 왜 자신에게 그런 말을 했는지가 궁금했다. 왜 굳이 그에게 그런 말을 했는지. 피규어 가게 앞에서 그와 마주친 적이 있었기 때문일까. 그가 결국 값이 너무 비싼 피규어도, 값이 너무 싼 조잡한 장난감도 사지 못했던 걸 알았기 때문일까.

아니면, 혹은 그날 오후에 그가 목격했던 산불 때문인지도 모른다. 그날 회식 자리에서 어쩌면 K는 산불 이야기를 하고 싶어 안달이 나 있던 그의 기색을 눈치챘던 것인지도 모른다. 홀로 술이 올라 있던 본부장의 격려사는 지겹기가 짝이 없었고, 호응하고 박수치고 웃어줘야 할 포인트는 자동적으로 주어졌고, 그래서 모두들 한꺼번에 딴생각에 빠져 있었는데, 여전히 산불을 목격한 흥분에 사로잡혀 있던 그를 바라보며 K는 생각했을지도 모른다. 저 정도로 안달이 나서 하고 싶은 이야기는 뭘까.

K는 오래전에 사표를 내려고 했던 적이 있었다. K가 해주었던 말이다. 사표를 품에 지니고 있던 그 하루, 실은 고작 반나절, K의 얼굴이 바로 그랬었다고 했다. 화장실 거울에 비친 자신의 얼굴이 거의 불덩이 같았다고. K는 바로 그 자리에서 품에 지니고 있던 사표를 꺼내 찢어버리는 대신 손을 씻던 물에 적셔버렸는데, 사표가 젖어가는 속도로 K의 얼굴 역시 젖어들었다. 슬픔이 아니라 안도 때문에, 환멸이 아니라 평화 때문에. 아무튼 간에, 저자의 흥분은 무엇일까, K는 생각했을 것이다. 사표 따위를 낼 위인은 못 될 것이라고 생각했을 것이고, 본부장에게 입 닥치라고 말할 용기는 더 없을 것이라고 생각했을 것이다. 그러면 그것보다 딱 한 끝만 덜 간절한, 그러나 정말이지 하고 싶은 말이란, 여보세요, 부서 사람들, 실은 나는 말입니다, 슈퍼맨이랍니다, 그쯤은 돼야 하지 않을까, K는 생각했을지도 모른다. 실은 그렇다고 해도 별로 놀랍지도 않았을 터인데, 택배회사의 직원인 그들은 영업소의 차량기사도 아니고, 거리를 미친 듯이 달리는 퀵 딜리버리맨도 아니었음에도 불구하고 그들 자신을 대충 스피드맨쯤으로는 여겼기 때문이다. 게다가 K, 그 자신은 순간이동도 하지 않는가 말이다.

피규어를 파는 가게에서 빈손으로 나온 후, 아들의 생일이 일주일 앞으로 다가올 때까지도 그는 아무 선물도 사지 못했다. 중학생인 아들은 그 나이답게 히어로를 좋아했다. 한동안은 거의 마니아급이었다. 히어로의 세계에 디시와 마블이 있다는 것도 그는 아들을 통해서 알았다. 아들은 마블 팬이었다. 우주에서 날아온 슈퍼맨보다는 엄청난 부자에다가 잘생기고 신형 장비들이 짱짱한 아이언맨을 더 좋아한다는 것이다. 물론 이건 아들이 아니라 그의 해석이기는 했다.

전처와 사는 아들과 만날 때마다 그는 히어로 영화를 보고, 히어로 피규어를 사고—아니 히어로 장난감을 사고, 히어로 이야기를 하면서 햄버거나 피자를 먹었다. 그런데 이 히어로들이 얼마나 많은지, 아들에 의하면 공식적으로 활동하는 히어로들이 뉴욕에만도 5천 명이 넘는다는 것이다. 그러니 전 세계적으로 활동하는, 혹은 잠시 잠수를 타고 있는 히어로들까지 합친다면 그 수가 어느 정도나 되겠는가. 그는 뉴욕에는 가본 적이 없지만, 만일 히어로의 날 같은 게 있어서 세상의 모든 히어로들이 뉴욕의 타임스퀘어에 모인다면 그건 정말이지 장관이겠다 싶었다.

처음 뵙겠습니다. 실례지만 무슨 히어로신지?

아 그렇습니까? 저는 이런 히어롭니다.

아 그러시군요. 저쪽 저분도 비슷한 히어로시던데. 그럼 전, 우리 소그룹 쪽으로 이만.

그런 상상을 해보면 웃음이 나온다. 그러나 아이와 함께 본 히어로 영화 속에서는 히어로들의 능력이 그와 같이 웃기는 수준인 게 아니라 그야말로 어마어마해서, 누구는 무엇이든 부술 수 있고, 누구는 무엇이든 불태울 수 있는데, 또 누구는 무엇에도 부서지지 않고, 무엇에도 불타지 않는 능력이 있었다. 불행히도 그는 그런 영화들을 좋아할 수가 없었다. 영화가 상영되는 내내 그가 깨어 있는 건 오직 도무지 잠들 수가 없을 정도로 압도적인 화면과 엄청난 소리 때문이었다. 상영시간 내내 그는 불타는 영화관에 있는 느낌이었다. 한꺼번에 활활 불타오르는 영화관이 그는 뜨겁고 불편했다. 노력하기는 했지만, 끝없이 노력하고는 있었지만, 그는 정말이지 어떻게 해도 영화 속 그 히어로들의 이름을 외울 수 없었고, 그 이름과 능력을 매치시킬 수가 없었다. 아들과의 대화는 자주 끊겼고, 아들은 그가 자신의 눈치를 살핀다는 걸 눈치채기 시작했고, 화를 내다가, 그 화를 참기 시작했다. 중2병. 사람들은 그런 걸 중2병이라고 말한다고 했다.

아들의 생일을 앞두고 그는 아들과 통화를 했다. 기억할 수도 없을 정도로 오랜만에 연결이 된 통화였고, 너무나 바빠서 다음다음 주, 또 그다음 주쯤에야 그를 만나줄 수 있겠다고 아이가 허락해준 날짜는 지난번 만남으로부터도 근 반년, 어쩌면 거의 1년쯤이 지난 날이었다. 생일을 사흘 앞둔 날이기도 했다.

아이들이 어른보다 더 바쁘다는 건 그도 잘 알고 있는 사실이었다. 바쁘지 않은 게 이상한 일이었고, 그래서 아이가 바쁜 건 정말 다행한 일이라고도 생각했다. 아이의 전화기가 꺼져 있는 경우는 없었지만, 고객님이 전화를 받지 않습니다, 그런 안내멘트를 들을 때마다 그는 아이가 아마도 공부 중인 모양이라고 혼자 생각하며 안심했다.

아이와 만나던 날, 그는 아이보다 먼저 피자집에 도착해, 창가의 테이블에 앉아 건널목 건너편에서 신호를 기다리는 아이를 지켜보았다. 파란불이 켜지자 아이는 마지못한 듯 건널목을 건너기 시작했다. 지난번보다 조금은 더 커졌나. 그는 눈을 가늘게 뜨고 아이를 바라봤다. 적어도 아이가 지난번보다 조금은 더 빠르게 걷는 건 분명했다. 그를 만나고 싶은 열망 때문이 아니라 그만큼 자랐다는 뜻이고, 그만큼 보폭이 커졌다는 뜻이었다. 자신의 성장속도를 이기지 못해, 아이는 만나기가 귀찮고 성가신 아버지를 1분쯤 더 빠르게 만나야 하는 것이다.

그는 아이와 피자를 먹고, 운동화를 사고, 영화를 볼 작정이었다. 최근에 본 영화에서 이혼을 한 아버지가 전처와 함께 사는 아들에게 운동화를 사주는 장면을 보고, 왜 모든 이혼한 아버지들은 전처와 사는 아들에게 운동화를 사주는지가 궁금했었다. 심지어 그는 운동화 매장에서 이혼한 회사 동료가 아들을 데리고 온 걸 본 적도 있었다. 불행히도 서로 눈이 마주쳐버린 그들은 멋쩍게 웃으며 눈인사를 나누지 않을 수 없었다. 어쩐 일인지 그 후부터 그들은 회사에서 마주쳐도 서로를 피했고, 회식 자리에서는 결코 가까운 자리에 앉으려고 들지 않았다. 그러니까 이혼한 전처가 키우는 아들에게 운동화를 사주는 일은 부끄러운 일이라는 소린가. 그는 알 수 없었다.

어쨌든 선물, 창의적인 선물이 필요했다. 아이는 더는 초등학생이 아니었다. 대화도 마찬가지다. 창의적인 대화, 부끄럽지 않은 대화, 그런 거.

그는 아들에게 산불 이야기를 했다. 그게 얼마나 엄청났는지. 세상에 산불을 직접 보다니, 놀랍지 않니? 아이는 빨대로 콜라를 마시고 있었는데, 그 쪽쪽 빨아대는 소리가 산불을 끄러 달려오던 소방차 행렬의 사이렌 소리보다 더 크게 들렸다. 화제를 바꿔야 했다. 실은 그 자신에게조차도 산불을 본 놀라움과 감동 같은 건 이미 없었다. 그러니 무슨 얘기가 되겠는가. 그러나, 그렇다면 무슨 이야기를 해야 하나. 그는 K의 얘기를 했다. 아빠가 어떤 사람을 아는데, 그 사람이 글쎄 말이다, 그런데 웃기는 게 얼마나 빨리 갔다 오냐면……. 아이가 빨대에서 입을 뗐다.

그래서 그 사람은 뭘 하는 사람인데요?

어…….

그는 당황했다. 질문도 질문이었지만 존댓말 때문에 더욱 그랬다. 아이에게는 말끝을 흐리는 나쁜 습관이 있었고, 그 때문에 그는 아이의 달라진 말투를 미처 알아채지 못하고 있었다. 잘 지냈니, 물었을 때는 고개만 끄덕였고, 뭘 먹을래, 물었을 때는 턱 끝을 올릴락 말락 메뉴판의 어느 지점을 가리켰었다. 그런데 지금, 마지막 물음표까지 똑똑하게 존댓말로 발음을 하고 있었다. 물음표에도 존댓말이 있다면, 분명히 그런 어조로. 그러니까 따지듯이. 그는 당황한 채로, 어쩌면 겁을 먹은 채로, 아무 대답도 하지 못했고, 아이가 말했다.

아빠, 세상에 그런 게 어디 있다고…… 그래…….

아버지, 세상에 히어로 같은 게 어디 있다고 그러세요. 아버님, 세상에 히어로 같은 게 어디 있다고 그러십니까. 아버지, 그만하세요. 아빠, 입 닥쳐!

그가 아들에게 주눅이 드는 이유는 아들과 같이 살지 않기 때문이 아니었다. 아들이 무얼 좋아하는지 몰랐고, 지난번에 좋아하던 걸 여전히 좋아하는지도 알 수 없었고, 지난번에 외웠던 아들이 좋아하는 히어로의 이름을 그사이에 또 까먹어서도 아니었다. 그 모든 게 다 섞여 있기는 했지만, 핵심적으로 말하자면, 그가 그 아이의 어머니와만 이혼한 게 아니라 또 다른 아이의 어머니와도 이혼했다는 사실 때문이었다. 그러니까 두 번의 이혼, 그리고 두 명의 아들, 그 아들들을 데리고 사는 두 명의 전처. 한 번의 이혼과 두 번의 이혼은 정말로, 아주 많이 달랐다. 첫 번째 이혼이 슬픔이었다면 두 번째 이혼은 좌절에 가까웠고, 첫 번째 이혼이 상처였다면 두 번째 이혼은 실패에 가까웠다. 그리고 거기에는 수치심이 있었다. 자신은 결코 성공하지 못할 것이라는, 실수를 고치지 못할 것이라는, 그러니까 첫 번째 이혼도 굳이 할 필요는 없었을 거라는, 더 따지고 들어가면 아예 결혼 같은 것도 하지 말고, 아이 같은 것도 낳지 말았어야 했다는…….

　두 번째 아들, 이제 여섯 살인 그 아이도 그 나이의 아이답게 히어로를 좋아했다. 다행히도 그 아이가 좋아하는 히어로들은 다들 꽤나 유명해서 그도 별 노력 없이 이름을 외울 수 있었다. 그러니까 슈퍼맨, 배트맨, 스파이더맨, 뭐 그런 평범한 히어로들. 그리고 그 아이는 피규어가 아니라 장난감만으로도 충분히 행복했다. 아직은 창의적인 생일 선물이 필요한 나이가 아닌 것이다. 물론, 창의적인 대화도.

　그 여섯 살짜리 아들을 만나던 날, 티브이에서 산불 소식이 계속 속보로 올라오고 있었다. 불은 좀체 잡히지 않았고, 산등성이를 넘어가며 다시 타오르기를 거듭하고 있었다. 무서운 불, 이라고 그는 생각했다. 자신도 모르는 사이에 산불 이야기를 했던 모양이었다. 아이의 축축한 손이 그를 건드리는 걸 느끼고 쳐다봤을 때, 아이는 가쁘게 숨을 몰아쉬며 땀까지 흘릴 정도로 그의 이야기에 깊이 빠져 있는 상태였다. 뭔가 뜨거운 것이 울컥하는 기분이 들었다. 그러고 보니, 그는 며칠이 지나도록 K를 제외한 누구에게도 그 산불 이야기를 한 적이 없었다. 안 한 게 아니라 할 수 있는 기회도, 그 이야기를 들어줄 사람도 못 찾았던 것이다. 그런데 이제 여섯 살짜리, 두 번째 전처가 키우는 둘째 아들이 그의 이야기를 들어주고 있었다. 얼마나 굉장했는지, 얼마나 뜨거웠던지, 얼마나 활활 타던지, 얼마나 무서웠던지, 다 들어주고 있는 것이다. 그가 말을 마치는 순간, 아이는 마치 참았던 숨을 토해내듯이 물었다.

　그래서 아빠가 불 끌 거야? 그럴 거야?

불은커녕……. 그는 두 번째 전처가 키우는 여섯 살짜리 둘째 아들의 머리카락을 쓸어주며, 혼자서만 생각했다. 갑자기 불이 홀랑 다 타버린 것 같은 마음으로, 이렇게.

불은커녕, 아빠는…….

아비이기는커녕, 위자료는커녕, 인간이기는커녕……. 첫 번째 아내가 그에게 가장 많이 했던 말이다. 그나마 에둘러 해준 말이었을 터이다. 그냥 거두절미 말하고 싶었을 텐데. 대책 없는 인간, 뻔뻔한 자식, 어쩌면 쓰레기. 왜냐하면 그들이 같이 살던 동안 그녀가 가장 빈번히 했던 말이 바로 그거였으니까. 쓰레기 좀 치워, 그 쓰레기 좀 치우란 말이야! 첫 번째 아내와 살던 당시 그는 영업소에서 일을 했었다. 쏟아져 들어오는 택배 박스들과 쏟아져 나가는 박스들. 쏟아져 들어오는 트럭들과 쏟아져 나가는 트럭들. 그리고 쏟아져 들어오는 매입 기록과 쏟아져 나가는 매출 기록들. 현장에 있으면 세상이 얼마나 거대하게 돌아가는지, 머리가 어질어질할 정도였다. 그래봤자 그 거대한 박스들의 행렬은 박스와 박스의 집합일 뿐이었고, 그 박스 안에는 모조 장신구와 값싼 옷들과 고양이 모래와, 생수 묶음과 간장게장과 굴비와, 다시 한 번 고양이 모래, 그 빌어먹을 고양이 모래, 고양이 모래들일 뿐인데. 그 사소하고 자질구레하고 구질구질한 생활의 찌꺼기들은, 그러나 박스에 실려 다시 다른 박스들과 만나 쌓이고, 다시 쌓이고, 탑차 하나, 탑차 둘, 탑차 셋을 채워가며 거대한 세계가 되었다. 그래봤자 고양이 모래, 빌어먹을 고양이 모래들일 뿐인데.

첫 번째 아내는 아들 하나와 고양이 두 마리를 키웠다. 고양이들이 똥과 오줌으로 만들어내는 쓰레기는 많기만 한 게 아니라 대단히 무겁기도 해서 그 쓰레기를 처리하는 것은 그가 전적으로 하지 않으면 안

되는 일이었다. 아내는 아들의 똥을 치우고, 그는 고양이들의 똥을 치웠다. 아내는 아들의 똥이 묻은 기저귀와 고양이 똥이 뭉친 모래를 쓰레기봉투에 넣고, 그는 그 봉투를 치웠다.

쓰레기 좀 갖다 버려, 그 쓰레기 좀 갖다 버리라고, 이 쓰레기야!

그가 쓰레기를 갖다 버리는 사람에서 쓰레기가 되어버리기까지의 과정은 다시 떠올리고 싶지 않다. 특별히 고통스러워서가 아니라 너무나 평범해서였다. 그걸 깨닫게 된 건 두 번째 결혼이 실패할 즈음에 이르러서였다. 왜 자신은 똑같은 걸 다시 한 번 반복한 후에야 그 잘못을 깨닫게 되는지 알 수 없었다. 말하자면 복습. 예습은 없는데 복습만 있는 것 같은 삶, 그러고도 또 틀리는 것이다. 한 번 틀린 문제는, 영원히, 완전히 교정되지 않는다. 그는 어쩌면 자신이 또 한 번 결혼을 하게 될지도 모른다고, 그러고는 또 아들을 낳을지도 모르고, 세 번째 아내는 또 고양이를 키울지도 모른다고 생각했다.

첫 번째 아내가 키우는 첫째 아들과는 피자집 앞에서 헤어졌다. 같이 볼 만한 영화도 없었고, 신발도 새것인 게 분명했다. 피자집 앞에는 버스정류장이 있었고, 아이가 탈 버스가 거기에서 섰다. 배차 간격이 드문 버스였다. 그는 초조하게 버스를 기다렸다. 아이가 휴대전화와 함께 손에 쥐고 있는 5만 원짜리 지폐 몇 장이 계속 눈에 거슬렸다. 그가 생일선물로 아이에게 준 돈이었다. 중2인 아이가 받기에는 충분히 넉넉한 돈이었으나, 괜찮은 피규어를 사기에는 모자랄 터였다.

생일선물로 비싼 피규어를 사지 않은 게 부끄럽지는 않았다. 아이가 여전히 히어로 마니아인지 히어로를 좋아하기나 하는지도 알 수 없었고, 중2쯤 되는 아이에게 줄 수 있는 가장 창의적인 선물이란 결국 돈일 거라는 생각에도 변함이 없었기 때문이다. 그렇더라도, 당연하다는 듯 돈을 받아 그걸 주머니에 집어넣지도 않고 마치 그를 무시라도 하듯이 손에 쥐고 있는 아들의 태도는 그를 괴롭혔다. 1년에 두 번만 만날 수 있어도 아들에게 훈계를 했을 것이다. 계절에 한 번만 만날 수 있어도 야단을 칠 수 있었을 것이다. 그러나 1년에 한 번 만나는 아들에게 그가 무얼 할 수 있겠는가.

그때 길 건너 건널목에 낯익은 사람이 보였다. 그와 같은 동네로 이사를 온, 바로 K였다. K가 아들이 건너왔던 건널목의 건너편에 서 있었다. 뜻밖의 발견이었던 때문일까. 어쩌나 반갑던지 그는 아이의 손을 움켜쥐면서 거의 외치듯이 말할 뻔했다.

아빠가 말한 사람이 바로 저 사람이야! 순간이동!

정말로 그러지 않아서 얼마나 다행인지 몰랐다. 만일에 그랬다면 앞으로 또 1년 후에나 만날 수 있을까 싶은 아이를 어쩌면 훨씬 더 오래 기다려야 하게 됐을지도 모른다. 아이는 어쩌면 정말로, 그에게 닥치라고 말했을지도 모른다.

아이가 버스를 타고, 그가 그 버스를 우두커니 바라보고 있는데 어깨를 건드리는 손길이 느껴졌다. K였다.

여긴 어떻게?

그는 물었다. 버스를 타고 왔는지, 자기 차를 타고 왔는지, 아니면 순간이동을 해서 왔는지 물었던 것인데, K는 피자를 사러 왔다고 대답했다. 방문 포장을 하면 배달시키는 것보다 10프로가 더 싸다나. 그는 K를 쫓아서 다시 피자집으로 들어갔다. K의 피자가 나올 때까지 그는 K와 함께 잠시 전 아이와 함께 앉았던 자리에 앉아 신도시의 아파트와 전셋값 시세를 얘기했다.

피자집은 그들이 사는 신도시의 공원 건너편에 있었다. K는 아내와 아이들과 공원에 놀러 온 참이었고, K의 아내와 아들들은 공원에서 그가 사 올 피자를 기다리고 있다고 했다.

그런데 말이야.

K가 말했다.

공원에서 오늘 애들이 핫도그를 사먹었거든. 피자를 사먹을 줄 알았으면 핫도그를 안 사주는 건데, 그땐 피자까지 사달랄 줄 몰랐지.

그는 듣기만 했다. 무슨 말을 하겠는가.

혹시 배터리맨이라고 알아?

그는 여전히, 듣기만 했다. 이 자식이, 이번에는 순간이동만 하는 게 아니라 자기가 배터리맨인지 뭔지라고 말하려는 걸까.

그런 사람이 있더라고. 몸에서 전기가 난대. 비바 뭐라고 하는 사람인데, 저기 동유럽 어느 나라 사람이야. 정말로 사람이라고. 만화가 아니라.

그런데?

말을 거들지 말았어야 했다. 실은 피자집에도 따라 들어오지 말았어야 했다. 내일이면 회사에서 또 만날 사람인데, 뭐하러 이렇게까지 했을까.

그자가 말이야. 어느 날, 비가 내리는 날에 친구들이랑 어떤 펜스 옆을 지나가고 있었다는 거야. 그런데 그 친구들 중 하나가 펜스에 무심코 손을 갖다댔다가 그냥 나가떨어졌대. 감전이 된 거지. 난리가 나지 않았겠어? 비바, 그자도 놀라서 소리를 질렀는데, 그때 자기가 펜스를 움켜쥐고 있더래. 소리를 지르는 내내 펜스를 붙잡고 있었다는 거지. 친구들이 그걸 보고는 나가떨어진 놈이 장난을 치는지, 펜스를 움켜쥐고 있는 놈이 장난을 치는지 아리송해진 거지. 안 그랬겠어? 그런데 멀쩡한 걸 멀쩡하지 않은 것처럼 꾸미기는 쉬워도 그 반대는 어렵지 않겠어? 공갈은 나가떨어진 놈이 친 거라고 생각한 거지. 그래서 너도나도 펜스에 손을 댔다가 다들 한꺼번에 나가떨어졌다는 거야.

그래서?

비바, 그자를 봤는데, 소시지를 굽고 있더라고. 맨손으로. 자기 몸으로 전기를 일으켜서 말이지. 포자 뭐라고 하는 동유럽 어디던데, 거기가. 그런데 그 소시지 냄새가 얼마나 리얼하던지…… 정말 맛있는 냄새가 나더라고. 팔았으면 샀을 텐데……. 뭐, 그럴 마음이 들 정도로 냄새가 좋았다는 얘기야.

테이블 위에서 대기표가 진동을 했다. K가 피자를 가지러 일어섰고, 그는 그사이에 말도 없이 피자집에서 나왔다. 거리에는 일요일 한낮의 햇살이 쏟아지고 있었다. 그의 몸속에서도 뭔가 뜨겁고 쩡한 것들이, 불타는 것 같은 것들이, 감전될 것 같은 것들이 부글거리고 있었는데, 그건 아무래도 K에 대한 분노인 것 같았다. 그렇지 않으면 아들에 대한 분노이겠나.

K는 그를 우습게 보는 게 틀림없었다. 그렇게밖에는 달리 생각할 수가 없었다. 언제부터 그랬는지는 모르겠지만, 한번 우습게 보기 시작하니 계속 그렇게 된 것이다. K는 이제 기회가 될 때마다 그를 쫓아다니며 그를 조롱할 작정인 것이다. 지난번에는 순간이동이었지만 이번에는 소시지를 굽는 배터리맨이고, 다음번에는 어쩌면 투명인간일지도 모른다. 그가 회사 화장실에서 똥을 누고 있는 동안, 그 비좁은 칸에 순간이동으로 들어와 같이 끼어 앉아서는 그에게 아무도 믿어주지 않는 투명인간의 슬픔을 이야기할지도 모른다.

그는 다시 피자집으로 들어갔다. 막 포장 피자를 들고 나오는 중이던 K와 문 앞에서 마주쳤는데, 마주치자마자 그는 떨리는 목소리로 물었다.

나한테 왜 그러는 거야?

K는 아무 말도 하지 않았다. 좀 놀란 듯한 표정이었다. 내가 우스워? 내가 만만해? 내가 그렇게 우습냐고? 그는 연이어 외칠 작정이었다. 그때 K가 그의 손목을 잡았다. 그리고 눈 깜짝할 사이였다. 정말로, 훅…… 정말로, 훅 그는 어딘가엘 다녀왔고, 그 눈 깜짝할 사이에 무언가를 보았다. 미친 게 아니라면 분명히 그랬고, 분명히 그럴 수는 없었으므로, 그는 눈 깜짝할 사이에 잠깐 미쳤던 것이 틀림없었다.

배터리맨, 비바 스트라자에 대한 정보는 인터넷에서 쉽게 구할 수 있었다. K의 말처럼 10대 시절의 어느 날 자신의 놀라운 능력을 알게 된 비바는, 나중에 그 능력으로 소시지를 굽게 되는 비바는 놀라운 능력만큼이나 놀라운 감동을 느꼈다. 그의 능력은 하늘에서 떨어진 횡재 같은 선물이 아니었다. 그는 자신의 능력이 일종의 대가이고 보상이라고 생각했다. 배트맨이 아버지를 잃고, 슈퍼맨이 자신의 별을 잃은 뒤에야 갖게 되는 능력들처럼 그가 겪고 있는, 겪어온, 또 겪어야 할 고독이나 고통에 대한 보상.

그는 무한증 환자였다. 없을 무無, 땀 한汗. 태생적으로 땀을 흘릴 수가 없는 몸이라는 것이다. 땀을 흘리지 않는다는 것이, 아니 흘릴 수 없다는 것이 어떤 고통을 수반하는지, 땀을 흘릴 수 있는 사람들은 결코 알지 못할 것이라고 비바는 인터뷰에서 말했다. 더럽고 지저분하고 축축한 땀을 흘리는 사람들은, 뜨겁고 숨 가쁘고 들척지근한 땀을 쏟아내는 사람들은, 온몸을 쥐어짜내듯이 뻘뻘 땀을 흘려내는 사람들은.

땀을 흘리지 않는다는 것은 몸의 냉각장치가 고장 났다는 것과 똑같은 말이다. 팬이 돌아가지 않는다는 것이다. 팬이 돌아가게끔 설계된 기계에 팬이 딱 멈춰 있다는 것이다. 그래서 팬이 돌아가지 않는 그는, 대개의 날들을, 개처럼 헐떡이며 살았다. 혀를 길게 내빼고, 헉헉헉헉. 물기라고는 하나도 없는, 바짝 메마른 몸으로, 헉헉, 헉헉. 땀 대신 침을 줄줄 흘려가며, 헉헉, 헉헉. 더위가 시작되는 늦은 봄부터 여름의 끝까지, 그는 죽어 있는 사람이나 다를 바가 없었다.

그러니 불을 뿜어내는 그는, 전기를 만들어내는 그는, 순간의 존재, 순간의 자아였다. 살아내게 하는, 그 순간으로 버티게 하는, 다시 죽어 있는 사람으로 돌아가지 않게 하는, 더는 개처럼 헉헉거리게 하지 않는.

비바, 배터리맨은 비범한 능력을 가진 사람이기도 했지만, 또한 현실적인 사람이기도 했다. 그는 엔터테인먼트 사업으로 뛰어들 것을 결심했다. 비범한 능력이기는 했으나 그 능력이 세상을 구할 정도는 아니라고 생각했고, 또 자신이 세상을 구해야 하는지, 구해야 한다면 어떤 세상을 구해야 하는 건지 그런 고민을 하느라 골머리를 썩이기보다는, 차라리 세상을 즐겁게 하는 것이 더 낫다고 생각했다. 그의 가장 큰 장기는 몸으로 만들어내는 전기로 소시지 굽기. 사람들이 가장 좋아하는 그의 재능이기도 했다. 세상에는 별별 사람들이 많아서 그와 같은 무대에서 소개되는 사람들 중에는 유리를 먹는 사람도 있고 쇠못으로 자신의 몸을 찔러대는 사람도 있었다. 관객들은 좋아하지 않았고, 비바는 그런 사람들의 능력을 의심했다. 그는 달랐다. 그는 진짜였다. 그는 연기를 하는 게 아니라 그의 능력을 보여주는 것이었다.

물론 그는 통돼지를 구워낼 수는 없었다. 산불을 일으키기는커녕 쓰레기통 하나도 태울 수 없었다. 그러나 소시지는 얼마든지 구울 수 있었다. 그는 구워야 할 소시지를 사기 위해 돈이 필요했고, 그래서 그의 고향인 세르비아 포자레바츠에서 마사지 일을 시작했다. 전기마사지. 소시지를 굽듯이 그의 고객들의 아픈 관절과 예민한 신경을 구워주었다. 그리고 돈을 받았고, 소시지를 샀고, 사람들을 위해 공짜로 소시지를 구웠고, 그 대가로 돈을 벌었다.

언젠가 K와 함께 옥상에 있던 적이 있었다. 둘 다 담배를 끊기 전, 둘은 옥상 난간에 기대어 32층 아래를 같이 내려다보고 있었다. 늦게 출근하는 회사들의 늦은 점심시간이 시작되는 시간대였던 걸로 기억한다. 점심을 끝내고 돌아오는 회사원들과 점심을 먹으러 나가는 회사원들로 뒤섞여 거리는 분주하고 활기차고 나른하고 쾌활했다.

갑자기 사람들의 발걸음이 빨라졌었다. 갑작스레 빗방울이 듣기 시작했는데 그 빗방울이 난데없이 굵었다. 그와 K도 비를 피해 몸을 옮겼다. 잠깐 사이였는데도 그의 흰 와이셔츠에는 빗방울 자국들이 남았다. K 역시 마찬가지였다. 눈 깜짝할 사이에는 빗방울 하나 피하지 못하는 K였던 것이다.

그토록 사소한 능력을 가진 K가, 그러나 그의 손목을 붙잡았을 때, 그는 눈 깜짝할 사이에 아들이 타고 있는 버스 안에 있었다. 훅 하는 사이, 눈 깜짝할 사이, 그는 아들이 5만 원짜리 지폐를 움켜쥔 손으로 흘러내리는 눈물을 닦는 것을 보았다. 아이의 얼굴에 얼룩진 눈물자국이 길게 남았다.

그러나 본 것일까, 느낀 것일까, 상상한 것일까. 눈 깜짝할 사이, 훅

할 사이는 그토록 짧았다. 아무것도 믿을 수 없을 만큼. 그런데도 왜 그렇게 가슴이 아팠을까. 왜 그렇게 저미도록 아파 견딜 수가 없었을까.

그는 다시 산불을 생각했다. 그 산불이 뭐가 그리 대단해서 그렇게 가슴이 두근거렸을까. 한 번도 눈에 띄지 못한 삶, 앞으로도 그럴 것 같은 삶, 소리 없이 조용히, 영원히 그럴 것 같은 삶, 그런 생각들 때문이었을까. 실패조차, 슬픔조차, 쓸쓸함조차 너무 별 볼 일 없어서, 산불 하나 본 게 그리 대단했을까.

산불에 넋이 나가서 차에서 내렸을 때, 자신도 모르는 사이에 계속해서 쥐고 있던 휴대전화가 울렸었다. 그가 어디에 있는지 묻기 위해 전화를 걸어온 회사 동료는 K였다. 고속도로에 쏟아져 나온 사람들의 소리와 불타는 소리와 소방차 소리 때문에 그는 K의 목소리를 거의 알아듣지 못했다. 알아들었더라도 마찬가지였을 것이다. 그는 산불을 바라보며, 어어, 어어어, 와아아, 우우우, 하고만 있었다.

그리고 그날, K와 같이 버스를 탔었다. 그보다 한 정거장 먼저 내려야 하는 K가 '조심해 들어가' 말하면서 그의 손등을 건드렸었다. 다음 정거장이면 내려야 했으므로 그는 다시 졸지 않으려고 애를 쓰면서 창밖을 내다보았는데, 그 잠깐 사이에 깜빡 잠이 든 모양이었다. 창밖의 신도시로, 서울에서 밀려난 사람들의 가난한 동네로, 세상의 모든 히어로들이 퇴근을 하고 있었다. 배트맨이나 캡틴아메리카 아이언맨과는 견줄 수 없는, 물론 슈퍼맨, 헐크, 토르와도 비길 수 없는, 세상의 모든 사소한 히어로들이, 누군가는 날아서, 누군가는 절름발이 늑대처럼 절뚝절뚝 달려서, 누군가는 잠자리 같은 날개를 퍼덕이며, 누군가는 담뱃불 같은 불을 뿜어내며 모두들 집으로 돌아가고 있었다. 사소한 히어로들의 피로한 퇴근길 풍경이었다.

그때, 창밖의 누군가와 눈이 마주쳤다. 그 누군가가 쓰윽 미소를 지으며 순식간에 하늘 높이 솟아올랐다가 사뿐히 내려앉았다. 그러고는 슬쩍 윙크를 하고는 다시 자기 갈 길을 가는 거였다. 너도 이제 우리 팀이 됐구나, 하는 듯한 윙크였다. 기왕이면 우리 소모임으로 들어와, 라고 하는 듯도 했다. 그는 알고 있었다. 그가 아니라면 누구도 보지 못할 장면이라는 걸. 산불이 났을 때 반대편 차선 운전자들의 눈까지도 들여다보았던 그가 아닌가.

산불을 봤을 때처럼 흥분되지는 않았지만, 쓸쓸하고 달콤한 꿈이었다. 그 꿈에는 적어도 보통의 쓸쓸함이 아니라 특별한 쓸쓸함이 있었다. 아무도 믿어주지 않으면 어떻단 말인가. 너무나 사소해서 빗방울 하나 못 피한다 해도 무슨 상관이란 말인가.

그는 알고 있었다. 자신은 어떻게 해도 특별한 존재가 될 수 없을 거라는 걸. 그러나 그는 이제 특별한 쓸쓸함이 뭔지는 알 것도 같았다. 적어도 그 쓸쓸하고 달콤한 느낌이 뭔지는 알 것 같았다. 너무나 평범하고 너무나 사소한, 그래서 비루하기까지 한, 그러나 누구에게나 특별한, 아니 오직 자신에게만 특별한. 그걸 아무나 알 수 있는 것은 아니다. 절대 그럴 리가 없다. 그러니, 그도 어쩌면 저 사소한 히어로들의 소그룹 하나쯤에는 끼어들 수 있을지도 모를 일이다. 초대장은 이미 도착했다. 이제 이 꿈에서 깨어나지 않기만 하면 되는 것이다. ▪

편혜영

개의 밤

ⓒ김병관

1972년 서울 출생. 서울예대 문예창작과와 한양대 국문과 대학원 졸업. 2000년『서울신문』등단.
소설집『아오이가든』『사육장 쪽으로』『저녁의 구애』『밤이 지나간다』.
장편소설『재와 빨강』『서쪽 숲에 갔다』『선의 법칙』『홀』.
〈한국일보문학상〉〈이효석문학상〉〈동인문학상〉〈이상문학상〉〈현대문학상〉 등 수상.

개의 밤

개들이 너무 짖지 않는다.

김은 잠든 아내를 깨우지 않도록 조심하면서 침대에서 몸을 일으켰다. 한번 그 생각에 사로잡히자 잠이 오지 않았다. 깊은 밤이라고는 하지만 지나치게 조용했다. 진입로 위쪽에 자동차 전용도로가 있으나 차 소리도 들리지 않았다. 새벽 네 시가 넘은 시각이었다. 쥐도 새도, 심지어는 개도 차도 다 잠든 시간이라는 의미였다. 김은 잠옷으로 입는 반팔 티셔츠 위에 후드티를 겹쳐 입고 조용히 집을 빠져나왔다.

단지 내 도로는 텅 비어 있었다. 김은 제집을 멀찍이 서서 바라본 후 천천히 도로를 걸었다. 분수에 맞지 않는 액수의 집을 짓는 일로 김은 오랫동안 장인의 비위를 맞춰왔다. 가끔 참을 수 없는 때가 있었는데, 완공된 집을 보자 다 괜찮아졌다. 타운하우스는 분양 당시 디자인 주택이라는 점이 인기를 끌었다. 천편일률적인 아파트나 기성품 같은 주택에 질린 사람이 많았는지 주변 시세보다 비쌌음에도 청약률이 높았다. 김이 이제껏 살아본 적 없는 크기의 집이었다. 이렇게 완벽하게 새것이고 덩치가 큰 물건이 제 소유라는 것에 가슴이 벅찼다. 3형제 중 막내인 김은 뭐든 형들의 물건을 썼다. 당연히 헌것이거나 유행에 뒤처진 것이었다. 형의 이름이 사방에 쓰인 사전이나 형의 취향대로 채워진 MP3, 심지어는 형이 다니는 대학교 로고가 박힌 후드 티셔츠까지. 김이 쓰는 물건이 자랑거리가 된 적은 없었다. 아내와 장모는 달랐다. 자랑할 만한 물건이 많았고 그것에 대해 말할 기회를 놓치지 않았다. 이 집도 그랬다. 김이 모르는 많은 사람들이 장모와 함께 집에 다녀갔고 주택 경향이나 건축자재, 시세 등에 관한 이야기를 나누었다. 김은 불편했지만 내색하지 않았다. 자랑거리가 된다는 것. 그게 중요했다. 하지만 얼마 전부터 장모의 방문객이 뚝 끊겼다. 장모는 처남 일로 정신이 없었다. 김은 고요해진 생활에 안도하면서도 누구도 제 것을 알아봐주지 않는 데서 묘한 서운함을 느꼈다. 드나들 때면 아무도 봐주지 않는 제집을 구석구석 살폈다. 그럴 때마다 미장공이나 타일공, 목공의 실수를 알아차렸고 시세를 떠올리고서야 인부들의 무성의와 무능을 참을 수 있었다.

김은 조용한 새벽 거리를 두 번 왕복했다. 며칠 전 13호 노부부가 들것에 실려 나온 후 구급차를 타고 이 길을 빠져나갔다고 했다. 관리인에게 들었다. 아내에게는 말해주지 못했다. 관심을 가질 얘기였지만, 아내 역시 처남 일로 정신없이 바빴다. 아내는 잠도 잘 못 잤고 식사도 자주 걸렀다. 낮에는 변호사와 함께 처남을 만나러 가거나 탄원서를 받으러 다녔다. 사람들을 만날 때면 사정을 설명하고 처남을 변호하는 말을 했다. 울먹이며 전화를 걸어오는 장모를 달래거나 같이 울었다.

아는 사람들과 얘기할 때면 의연하게 대꾸하려다가 뉴스 보도가 잘못된 것이라고 화를 냈다.

13호에 경찰이 도착한 후 주민 몇이 무슨 일인가 싶어 나와봤고 얼마 후 구급대원이 들것 두 개를 포개서 들고 집 안으로 들어가는 걸 지켜봤다. 정황만으로 판단하기 어려웠는데, 구급차가 떠난 후 주민 중 하나가 모포 밖으로 빠져나온 노부인의 팔에 피가 묻어 있었다고 얘기하고 관리인이 얼마 전부터 차림새가 좋지 않은 아들이 드나들었다는 말을 보태면서, 형편이 어려워진 아들이 벌인 짓이라는 소문이 돌았다.

행색이 말이 아니었다니까요.

관리인이 목소리를 낮춰 말했다. 그는 틈만 나면 그 일에 대해 이야기하고 싶어 했다.

그럴 수 있죠.

그럴 수 있다뇨?

김의 대꾸에 관리인이 화를 내듯 되물었다.

부모님 집에는 보통 편한 차림으로 다니잖아요.

제가 그것도 구별 못할 것 같습니까. 그런 건 금세 티가 나요.

저는 티가 납니까, 안 납니까.

네? 그게 무슨 소립니까?

관리인이 김을 탐탁지 않게 쳐다보았다. 얘기한 걸 후회하는 눈치여서 김은 슬며시 자리를 피했다.

김도 노부부를 본 적 있었다. 그들은 늘 함께 단지 내 공원을 산책했다. 아내는 그들과 마주칠 때면 공손하고 다정한 태도로 허리를 구부려 인사했고, 작은 목소리로 그들이 몇 해 전 국립대 교수로 퇴임했다고 일러주었다. 마치 그게 상냥하게 구는 이유라도 된다는 듯이.

김은 소리를 내려고 슬리퍼를 질질 끌며 걸었다. 개가 있는 집을 지나칠 때면 멈춰 서서 큼큼 하는 소리를 냈다. 개들은 짖지 않았다. 마당이 아니라 집 안에서 자고 있다면 듣지 못할 것이다. 그래도 자동차 전용도로에서 차 소리가 들리고 덩치 큰 차량이 지나가면 덜컹거리는 소리도 나고 바람이 목재 대문을 흔들며 넘나들기도 하는데, 개들은 왜 짖지 않을까.

김은 해안가 별장처럼 흰색 벽에 푸른색 지붕을 얹은 18호 집 앞에 멈춰 섰다. 마당에 개집이 있었다. 거기에 덩치 큰 보더콜리가 누워 있는 걸 여러 번 보았다. 주인은 자주 마당에서 개와 놀았고 누군가 지나가면 보여주려는 듯 개에게 고무공을 던졌다. 개는 훈련받은 대로 재빨리 공을 향해 내달렸다. 아내는 개가 참 야무지다는 칭찬을 울타리 너머로 인사 삼아 건넸고 김에게도 알은체하라는 듯 눈짓을 했지만 김은 무뚝뚝한 표정을 풀지 않았다.

바닥에서 손가락 두 마디 정도 되는 돌멩이를 주워 18호 집 마당을 향해 던졌다. 개집을 맞히지는 않았다. 단지 내 전 주택에 보안 시스템이 가동되고 있었다. 경보음이 울리면 곤란했다. 관리인은 많은 사람을 알았고 자기가 아는 것을 말하기 좋아했다. 돌멩이가 포물선을 그리며 짧게 활공했다. 잘 자란 잔디가 돌멩이 떨어지는 소리를 감췄다. 예민한 짐승이라면 알아차릴 만한 소리가 났지만 여전히 조용했다. 김은 이번에는 목재 대문을 흔들었다. 경첩이 느슨해서 삐걱대는 소리가 제법 크게 났다. 누군가 나와 보거나 경보음이 울리거나 개가 짖는다면 달아날 생각이었지만 아무 일도 없었다. 김은 다시 슬리퍼를 끌고 집으로 돌아왔고 소파에 앉은 채로 개가 왜 짖지 않을까 생각하다가 잠이 들었다.

흔들어 깨우는 아내에게 김은 간밤에 무슨 소리 못 들었느냐고 물었다. 아내가 무슨 소리? 하고 문득 푸석한 얼굴을 살짝 치켜들었다.

개 소리.

아내가 대꾸 없이 식탁으로 가더니 바짝 마른 토스트를 베어 물었다. 김이 쳐다보자 이리 와서 잠자코 먹기나 하라는 듯 고갯짓을 했다. 아내는 매사 그런 식으로 말하는 게 습관이 되어 있었다. 손짓을 해서 오라고 하거나 턱을 들었다 내리는 것으로 반문하거나 눈을 부릅뜨는 것으로 거부감을 드러내거나 틀린 걸 지적하려고 손가락으로 이마를 툭 밀었다. 김은 그게 몹시 싫었고 여러 차례 화를 냈지만 그때마다 어린 시절부터의 습관이라서 고치기 어렵다는 해명을 들어야 했다.

아내를 이해하기 위해 김은 매번 장인을 떠올렸다. 언제나 함께 생각해야 덩달아 이해되는 것이 생겼는데, 아내의 가족이 그랬다. 장인은 스스로를 가리켜 아주 열심히 산 사람이라고 말하곤 했다. 스무 살이 되기 전 공구 제작업체에서 일을 시작했고 15년 후에는 독립해서 직접 사업체를 꾸렸다. 장사가 잘됐지만 공장 규모를 늘리지 않고 버는 족족 부동산에 투자했다. 사업은 점차 기울었지만 한번 불어난 부동산은 줄지 않았다.

그러는 동안 장인은 한 번도 파트너를 두지 않았다. 장모는 공구 얘기는 하나도 몰랐고 부동산은 중개업자를 가리키는 말인 줄 알았다. 장인에게 부하직원은 시키는 일을 하는 사람이었다. 돈을 빌려달라거나 보증을 서달라고 할까봐 친구를 사귀지 않았고 어린 시절 친구도 만나지 않았다. 말하자면 전적으로 제 판단에 의지해 재산을 불려온 셈이었다. 스스로에게 확신을 갖지 않을 이유가 없었다. 자긍심이 높은 사람답게 장인은 목소리가 크고 시원시원했는데, 매번 화내는 것처럼 들렸다. 실제로 자주 화를 냈다.

아침부터 개소리 말고 사람들한데 탄원서 좀 받아와.

아내가 식욕이 없는 듯 접시에 빵조각을 내려놓으며 말했다. 김은 아내가 이어서 할 말을 짐작했고 예상대로였다. 아내는 요즘 들어 매일 똑같은 얘기를 했다. 김을 제외한 온 가족이 느끼는 슬픔에 대해서, 처남이 얼마나 억울한지에 대해서. 그보다는 처남이 미국 약학계에서 주목받는 전공을 선택하기 위해 고등학교 시절 얼마나 열심히 봉사활동에 투신했는지에 대해서, 졸업 후의 창창한 미래에 대해서. 아내는 이 일로 동생의 앞길이 막혔다며 울분에 차서 말했다. 김은 아내의 말을 듣고 있다는 신호로 자주 고개를 끄덕였다. 긴 학교생활 동안 처남이 한 번도 친구들과 주먹다짐을 해본 적 없다는 것, 말로도 다툰 적 없을 만큼 순하고 착했다는 얘기까지 들어야 대충 끝날 터였다.

심드렁하게 토스트를 씹던 김은 유가족이 돈을 뜯으려 혈안이 되어 있다는 아내의 말에 고개를 들었다. 아내가 무심한 김이 화제에 관심을 보인 것에 반색하며 물었다.

유가족 말이야. 당신이 한번 만나볼래?

김은 서둘러 고개를 저었다.

당신 그런 거 전문이잖아.

김은 발끈할 뻔했다. 김이 하는 건 업무상 필요한 협의였다. 아내의 가족들이 하려는 것과는 완전히 다른 일이었다. 교량 건설 중에는 종종 불의의 사고가 생겼다. 얼마 전 사고도 그랬다. 크레인이 끊어졌고, 그러면서 크레인에 연결된 상판이 아래로 추락했다. 누구도 원치 않았지만 그 사고로 누군가 죽었다. 상판에 깔린 건 아니고 상판이 떨어질

까봐 피하다가 그랬다. 어쨌거나 우연한 죽음 후에는 몇 가지 문제가 남기 마련이고 김이 인사 담당자로서 사후 처리를 맡았다. 현장 관리자가 직접 사고 수습에 나서면 추후 인적 관리가 어렵기 때문에, 본사 소속인 자신이 협의를 도맡는 것이라고 김은 이해했지만 다른 직원들은 그렇게 생각하지 않았다. 애초 그런 일을 맡기려고 김을 채용했다는 것이다. 그런 줄도 모르고 장인은 김이 회사에서 팀장이라도 하는 게 다 제 덕이라고 생색냈다.

당신 동생 아니라는 거지?

김의 미온적인 태도에 결국 아내는 불안과 두려움이 섞인 신경질을 부렸다. 김은 화를 내는 대신 능글맞게 웃었다. 과민한 사람이나 비관적인 사람, 지나치게 방어적인 사람을 대할 때 김은 비판하기보다는 동정했다. 그래야 관계가 원만해졌다. 아내와 논쟁할 생각이 없고 잘못된 생각을 교정할 마음도 없었다. 서로 이해해야만 가족으로 살 수 있는 건 아니었다.

김은 당연히 아내를 가족으로 여겼다. 자고 일어나 머리가 뻗치고 눈이 부은 아내가 사랑스러운 적이 있었고 아내가 미울 때면 함께 보았던 아름다운 풍경을 떠올렸다. 그러면 금세 애틋해졌다. 아내가 급성장염에 걸려 응급실에 실려 갔을 때는 눈물이 났고 밤새 간호했다. 아내가 우울해할 때 우스꽝스러운 춤으로 웃겨준 적도 있었으며 아내의 납득할 수 없는 신경질에도 순하게 대응했다.

그러나 장모와 장인, 처남은 아니었다. 김은 장모와 장인에게 늘 깍듯하게 굴었다. 직장 상사에게 하듯 존댓말을 썼고 화제가 끊기면 긴장하는 게 싫어서 증시 현황이나 장인이 지지하는 정치인 얘길 꺼냈다. 외식 메뉴는 장인이 골랐고 계산도 장인이 했다. 김의 서재 책상을 장모가 골라줄 때도 잠자코 있었다. 취향을 내세우지 않아야 주는 사람을 기분 좋게 한다는 걸 일찌감치 배웠다. 아내보다 열한 살 어린 처남은 줄곧 외국에 있었기 때문에 얼굴을 본 게 채 열 번도 되지 않았다. 장인의 외모를 쏙 빼닮은 어린 처남을 처음 보았을 때는 반말을 하기 위해 용기를 내야 할 정도였다.

아내는 정말로 그렇게 믿는 체하면서 처남이 워낙 어려서부터 유학 생활을 한 탓에 한국 문화를 잘 몰라 빚어진 일이라고 했다. 그렇다면 오히려 부대에서도 자율과 존중을 강조하는 미국식으로 굴었어야 한다고 김은 생각했지만 그 얘기도 당연히 하지 않았다. 처남은 중학교를 마치고 유학을 갔는데, 학교에서 심하게 왕따를 당해서라고 했다. 가혹한 기억만 가지고 떠났으니, 그게 한국에서의 문제 해결 방식이라고 여길 수 있다는 거였다. 김은 처음 듣는 얘기였다. 장인과 장모는 늘 처남이 어린 시절부터 출중했고 유학은 당연한 선택이었다고 말해 왔다. 확신에 차서 얘기하는 폼이 아마도 변호사와 협의해 그런 사정을 죄다 얘기하며 감정에 호소하기로 마음먹은 것 같았다.

중학교 시절 얘기는 부러 끄집어낼 필요도 없었다. 그런 일을 겪었다 해도, 더한 일을 겪었다 해도, 지속적으로 누군가를 폭행한 것은 처남의 선택이었다. 과거와 상관없이 처남은 후임을 폭행하는 사람이 될 수도 있고 후임과 친구처럼 지내는 사람이 될 수도 있었다. 둘 중 어떤 사람이 될지 스스로 선택해서 지금에 이른 것뿐이다.

부대 내에서 후임에게 지속적으로 가혹 행위를 하는 동안에도 처남은 휴가를 나왔고 빨리 제대하고 미국으로 돌아가고 싶다고 투덜댔고 소개팅을 했고 상대가 뚱뚱하다고 흉을 봤고 블록버스터 영화를 봤고 텔레비전과 연결해 게임을 했고 쇼핑을 했고 늦게까지 쏘다니다 돌아왔고 장모와 장인에게 힘들다며 어리광을 부렸고 아내와 김에게 형식적으로 용돈을 받아 갔다. 그 모든 일을 태연히, 자연스럽게 했다. 성장 환경이나 유전적 기질로 원인을 추적할 수 있겠지만 그건 일부일 뿐이다. 폭행 사실이 밝혀졌다는 건 평생을 그런 식으로 살아왔다는 뜻이다. 딱 한 번의 순간적인 실수가 아니라는 의미였다. 아내의 가족들이 처남에 대해 맹목적으로 구는 걸, 처남이 피해를 본 듯 구는 걸 지켜보기 힘들 때마다 김은 그 얘기를 하고 싶었지만 그러지 않았다. 아내나 장인이, 김이 자신들과 한편이 아니라고 생각해서 좋을 게 없었다.

아내의 한탄은 장모에게 전화가 걸려오고 나서야 멈췄다. 두 사람이 입맛 까다로운 처남이 밥이나 제대로 먹고 있을지 걱정하며 눈물을 흘리는 걸 보고 김은 집을 나섰다. 차창을 내리고 고요한 2차선 도로를 천천히 지났다. 주인이 정원에 물을 주고 있고 개가 물살을 이리저리 피하고 있는 집 앞에서 잠시 멈춰 섰다. 아는 사람인가 싶었는지 주인이 물을 잠그고 김이 탄 차를 빤히 쳐다보았고 개는 주인 옆에 붙어 서서 순하게 꼬리를 흔들었다. 13호 노부부가 일을 당하는 동안에도, 그 집에 누군가 기웃거리는 동안에도 왜 저 개는 짖지 않았을까. 주인 사내가 호스를 내려놓고 차 쪽으로 다가왔다. 김은 재빨리 차를 출발시켰다. 주인이 못마땅한 표정으로 쳐다보는 모습을 사이드미러로 지켜봤다. 개도 기분이 나빴을까. 짖었을까. 알 수 없었다.

회사에 채 도착하기도 전에 이사로부터 호출을 받았다. 장의 사고 때문일 터였다. 김은 다친 사람과 죽은 사람, 생계가 막막해진 사람들 사이에서 인생을 허비하고 있다는 막연한 두려움을 곧잘 느꼈고 그럴 때면 의심과 회의 속에서 업무를 방치했다. 그러한 결과로 매번 이사의 재촉을 받았다.

구두를 벗어두고 슬리퍼로 갈아 신으려던 김은 책상 중앙 서랍이 오른쪽으로 기운 것을 발견했다. 주저앉아 책상을 들여다보니 합판 한쪽이 접촉면에서 떨어져 나와 붕 떠 있었다. 안에 든 것들이 곧 쏟아져 나올 기세였다. 김은 주변을 둘러봤다. 다행히 누군가 이렇게 해놓았다는 기색은 느껴지지 않았다.

김이 처음 출근하던 무렵만 해도 이런 일이 많았다. 어느 날 아침 김은 자신의 인체공학 의자의 높이가 바뀌어 있다는 걸 깨달았다. 다음 날 아침에는 키보드가 책상에서 보이지 않았고, 그다음 날에는 다이어리가 온데간데없이 사라져버렸다. 이어서 마우스와 컵, 슬리퍼 같은 것들이 날마다 티 나지 않게 하나씩 없어졌다. 없어진 것들을 찾는 데 한참 걸렸다. 사람들이 자신이 그것을 찾는 걸 지켜보리라는 걸 알았지만 김은 포기하지 않았다. 사무실을 여러 바퀴 돌았고, 기어이 찾아냈다. 마우스는 책상 서랍에, 슬리퍼는 화장실 쓰레기통에, 다이어리는 회의실 서가에 있었다. 다른 부서 탕비실에서 칫솔을 찾아냈을 때 직원 몇이 낮게 탄성을 내지르는 걸 김은 똑똑히 보았다. 찾지 못한 것은 없었고 김에게 그렇게 한 사람들도 서서히 흥미를 잃어갔다. 김은 사람들의 반감과 자신을 술상무에 빗대 매상무라고 부르는 이죽거림을 이해했다. 별다른 경력도 없는데 장인의 도움으로 수월히 채용되었고, 해고자를 선정하거나 유족에게 사고 보상액을 통보하는 게 업무였으니까.

같은 일이 다시 반복되는 걸까. 김은 기분이 상했고 자신이 고립된 처지라는 것을 다시금 확인했다. 즉각 총무부에 전화를 걸었으나 직원이 아직 출근하지 않았다는 말을 들었다. 아홉 시가 되기를 기다려 다시 전화했고 곧 별정직 직원이 연장통을 들고 도착했다. 김은 그가 한쪽이 기울어진 책상 서랍을 제대로 꿰어 맞추는 과정을 지켜볼 생각이었으나 다시 이사의 호출을 받아 그렇게 하지 못했다.

이사는 대뜸 장의 가족을 만나봤는지 물었다. 김은 그러지 않았으므로 사고 소식을 듣고 조사해둔 장의 전날 행적을 길게 보고했다. 장은 밤 아홉 시 넘어서까지 야근했고, 끝나고 동료들과 술을 마셨다. 거의 매일이다시피 소주 한 병 반을 마시고 취해서야 집에 돌아갔다는 증언을 녹음해두었다. 만취한 다음 날의 사고라면 회사 쪽에 조금 유리했다.

그거 말고는요?

이사가 눈을 치켜뜨며 물었다. 매번 그런 질문을 받았으므로 김은 겁먹지 않았다.

장의 아내요. 입원 중입니다. 거기 꽃을 보내뒀습니다.

얼마짜리 꽃입니까?

이사가 물었다. 이사의 질문은 종종 예측을 빗나갈 때가 있는데, 지금이 그랬다. 당연히 어디가 아프냐고 물을 줄 안 것이다. 예상치 못한 질문 때문에 김은 장의 노모 얘기는 꺼내지도 못했다.

10만 원짜립니다.

10만 원이면, 큰돈이에요.

이사가 말했다. 김은 그 말의 의미를 헤아리느라 시선을 떨구었고 이사의 발을 내려다보았다. 구두는 흠 하나 없이 잘 닦여 있었다. 험한 길은 한 번도 걷지 않은 신발처럼 보였다.

이런 일은 선의로 해서는 안 된다는 생각이 들어요. 그거 나쁜 겁니다. 동정하는 거죠. 오히려 차별이 됩니다.

이사가 특별히 강조하는 부분도 없고 힘주어서 말하는 법도 없이, 차분하고 사무적인 투로 보상에 대한 얘기를 이어나갔다. 보상이라는 단어를 위로금이라고 바꿔 말하기도 했는데, 강조하기 위해서는 아니고 확실히 해두고 싶어서인 듯했다.

최선을 다하겠습니다.

김은 의례적인 말로 대꾸했다. 알아들었으니 그만 끝내자는 뜻이었는데 이사에게는 그럴 생각이 없는 모양이었다.

그러지 마세요. 할 일만 하세요. 그깟 일에 최선을 다해서 뭐하려고요.

의례적인 무시와 비난으로 위신을 세운 이사가 김이 송구한 표정을 짓자 그제야 만족한 듯 나가보라고 지시했다.

회의실에서 나오자마자 김은 책상 서랍을 확인했다. 실망을 감출 수 없었다. 별정직 직원은, 그는 분명 계약직일 텐데, 떨어진 접촉면을 원래 위치로 붙여놓긴 했지만 휘어진 합판은 그대로 두었다. 김은 멀찍이 떨어져서 어정쩡하게 다리를 구부리고 책상 서랍의 합판이 얼마나 기울어졌는지 확인했다. 사람들이 지켜보고 있는 걸 알았지만 휴대폰에 깔린 수평계 앱을 통해 합판의 기울기까지 확인했다. 수평이 맞지 않았는데 무척 사소한 차이여서 트집 잡기도 애매했다. 무게를 견디지 못해 합판은 곧 부러질 것처럼 보였지만, 이 정도가 그의 최선인지도 몰랐다.

막 자리에 앉으려는데 장인에게서 전화가 걸려왔다. 김은 뜨끔했다. 업무 중이라 받지 못했다고 하면 장인은 그놈의 회사 당장 때려치우라고 말할 것이다. 김은 할 수 없이 전화를 받았고 장인에게서 아내가 줄곧 말하던 탄원서 얘기를 다시 들어야 했다. 장인은 한 번의 실수로 젊은이의 미래를 꺾는 일은 살인이나 마찬가지라고 목소리를 높였다. 전화 통화였으므로 김은 마음껏 인상을 찌푸렸다. 장인은 처남을 전혀 모르는 회사 동료들에게, 사이가 좋지 않은 동료들에게, 툭 터놓고 술 한번 마신 적 없는 동료들에게 탄원서를 받아 오라고 지시했다. 잘 모르는 사람조차 억울하게 여길 사안임을 강조해야 한다는 것이었다. 탄원이 소용에 닿으리라고 생각해서는 아닌 것 같았다. 순전히 김의 방관을 질책하고 김이 가족의 고통에 동참하지 않는 걸 비난하려는 뜻 같았다. 김은 전화를 끊고 싶은 마음에 그것이야말로 자신이 할 일이라고 기복 없이 대꾸했다. 탄원의 이유를 설명하고 그들이 서명하도록 동정을 산다는 게 아무래도 불가능하게 여겨졌다. 김은 인사 담당자로서 직원들의 개인정보에 비교적 쉽게 접근할 수 있다는 사실에 안도했다. 장인의 비서가 글씨체를 달리해서 탄원서를 작성해 보내면 인사 자료를 찾아 수십 명의 개인정보를 몰래 적어 넣을 작정이었다.

아내와 장인의 말처럼 이 일로 처남의 미래는 완전히 바뀔 것이다. 그러나 다른 누군가 그렇게 한 것이 아니라 처남 스스로 그렇게 한 것이었다. 당연히 감당하고 정당한 처벌을 받아야 했다. 물론 그렇게 말할 수는 없었다. 장인의 도움이 없었다면 김의 집은 지어지지 않았을 것이고 김은 입사하지 못했을 것이다. 김은 은혜를 알았고 갚을 줄도 아는 사람이었다. 당장 갚을 능력이 없다면 적어도 비위는 맞춰야 한다는 것도 알았다.

집에 도착해서는 주차장에 차를 두고 천천히 단지를 돌아다녔다. 관리인과 두 번 마주쳤다. 처음에는 인사만 하고 지나가던 관리인이 두 번째 마주치자 말을 걸었다. 함께 얘기할 사람을 찾고 있었는지도 몰랐다. 관리인은 대뜸 경찰이 아들의 방문에 대해 자세히 물었다고 털어놓았다.

행방불명됐대요. 뭔가 켕기는 게 있지 않고서야 그러겠어요?

으스대는 목소리였다. 아들의 행색에 대한 김의 의견에 반박하고 싶은 것 같았다.

개는 안 짖었답니까?

개요?

관리인이 또 뜬금없이 군다는 듯 김을 쳐다보았다.

단지에 개가 이렇게 많은데…….

이렇게 많은 건 아닙니다. 여섯 마리예요.

관리인이 정정했다.

여섯 마리의 개가 있는데 한 마리도 짖지 않았다는 게 이상하지 않습니까?

이상하지 않습니다. 개가 짖을 일이 뭐가 있다고요. 짖었을 수도 있고요. 원래 이런 개들이 짖는 소리는 잘 안 들려요.

관리인이 그렇게 대꾸하고는 때마침 들어서는 승용차를 향해 거수하며 자리를 피했다.

김은 집으로 들어가자마자 아내에게 노부부 얘기를 해주었다. 아내는 사람 죽인 얘기는 두 번 다시 듣고 싶지 않다며 화를 냈다. 화를 내는 이유가 있었다. 처남에 대해서 안 좋은 소식뿐이었다. 처남의 정신감정 결과가 나왔다고 했다. 지극히 정상이라는 의사의 소견이 검사를 통해 판사에게 제출되었다고 했다. 미친놈, 미치지도 않았으면서. 김은 속으로 중얼거렸다. 어떻게 제정신으로 한 사람을 7개월씩이나 지속적으로 때릴 수가 있지. 멍이 들지 않도록 담요로 돌돌 말아 발길질을 하고, 보이지 않는 곳을 라이터로 지지고, 식판에 침을 뱉고, 부하들에게도 함께 때리라고 지시하면서. 김은 그 모든 사실을 신문을 보고 알았다. 아내는 억울하다고 할 뿐 자세히 얘기해주지 않았다.

지난번 휴가를 나왔을 때의 처남이 떠올랐다. 복귀 전날 함께 식사를 했는데, 처남이 대뜸 김에게 장가 잘 온 것 같지 않으냐고 물었다. 그것에 대해 김과 아내는 각기 다르게 해석했다. 김은 처가의 돈으로 집을 지으니 좋지 않으냐는 소리로 들었고, 아내는 예쁘고 다정한 아내를 얻어서 좋지 않으냐는 것으로 해석했다. 김은 허허 웃는 것으로 대답을 대신했고, 자신의 생각을 주장하지 않았다. 열등감을 들켜서 좋을 게 없었다.

아내는 하루 종일 참았던 듯 잠시 울음을 터뜨리고는 김을 데리고 방으로 들어갔다. 서류 봉투를 내밀었는데 각기 다른 글씨로 쓰인 탄원서가 수십 장 들어 있었다. 김이 그것에 대해 뭐라고 말하기도 전에 아내가 손을 잡고 앉히더니 눈을 감으라고 했다. 서랍장 위에 그동안 보지 못한 십자가가 놓여 있었다. 아내가 중얼거리며 기도를 시작했다. 처남이 그간 얼마나 착한 아이였는지 털어놓고 나서 아내는 자신의 죄를 고백하기 시작했다. 동생을 잘 돌보지 못한 것과 먼 곳에 있다는 핑계로 정서적으로 무심했던 것에 대해서, 그리하여 동생을 외롭고 상처받게 한 것을 회개했다.

김은 감은 눈을 떴다. 아내에게 말하고 싶었다. 하나님은 아무도 벌하시지 않는다고, 우리를 벌하는 건 우리 자신일 뿐이라고, 지옥에 있는 사람들은 대개 자기가 선택해서 거기 있는 것이라고 말해주고 싶었다. 그렇게 하는 대신 아내와 잡은 손에 힘을 주었고 그럼으로써 아내가 정작 용서를 빌어야 하는 것에는 침묵하고 잘못을 추상화함으로써 역설적으로 처남의 죄를 하찮게 만들어버린 것을 모르는 척했다. 아내에 따르면 모두의 인생에 죄가 있었다. 그러므로 아무도 죄가 없었다.

휴대전화가 울리자 아내가 기다리기라도 한 것처럼 서둘러 기도를 끝내고 김의 손을 놓았다. 목소리가 다정하고 순하게 바뀌는 것으로 보아 친목 모임 사람 중 하나인 모양이었다. 아내는 그 모임 사람들의 우정과 충고에 많이 의지했다. 그중 두 명은 아내와 마찬가지로 다른 직업을 갖지 않은 기혼자였고, 두 명은 의사였고, 한 명은 변호사, 한 명은 남편이 의사인 여자였다. 매월 모임을 가졌는데, 함께 연극이나 발레, 클래식 연주 공연을 본 후 호텔에 가서 와인을 마셨다. 아내는 그중 변호사인 여자와 처남 일을 상의했다. 모임 사람들이 모르게 할 생각이었던 듯한데 변호사 여자를 통해 알려졌고 그녀들에게 번갈아가며 위로를 받는 중이었다.

장인이 선임한 변호사가 있지만, 아내는 모임의 변호사에게 자주 의견을 물었고, 그녀에게 받은 충고를 장인과 나누었다. 처남에게 고의성이 없었다는 것을 입증하기 위해 정신감정을 의뢰한 것도 두 변호사의 공통 의견이었다. 김은 아내가 친목 모임의 변호사에게 처남의 일을 어떻게 얘기했는지 알지 못했다. 그렇기 때문에 변호사와 통화를 끝낸 아내가 잠깐 희망이 감도는 낯빛으로 몇 가지 증빙 자료만 준비하면 괜찮을지도 모른다고 한 말도 믿지 못했다. 아내는 분명 많은 것을 누락하고 얘기했을 것이다. 아니면 변호사가 뉴스에서 보도된 사건인 줄 알면서도 모른 척하는 것이거나. 뉴스 보도 너머에는 또 다른 진실이 있다는 것을 알 만한 사람이었기 때문에, 처남의 사건도 피의자측에서 보자면 보도되지 않은 고통이 있으리라 생각하는지도 몰랐다. 아내 편을 드는 건 모임이 훼손되지 않기를 바라서이리라. 물론 그것이 진심인지는 알 수 없지만.

　다음 날 오후 김은 안과 함께 장의 아내가 입원한 병원으로 갔다. 안과는 별로 얘기를 나눠본 적 없지만 그가 유머 감각이라곤 없이 고지식하고 복장이나 태도가 철저하다는 건 알고 있었다. 안은 김에게 지나칠 정도로 깍듯하게 굴고 경어를 썼는데, 자신의 업무가 아님을 분명히 하려는 뜻이었다. 김으로서도 동행이 반가울 리 없었지만 이사는 노골적으로 김을 못 미더워했고, 언제든 김의 일을 다른 사람에게 넘길 수 있다고 은근히 압박하면서 매번 감시꾼 같은 동행을 붙였다.

　장의 아내는 몸 여기저기에 의료기기를 달고 있었다. 손목과 대퇴부 정맥에 주사와 연결된 줄이 늘어져 있었고 식염수, 진통제 같은 주사액이 계속 들어가고 있는지 몸이 퉁퉁 불어 있었다. 장 때문에 이렇게 된 게 아니라 장이 죽기 전부터 아팠다는 것에 김은 다소 안도했다.

　김은 힘을 주어야 겨우 눈을 뜰 수 있는 장의 아내가 드러누운 채로 남편의 죽음을 전해 듣는 장면을 상상하지 않도록 애썼다. 어쩌면 아직까지 누구도 그 일을 하지 않았을지도 몰랐다. 김은 안이 들고 있는 비타500 상자를 건네받아 눈에 잘 띄도록 냉장고 위에 올려두었다. 그저께 김이 보낸 꽃은 보이지 않았다. 보호자용 의자에는 보풀이 잔뜩 인 담요가 접혀 있었다. 장은 때때로 술에 취해 병원으로 퇴근해서는 그 담요를 덮고 잠이 들었을 것이다.

　다시 회사로 돌아갈까 하다가 김은 내친김에 장의 집을 방문하기로 했다. 회사 동료라고 말했지만 장의 노모는 한참 만에 현관문을 열어주었다. 노모는 문을 막듯이 서서 부스스한 얼굴로 김과 안을 쳐다보다가 갑자기 고개를 숙여 인사를 마구 하더니 몸을 비켜주었다.

김과 안은 주춤거리며 어두운 거실로 들어섰다. 한창 해가 비칠 시간인데도 집이 무척 어두웠다. 좁은 거실에 가득 쌓인 물건이 베란다를 통해 들어오는 햇빛을 막았다. 거실과 일자로 놓인 부엌은 살림살이를 다 밖으로 내놓은 듯 정신없었다. 벽지의 낙서는 지워지지 않았고, 텔레비전 주위로 산 것과 죽은 것이 뒤섞인 오래된 화분이 빼곡히 놓여 있었다. 소파 천에는 눈에 띄게 보풀이 일었고, 좁은 현관에는 맑은 날인데도 대충 감아둔 우산 두 개가 세워져 있었다. 방정맞게 뛰어다니는 개만 이 집에서 생동하는 유일한 생명처럼 보였다.

노인이 거실에 주저앉아 두 사람은 왜 앉지 않느냐는 표정으로 올려다보았다. 김은 노인 맞은편에 무릎을 꿇고 앉았다. 안이 쭈뼛거리며 김을 따라 무릎을 꿇었다. 김은 노인을 자극하지 말아야 한다는 걸 알았지만 그렇다고 입을 다물고 있을 수는 없었다. 김의 짤막한 인사말에도 노인은 잠잠했다. 김은 별 소득이 없을 줄 알면서도 장의 사고에 대해 심하다 싶을 정도로 상세히 덧붙였다. 노인은 여전히 입을 다물고 김과 안을 번갈아 쳐다보았다. 왜일까. 돈보다 사과가 먼저다, 내 아들 목숨으로 장사할 생각이 없다, 사람이 죽은 마당에 그깟 돈이 무슨 소용이냐, 돈이면 다냐, 너희 같은 큰 회사 놈들은 다 그러냐, 같은 뻔한 얘기를 왜 하지 않을까. 그런 얘기라면 김은 얼마든지 들어줄 수 있었다. 고함과 분노가 없으면 어색했다. 목숨을 두고 견주는 흥정이어서 분노의 시간이 없다면 오히려 민망해졌다. 한쪽은 슬픔을 과시해서 거래처럼 보이지 않도록, 한쪽은 배려와 위로처럼 보이도록 자연스럽게 굴 필요가 있었다. 김은 늘 해오던 말을 술술 늘어놓을 수도 있었다. 합의금이 유가족에게 어떻게 삶의 숨통이 될지, 지금 합의하는 게 경제적으로 얼마나 유리한지에 대해서 말이다. 앞으로도 자주 하게 될 말이기도 했다. 생각나는 대로 말하거나 감정에 호소하는 게 아니라, 각각의 수치 차이를 보여주며 설득할 수 있었다.

노모는 계속 입을 다물었는데, 수긍의 침묵일 리 없으므로 김은 유독한 욕설과 비난을 각오했다. 회사 사람들이 김을 매상무라고 부르는 데는 다 이유가 있었다. 건설회사다 보니 심심치 않게 사고가 발생했는데, 김의 일은 어떻게든 사고 당사자의 잘못을 찾아내서 회사 측의 보상 범위를 줄이는 것이었다. 김은 현장 근무자보다 안전수칙을 정확하게 외고 있었고, 감정적, 육체적 피로 누적도가 사고에 미치는 영향을 철저히 조사했다. 그러다 보니 피해자 가족을 만나면 위로금 액수가 적은 것에 대해 납득할 수 있게 설명해야만 했다. 말하자면 피해자가 어떤 안전 수칙을 어겼는지, 전날 술을 얼마나 마셨으며 점심시간에는 반주를 얼마나 했는지, 감정적 피로 상태가 어떠했는지, 평소 근무 태도는 어떠했으며 동료들과는 어떻게 지냈는지, 가족 이외에 친밀하게 지낸 사람이 있는지 같은 얘기들 말이다. 멱살을 잡히거나 따귀를 맞거나 때로는 물벼락을 맞을 일이었다. 이런 줄 모르고 시작한 일이지만, 알고 난 후에도 김은 관두지 않았다.

안은 침묵이 만든 긴장에 사로잡혀 비장한 표정으로 앉아 있었다. 그 표정을 보자니 김은 불쑥 이 자리가 나쁘지 않게 느껴졌다. 오히려 상황을 악화시켜 안을 자극하고 싶어졌다. 자신이 그간 감내한 굴욕이나 정당한 대가를 치러야 겨우 성사되는 거래 방식을 보여줌으로써 자신의 노고를 깨닫게 하려는 게 아니었다. 안의 인생에는 멸시하는 장인이나 사고를 저지른 처남 같은 게 없고 죽은 사람 몫의 비용을 두고 흥정할 일도 없겠지만, 누구에게든 내몰려봐야 안은 자신이 어떤 사람인지 알 수 있는 기회를 가질 터였다. 김이 노모를 자극하면 안은 상대

방과의 성격이나 정치적 견해의 차이, 단순한 실수의 가능성 때문에 화를 내는 것이 아니라 교묘하게 감춰져 있다가 갑자기 불거져 나올 스스로의 이기와 수치를 견디지 못해 화를 내게 될 것이다.

개가 노모에게 안겼다. 노모는 기계적인 손놀림으로 개를 쓰다듬었다. 김은 영 관심 없어 보이는 노모에게 직설적으로 보상 얘기를 꺼냈다. 안을 의식하자 별로 뜸들이고 싶지 않았다. 안이 김의 매정함을 탓하듯 지그시 노려보았다. 노모는 개의 발바닥을 쓰다듬다가 고개를 들어 김을 빤히 보았다. 안은 숫제 경멸하는 낯빛으로 김을 쳐다보고 있었다. 욕을 먹을 차례거니 생각했는데, 노모가 김을 보더니 활짝 웃었고 벌떡 일어섰다. 그 바람에 개가 노모 품에서 빠져나왔다. 김은 달려오는 개를 잡아 안았다. 노모가 뭐라고 중얼거리면서 같은 자리를 맴돌기 시작했다. 김은 슬쩍 옆으로 비켜서서 노모를 지켜보며 개를 쓰다듬었다. 개는 잠자코 있었다. 이번에는 개의 발바닥을 만져보았다. 부드럽고 따뜻했다. 개가 기분이 좋은지 작은 소리를 냈다. 노모는 한참 제자리를 맴돌다가 멈춰 서서 두 사람을 노려보는 일을 반복했고 어느 순간 가까이 서 있던 안에게 다가갔다. 안이 노모를 부축하려는 듯 손을 내밀었는데, 노모는 힘을 주어 안을 부둥켜안았다. 안이 놀라서 몸을 빼려고 했지만 노인이 놔주지 않았다. 안을 감싼 손에 어찌나 힘을 주었는지 푸른 정맥이 다 보였다. 김은 개를 품에 안고 뒤로 물러섰다. 안이 울상이 된 채 노인의 팔을 움켜잡았다. 노인이 안의 팔을 물려고 입을 벌리고 고개를 숙였다. 안은 힘을 주어 노인과의 거리를 유지하려 애쓰고 있었다. 조금만 힘을 주면 깡마른 노인쯤이야 쉽게 떼어낼 수 있을 텐데, 안은 악력을 쓰는 일을 망설이고 있었다.

김은 품으로 파고드는 개를 두 손으로 잡고 높이 올렸다가 손의 힘을 풀었다. 바닥에 떨어진 개가 잠시 낑낑거렸으나 이내 중심을 잡고 부엌의 어둠 속으로 달아났다. 노인은 안과 부질없는 다툼을 계속하고 있었다. 안이 도와달라는 듯 김을 불렀으나 못 들은 척 그 집에서 나와 버렸다.

얼마 지나지 않아 안이 허겁지겁 장의 집을 빠져나왔다. 노인에게서 벗어나기 위해 안은 노인의 손을 힘껏 떼어냈을 것이다. 노인의 작은 몸을 물건처럼 내동댕이쳤을지도 몰랐다. 안이 김에게 항변하듯 잔뜩 화가 난 얼굴로 담배를 꺼내 물고 분이 풀리지 않는지 노인에게 욕설을 퍼부었다.

차에 올라타고 나서야 안이 한숨을 내쉬었다. 김은 안심한 표정으로 안전벨트를 매는 안에게 불쑥 서류 봉투를 내밀었다. 안이 봉투를 열어 안에 든 것을 꺼냈고 천천히 그것을 읽어 내려갔다. 김은 안의 표정이 조금씩 바뀌는 것을 다 지켜보았다. 수치와 굴욕을 견디는 것이야말로 지금 할 수 있는 유일한 일이었다.

이걸 왜 저한테 보여주십니까?

안이 봉투를 흔들며 물었다.

사인해줬으면 해서요.

제가 모르는 사람입니다.

알지도 모르는 사람이에요. 사고를 당한 사람은 많으니까요.

이게 무슨 사고예요?

다급히 대꾸하느라 깍듯한 경어를 포기한 안이 김을 쳐다봤다.

랜디 존슨 압니까? 메이저리그 좌완 투수요.

갑자기 웬 야구 얘기예요?

랜디 존슨이 어느 날 선발 출전 경기에서 직구를 날렸어요. 그게 홈

플레이트를 날아가던 비둘기에 명중했어요. 그 공이 95마일이었습니다. 비둘기가 어떻게 됐겠어요?

무슨 얘기가 하고 싶어서 그래요?

그 정도 속도면 당연히 죽어요. 어느 비행 물체가 시속 150킬로미터에 달하는 물체에 맞을 확률은 약 2백억 분의 1이랍니다. 상식적으로는 결코 일어날 수 없는 일이죠. 하지만 그런 일이 일어나기도 해요. 어디서나, 누구에게나 일어날 수 있어요.

이 일이 그렇다는 거예요?

그렇게 생각하면 마음이 편하다는 겁니다.

말도 안 돼.

사람은 도움이 필요한 사람을 뿌리치기도 합니다.

안이 잠자코 김을 노려보았다.

물론 도와줄 때가 훨씬 많아요. 사람이니까요.

이런 사람을 도울 순 없습니다.

안이 단호한 표정을 지었다. 안은 모를 것이다. 김이 먼저 자리를 피해주는 방식으로 안이 노인에게 한 짓을 모른 척한 것을, 수치를 혼자서 감당하게 한 것을. 안다고 해도 안은 결코 고마워하지 않을 것이다.

안은 김을 쳐다보지 않으려고 부자연스러울 정도로 정면을 노려보았다. 얼마간 시간이 흐르자 안이 큰 소리로 욕을 내뱉었다. 김은 다소 마음이 편해졌다. 그제야 정당한 대가를 치른 기분이었다. 욕을 먹어야 하는 일에는 어쨌든 욕을 먹어야 했다. 그래야 열심히 산 탓이라고 가장할 수가 있었다. 너무 큰 안도감을 느낀 나머지 안과 동료가 된 기분이 들었다. 안이 탄원서를 꺼내 주민등록번호를 적었고 평소 결재란에 하는 것처럼 반듯하게 이름도 적어 넣었다. 김은 안에게서 받은 탄원서를 가방에 넣었다. 안이 인사도 없이 차에서 내려버렸다. 김이 차 창을 열어 안을 불러 세웠다.

아까 그 개요. 바닥에 떨어졌을 때 짖었습니까.

안이 바닥에 침을 내뱉고는 대꾸 없이 빠른 걸음으로 자리를 떴다. 김은 천천히 차를 출발시켰다. 개가 짖었다 해도 잠깐에 불과했을 것이다. 무엇보다 개가 짖었다고 해서 무슨 일이 벌어졌다는 느낌이 들지는 않을 것이다. ∎

심사평

수상소감

아무데도 가닿지 못한 꿈의 파편들
김성중

다양성이 돋보였던
한 해

강경석

놓친 작품들을 뒤늦게라도 챙겨 읽게 된다는 점에서 문학상 심사는 좋은 기회다. 하지만 덜컥 수락해놓고 후회하는 경우도 없진 않다. 문학적 세대나 경향이 다채롭게 나타나는 시기에는 어떤 작품을 수상후보에 올리고 내릴지 판단이 쉽지 않을 때가 있기 때문이다. 이번 〈현대문학상〉 예심이 그랬다. 오랜만에 만나보는 중견 작가 최윤부터 요즘 한창 문제작을 쏟아내고 있는 박민정에 이르기까지 자신의 자리가 뚜렷한 여덟 작가가 수상자와 수상 후보자로 갈렸지만 농사꾼이 어부보다 나은 일을 한다고 말할 수 없는 것과 같은 이치로 각 지평들 사이에는 애초에 우열이란 것이 없다. 마지막 선에 올리지 못한 다른 작가 작품들에 대해서도 그것은 마찬가지다. 다만 각자의 자리에서 조금씩 더 나아갔거나 지금까지 보지 못한 새 지평의 가능성을 보여준 것으로 판단된 작가 작품들이 조금 더 오래 눈길을 머물게 했을 뿐이다. 그나마 다른 두 분의 예심위원들 덕에 심사가 매끄럽게 진행된 것은 다행이었다.

일일이 논평을 달 만한 여유가 충분치 않은 만큼 비망록을 겸한 몇 가지 메모로 예심평을 대신한다. 우선은 최윤의 「울음소리」를 기억해 두고 싶다. 과문한 탓인진 몰라도 그의 작품을 만나기가 쉽지 않았다. 조기 퇴직하고 홀로 사는 어느 중년 여성을 주인공으로 한 이 단편은 조밀한 설계와 감각적인 문체 면에서 작가 최윤의 건재를 확인시켜주기에 충분했다. 중년의 여성 주인공을 엄습한 공허가 거의 만져질 듯 살아 있다. 역시 다작만이 정진의 치열함을 증명하는 것은 아니다.

삶에서 끝내 해명되지 않는 어떤 나머지 부분에 주목해 형상을 부여한다는 면에서 최윤의 작품과 권여선의 「모르는 영역」이 일정하게 통한다. 자주 그래왔듯 그의 문장은 느닷없이 핵심을 지른다. "멍하니 서서 새가 몰고 온 작은 파문과 고요의 회복을 지켜보던 그는 지금 무언가 자신의 내부에서 엄청난 것이 살짝 벌어졌다 다물렸다는 걸 깨달았다." 말로 설명할 수 없는 무엇을 또렷한 윤곽으로 도려내는 그의 소설들은 '아는 영역'들의 구체적 실감을 끝까지 밀고 나아가는 데서 역설적으로 완성되는 세계다. 함께 검토한 「손톱」과 함께 오래 기억될 작품이 아닐까 싶다.

김희선의 「골든 에이지」를 놓치지 않은 것도 이번 심사의 수확이다. 이 작가 특유의 작법은 여전하되 서사적 긴장 또는 흡인력의 새로운 원천으로 현실 또는 일종의 사회성이 결합된 것은 무척 반가운 일이다. 이 작품은 많은 정보와 SF적 상상력의 자유로운 편집 또한 현실의 불가피한 속박을 적절히 의식할 때 더 큰 힘을 발휘하게 된다는 사실을 알려준다.

「세실, 주희」의 박민정에 대해서도 한두 마디 덧붙인다. 한 손에는 일종의 문화론적 세태비평을 다른 한 손에는 페미니즘을 든 이 작가의 자리는 근년 들어 더욱 뚜렷해지고 있는 듯하다. 어떤 측면에선 앞서의 김희선을 비롯한 '지식정보조합' 소설들—예컨대 김솔, 정지돈과 손보미의 일부 작품들—에 기맥이 닿아 있는 듯 보이면서도 다른 흐름을 만들어내고 있다. 아마도 사회 현실에 관한 선명한 주제의식의 개재 여부가 그 경계일 텐데 그것이 양날의 칼임에도 불구하고 그는 가차 없이 앞으로 나아간다. 그가 어디까지 나아가게 될지 모르겠지만 당분간 시간이 그의 편인 것만은 분명한 듯하다. 같이 검토한 「바비의 분위기」도 그랬지만 「세실, 주희」 또한 소설이 하고 있고 또 할 수 있는 일이 우리가 이미 배워서 아는 것보다 훨씬 많다는 사실을 깨닫게 해준다.

김연수, 기준영, 조해진, 그리고 최종적으로 수상자가 된 김성중의 작품이 많은 지지와 고른 평가를 받았다는 사실을 의아하게 생각하는 독자들은 많지 않을 것이다. 할 말을 줄이는 대신 독자의 한 사람으로 모두에게 박수를 보내주고 싶다. ▪

기량과 신장伸張

백지은

　본디 '평'이란 걸 쓰는 사람에게도 '심사평'이란 말은 거북하다. '후기'를 간단히 적겠다. 2016년 겨울부터 2017년 가을까지 문예지들에 실린 단편소설들을 대상으로 한 과제였다. 일정 기간에 한정된 편수지만 '아주 많은' 소설들을 읽었으니, 솔직히 말하면 그중 어떤 것은 읽었다는 사실조차 잊어먹기도 한다. 또 많은 소설들은, 읽는 도중에나 막 읽고 났을 때 '좋다' '대단하다' 등의 생각을 불러일으키지만, 다음 소설을 읽으면 그 생각은 조금씩 유보되곤 한다. 물론 뒤에 읽은 소설이 항상 더 나아서 그런 것은 아니다. 그럼에도 어떤 소설은, 읽는 중간이나 직후의 감흥이 좀처럼 사라지지 않거나 잊은 줄 알았는데 좀 지난후에 그 감흥이 다시 살아나거나 특별한 인상으로 콕 박히거나 또는 알게 모르게 자꾸 생각나거나 등등의 방식으로 내게 새겨진다. 이번 경우, 일단 그런 소설들의 제목을 주룩 적어놓고 다른 심사위원들과 함께 토론을 시작했을 때 본심에 올릴 목록을 작성하기가 그리 어렵지는 않았다. 이것은 물론 다행한 일이다. 일의 수월함 때문만은 아니고, 평가에 적용되는 항목이란 게 한두 가지가 아닐 텐데 그중 '기량'을 중심으로 이른바 객관성이라 할 만한 요건을 어느 정도 갖추었다는 뜻도 될 것이기 때문이다.

권여선의 소설은, 그 어떤 현실도 삼인칭 간접화법으로 표현되는 소설의 일반적 원리 덕분에 오직 소설만이 할 수 있는 그 일을 가장 잘 해낸다고 말하고 싶다. 「모르는 영역」은 물론 「손톱」과 「친구」도 모두에게 권한다. 기준영의 「마켓」은 사람(들 사이)의 진심, 사랑, 신뢰 같은 것까지 비틀린 의식으로 소통·교류되는 마케팅 시대의 불안과 아이러니를 의식적 표면보다 은밀한 차원에서 탐사하고 포착해낸다. '조선 시인 백석'의 사정을 가상의 역사처럼 이야기해준 김연수의 「낯빛 검스룩한 조선 시인」은, 쓰게 하는 일보다 쓰지 못하게 하는 일의 고초에 관하여 역사적 상황이 아닌 현재적 징후를 탐지하게 한다. "독자들도 스스로 정신을 운동시키지 않을 수 없"게 만드는 소설이다. 언제나 분방한 상상력으로 기발한 세계를 만들어내는 김희선 작가가 세상에서 가장 아픈 일곱 숫자를 기록한 소설 「골든 에이지」는 4·16문학의 각별한 사례가 될 것이다. 박민정의 소설은 스스로 깊게 파고 넓게 파헤친 공부로써 세상에 던지고 싶은 여러 질문을 세련되게 가공하는 길로 계속 가고 있는 듯하다. 「세실, 주희」를 읽으며 적어도 얼마간은 그 길에 나의 응원도 함께하리라는 것을 확신했다. 조해진의 「흩어지는 구름」을 읽으며, 창문에 부딪쳐 떨어지는 빗방울처럼 연약한 순간들이 모아진 일생을 생각했다. 찰나와 같을 우리의 삶, 매 순간 최선을 다하지 않는다면 그것은 '흩어지는 구름'이 되고 말리라. 최윤의 「울음소리」는 인간의 인간됨과 관련된 어떤 심정 하나를, 두텁고 차가운 벽을 뚫고 전해진 '울음소리'에 깊이 동조하고 반응하고야 마는 한 사람의 기이한 정열과도 같은 그것을, 오래 음미하게 해주었다. 그리고 올해의 수상작인 김성중의 「상속」. 항상 재기 넘치는 시각과 상상으로 대개는 세계의 어떤 틈, 어긋남을 상기시켜주곤 했던 김성중이 이번에는 세계의 지속력과 단단함을 묵직하게 드러내준 것 같다. 작가의 변화라기보다 신장이라고 할 수밖에 없는 것은 여기에 인간이 의지하는 '가치'의 관점이 깊숙이 들어와 있기 때문이라고 하겠다. 온당한 결과에 박수와 축하를 보낸다. ▪

소설로 건네는 안부

편혜영

심사를 계기로 한 해 동안 발표된 작품을 찾아 읽으면서, 소설로 한 시기를 돌아보고, 작품으로 작가와 안부를 나누는 게 무척 즐거운 일이라는 걸 새삼 깨달았다. 작가에게 괜한 친밀함이 느껴지고 낯가림이 가신 기분이 드는 작품이 있기 마련인데, 올해도 그런 느낌을 주는 소설이 많았다. 그런 소설을 읽으면 문장을 읽은 게 아니라 작가와 마주 앉아 긴 이야기를 툭 터놓은 기분이 든다. 서로 말을 나눠본 적 없는 작가나 얼굴을 본 적 없는 작가여도 그런 기분이 드는 것이다.

작품들을 읽어나가는 동안, 김연수의 「낯빛 검스룩한 조선 시인」이라는 소설에서 작중 인물이 되뇌던 말이 종종 떠올랐다. 작가에게는 '왜 글을 쓰느냐가 아니라 왜 글을 쓰지 못하는가, 라는 질문이 훨씬 더 중요하다'는 말이 그것이었다. 작가라면 한 번쯤은 글을 쓰지 못하는 시기를 지나기 마련이다. 보통은 개인적인 이유와 창작 과정의 문제 때문에 그렇지만, 간혹 도저히 쓸 수 없는, 압도적인 현실의 사건을 직면하는 것으로 의도치 않게 그런 시기를 맞기도 한다. 소설 쓰는 일만 그런 것은 아닐 터이다. 어떤 일이건 자의와 상관없이 도저히 그 일을 지속할 수 없어지는 때가 온다. 권여선의 「모르는 영역」에 나오는 다영처럼 주저하지 말고, 참지 말고 소리쳐 물어야 할 것 같은 상황이 그런 때이리라. "왜 해도 됩니까, 한 번은?"이라는 질문. 이런 강직한 질문을 마주하면 누구든 멈칫할 수밖에 없을 것이다. 올해 발표된 소설에는 여전히 쓰는 것으로써 그런 시기를, 그런 일을, 그런 사람들을 잊지 않겠다는 결기 같은 게 느껴지는 작품이 있어서, 얼마간 뭉클하고 먹먹했다.

김연수의 「낯빛 검스룩한 조선 시인」은 백석으로 짐작되는 생존 인물의 생애를 허구와 겹쳐놓았는데, 그간 꾸준하고 성실하게 자기 세계를 닦아온 작가가 건네는 소설론처럼 읽혀서 더 마음이 갔다. 살아 있는 게 아니라 살아남았다는 느낌이 드는 시대여서, 계속해서 죽음을 대면해야 하고, 어떤 때는 죽은 것을 통해서만 삶을 드러낼 수밖에 없는 시대여서 이 검스룩한 낯빛의 조선 시인에게 마음이 쓰였던 것 같다.

권여선의 「모르는 영역」를 읽는다면, 낮달을 목격하는 순간 자연의 이치와 사람의 이치는 모르는 게 당연하다고 인정하게 될 것이다. 더불어 "한 번은, 한 번은…… 해도 됩니까?"라고 묻는 다영의 결연한 목소리가 겹쳐 보일 게 틀림없다. 이 질문은 무엇인가를 끝장내기 위해서가 아니라 시작하기 위한 질문이다.

백수린의 「여행의 끝」은 촉망받는 미래는 그저 풍문에 지나지 않고, 안락하고 안전해 보이는 삶이 의심과 불안 속에 녹아드는 것을 여실히 드러낸다. 여행의 끝에서 마주하는 것은 이 지난한 삶이 그런 것처럼 결국은 어둠 속에 마주하는 자기 자신의 얼굴이라는 새삼스럽지 않은 진실도 마음을 울렸다. 인간은 느닷없이 울음을 터뜨리고 뜻밖의 상황에서 역정을 내는 방식으로 제 상처를 드러내는데, 화자의 역정에는 그의 길고 외로운 인생이 압축된 듯하여, 화자와 함께 서글퍼졌다.

김희선의 작품은 언제나 나를 즐겁게 하는데, 「골든 에이지」도 그랬다. 무지한 폭압으로 훼손된 사람들을 다루기 위해 이 작가 고유의 SF적 상상력이 우아한 방식으로 가미된 작품이었다. 무엇을 기억해야 하는지, 왜 잊지 말아야 하는지, 그럼에도 망각한다는 것은 무엇인지에 대해서 끝까지 질문하는 작품이었다. 사라짐으로써만 보여줄 수 있는 진실이 있다는 건 소설이 오랫동안 천착해온 주제인데, 김희선 작가처럼 그 비의를 자기만의 방식으로 근사하게 드러내기는 어려울 것이다.

김성중의 장점은 무엇보다 인문학적 사유를 바탕으로 한 기발한 상상력이라 할 수 있을 것이다. 「상속」은 작가가 그간의 장점이나 특기로 여겨온 이야기만 잘 다루는 것이 아님을 증명하는 역작이다. 소설 창작 교실을 매개로 한 세 사람의 삶과 세계관, 연대와 우정을 보여주면서 일상에 닿은 인물들을 부드럽고 우아하게 그려낸다. "이번 생에서는 이 책과 마지막"이라는 생각으로 선생의 유물이자 자신이 이 생에 남겨놓은 산물인 '책'과 이별해나가는 과정은 뭉클하고 애틋하다. 소설에 대해, 문학에 대해, 소설을 쓰고 문학을 얘기하는 삶에 대해 각별한 애정과 열정을 가진 사람만이, 그러니까 바로 김성중 작가만이 써낼 수 있는 소설이라는 생각이 들었다.

오랫동안 최진영 작가의 작품을 좋아해온 독자로서 「오늘의 커피」라는 소설은 진심으로 이런 세계가 실재하기를 바라게 된다는 점에서 더 응원해주고 싶은 작품이었다. 작가가 희망하는 세계상을 독자에게 온전히 전달하기는 쉽지 않은 일이니까. 찾기 힘들고 의심하면서 되물으며 찾아가야 하는 곳이기는 하지만, 세상 어딘가에 반드시 이런 장소가 있었으면 좋겠다는 바람을 가지고 읽어나갔다. 주인공이 기어이 그곳에 당도했을 때의 기쁨과 안도를 오랫동안 기억하게 될 것 같다. ▪

소설 가르치고 배우는 시대의
소설가소설

김동식

2018년 〈현대문학상〉 본심은 열세 편의 소설 작품을 대상으로 진행되었다. 각각의 작품에 배어 있는 문학적 향기와 표정이 무척이나 다채로워서 독자로서는 분에 넘치는 호사를 누렸지만 심사자로서는 한없이 고민스러운 시간을 짊어져야 했다. 본심에서는 후보작들에 대한 개별적인 논의를 거친 후 권여선의 「모르는 영역」, 김성중의 「상속」, 김연수의 「낯빛 검스룩한 조선 시인」, 김희선의 「골든 에이지」, 조해진의 「흩어지는 구름」에 대하여 집중적으로 검토하고 토론했다. 그리고 오랜 숙의 끝에 김성중의 「상속」을 수상작으로 선정했다.

수상작 「상속」은 문학 아카데미에서 만났던 세 사람의 삶과 죽음 그리고 소설 쓰기에 관한 이야기를 담아내고 있는 작품이다. 소설가를 주인공이자 서술자(화자)로 내세운 소설이라는 점에서 소설가소설이라 할 만하다. 소설가소설이 예술가소설의 하위양식이며, 소설가로서의 정체성을 확립하기까지의 내면풍경을 펼쳐놓거나, 시대적 상황과 함께 소설가의 생활과 소설의 사회적 위상을 보여준다는 정도의 사실은 삼척동자도 아는 상식에 해당할 것이다. 소설가소설이 써진다는 것은, 소설 쓰기가 그 어떤 난관이나 위기에 봉착했음을 드러내는 징후이자 소설의 가능성을 탐색하기 위한 성찰과 모색의 과정에 있음을 우회적으로 고백하는 방식일 터이다.

「상속」을 읽어가는 동안 눈에 띄었던 것은 크게 두 가지였다. 하나는, 꽤나 오래된 사실이고 그다지 새로운 풍경도 아니겠지만, 오늘날의 소설이 문학 아카데미로 대변되는 공간, 달리 말하면 소설 쓰기를 배우고 가르치는 공간에 기반하고 있다는 사실을 전면화하고 있다는 점이다. 다른 하나는 소설가 한 사람의 내면에 초점을 맞추는 소설가소설의 일반적인 규약과는 달리 세 명의 소설가들 사이의 관계성에 주목하고 있어서, 소설가'들'소설이라 부를 만한 양상을 하고 있다는 점이다. 「상속」을 두고 소설 쓰기를 배우고 가르치는 시대의 소설가들소설이라고 불러도 크게 틀리지는 않을 것 같다.

그렇다면 단편 「상속」이 그려낸 문학 공동체에는 어떤 사람들이 있었던가. 젊은 소설가로서 문학 아카데미 강사로 나선 선생, 마흔아홉의 나이에 소설 수업을 들었던 기주, 등단을 꿈꾸는 소설가 지망생 진영이 그들이다. 그들은 소설 쓰기의 열정을 교환했고 문학 텍스트를 공유했다. 하지만 선생은 작품집 한 권을 남기고 병으로 사망했고, 기주는 선생의 유품으로 책을 물려받은 바 있다. 이제 췌장암 선고를 받은 기주는 선생과 자신의 책을 정리하여, 현업 작가이자 대학에서 소설 창작을 가르치는 진영에게 보낸다. 유서처럼 배달되는 책, 그 속에는 선생과 기주가 밑줄을 그어놓은 문장들이 남아 있다. 이미 죽어버렸거나 또는 지금 죽어가고 있는 소설가들이 한때 가슴에 품었지만 쓰이지 못한 이야기들이, 소설 쓰기의 미궁에 빠진 현업 작가 진영에게 상속된다. 마치 유골 항아리의 파편들처럼, 삶과 말과 글 사이에 흩뿌려져 있는 소설의 가능성들. 세계 문학의 걸작들 속에, 습작생들의 서툰 문장들 속에, 시장과 거리의 언어들 속에, 그리고 죽음으로 봉인된 침묵들 속에 도사리고 있는 소설의 가능성들. 소설 쓰기를 가르치고 배우는 시대에 소설 쓰기를 둘러싸고 있는 열정들. 이 작품에 눈길이 머물렀던 이유도 이 부근에서 찾을 수 있지 않을까. ▪

연대의 방식으로 유전되는 삶

윤대녕

수상작을 결정하기까지 긴 논의가 이어졌다. 후보작으로 선정된 작품들이 저마다 고른 성취를 보여주었다는 점 때문에라도 어느 한 작품으로 선뜻 시선이 모아지지 않았다.

마지막까지 논의의 대상이 되었던 작품은 권여선의 「모르는 영역」, 김희선의 「골든 에이지」, 조해진의 「흩어지는 구름」, 김성중의 「상속」 이상 네 편이었다.

권여선의 「모르는 영역」은 부녀 관계를 통해 서로가 끝내 가닿을 수 없는 지점을 탐색하고 있다. 그 불일치함이야말로 실은 모든 관계 속에 가로놓인 암초의 영역일 터인데, 이를 작가는 '낮달'의 이미지와 연결 시켜 서늘하게 형상화하고 있다. 그런데 작가의 빛나는 전작들(가령, 『안녕 주정뱅이』)에 비해 다소 서사적 긴장이 이완된 느낌을 주는 게 아닌가, 라는 의견이 있었다.

김희선의 「골든 에이지」는 다채로운 기법을 동원해 우리의 무의식 속에 여전히 녹슨 닻처럼 박혀 있는 '세월호'를 소환한다. 판타지풍의 서술 방식과 입체적 구성이 주는 울림이 돋보이는 작품이다. 작가는 소설적 성취와 주제 잡기라는 두 가지를 의욕적으로 밀어붙인다. 그러나 '홀로그램' 등의 SF 장치가 이야기 속에 잘 녹아들지 않으면서 서사적 균형이 무너진 느낌을 받았다.

조해진의 「흩어지는 구름」은 끝까지 수상작으로 논의되었던 작품이다. 조해진 소설의 미덕은 궁극에 이르러서도 인간의 존엄과 삶의 가치를 보여준다는 데 있다. 그것이 또한 이 작가가 지니고 있는 문학의 윤리의식일 터이다. 「흩어지는 구름」에서 작가는 그것을 상실한 자아의 내부를 죽음처럼 뭉근하게 응시한다. 그러한데, 마지막 장에 이르러 돌연 이야기의 구조가 뒤틀리는 듯한 현상이 목격되었고 이를 두고 많은 얘기가 오갔다. 그만큼 아쉬움이 많이 남는 작품이었다.

수상작으로 결정된 김성중의 「상속」은 스테레오 방식의 서술기법을 동원해 삶과 글쓰기의 함수관계를 탐색하고 있다. 문학 아카데미에서 만난 세 사람—어린 선생, 기주, 진영—이 공유한 시간을 빌려 작가는 삶이란 하나의 개체로써 온전히 완성되는 것이 아니라, 연대의 방식으로 유전되는 것임을 말하고 있다. 어린 선생의 죽음과 기주 앞에 닥쳐오고 있는 죽음의 무게는 서로 다르지 않다. 이제 진영 앞에 가로놓인 질문은 글쓰기로서 그 '상속'의 의미를 완성할 수 있느냐는 것일 터이다. 『개그맨』과 『국경시장』의 다채롭고도 관념적인 세계를 지나 작가는 어느덧 삶과 글쓰기의 본질적 의미를 탐구하는 지점에 이르러 있다. 심사위원들은 그것을 고통스러운 진화의 의미로 받아들였다. ▪

도저한, 문학에 대한 극진함

이승우

세상의 관심으로부터 멀어진 한 예술가의 통속으로의, 어쩔 수 없는 전략의 전모를 마지못해 드러내는 방식으로, 그러나 충분히 환멸스럽게 느껴지도록 쓰인 조해진의 「흩어지는 구름」은 고전적인 품위를 지니고 있었다. 그러나 언제 분화할지 모르는 휴화산에서의 과거의 경험으로부터 말미암은 삶과 죽음에 대한 마지막 부분의 사유가 이 소설의 충분히 흥미로운 이야기에 어떤 기여를 하는지 확신이 서지 않았다. 소설 속 인물들의 삶에 의미를 부여할 레퍼런스를 외부로부터 가져오려는, 아마도 무의식적일 욕망으로부터 조금 자유로워지면 좋겠다는 생각이 들었다.

권여선은 자기 감정을 표현하는 일에 서툴거나 소극적인 아버지와 딸의 예기치 않은 만남에서 생긴 에피소드들을 통해 인간관계의 알 수 없는 영역에 대한 깊은 이해를 이끌어내고 있다. 희로애락의 감정을 효과적으로 표현하는 데 뛰어난 권여선의 서술 능력을 「모르는 영역」에서도 확인할 수 있어 반가웠다. 그 확인이 어쩐지 익숙한 것이어서, 예컨대 '낮달'이라는 이미지가 문학적으로 너무 친근하고 또 능숙하기도 해서 인상에 걸리지 않는 것과 같은 식으로, 아쉬움을 주었다.

죽음을 앞둔 중년의 소설가 지망생이 먼저 죽은 젊은 선생의 유품인 책들을 이제 막 작가가 되어 창작에 대한 고민을 하기 시작한 습작동기에게 전해준다는 서사 속에 소설 쓰기와 관련된 문제의식을 표출하고 있는 김성중의 「상속」은 문학의 위엄에 대한 경외심을 내장하고 있어 근본적이고 엄숙하다. 소설 쓰기가 먼저 쓰고 먼저 죽은 자들의 유품을 이어받는, 일종의 상속 행위라는 작가의 전언 속에서 발견되는 것은 문학의 불멸이다. "죽은 자와 죽어가는 자의 권위에 힘입어" 문학은 찬란하다. 『국경시장』의 작가의 이 소설은 여전히 관념적이지만, 그러나 그 관념이 삶(혹은 죽음)과 섞이는 징후를 보는 것이 섭섭하지만은 않았다. 태양 빛의 날카로운 투석에도 깨지지 않는 튼튼한 항아리, "가장 최근에 독자가 된 사람이 죽고 난 다음에도 사라지지 않을 항아리"를 향한 이 작가의 도저한, 문학에 대한 극진함을 응원하지 않을 수가 없다고 느꼈다. 「상속」을 수상작으로 결정하는 데 동의한 이유이다. ▪

아무 데도 가닿지 못한 꿈의 파편들

김성중

난생처음 부황을 떴다. 침을 맞은 건 태어나 두 번째였다. 쑥뜸 냄새가 매캐하게 올라오는 한의원 침대에 엎드린 채 생각했다. 수상소감에 뭐라고 써야 하지?

전화를 받은 것은 금요일이었다. 저녁 일곱 시에 시작하는 강의에 올라가기 10분 전, 수상 소식을 알리는 전화를 받았다. 놀랍고 기뻤으나…… 10분밖에 없었다. (통화를 하는 동안 3분이 흘러 이제 7분 남았다.) 겨우 마음을 가라앉히고 강의실로 올라가 학생들을 만났다. 그들은 개별이면서 전체였고, 나를 통과한 무수한 지망생들을 대표하는 사람들처럼 보였다. 그들은 등장인물이자 「상속」의 뮤즈였다. 자신이 뮤즈인지 모르는 뮤즈.

소설은 일단 재미있어야 한다는 지론에 따라 나는 늘 먼 데서 뮤즈를 모셔 왔다. 여행지에서, 허공에서, 꿈과 꿈의 연결 지점에서, 심지어

화성에서. 먼 곳에서 이야기를 캐오는 것이 좋았고 나와 상관없는 세계를 주물럭거리는 것에서 커다란 즐거움을 느꼈다.

「상속」은 첫 번째 예외라고 할 수 있다. 솔직히 말하자면 내가 절대로 쓰지 않으리라 생각한 소재다. 만화가가 직접 등장해 이러쿵저러쿵하는 만화가 재미있던가? 나는 한 번도 그런 적이 없다. 마찬가지로 작가가 글 쓰는 과정의 희망과 절망을 떠들어대는 소설은 딱 질색이었다. 그런 내가 문학 아카데미를 배경으로 작가와 작가 지망생 들이 나오는 이야기를 썼다. 왜 그랬냐면…….

많은 작가들이 그렇듯 나 역시 '선생' 노릇을 하면서 내 글을 부양해왔다. 도대체가 쓰는 법을 가르칠 수는 없는 노릇이므로 스스로를 '문학 동아리 선배' '발제를 자주 해오는 선배'쯤으로 여겨왔다. 주로 아카데미에서 학생을 만났기 때문에 다양한 직업과 상황과 재능을 가진 사람들이 강의실을 채웠다. 발자크와 같은 대문호도 '초창기에는 견습 서기와 같았으며……'라는 시절이 있다는데, 견습 서기에 둘러싸여 몇 년을 보내다 보니 어떤 우수가 밀려왔다. 그것은 쓰는 이조차 잊어버린 짧은 문장 같은, 약간의 장점과 수많은 결점을 가진 채 과녁을 빗나간 화살들에 대한 마음이었다.

아무 데도 가닿지 못한 꿈의 파편이 쌓여 있는 곳은 비단 문학만은 아닐 것이다. 다른 예술에도, 삶에도, 꿈을 꾸었고 가능성도 있었지만 결국은 놓아버린 잔해들은 얼마나 아득하게 높은가. 나는 그 사라진 세계의 미광을 드러내고 싶었다.

견습 서기에서 까치발을 하고 있는 내 붓은 누추하고 무거웠다. 자연스레 숱한 수상자들이 했을 의심, '내가 이 상을 받을 자격이 있을까?'라는 불안이 밀려왔다. 복잡한 심정으로 주말을 보내고 나자 허리를 삐끗해 구부릴 수 없게 됐다. 그래서 목요일이 된 지금까지 이 자리에, 한의원의 전기장판 위에 누워 있는 신세가 된 것이다.

헤아려보니 등단한 지 꼭 10년이 지났다. 10년 만에 처음으로 내가 주어인 상을 받았고 뒤이어 요통이 생겼다. 뭐랄까, 짓궂은 소설의 신이 나에게 윙크하는 느낌이 든다. '열심히 써. 척추 조심하고 이제 운동해.' 이렇게 말해주는 느낌이랄까.

소설의 신에게 감사드린다. 언제나 꿈에 비해 재주가 모자라 끙끙대는 나에게 상도 주고 요통도 주어서. 작가로서 나는 작가가 되지 못한 숱한 이들의 빛나는 순간들을 너무도 많이 보아왔다. 나는 이 빛들도 기억하고, 벗들도 기억할 것이다. 우리 모두 종이에서 만날 그날을 기다리며. ▪

2018 現代文學賞 수상소설집

상 속 외

지은이 ｜ 김성중 외
펴낸이 ｜ 김영정

초판 1쇄 펴낸날 ｜ 2017년 12월 11일

펴낸곳 ｜ ㈜현대문학
등록번호 ｜ 제1-452호
주소 ｜ 06532 서울시 서초구 신반포로 321(잠원동, 미래엔)
전화 02-2017-0280
팩스 02-516-5433
홈페이지 ｜ www.hdmh.co.kr

ⓒ 2017 ㈜현대문학

ISBN 978-89-7275-860-0 03810